BASTEI
LÜBBE
TASCHENBUCH

Weitere Titel des Autors:

Tote lächeln nicht

Über den Autor:

Franz Hafermeyer heißt in Wirklichkeit gar nicht Franz Hafermeyer. Denn hauptberuflich jagt er selbst die bösen Jungs, und die sollen ja nicht erfahren, welche finsteren Abgründe der freundliche Kommissar ihnen gegenüber hat. Absolut wahr hingegen ist, dass er mit seiner Familie im bayerischen Schwaben wohnt. Nach seinem Debütroman TOTE LÄCHELN NICHT ist DAS SPÄTZLE-SYNDIKAT bereits der zweite Fall für das Duo Elsa Dorn und Sven Schäfer.

Franz Hafermeyer

DAS SPÄTZLE-SYNDIKAT

Schwaben-Krimi

BASTEI LÜBBE
TASCHENBUCH

BASTEI LÜBBE TASCHENBUCH
Band 17 463

Dieser Titel ist auch als E-Book erschienen

MIX
Papier aus verantwortungsvollen Quellen
FSC® C014496

Originalausgabe

Dieses Werk wurde vermittelt durch die Agentur
EDITIO DIALOG, Dr. Michael Wenzel.

Textredaktion: Stefanie Kruschandl, Hamburg
Titelillustration: © getty-images/skodonnell;
© getty-images/H&C Studio; © getty-images/milanfoto;
© getty-images/studiocasper; © getty-images/Mark Weissgetty-images;
© Mediabureau Di Stefano, Berlin, unter Verwendung von Motiven
von © iStockphoto/billnoll; iStockphoto/shuttertop
Umschlaggestaltung: Mediabureau Di Stefano, Berlin
Satz: Urban SatzKonzept, Düsseldorf
Gesetzt aus der Garamond
Druck und Verarbeitung: GGP Media GmbH, Pößneck
Printed in Germany
ISBN 978-3-404-17463-8

5 4 3 2 1

Sie finden uns im Internet unter
www.luebbe.de
Bitte beachten Sie auch: www.lesejury.de

KAPITEL 1

»Was für ein billiger Scheiß!« Elsa Dorn betrachtete den riesigen Haufen Reizwäsche und knabberte an ihren Fingernägeln. Ein weinrotes Latexhöschen lag ganz oben auf dem Stapel, der ungefähr die Ausmaße der Zugspitze hatte. Direkt daneben ein schwarzer BH, wobei man nicht wirklich von schwarz sprechen konnte, so durchsichtig, wie das Ding war. Darunter erblickte Elsa weitere aufreizende Teile in den verschiedensten Varianten: ultraknappe BHs, Corsagen und Stringtangas. Letztere bestanden deutlich mehr aus String als aus Tanga. Der ganze Kram schien direkt bei einem Onlineshop für Pornoschauspielerinnen bestellt worden zu sein.

Sie kniff die Augen zusammen und beäugte ein Paar Strapse. Auch ohne sie anzufassen war klar, wie kratzig und steif sich der Stoff anfühlen würde. Grauenvoll. Was veranlasste eigentlich eine Frau, sich in solche Dinger zu quälen? Elsa hielt sich nicht für prüde, und Mode hatte sie schon immer fasziniert. Ihr Job als Hauptkommissarin ermöglichte es ihr, sich ab und zu mal etwas Schönes zu gönnen. Wie zum Beispiel ihre heißgeliebten Leopardenpumps, die sie vor ein paar Wochen in einem noblen Onlineshop erworben hatte und heute trug. Sie waren eine wunderbare Ergänzung zu ihren Booties in derselben Raubtieroptik, die langsam zu abgetreten waren. Aber solche Sachen, die auf die allerbilligste Weise provozierten? Nein, die konnte sie sich definitiv nicht in ihrem Kleiderschrank vorstellen. Für wen hätte sie sich auch so anziehen sollen? Ihr Liebesleben war ungefähr so aufregend wie die jährliche Steuererklärung.

Sie blickte an sich hinab und musterte ihren nachtblauen Blazer, die weiße Bluse von Burberry Brit und die schlichte Tweed-Hose. Dann unterdrückte sie ein Seufzen. Ob es solche Erotikfummel überhaupt in Übergrößen gab? Vielleicht bei Rigby & Peller. Die hatten ja dafür gesorgt, dass auch Frauen mit Kleidergröße 42–46 nicht mehr rumlaufen mussten wie …

»Stehst du auf so was?«, riss eine unangenehme Stimme sie aus ihren Gedanken. »Wenn dir was davon gefällt, also ich habe nichts gesehen, wenn du zugreifen möchtest.«

Valentin Häuslers Zähne leuchteten in einem derart strahlenden Weiß, dass es kein Problem gewesen wäre, im Dunkeln neben ihm ein Kreuzworträtsel zu lösen. Hatte der Idiot ihr gerade ernsthaft vorgeschlagen, den Tatort zu verändern? Wie dieser Mann es bis zur Kripo geschafft hatte, war Elsa ein Rätsel.

Sie setzte ihr süßestes Lächeln auf. »Danke für das Angebot. Aber ich trage keine Unterwäsche. Niemals!« Sie ließ ihn stehen, verließ den begehbaren Kleiderschrank und trat ins Schlafzimmer, wo Kriminaloberkommissarin Carmen Holler gerade ihren Spurensicherungsbericht ins Diktiergerät sprach.

Die hübsche Blondine schaltete das Gerät ab und zog fragend die Augenbrauen hoch.

Elsa verdrehte die Augen und zischte: »Vollidiot!«

Carmen nickte, gab aber keinen Kommentar ab. Weibliche Solidarität benötigte keine Worte.

Elsa sah der Kriminaltechnikerin an, dass sie ihre Arbeit schnellstmöglich beenden wollte, um wieder zurück ins Polizeipräsidium zu fahren.

Wo Elsa eigentlich ebenfalls hinwollte, aber zuerst galt es, einige Fragen zu klären.

Der Kollege Häusler hatte Elsa vor einer knappen Stunde im Büro angerufen und sie zum Schauplatz eines Einbruchs gebeten. Ohne allerdings weitere Details am Telefon zu verraten. Nur, dass der Tatort für Elsa interessant sein könnte, hatte Häusler durchblicken lassen. Was mal wieder typisch für ihn war.

Elsa hatte Häusler innerlich verflucht. Aber letztendlich war ihr nichts anderes übrig geblieben, als sich auf Verdacht einen Dienstwagen zu schnappen und ins Lechviertel zu fahren, das sich in der Augsburger Altstadt befand. Dort hatte sie ihren Wagen auf dem Kopfsteinpflaster am Holbeinplatz geparkt, direkt neben einem der Lechkanäle, die durch die Stadt plätscherten und ein bisschen Venedig-Flair verströmten. Nachdem Elsa mit ihren Pumps auf dem hoppeligen Pflaster umgeknickt war, hatte sie ihren Kollegen mit ein paar weiteren Flüchen bedacht, um dann mühsam zu der von Häusler genannten Hausnummer zu humpeln. Die gesamte Fassade des Gebäudes war mit wildem Wein bewachsen. Im zweiten Stock führte sie ein grinsender Häusler durch die Wohnung des Opfers, bis zum Schlafzimmer und dem Wäscheberg. Bei dessen Anblick Elsa sofort wusste, dass sie einen neuen Fall an der Backe hatte.

Der Wäschemann hatte wieder zugeschlagen.

Die Presse hatte dem unbekannten Täter diesen Spitznamen verliehen, weil er seit Wochen die Augsburger Frauenwelt verunsicherte. Er stieg in Wohnungen und Häuser ein und hatte nur ein Ziel: in Dessous zu wühlen. Einige Stücke nahm er obendrein mit, um damit was auch immer zu tun. Wahrscheinlich lauter Dinge, die man sich lieber gar nicht erst vorstellen wollte.

»Er hat es wieder getan«, bemerkte Carmen.

»Was?«

»Eine Trophäe mitgehen lassen.«

»Es ist aber noch alles da«, dröhnte Häuslers Stimme dumpf

von nebenan. Er streckte den Kopf aus dem Badezimmer, das durch eine Zwischentür mit dem Schlafraum verbunden war. »Schmuck, Geld, wie mir das Opfer, Frau Kunz, bestätigt hat.«

»Ja, aber ein lavendelfarbener Stringtanga fehlt und das dazu passende Oberteil ebenfalls«, korrigierte ihn Carmen Holler.

»Vielleicht wollte Frau Kunz dir das nicht sagen. Weil du … ein ungehobelter Klotz bist?«, ergänzte Elsa. Ihr Kollege vom Kommissariat Einbruch ging ihr mächtig auf die Nerven. Leider musste sie ihn erdulden, und das schon seit geraumer Zeit.

Der Wäschemann war in erster Linie Einbrecher. Deshalb wurden zuerst die Experten des darauf spezialisierten Kommissariats eingeschaltet, die sich mit diesen Delikten bestens auskannten. Häusler gehörte leider zu diesen Experten. Da es sich zugleich um einen Sexualtäter handelte, kam die Sitte hinzu, in diesem Fall Elsa, die vor knapp sechs Wochen den ersten Bericht zum Wäschemann auf ihrem Schreibtisch vorgefunden hatte. Seitdem hatte der Täter bereits ein halbes Dutzend Mal zugeschlagen, heute mit eingerechnet.

»Und?«, wandte sie sich wieder an Carmen. »Ist das hier unser Mann oder ein Trittbrettfahrer?«

»Das ist unser Mann. Im Gegensatz zum letzten Mal hat er hier leider keinen Fingerabdruck hinterlassen, aber …« Die Kollegin deutete auf den Teppichboden. »Ein paar Fasern habe ich sichern können. Sieht so aus, als hätte er sich wieder eines Teils seiner Kleidung entledigt.«

»Wie immer«, murmelte Elsa.

»Ja, wie immer«, bestätigte Carmen. »Mal sehen, ob die Fasern mit denen übereinstimmen, die ich an den anderen Tatorten gefunden habe.«

»Darauf wette ich«, erwiderte Elsa.

»Klärt mich hier vielleicht mal jemand auf?«, quasselte Häusler dazwischen.

»Der Typ durchwühlt die Schränke seiner Opfer, wirft ihre Wäsche auf einen Haufen und reißt sich seine Klamotten vom Leib. Was er dann tut, kann man sich ja denken. Ich gehe mal davon aus, dass er irgendein Ritual abspult, das ihn so richtig heißmacht. Eines ist jedenfalls sicher: Am Schluss sucht er sich irgendein Souvenir aus und haut dann damit ab. Das ist jedes Mal dieselbe Vorgehensweise.«

»Im Ernst?« Häusler kratzte sich am Kinn. »Das ist doch bekloppt.«

Elsa schüttelte den Kopf. »Schlimmer, für mich ist das pervers.«

»Und das macht er öfter? Seid ihr da sicher?«

»Wie du weißt, ist unsere Kriminaltechnik nicht von gestern. Und Carmen ist ein Profi. Sie hat an allen Tatorten etwas gefunden, das auf diese Vorgehensweise schließen lässt.«

»Hab ich gar nicht mitgekriegt.«

»Ich hänge es auch nicht an die große Glocke.«

»Und was ist mit mir?«, beklagte sich Häusler. »Wir vom Einbruch sollten schon Bescheid wissen, findest du nicht? Auch wenn es am Ende dein Fall ist, weil da so ein Sexkram dabei ist.« Er klang verschnupft.

»Jetzt weißt du es ja«, erklärte Elsa. »Das kommt eben davon, wenn man den Tatort überstürzt verlässt, sobald jemand anders die Sachbearbeitung übernommen hat.«

Häusler zog eine Schnute, fühlte sich anscheinend angegriffen. »Wieso macht dieser Typ das?«

»Keine Ahnung, sag's du mir. Immerhin bist du ein Mann.« Elsa ging nicht davon aus, dass ihr Kollege irgendeine geistreiche Antwort parat hatte. Daher blickte sie zu Carmen. Die Unterhaltung mit dem Blödmann hatte eindeutig schon viel zu lange gedauert. Höchste Zeit, sich wieder einer Frau von Vernunft zuzuwenden. »Danke, dass du persönlich gekommen bist.«

»Ist doch klar.« Carmen zwinkerte Elsa verschwörerisch zu, beugte sich vor und flüsterte: »Wir Frauen müssen zusammenhalten, nicht wahr, Frau Hauptkommissarin?«

Elsa nickte, sie mochte ihre Kollegin sehr, arbeitete gerne mit ihr zusammen.

Carmen tippte sich kurz an die Stirn, packte dann den Spurensicherungskoffer und verließ die Wohnung.

Elsa sah ihr nach. Carmen war einunddreißig, also fünf Jahre jünger als sie, und arbeitete schon lange für den Erkennungsdienst der Augsburger Kripo. Nachdem Elsa selbst erst vor einem halben Jahr nach Augsburg versetzt worden war, schätzte sie Carmens Wissen umso mehr. Außerdem konnte sich die Kriminaltechnikerin besser als ihre männlichen Kollegen in die Opfer hineinversetzen. Was die Ermittlungen bisher leider auch nicht den entscheidenden Schritt vorangebracht hatte. Aber was nicht war, das konnte ja noch kommen, wie man so schön sagte.

»Ich sollte mich dann wohl auch mal auf den Weg machen.« Häusler kniff die Lippen zusammen. »Jetzt, wo du da bist und die Ermittlungen leitest. Dann kannst du alle deine Geheimnisse für dich behalten.«

Das mit dem Verdrücken war Häuslers bester Einfall bisher. Elsa verkniff sich dennoch den Kommentar, der ihr auf der Zunge lag, und verabschiedete sich stattdessen höflich. »Ja klar, bis dann. Zisch ab!«

»Ich schick dir noch meinen Bericht.«

»Ist recht.«

»Notfalls kann ich aber auch bleiben. Ich meine, nur für den Fall, dass du …«

»Verdammt, Valentin, was soll das? Das hier ist kein Schauplatz eines Kapitalverbrechens. Ich komme ganz gut alleine klar.«

»Bestimmt. Aber vielleicht könnte ich die Geschädigte für dich vernehmen. Dir etwas Arbeit abnehmen.«

»Du hast sie doch schon längst befragt, also schreib eine Aktennotiz, das reicht aus. Eine weitere Zeugenvernehmung braucht's nicht. Ich rede selbst mit der Dame, wo ist sie überhaupt?«

»Im Wohnzimmer, sie ist ein bisschen durch den Wind. Kein Wunder, immerhin wurde bei ihr eingebrochen.«

»Ach, tatsächlich? Darauf wäre ich gar nicht gekommen«, erklärte Elsa. »Danke für den Hinweis. Und jetzt lass mich endlich meine Arbeit machen.«

»Möglicherweise wäre es besser, wenn ich mich ihrer annehmen würde.«

Elsa sah Häusler ins Gesicht. »Was ist an den Worten ›zisch ab‹ eigentlich so schwer zu verstehen?« Sie wurde misstrauisch. Normalerweise konnte sich der liebe Kollege nicht schnell genug vom Acker machen.

»Sind Sie fertig?«

Elsa drehte sich um und sah eine Frau, die lasziv in der Tür lehnte. Schlagartig wurde ihr bewusst, wieso Häusler solche Schwierigkeiten hatte, den Tatort zu verlassen, und unbedingt das Opfer persönlich vernehmen wollte. »Frau Kunz, nehme ich an?«

Die Sexbombe nickte.

Elsa schob Häusler aus dem Schlafzimmer hinaus in den Gang, was sich nicht ganz einfach gestaltete. Zum einen, weil ihr Kollege alles tat, um sich nicht von der Stelle zu rühren. Und zum anderen, weil die Tür nun mit einem Übermaß an Silikon ausgefüllt war. Tja, dachte Elsa. Hier war weibliche

Polizeipräsenz gefragt, eine Vernehmung durch einen männlichen Kollegen absolut nutzlos. Denn wenn Häusler die Sache übernommen hätte, hätte er später allenfalls noch die Körbchengröße der Zeugin wiedergeben können. Wenn überhaupt.

Als sie kurz darauf Frau Kunz im Wohnzimmer gegenübersaß, musterte Elsa die Blondine genauer. Das Opfer sah aus, als hätte es soeben den Dreh für einen Pornofilm beendet. Die üppigen Brüste waren in ein enges Top geschnallt und drohten, es jeden Moment zu sprengen. Die blonden Haare hatte Frau Kunz zu einer Art Dutt hochgesteckt, der bei jedem ihrer Worte bedrohlich wackelte. Der kurze Rock taugte eher als Gürtel und deckte ungefähr genauso viel ab.

Die Sexbombe kaute gelangweilt auf einem Kaugummi und wirkte keineswegs wie ein zutiefst erschüttertes Opfer. An ihrer Mimik konnte Elsa jedenfalls keine Gefühlsregung ablesen, denn sämtliche Muskelbewegung wurde von einer zentimeterdicken Schminkschicht verborgen, die vermutlich mit einer Spritzpistole aufgetragen worden war.

»Hat er reingewichst?«

»Bitte?« Elsa verschluckte sich.

»Na ja, wenn er reingewichst hat, ziehe ich die Sachen nicht mehr an, ansonsten schon. Brauch die Klamotten, die sind scheißteuer. Außerdem muss ich heute Abend in den Club. So kann ich nicht hingehen.« Die Sexbombe hob ihre Hände wie ein Prediger und zeigte schließlich mit beiden Zeigefingern auf ... Ja, auf was eigentlich? Auf ihren Rock beziehungsweise Gürtel? Oder auf ihre Brustwarzen, die gerade in diesem Augenblick aus dem Top sprangen, als wären sie zwei Ertrinkende, die endlich an die Wasseroberfläche gelangten.

Elsa fragte sich unwillkürlich, ob die Frau ihre Kleidung tatsächlich für zu konservativ hielt, um damit heute Abend auszugehen. Aber das war doch kaum möglich. Weniger als … nichts konnte man eigentlich nicht anziehen.

Frau Kunz folgte Elsas Blicken, stieß ein »Upps« aus und rückte ihre Brüste gerade, während sie eine Kaugummiblase platzen ließ. Dann wiederholte sie ihre vorherige Frage. »Hat er nun reingewichst oder nicht?«

»Ja. Nein, meine ich.« Elsa schüttelte den Kopf. »Hat er nicht. Sonst müssten wir die Wäsche mitnehmen, zwecks DNA-Analyse und so. Wie es aussieht, hat er nur die von Ihnen beschriebenen Stücke aus Ihrer … Ihrer Sammlung mitgehen lassen. Den Rest hat er nicht angerührt. Aber was er mit den entwendeten Kleidungsstücken vorhat …« Sie zuckte die Schultern.

»Immerhin etwas«, stellte die Sexbombe sichtlich erleichtert fest. »Na ja, dann steckt er seinen Schwanz halt in das Höschen, das er mitgenommen hat. Wenn er Spaß daran hat, von mir aus. Solange ich dabei nicht zusehen muss. Obwohl, wenn ich wüsste, wie dieser Typ aussieht …« Sie kniff den Mund zusammen und schien ernsthaft zu überlegen.

»Haben Sie einen Verdacht?«, wagte sich Elsa vor.

»Nö. Wieso auch. Meine Freunde müssen mich nur fragen, dann können sie alles von mir haben, sogar getragene Wäsche. Einbrechen muss deswegen keiner.«

Elsa überlegte, was Frau Kunz denn genau mit dem Ausdruck »Freunde« meinte. Liebhaber? Oder Bekannte, mit denen sie Kniffel spielte? Nach einer geschlagenen halben Stunde und endlosen Nachfragens gab Elsa schließlich auf. Eine weitere Befragung schien keinen Sinn zu ergeben. Die Sexbombe konnte ihr wenig bis gar keine Hinweise auf den Täter geben.

KAPITEL 2

Der Mann vor dem Haus starb zuerst, durchsiebt von einer Maschinenpistolensalve. Die Ziegelwand hinter ihm war gesprenkelt mit roten Flecken und sah aus wie ein makabres Gemälde. Er fiel auf die Knie, sein Gesichtsausdruck zeigte Ungläubigkeit, bevor das Licht des Lebens erlosch und er mit dem Kopf auf den Asphalt knallte. Eine dunkle Lache breitete sich unter seinem Körper aus.

Danach war sein Partner im Auto an der Reihe. Die Kugeln pflügten durch das Wagenblech des Geländewagens, bevor der Fahrer nach seiner Pistole greifen konnte. Blut und Gehirnmasse spritzten über den Fahrzeugsitz. Das Schlachten hatte allerdings gerade erst begonnen. Männer in Sturmmasken und Kampfmontur stürmten über die Straße und mähten alles nieder, was ihnen in den Weg kam.

Die beiden Erschossenen waren nicht alleine erschienen, doch ihre Begleiter in den anderen Fahrzeugen hatten nicht den Hauch einer Chance. Entweder wurden sie noch im Inneren des jeweiligen Wagens von den Kugeln getötet, oder sie starben bei dem Versuch zu flüchten. Der Boden färbte sich rot vom Blut der Toten. Verletzte stöhnten und wimmerten. Das Stakkato der vollautomatischen Waffen unterbrach das Lied sterbender Menschen, bis es verebbte.

Sven Schäfer betrachtete das Gemetzel eine Weile, bis ihm der Geduldsfaden riss und er es nötig befand, endlich einzugreifen, um dem blutigen Treiben ein Ende zu bereiten.

»Hey, was soll das?«, protestierte das Mädchen vor dem

Fernseher, als er die Fernbedienung schnappte und auf ein Programm mit weniger Blutvergießen umschaltete.

»Das ist wohl kaum die geeignete Fernsehunterhaltung für ein Kind, noch dazu meine Tochter.«

»Ich bin fast siebzehn.« Sie seufzte.

»Eben!«

»Und schon lange kein Kind mehr.«

»Aber vom Erwachsensein mindestens ein halbes Universum entfernt.« Schäfer tippte auf seine billige Armbanduhr. »Was ist das überhaupt für eine Scheiße! Nicht einmal fünf Uhr nachmittags und so ein Müll im Fernsehen.«

»Das ist eine DVD.«

»Macht das einen Unterschied? Von wem hast du diesen Dreck?«

»Von dir.«

»Von mir?« Er kratzte sich am Ohr.

Hannah nickte. »Als ich letztes Mal bei dir war, da hast du mir gesagt, ich soll mir was aus deiner DVD-Sammlung aussuchen und mit nach Hause nehmen. Erinnerst du dich?«

Er nickte langsam. Natürlich hatte er keinen blassen Schimmer.

»Mag sein«, gab er widerwillig zu. »Einen Zeichentrickfilm vielleicht, deinem Alter angemessen, aber nicht so was.«

»Papa, du hattest keine Zeichentrickfilme in deiner Sammlung, die hattest du noch nie.«

»Bestimmt habe ich die.«

»Nein, nur Gewalt und ... na ja, Schmuddelfilme.«

Schäfer räusperte sich. »Du hättest mich fragen sollen, bevor du diesen Gewaltschinken mitnimmst.«

»Papa, das habe ich.«

»Das wüsste ich ja wohl.«

»Aber Papa.«

»Hannah, Schluss jetzt! Du schaust dir solch ein Zeug nicht an.«

Seine Tochter ließ sich schmollend in die Couch sinken, ihre Pinguinohrringe klimperten leise. Sie wickelte eine Strähne ihres braunen Haares um den Finger und zog eine Schnute.

»Was soll deine Mutter denken, wenn du solchen Gewaltkram von mir ausleihst?« Unwillkürlich senkte Schäfer die Stimme. »Außerdem gibt es Wichtigeres zu besprechen. Deine Mutter hat mir …«

Wie aufs Stichwort marschierte seine Exfrau Claudia ins Zimmer, nahm geistesabwesend die Fernbedienung und schaltete zurück auf das Gemetzelprogramm.

Hannah grinste, vermied aber direkten Augenkontakt mit ihrem Vater.

Schäfer ballte die Fäuste. »Wie zu besten Ehezeiten«, murmelte er, lief zum Fernseher und zog den Stecker aus der Wand.

»Papa!«

»Sveeeheeen!« Claudia starrte ihn so böse an, als hätte er seine Tochter aufgefordert, ein Praktikum auf einer Ölplattform zu absolvieren.

Schäfer sah in zwei Gesichter, die vorwurfsvoller nicht hätten sein können. Frauen auf dem Kriegspfad. Mutter und Tochter in seltener Einigkeit. Aber ein Sven Schäfer gab sich so schnell nicht geschlagen.

»Das ist *mein* Fernseher.« Seine Ex funkelte ihn an.

»Wenn ich mich recht erinnere, war dieser ultramoderne und sauteure Plasmafernseher eine Anschaffung von mir«, widersprach er.

»Als wir noch zusammengewohnt haben, meinst du wohl. Aber das war in einem anderen Leben, in einer anderen Welt, auf einem anderen Planeten. Jetzt ist dieser Kasten nicht mehr halb so modern, wie du dir einbildest.« Sie schüttelte den Kopf wie ein zorniges zweijähriges Mädchen.

»Für dich langt es schon noch.«

»Und das ist meine Wohnung.«

»In die du mich gerufen hast, weil unsere gemeinsame Tochter ein Problem hat, wenn ich dich erinnern darf.«

»Meine Güte, Sven, davon war nie die Rede. Ich habe dir nur mitgeteilt, dass deine Tochter eventuell einen Verehrer hat. *Eventuell*«, Claudia malte mit den Fingern Anführungszeichen in die Luft, »möchte ich betonen. Deshalb brauchst du doch nicht innerhalb der nächsten zehn Minuten hier aufzutauchen. Meine Güte, Sven, seit wann bist du denn so fürsorglich? Das sind ganz neue Seiten. Ich wollte dir nur berichten, dass deine Tochter erwachsen wird. Allzu oft siehst du sie ja nicht.«

»Woran du nicht ganz unschuldig bist.«

»Wie auch immer: Es war keinesfalls der Plan, dass du hier aufkreuzt und unseren gesamten Tagesablauf völlig durcheinanderbringst.« Claudia ging auf seinen Vorwurf gar nicht erst ein. »Wir haben eine Struktur in unserem Leben. Denk bitte daran, wenn Hannah in den Pfingstferien bei dir wohnt. Und mach dir keinen Kopf wegen eines nervigen Bewunderers. Es gibt für ein junges Mädchen schlimmere Dinge als einen Verehrer.«

»Verehrer? Einen gottverdammten Stalker nennst du einen Verehrer?« Er riss die Arme hoch. »Weißt du, wie viele Irre da draußen rumlaufen?« Mit dem Daumen deutete er über die Schulter in eine unbestimmte Richtung. »Man kann gar nicht genug aufpassen.«

»Ja, und einer dieser Irren ist hier eingebrochen.«

Schäfer blieb die Spucke weg. »Verdammte Hölle, was sagst du da? Der Stalker war in eurer Wohnung?«

»Der Stalker?« Claudia runzelte die Stirn. »Wohl kaum. Nein, ein Perversling. Und er war in meinem Schlafzimmer, um genau zu sein. Das hatte mit Hannahs Verehrer nichts, aber auch gar nichts zu tun.«

»Woher willst du das denn wissen? Wer ist hier der Cop, du oder ich?«

»Also, soviel ich weiß, bist du schon eine geraume Zeit kein Polizist mehr. Oder? Eher ein ziemlich erfolgloser Schnüffler, wie mir scheint.« Sie lächelte süffisant und musterte eingehend seine abgetragene Lederjacke und die ausgeblichene Cargohose.

»Das ist doch jetzt egal. Du weißt, was ich meine. Ich bin hier der Profi.«

»Trotzdem kann der Einbruch nichts mit Hannah zu tun haben.«

»Sagt wer?«

»Sage ich.«

»Bist du jetzt die Schwester von Miss Marple oder was?«

»Muss ich das sein, um das Offensichtliche zu sehen? Außerdem ...«, sie hob eine Augenbraue, »Miss Marple war doch über siebzig, ich bin eine straffe Enddreißigerin.«

»Hattest du nicht bereits letztes Jahr deinen Vierzigsten?«

»Auf einmal erinnerst du dich wieder an meinen Geburtstag.« Sie kniff den Mund zusammen. »Während unserer Ehe warst du in dieser Hinsicht ziemlich vergesslich, lieber Sven.«

»Lass uns einfach beim Thema bleiben. Zurück zum Stalker.«

»Welcher Stalker?«

»Dein Einbrecher.«

»Das eine hat mit dem anderen nichts zu tun.«

»Herrschaftszeiten, wieso denn nicht?« Schäfer holte tief

Luft. Seine Exfrau schaffte es immer wieder, ihn innerhalb kürzester Zeit auf Höchsttemperatur zu bringen.

»Weil der Einbrecher in *meinem* Schlafzimmer war, und nicht in Hannahs. Und er hat in *meinen* Dessous rumgewühlt, die von Hannah haben ihn nicht interessiert.«

»Meine Tochter trägt Reizwäsche?« Schäfer schloss für einen Moment die Augen.

»Nicht das, was du denkst, ihrem Alter angemessene Kleidung würde ich es nennen. Aber es geht hier um meine Wäsche, wie kann ich die je wieder tragen?« Claudia rümpfte die Nase. »Igitt, ich muss alles wegschmeißen und mir neue Sachen kaufen. Außerdem fehlt meine Lieblingsgarnitur, die hat mir Carsten geschenkt, war bestimmt nicht billig. Carsten kennt meinen Geschmack eben, während dich das früher nicht im Mindesten interessiert hat.«

Schäfer klatschte sich an die Stirn. »Halleluja! Das ist dein ganzes Problem?«

Claudia sah ihn mit ihren großen himmelblauen Augen an, das blonde Haar fiel ihr über die Schultern. »Natürlich, das ist eine Katastrophe, jetzt habe ich nichts mehr für drunter. Und morgen Abend ist doch das«, sie zögerte, »d-d-das Konzert, auf das mich Carsten eingeladen hat.«

»Seit wann bist du kulturell interessiert?« Schäfer hatte ihr kurzes Stammeln durchaus bemerkt, winkte aber ab. »Egal, das Dreckskonzert ist mir so was von wurscht. Mir geht es um Hannah, seit wann stellt ihr dieser Arsch nach?«

»Keine Ahnung, wie lange sie ihren Verehrer hat, frag sie doch selbst.«

»Also«, wandte Schäfer sich an seine Tochter und verschränkte die Arme vor der Brust. »Ich höre.«

»Mama hat es doch schon gesagt. Es ist nicht so wild, ehrlich.«

»Das entscheide ich. Also, was hat es mit dieser Stalkerei auf sich?«

»Ich krieg manchmal Nachrichten. Auf meinem Handy. Und im Briefkasten.«

»Was für Nachrichten?«, hakte Schäfer nach.

»Na, so Nachrichten halt, nichts Schlimmes. Und Briefe.«

»Genauer bitte.« Er wippte auf den Fußballen. Langsam ging ihm die Geduld aus, die er sowieso nur in sehr beschränktem Maße besaß.

Hannah zögerte, offenbar war ihr nicht ganz wohl bei der Sache. »Dass ich hübsch bin, ein nettes Gesicht habe und so. Nichts Besonderes.«

»Sag ich doch«, mischte sich Claudia ein, »nichts, worüber du dich derart aufregen müsstest. Bloß jemand, dem unsere Tochter gefällt. Eigentlich eine schöne Sache, findest du nicht?«

»Und morgen landen Aliens auf dem Rathausplatz. Ich will die SMS lesen, die dir geschickt wurden. Alle.« Schäfer nahm seine Tochter ins Visier.

»Habe ich gelöscht.«

»Und die Briefe?«

»Weggeschmissen.«

»Wenn du auf Bulle machen willst, dann kümmere dich um meinen Wäschedieb«, quengelte Claudia.

»Dieb, wieso Dieb, hat er was mitgenommen?«

Claudia nickte. »Hab ich doch gerade gesagt, hörst du mir eigentlich nicht zu? Aus dem Wäschekorb im Bad, einen BH und ein Höschen, und zwar meine Lieblingsstücke. Die habe ich immer an, wenn, also …«, sie stockte, stülpte die Unterlippe vor. »Das gehört jetzt wirklich nicht hierher. Ist Privatsache, geht dich nichts mehr an. Wenn du dich nützlich machen möchtest, dann sprich doch mit deinen Ex-Kollegen, damit die den Typen schnappen, der meine Dessous geklaut hat.«

»Bei der Polizei gibt es nicht viele, die sich über mein Auftauchen freuen. Und noch weniger, die mir helfen würden.«

»Tja, woher das wohl kommt?« Claudia verdrehte die Augen.

Er überging die verbale Spitze. »Bin ich eigentlich der Einzige hier, der sich Sorgen um Hannah macht? Habt ihr die Zeitungen nicht gelesen? So wie ich das hier sehe, ist dein Einbrecher ein verdammter Sittenstrolch, der seit geraumer Weile in Augsburg sein Unwesen treibt. Der Typ aus deinem Schlafzimmer hat sogar einen Namen. In der Presse nennen sie ihn den ›Wäschemann‹.«

»Mir egal, wie er heißt. Verhaften sollen sie ihn.«

»Wann ist er bei dir eingestiegen?«

Claudia überlegte kurz. »Vor vier Wochen ungefähr.«

»Und das erfahre ich erst heute? Blutsakrament!« Schäfer trat mit dem Schuh gegen die Couch.

»Ich wusste gar nicht, dass dir an mir noch so viel liegt.« Claudia grinste herausfordernd.

»An dir weniger, an meiner Tochter umso mehr.«

»Ich habe dir doch gesagt, der Einbrecher wollte nichts von Hannah.«

»Oh Herr, schmeiß Hirn vom Himmel«, flehte Schäfer. Vielleicht begriff da oben jemand, wie dringlich die Situation war. Denn eines war klar: Seine Ex peilte mal wieder gar nichts. »Was wäre, wenn Hannah während des Einbruchs zuhause gewesen wäre, hast du dir darüber Gedanken gemacht?«

»Sie war aber nicht daheim, sondern auf einem Klassenausflug.«

Ihr Gesichtsausdruck verriet Schäfer, dass Claudia nicht verstehen *wollte*. Er ballte die Hände zu Fäusten und zählte innerlich bis zehn, um einen Wutausbruch möglichst lange hinauszuzögern und bestenfalls ganz zu verhindern. Er seufzte, versuchte sich zu entspannen und fuhr sich über seinen Kopf, die kurzen Haarstoppeln piekten in seiner Handfläche. Dann steckte er seine Hände in die Taschen seiner Cargohose. Vielleicht nahm er das Ganze wirklich zu ernst und sollte eine Stufe zurückschalten. Einfach runterfahren, die ganze Geschichte gelassen angehen. Das wäre besser für die Gesundheit.

Das Ticken einer Wanduhr vermischte sich mit dem Pfeifen der Vögel, deren munteres Trällern durch das geöffnete Fenster drang. Das Leben konnte so friedlich sein. Er atmete tief durch, nahm die Hände wieder aus den Hosentaschen und faltete sie vor dem Bauch wie zum Gebet. »Du hättest es mir sagen sollen«, wisperte er so sanft wie ein Priester bei der Abnahme der Beichte.

»Was?«

»Das mit dem Einbruch.«

»Ich habe es Carsten gesagt, er hat versprochen, sich darum zu kümmern.«

Schäfers Blutdruck stieg enorm an. Von wegen Runterfahren, friedliche Welt und so. In seinem Inneren brodelte es. Der Vulkan, der Pompeji vernichtet hatte, war gegen ihn ein harmloses Tischfeuerwerk. »Diesem … diesem milchgesichtigen Staatsanwalt?« Er hasste Carsten Henningsen, den neuen Partner von Claudia. Allerdings nicht, weil er der neue Mann an ihrer Seite war. Dafür hätte man dem Typen eigentlich einen Tapferkeitsorden verleihen müssen. Schäfer war es scheißegal, mit wem seine Ex ins Bett hüpfte. Dieser Vertreter der Staatsgewalt war allerdings an Arroganz nicht zu überbieten. Schäfer hatte noch zu seiner aktiven Polizeizeit mit dem Jungschnösel seine Schwierigkeiten gehabt und war ein ums andere Mal mit ihm aneinandergeraten. Nein, Freunde würden er und Carsten Henningsen nicht mehr werden. Jedenfalls nicht in diesem Leben. Und im nächsten und übernächsten vermutlich auch nicht.

Dass dieser schleimige Typ sich jetzt anschickte, eine Art Ersatzvater für Hannah zu werden, das ging Schäfer gegen den Strich. »Der Junge ist Staatsanwalt für Verkehrsrecht, der kann mit Einbruchsermittlungen ungefähr so viel anfangen wie du mit einem Staubsauger.«

Claudia rümpfte die Nase. »Bei mir ist es aber sauber. Im Gegensatz zu deiner Wohnung.«

»Weil du von meinem Geld die Putzfrau bezahlst und ich keine Kohle mehr habe für eine eigene.«

»Dein Geld? Hah! Das ist der Unterhalt für deine Tochter. Soll sie in einer verdreckten Wohnung leben?«

»Du könntest selbst sauber machen.«

»Ich?« Claudia hob erschrocken die Hände.

»Nein, Dschingis Khan.«

»Willst du noch lange deine blöden Sprüche reißen? Hast du nicht irgendeinen untreuen Ehemann zu überwachen? Oder fängst du gerade Ladendiebe?« Sie setzte sich neben ihre Tochter auf die Couch und schlug die Beine übereinander.

Ihr Minirock war eine Sünde, die solariumgebräunten Oberschenkel und Waden durch jahrelanges Fitnesstraining bestens in Schuss.

»Von mir aus bleib noch eine Weile«, sagte sie großzügig. »Vielleicht möchtest du später mit Carsten über die Einhaltung von Verkehrsregeln diskutieren. Da kann er dir bestimmt behilflich sein.« Sie grinste. »Als Verkehrsstaatsanwalt versteht sich. Er kommt nämlich gleich.«

Sauber, dachte Schäfer. Das fehlte ihm gerade noch. Auf ein Zusammentreffen mit Henningsen hatte er überhaupt keine Lust. »Kannst du mir wenigstens sagen, welcher Kriponese die Ermittlungen bei deinem Einbruch führt?« Zeit, die Sache zu beenden und die Düse zu machen. Schäfer hatte sein Pulver verschossen.

»Eine Kriponesin war das.«

»Häh?«

»Eine Frau. Die von der Kripo war eine Frau. Eine ziemlich kräftige, sie hieß Horn oder Korn. Nein, ich glaube Born, wie der aus diesem amerikanischen Actionfilm.«

»Dorn meinst du wohl. Elsa Dorn.« Er kratzte sich an der Nase. Elsa bearbeitete also immer noch Sexualdelikte. Oder war sie gar zum Kommissariat 2 für Einbruchdelikte versetzt worden? Er und die kleine Hauptkommissarin hatten letzten Winter bei einem aufsehenerregenden Kapitalverbrechen zusammengearbeitet. Ein Killer, der von der Augsburger Presse der Engelmörder genannt worden war, hatte mehrere Menschen auf grausame Weise ermordet. Elsa Dorn hatte sich zwar als nervige Zeitgenossin entpuppt, ihm aber immerhin das Leben gerettet, was keine Kleinigkeit war. Soweit er wusste, hatte die ehrgeizige Elsa das Ziel verfolgt, zur Mordkommission zu kommen. Aber offenbar war sie bei diesem Versuch gescheitert.

»Genau. So hieß sie. Dorn. Den Vornamen weiß ich nicht. Sie hat mir eine Visitenkarte gegeben, aber die habe ich verlegt.«

»Ich kümmere mich drum.«

»Tu, was du nicht lassen kannst.«

»Übrigens, es ist sicherer, wenn Hannah vorübergehend zu mir zieht. Wieso bis zu den Ferien warten?«

»Willst du das wirklich?«

»Solange dieser Perverse nicht geschnappt wurde, möchte ich lieber auf Nummer sicher gehen.« Aus dem Augenwinkel sah er, wie Hannah heftig nickte. Das schien ihr zu gefallen.

»Mein lieber Sven«, entgegnete Claudia. »Übertreibst du

nicht ein bisschen? Das ist schließlich kein Mörder, sondern nur jemand, der für Hannah schwärmt. Wahrscheinlich irgendein Junge aus der Oberstufe. Aber bitte, wenn du meinst, du bist deiner Tochter gewachsen«, sagte sie gönnerhaft. »Ich wette, nach einer Woche hast du die Schnauze voll. Länger hältst du es mit ihr sicher nicht aus.«

»Okay, Hannah, pack deine Sachen.«

»Ähm, Paps, ich bin nachher bei Moni eingeladen, meiner besten Freundin. Mädelsabend.«

»Wo wohnt diese Moni?«

»Gleich nebenan.«

»Gut, aber nach eurem Treffen gehst du sofort nach Hause. Monis Vater soll dich begleiten, wenn es schon dunkel ist. Außerdem …«

»Mensch, Sven«, schaltete sich Claudia ein.

Schäfer brachte seine Ex mit einer barschen Handbewegung zum Schweigen. »Morgen nach der Schule hole ich dich ab«, wandte er sich an Hannah, die ihm begeistert den Daumen entgegenreckte.

Unten auf der Straße parkte der rote VW Käfer, den Schäfer seit einiger Zeit leihweise fuhr. Insgeheim hatte er die Möhre auf den Namen Klaus getauft. Eigentlich gehörte die Karre der alten Dame, die in der Wohnung über ihm wohnte. Schäfer hatte ihr Wohn- und Esszimmer gestrichen. Als Lohn dafür hatte er einen Hexenschuss bekommen und die zeitlich begrenzte Erlaubnis, diese alte Klapperkiste zum schnelleren Fortkommen zu benutzen. Einen fahrbaren Untersatz benötigte er als Privatermittler, sonst konnte er gleich Hartz IV beantragen. Nachdem sein ganzer Stolz, ein knallgelber Ford Mustang, bei einer Verfolgungsfahrt im letzten Winter in seine Einzelteile zerlegt worden war, hatte Schäfer wohl oder übel auf die Forderung von Frau Kümmel eingehen müssen, wenn er den Käfer fahren wollte. Den Wagen hatte die alte Dame für ihren Enkel vorgesehen, doch der fuhr lieber einen aufgemotzten Golf GTI. Zum Glück für Schäfer.

Er genoss einen Moment die warme Frühlingsluft, legte den Kopf in den Nacken und beobachtete eine Wolke, die über den blauen Himmel wanderte. Nach dem langen und eiskalten Winter empfand er diese warmen Tage Anfang Mai als besondere Genugtuung. Vor allem nach dem wochenlangen Regen im April, der nicht nur die Augsburger Flüsse zu reißenden Strömen hatte anschwellen lassen, sondern auch auf das Gemüt gedrückt hatte.

Quietschende Reifen störten die Idylle, stirnrunzelnd betrachtete er den schwarzen Audi Q7, der direkt vor seinem roten Leihwagen am Straßenrand parkte. Typischer Angeberwagen, dachte Schäfer.

»Scheiße!«, zischte er, als er die Gestalt erkannte, die aus dem Audi stieg. Hektisch duckte er sich hinter den roten Käfer und beobachtete den blonden Mann mit den akkurat gescheitelten Haaren, der Lederjacke mit aufgenähten Fliegersymbolen und der Ray-Ban-Sonnenbrille. Der Typ sah aus, als würde er zum Casting für die Neuverfilmung von *Top Gun* vorsprechen.

Schäfer blies erleichtert die Backen auf, als die Tür des Mehrfamilienhauses hinter Staatsanwalt Henningsen ins Schloss fiel. Mit zusammengekniffenen Augen betrachtete Schäfer den Hauseingang, obwohl Henningsen schon lange Zeit dahinter verschwunden war.

Das käme diesem Trottel gerade recht, sich in die Belange seiner Tochter einzumischen. Nix da, dachte Schäfer. Dieser Stalker war seine Sache, nicht die eines idiotischen Staatsanwalts. Er wusste, was er jetzt zu tun hatte. Sein nächstes Ziel war das Polizeipräsidium an der Gögginger Straße. Genauer gesagt Kriminalhauptkommissarin Elsa Dorn.

Dieser Frau würde er einen Besuch abstatten. Vielleicht konnte sie ihm bei seinem Stalkerproblem helfen. Immerhin arbeitete sie bei der Sitte, außerdem hatte er noch was gut bei ihr, da durfte die Kommissarin sich schon ein bisschen für ihn anstrengen. Eigentlich war ihr letztes Zusammentreffen sowieso schon viel zu lange her. Es wurde höchste Zeit, dies zu ändern und Elsa Dorn eine weitere Zusammenarbeit anzubieten.

Aber davor hatte er noch etwas anderes zu erledigen. Er holte seinen Fahrzeugschlüssel aus der Tasche und sah vom Schlüssel zu Henningsens Geländewagen und wieder zurück. Im spiegelnden Fahrzeuglack von Klaus, dem VW Käfer, beobachtete er, wie sich ein diabolisches Grinsen auf sein Gesicht schlich. Ein Grinsen, das Jack Nickolson alle Ehre gemacht hätte, wie Schäfer fand.

KAPITEL 3

Elsa grübelte in ihrem Büro im Polizeipräsidium über den Akten der bisherigen Fälle. Sie suchte nach einer Gemeinsamkeit, die ihr half, den Täter zu ermitteln. Gedankenverloren zupfte sie an ihrer Bluse und trank einen Schluck Kaffee aus einer Tasse mit Blümchenmuster. Schwarz, ohne Zucker. Sie brauchte einen Energieschub für ihre Konzentration. Und für ihren Magen etwas aus Italien. Pizza.

Mittlerweile verfluchte Elsa diese Einbruchsserie.

Eigentlich sollte sie Morde aufklären; ihr berufliches Ziel war immer gewesen, als Mordermittlerin zu arbeiten. Vor allem, nachdem sie vor einigen Monaten den Engelmörder zur Strecke gebracht hatte. Ein Platz in der neu geplanten Mordkommission schien ihr danach eine sichere Sache zu sein. Eine engagierte Mordermittlerin hatte doch sicher jeder gerne im Team.

Aber sie hatte die Rechnung ohne Karl-Heinz Jansenbrink gemacht. Der Chef der Augsburger Kriminalpolizei hatte ihre Versetzung zur Mordkommission erfolgreich verhindert, ihre Bewerbung war abgelehnt worden. Deshalb versauerte sie nun weiter bei der Sitte und musste Lustmolchen hinterherjagen statt Mördern und Totschlägern. Über diese Ungerechtigkeit war sie noch immer nicht hinweg; der Ärger knabberte an ihren Eingeweiden wie ein Totenkopfäffchen an einer Banane.

Apropos Affe. Der Leitende Kriminaldirektor Jansenbrink war mit dem schleppenden Verlauf der Ermittlungen übrigens nicht zufrieden. Das hatte er Elsa durch einen Kollegen ausrichten lassen. Tja, dachte sie. Auf diese Weise war es ihr immerhin erspart geblieben, einen weiteren Auftritt Jansenbrinks miterleben zu müssen. Wobei, genau betrachtet, trat der Alte nicht einfach auf, nein, das wäre viel zu profan. Jansenbrink erschien. Fehlte eigentlich bloß noch der Trommelwirbel, der ihn ankündigte.

Elsa biss ein großes Stück von ihrer Pizza ab. Im selben Moment öffnete sich die Tür. Wenn man vom Teufel sprach …

»Mahlzeit, Frau Dorn«, begrüßte sie der Kriminaldirektor.

»Mmm…zeit«, brabbelte Elsa zwischen zwei Bissen.

»Fastenzeit endlich vorbei?«, stichelte Jansenbrink.

»Fasten wird überschätzt«, entgegnete sie und wischte sich mit dem Taschentuch über den Mund.

»Und, gibt es was Neues?«

»Bitte?«

Jansenbrink wippte ungeduldig auf den Fußballen, die Hände hinter dem Rücken verschränkt wie ein Oberlehrer, der einen Schüler zur Tafel gerufen hat. »Die neue Sache, die von heute. Der Wäschemann. Klingelt es da bei Ihnen?« Er schüttelte den Kopf.

Elsa wollte gerade fragen, was ihn das anging. Immerhin war Jansenbrink nicht ihr Kommissariatsleiter. Aber im letzten Augenblick hielt sie sich zurück. Denn dieser Mann war leider mehr. Er war der Boss der Bosse. Der Pate der Augsburger Kriminalinspektion. Einfach ausgedrückt, ihr oberster Chef, wenn sie den Innenminister ausschloss. *Selbstverständlich* durfte Jansenbrink jederzeit und überall Erkundigungen nach dem Fortgang der Ermittlungen einziehen. Aber, dachte Elsa, wieso musste er das ausgerechnet bei *ihr* machen? Gab es keine wichtigeren Fälle, in die er seine neugierige Nase stecken konnte? Raub, Totschlag oder Mord zum Beispiel?

»Nein«, antwortete sie knapp. Das Pizzabrötchen lag ihr schwer im Magen. Käsegeruch lag in der Luft. »Nix Neues.«

Jansenbrink hob eine Augenbraue und musterte sie mit einem Gesicht, das aussah wie ein Gewittersturm. »Geht's a bisserl genauer, Frau Kollegin? Schließlich sitzt *mir* die Presse im Nacken, nicht Ihnen. Vielleicht sollte ich mit Ihrem direkten Vorgesetzten sprechen; es könnte immerhin sein, dass Sie überfordert sind mit dieser Arbeit, nicht wahr.«

»Überfordert? Ich?«

Jansenbrink sah sich demonstrativ im Raum um, drehte den Kopf von links nach rechts und wieder nach links, dann sah er zur Decke. »Sonst noch jemand anwesend?«

Elsa unterdrückte ein gereiztes Knurren. Glücklicherweise musste sie diesen Idioten nicht mehr lange ertragen. Ein knappes halbes Jahr noch, dann würde er seine Pension antreten. Das Wort wohlverdient kam ihr dabei nicht in den Sinn.

»Eigentlich sollte ich bald meine wohlverdiente Pension genießen«, erklärte Jansenbrink prompt.

Eigentlich? Elsa unterdrückte ein Stöhnen.

»Ich habe beim Innenministerium einen Antrag gestellt, meine Arbeitszeit um ein Jahr zu verlängern. Vorerst einmal.«

Arbeitszeit um ein Jahr verlängern? Vorerst? In Elsas Kopf hüpften Zwerge herum und schlugen mit Keulen auf ihre Gehirnwände ein. Sie musste sich verhört haben. »Sie … Sie beehren uns ein weiteres Jahr mit Ihrer, ähm, Anwesenheit?«

»Vorerst, wie gesagt. Insgesamt kann ich bis zu fünf Jahre verlängern. Bei Spitzenbeamten kann es sich das Innenministerium schließlich nicht leisten, sie einfach so zu verlieren.« Er schnippte mit den Fingern. »Und ich *bin* ein Spitzenbeamter.«

»Vorerst ein Jahr«, wiederholte Elsa fassungslos.

»Richtig. Schließlich muss ich das Ansehen der Augsburger Kripo wieder auf Vordermann bringen. Außerdem ...« Elsa hörte den Rest des Monologs nicht mehr. Sie musste Jansenbrinks Worte verdauen. Ein weiteres Jahr. Das waren schreckliche Aussichten. Und womöglich würde er sogar noch verlängern.

»... was ist jetzt mit dem Wäschemann?«

»Was? Ach, der?« Sie blies Luft nach oben, ihr Pony flatterte. »Ja, was ist mit ihm? Nichts! Er kommt aus dem Nichts und verschwindet wieder dorthin. Auch bei der Sex ..., ähm, dem letzten Opfer, dieser Frau Kunz, war es das gleiche Lied.«

»Und Sie haben wirklich Erfahrung in solchen Dingen? Ich meine, Sie waren in München bei der Sitte, das weiß ich, schon klar. Aber dieser Fall, hmm, er schlägt Wellen, verstehen Sie. Verdammt hohe mittlerweile. Zwar nicht so hoch wie bei diesem Serienmörder damals. Aber immerhin. Die Augsburger sind beunruhigt, und, ehrlich gesagt, ich auch. Seit dem Fall mit dem Engelmörder sind die Bürger, und vor allem die Presse, nun ja, leicht nervös. Vielleicht sollte ein anderer Beamter«, Jansenbrink betonte genüsslich das männliche »r« ganz besonders intensiv, »den Fall ...«

»Sie können mich stattdessen in die Mordkommission stecken, dann bearbeitet jemand anders *diesen* Fall weiter«, fauchte Elsa.

Auf Jansenbrinks Glatze bildeten sich Schweißperlen. Wie immer, wenn er auf das kleinste Anzeichen von Widerspruch traf. »In die Mordkommission, Sie? Gott bewahre, nach der Schweinerei vom letzten Mal? Nein, ich denke, Sie sind bei der Sitte ganz gut aufgehoben. Nur über die Auswahl Ihrer Fälle sollte man meiner Meinung nach nachdenken.«

»Schweinerei?« Am liebsten hätte Elsa dem Kriminaldirektor den Briefbeschwerer vor die Stirn geknallt. »Ich habe den Fall geklärt.«

Jansenbrinks Stirn legte sich in Falten. Dunkle Flecken bildeten sich unter seinen Achseln. »Geklärt ist wohl ein ganz klein wenig übertrieben.« Er hob die Hand, Daumen und Zeigefinger berührten sich. »Sie haben Ihren bescheidenen Anteil zu diesem Fall beigetragen, das gebe ich gerne zu, aber der Erfolg ist eher meiner Erfahrung zu verdanken.«

Elsa biss sich auf die Lippen, eine Erwiderung konnte sie teuer zu stehen kommen. Denn wie es wirklich zur Lösung dieses Falls gekommen war, und welche Rolle der Ex-Polizist Sven Schäfer dabei gespielt hatte, durfte Jansenbrink auf keinen Fall erfahren. Also ließ sie seine Tirade über sich ergehen.

»Aber das ist Schnee von gestern, zurück zum Thema.« Er sah sie von oben herab an.

Verdammt, wie sie es hasste, dass er sich in ihrem Büro niemals setzte und sie zu ihm aufsehen musste. Aber aufstehen würde sie deswegen nicht. Das käme einer Kapitulation gleich. Sie lehnte sich zurück, verschränkte die Arme.

»Jetzt, wo die Presse mit im Boot ist und unangenehme Fragen stellt«, fuhr er fort, »wäre es besser, die Last der Ermittlungen auf mehrere Schultern zu verteilen.«

»Das ist *mein* Fall.«

»Genaugenommen sind es«, er legte die Fingerspitzen an die Stirn, »fünf Fälle, habe ich recht?«

»Seit heute sechs.«

Um Jansenbrinks Lippen spielte ein höhnisches Lächeln. »Sechs Straftaten des Wäschemanns, aber Sie haben noch immer keinen Schimmer, wer dieser Übeltäter ist. Ich als Behördenleiter muss mir da leider die Frage stellen, ob Sie alles richtig machen.«

»Ich gebe mein Bestes«, fauchte Elsa zurück.

»Bestimmt, aber ob ihr Bestes gut genug ist, das muss sich erst herausstellen. Das letzte Wort darüber ist noch nicht gesprochen.«

Bevor sie darauf antworten konnte, war Jansenbrink bereits verschwunden. Natürlich ohne die Türe zu schließen. Elsa starrte auf die Wand im Gang. Ein feiner Riss zog sich von oben bis unten. Sie stand auf, warf einen Blick hinaus und schloss die Bürotür. Dann ging sie zum Fenster und öffnete es, nachdem sie ihre Kakteensammlung auf dem Fensterbrett zur Seite geschoben hatte. Sie lehnte ihren Oberkörper nach vorne und genoss die warme Mailuft, während ihr Blick über den Innenhof des Präsidiums glitt. Streifenwagen reihte sich an Streifenwagen. Gegenüber in der offenen Waschhalle sah sie den Wagenpfleger eines der uniformierten Fahrzeuge mit einem Hochdruckreiniger abspritzen. Zwei Hundeführer gingen mit ihren Schäferhunden zu ihren Polizeikombis und ließen ihre vierbeinigen Partner in die Hundebox im Kofferraum springen. Das Hoftor glitt quietschend auf und ein Funkwagen rollte herein und parkte. Zwei Polizeihauptmeister stiegen aus und gingen lachend ins Gebäude.

Elsa fuhr sich mit der Hand durch die braunen Haare und richtete ihren Pferdeschwanz. Sie blickte sehnsüchtig auf die Uhr, eigentlich hatte sie bereits Dienstschluss. Doch nach dem Anschiss von eben war sie entschlossen, jetzt erst recht weiterzuarbeiten. Sie schloss das Fenster, dann stellte sie es in Kippstellung, damit die Luft in ihrem Büro nicht zu stickig wurde. Als sie ihre Kakteen wieder in Reih und Glied aufstellte, stach sie sich an einem ihrer besonders stacheligen Exemplare, dem Warzenkaktus. Sie betrachtete den Kaktus und beschloss, ihn nach Jansenbrink zu benennen.

Dann setzte sie sich wieder, schob den Stuhl zurück und

griff nach ihrer Handtasche, aus der sie eine ihrer geliebten italienischen Pralinen zog. Nachdem sie die Folie abgewickelt hatte, schob Elsa die Schokolade in den Mund und schloss die Augen. Wieder und wieder ging sie den Modus Operandi des Wäschemanns durch, suchte nach Verbindungen zwischen den Opfern, fand aber keine. Es waren allesamt Frauen gewesen, die der Täter heimsuchte, nicht immer hübsch, nicht immer jung, sie hatten unterschiedliche Berufe, manche waren Single, andere hatten einen Partner. Auf den ersten Blick wahllos ausgesucht.

Aber waren sie das wirklich?

Zufällige Opfer?

Über ihr Liebesleben hatte Elsa diese Frauen bereits ausgefragt, aber nur ausweichende Antworten erhalten. War das vielleicht die Verbindung, nach der sie suchte? Hatte sie nicht tief genug gebohrt, nicht ausreichend nachgehakt? Jansenbrink wollte sie verunsichern, aber hatte er das auch geschafft?

Sie horchte in sich hinein.

Ja, der alte Glatzkopf war erfolgreich gewesen.

Verdammt!

Sie richtete sich auf. Hatte Jansenbrink vielleicht recht, war sie mit dem Fall überfordert? Bestimmt nicht, aber konnte es sein, dass sie abgelenkt war, mit den Gedanken woanders? Ihr fiel wieder ein, wie sie bei der Einberufung der neuen Mordkommission übergangen worden war. Es stimmte natürlich, darüber war sie mächtig sauer gewesen. Aber hatte sie deshalb ihre Arbeit vernachlässigt? Sie hatte zwar kurzzeitig darüber nachgedacht, sich bei Europol in Den Haag zu bewerben; dort suchten sie Ermittlungsbeamte für eine neu aufgestellte Einheit im Kampf gegen das organisierte Verbrechen. Zudem war Holland weit genug weg von Jansenbrink. Letztendlich hatte sie die Ausschreibungsunterlagen aber doch in den Papierkorb geworfen, so schnell wollte sie in Augsburg nicht aufgeben.

Sie schaute auf die Arbeitsplatte ihres Tischs. Dort herrschte penible Ordnung, Aktenordner standen wie Soldaten beim Morgenappell nebeneinander, rote Mappen lagen fein säuberlich übereinander. Elsa nahm einen der Ordner zur Hand, der Bilder von bekannten Augsburger Sexualtätern enthielt, die im Moment nicht im Gefängnis saßen. Sie hatte mit ihren Kollegen alle infrage kommenden Personen bereits überprüft, aber keinen Tatverdächtigen herausfiltern können. Niemand passte zu dem Fingerabdruck, den sie an einem der Tatorte gefunden hatte. Und das war leider auch schon die einzige Spur, die der Wäschemann hinterlassen hatte. Wenn sie denn von ihm stammte, was nicht hundertprozentig bewiesen war. Außerdem war es nur ein ziemlich verwischter Teilabdruck. Auf einem Dildo, den das Opfer unter dem Kopfkissen aufbewahrt hatte.

Die Visagen der Sexualtäter ekelten Elsa an, bei dem Anblick zweier Typen hielt sie jedoch inne; ihr kam fast die Galle hoch, diese beiden waren ganz besondere Früchtchen.

Vielleicht sollte sie den beiden einen erneuten Besuch abstatten. Wenn sie gegen diese Typen auch nichts in der Hand hatte, Unschuldslämmer waren sie keinesfalls. Kein Baum fällt bekanntlich beim ersten Hieb, ihnen ein weiteres Mal auf die Finger zu klopfen, war bestimmt kein Fehler. Und möglich war es immerhin, dass diese Burschen zwischenzeitlich interessante Dinge aus der Unterwelt erfahren hatten. Freiwillig würden sie diese Infos sicherlich nicht rausgeben. Es lag also an ihr, diese Mistkerle so lange zu kitzeln, bis sie ein Liedchen sangen, das ihr gefiel. Sie griff zum Telefon. Unmöglich konnte sie dort alleine auftauchen. Sie brauchte einen Kollegen, zur Not auch eine Kollegin.

Leider blieb Elsa erfolglos, egal, welches Büro sie anwählte. Sie war die Einzige von der Sitte, die noch im Dienst war. Elsa grübelte, die Kollegen von der Kripo wollte sie nicht belästigen. Der Kriminaldauerdienst war bestimmt ausgebucht. Einen uniformierten Kollegen vielleicht? Oder einen der Zivilfahnder der im Präsidium beheimateten Polizeiinspektion?

Wen konnte sie nur als Begleitung auswählen? Das Telefon schellte, es war der Beamte an der Hauptpforte, er kündigte Besuch an. »Auch das noch«, stöhnte Elsa, als sie den Namen der Person hörte, die zu ihr wollte.

KAPITEL 4

»Was machst *du* denn hier?«, protestierte Elsa und beobachtete mit knirschenden Zähnen, wie ihr Besuch ungefragt auf dem Stuhl ihr gegenüber Platz nahm und einen Weidenkorb abstellte. Das hatte ihr gerade noch gefehlt. »Und was ist mit Anklopfen?«

»Ich bin deine Mutter«, entgegnete Martha Dorn.

»Und da ist Anklopfen nicht nötig?«

»Klopfe ich daheim an, wenn ich in dein Zimmer will?«

»Nein«, musste Elsa ihrer Mutter recht geben. »Leider nicht.«

»Siehst du, wieso also hier?«, entgegnete Martha offenbar ohne jedes Unrechtsbewusstsein.

»Du schuldest mir noch die Antwort auf meine erste Frage.«

»Welche war das? Entschuldige, Liebes, aber mein Gedächtnis, du weißt schon.«

»Was willst du hier, Mama? Ich arbeite.«

Martha Dorn schaute sie ungläubig an. »Das nennst du arbeiten? Du sitzt in deinem Büro und machst ... Ja, was eigentlich? Du hast aus dem Fenster geschaut, als ich reingekommen bin, und Kaffee getrunken.«

»Na und? Ich bin bei der Kripo. Da *muss* man nachdenken. Nachdenken ist auch Arbeit.«

»Wirklich?«

»Wirklich«, bestätigte Elsa und schob die Unterlippe vor. »Was glaubst du, wie viele Menschen mit Nachdenken Geld verdienen!«

»Ach ja, welche denn?«

»Zum Beispiel, ähm, zum Beispiel ...«

»Jaah?«

»Sei halt nicht so ungeduldig.« Jetzt musste Elsa tatsächlich nachdenken. »Zum Beispiel Romanautoren. Oder Lektoren, Politiker auch.«

Ihre Mutter schaute sie streng an.

»Okay«, ruderte sie zurück. »Streich den Politiker, aber die anderen beiden schon.«

»Aha«, war das einzige, was ihrer Mutter dazu einfiel.

Elsa holte tief Luft. Es reichte offenbar nicht, dass ihre Mutter ihr zuhause auf die Nerven ging. Nein, jetzt musste sie auch noch bei der Arbeit aufkreuzen. Wenn das einer der Kollegen mitbekam. Oder schlimmer: Jansenbrink! Dann wäre sie das Gespött der Kollegenschaft. »Ich warte auf deine Antwort, warum bist du hier?«

»Ach, Elsalein, ich kenne doch deine langen Arbeitszeiten. Wer weiß, wann du heute nach Hause gekommen wärst.«

Elsa setzte sich kerzengerade auf. »Du hast doch nicht? Nein! Bitte, sag, dass das nicht wahr ist. Hast du was zum Essen mitgebracht?« Sie starrte auf den Korb ihrer Mutter, der mit einem Geschirrtuch abgedeckt war.

Martha Dorn folgte ihrem Blick. »Oh, hast du Hunger?«

»Nein, ich habe *keinen* Hunger.«

»Gut, ich habe nämlich nichts dabei.«

Elsa sank erleichtert zurück. Das hätte gerade noch gefehlt, dass ihre Mutter ihr das Essen wie einem kleinen Mädchen nachgetragen hätte.

»Aber wenn ich dich so anschaue, dann hätte ich es liebend gern getan. Mei, mager schaust wieder aus, mager.« Ihre Mutter schüttelte den Kopf. »Ich mach dir heute Abend was Anständiges. Eine saftige Pizza vielleicht, oder Spaghetti

Bolognese, das isst du doch so gerne.« Martha legte die Hände flach auf die Tischplatte und beugte sich vor. Dann schaute sie nach links und rechts, als ob die Gefahr bestünde, belauscht zu werden. Sie kniff ein Auge zusammen und flüsterte: »Die Energien im Universum haben sich verschoben.«

»Wie bitte?« Elsa musste sie falsch verstanden haben. Was hatten Energien mit Pizza und Spaghetti zu tun? Oder handelte es sich um einen der berüchtigten abrupten Themenwechsel ihrer Mutter?

»Die Energien im Universum haben sich verschoben!«, wiederholte Martha Dorn. »Und wie sie das haben.«

»Aha.« Doch nicht verhört.

»Das war es, was ich dir sagen wollte, einfach sagen *musste*. Du verstehst sicher, da konnte ich unmöglich auf deinen Feierabend warten. Na, was meinst du dazu?« Martha Dorn nahm ihre Brille ab, die wie immer an einer Kette baumelte. Während sie Elsa ansah, spielte sie mit den Kettengliedern und wickelte diese um ihren Zeigefinger.

Elsa sah zur Decke, zum Fenster, an die Wand. Sie blies die Backen auf, ließ Luft entweichen, trommelte mit den Fingern auf den Tisch, nahm einen Bleistift und drehte ihn in den Fingern, legte ihn auf den Aktenordner vor ihr. »Ja mei, das macht mich jetzt sprachlos.« Sie nahm erneut den Bleistift, öffnete eine Schublade ihres Rollcontainers und warf den Stift hinein, dann blickte sie ihrer Mutter ins erwartungsvolle Gesicht. »Was soll ich dazu auch sagen?«

»Spannend, gell.«

»Und wie.«

»Ich spüre es schon den ganzen Tag und konnte kaum erwarten, es dir mitzuteilen. Dem Papa kann ich es ja leider nicht mehr sagen, Gott hab ihn selig.« Martha Dorn bekreuzigte sich eilig.

Elsas Vater war vor über einem Jahr gestorben, deshalb war sie der erste Ansprechpartner ihrer Mutter, wenn Neuigkeiten in der Familie weitergetratscht werden mussten. Sehr zum Leidwesen Elsas. Manchmal bedauerte sie, dass ihre Schwester in Barcelona lebte und dort weitgehend von Marthas Anwandlungen verschont blieb. Momentan hatte Martha einen Hang zum Esoterischen. Elsa hoffte, dieser Spleen würde bald vorübergehen.

»Spürst du es nicht auch?«

»Was denn?«, fragte Elsa, immer noch in Gedanken versunken.

»Na, das Universum und seine Energien.«

Tja, dachte Elsa. Es bestand wohl kein Zweifel daran, dass die Frau vor ihr in einer ganz anderen Galaxie lebte. Aber sonst? »Nö, ich spür nix.« Sie schüttelte den Kopf. »Rein gar nix.«

»Das ist seltsam, ich fühle es sehr stark.«

»Schön, Mama, aber ich muss arbeiten. Wirklich, ich habe grad keinerlei Zeit fürs Universum. Das muss im Moment ohne mich auskommen.«

»Und die Energien?«

»Mei, Mama, die müssen sich ohne mich verschieben.«

»Meinst du?«

»Ja, Mama, meine ich. Ganz bestimmt.«

»Frau Elisabeth ist sicher, da braut sich was zusammen.«

»Frau ...?«

»... Elisabeth, die Heilerin. Erinnerst du dich nicht? Ich habe dir gestern von ihr erzählt.«

Elsa hatte keinen blassen Schimmer und sagte daher eilig: »Ach die. Klar doch. Die Elisabeth, natürlich. Jetzt, wo du es sagst, fällt es mir wieder ein.« Wer war verdammt noch mal diese Frau?

»Du solltest auch zu ihr gehen. Die hilft dir bei deinen ganzen Beschwerden.«

»Welche Beschwerden? Mir geht es gut.«

»Na, deine ähm, also die, diese ...«, Martha senkte die Stimme, »*Männer*beschwerden.«

»Mama, es ist wirklich gut.«

»Aber, Elsa, dein Männerproblem.«

»Ich habe kein Männerproblem.«

»Nein, du hast nämlich gar keinen Mann.«

»Stimmt, folglich auch keine Probleme.«

»Elsa, du weißt, wie ich es meine. Elisabeth kann dir helfen, sie ist Expertin im Handauflegen.«

»Hand ...?«

»... auflegen. Dein ganzer Schmerz ist im Nu verflogen.«

»Ist recht, Mama, aber für solch einen Schmarrn habe ich gar keine Zeit im Moment. Ich habe echt viel zu tun, weißt du.«

»Meinst du diesen Sexkram?«

»Mama, ich habe dir schon hundert Mal gesagt, das ist geheim, was ich bei der Arbeit mache.«

Ihre Mutter riss die Augen auf. »Anschreien brauchst mich deswegen aber nicht. Wo es die Presse doch schreibt, da darf ich es ja wohl auch sagen. Ist schließlich kein Geheimnis mehr.«

»Ich schrei doch gar nicht, Mama«, behauptete Elsa schnell, um zu überspielen, dass sie in der Tat etwas lauter geworden war. Das letzte, was sie jetzt brauchte, war eine beleidigte Mutter. Denn erstens wollte sie keinen Streit. Und zweitens würde dann der Haussegen wochenlang schiefhängen.

»Die Sach mit dem Wäschemann, das ist doch bestimmt dein Fall, nicht?«

Erleichtert atmete Elsa auf. Die Neugier ihrer Mutter hatte anscheinend über persönliche Befindlichkeiten wie Beleidigtsein die Oberhand behalten.

»Du bist doch bei der Sitte, das muss deine Sach sein, nicht wahr?«

»Mama.«

»Geh zur Heilerin, die kann dir bestimmt auch dabei helfen. Bei deinen Ermittlungen, meine ich.«

»Mama, ich glaube kaum, dass die Aussage deiner, deiner ...« Sie suchte nach dem passenden Ausdruck, fand keinen und fuhr seufzend fort: »... deiner *Heilerin* beweiskräftig ist.«

»Meinst du?«

»Ja, Mama, das meine ich. Mein Chef wäre bestimmt überhaupt nicht begeistert, wenn ich damit ankäme.« Elsa dachte an Jansenbrink und wusste nicht, ob das stimmte. Sie traute dem Kriminaldirektor durchaus eine esoterische Ader zu.

»Kann es nicht sein, dass die verschobenen Energien mit deinem Fall zu tun haben?«

Genug war genug, beschloss Elsa. Sie stand auf, nahm ihre Mutter beim Arm und zog sie sanft hoch. Dann tätschelte sie ihr den Rücken und schob sie aus dem Büro. »Mama, ich habe gleich eine wichtige Besprechung mit meinem Chef. Du willst doch nicht, dass ich Probleme kriege, weil ich schlecht vorbereitet bin.«

»Nein, aber was ist mit ...?«

»Mama, vergiss nicht, was du sagen wolltest. Das erzählst du mir dann heute Abend. Da werde ich ganz Ohr sein, versprochen«, log sie. »Aber du brauchst nicht aufbleiben deswegen. Wenn du müde bist, geh ins Bett. Bei mir wird's bestimmt später. Und du brauchst nicht zu kochen, gell. Ich geh zum Angelo, meinem Lieblingsitaliener. Bis dann.«

»Papperlapapp, Angelo und Lieblingsitaliener. Das Essen dort schlägt dir nur wieder auf deinen Magen. Du weißt doch, wie empfindlich du reagierst, Kind. Denk an das viele weiße Mehl und das Glutamat.«

»Das mit dem Glutamat, das war beim Chinesen, Mama.«

»Chinese oder Italiener, das ist doch egal, am Ende ist immer das gleiche drin.«

»Mama, es langt jetzt, ich muss wirklich arbeiten.«

»Gut, wie du meinst.« Martha schüttelte energisch den Kopf. »Aber das mit dem Italiener, das kommt überhaupt nicht infrage, italienisch kann *ich* viel besser. Und was diese Männergeschichte angeht, lass dir das von der Heilerin einmal auspendeln. Du wirst staunen, was die mit ihrem Pendel alles rauskriegt. Staunen wirst du.«

»Ja, Mama, das mit dem Pendeln, das machen wir ein anderes Mal.« Elsa schloss energisch die Tür, lehnte sich für einen Moment mit dem Rücken dagegen, bevor es klopfte und die Tür mit Gewalt einen Zentimeter aufgeschoben wurde.

»Spaghetti Bolognese, ist das in Ordnung«, rief Martha Dorn durch den Türschlitz. »Mit veganer Sauce natürlich. Und Salat, ganz frisch vom Bauernmarkt heute.«

»Ja, Mama, Spaghetti sind super. Aber aufbleiben lohnt sich trotzdem nicht. Stell das Essen auf den Herd, ich mach es warm, wenn ich heimkomm.« Elsa drückte die Tür sanft ins Schloss, um einen weiteren Wortschwall ihrer Mutter zu unterbinden, und ging zurück zu ihrem Stuhl. Mit zusammengekniffenem Mund musterte sie ihren Tisch, als die Tür aufflog. Elsa ließ resigniert ihr Kinn auf die Brust fallen und sagte, ohne aufzuschauen: »Mama, bitte, geh nach Hause. Ich flehe dich an.«

»Servus, Elsa, aber ich bin nicht deine Mama.«

Sie sah überrascht auf. Am Türrahmen lehnte Sven Schäfer, der bullige Privatermittler. Er grinste sie an und trat ungefragt ein. Noch bevor sie ihn begrüßen konnte, lümmelte er sich auf den Stuhl, der kurz zuvor ihre Mutter beherbergt hatte.

Schweigend betrachtete sie Schäfers Gesicht. Dreitagebart,

am Kinn blitzte eine kleine Narbe auf. Von der Frühlingssonne gebräunte Haut, das kam vom stundenlangen Observieren unter freiem Himmel. Sie sollte auch öfter an die frische Luft gehen, beschloss Elsa. Das tat ihrer blassen Haut bestimmt gut. Sie seufzte. Es schien in einem anderen Leben gewesen zu sein, als sie mit dem geschassten Kripobeamten Schäfer unfreiwillig kooperiert hatte. Trotzdem war es gerade einmal ein paar Monate her, seit sie ihn das letzte Mal gesehen hatte. Dabei hatte Elsa gehofft, ihm die nächsten zehn Jahre nicht mehr zu begegnen. Mindestens. Dank Sven Schäfer wäre sie um ein Haar von einem Serienkiller ermordet worden. »Was willst du hier?«, fragte sie innerhalb weniger Minuten den zweiten Störenfried des heutigen Tages.

»Ich habe dich auch lieb.«

»Wie kommst du überhaupt ins Präsidium? Kannst du nicht anrufen oder dich anmelden? Du kannst nicht einfach nach Lust und Laune hier hereinspazieren.«

Schäfer kratzte sich den rasierten Schädel. »Oh Mann, das sind jede Menge Fragen. Ich dachte, ich schau mal vorbei und sage Guten Tag, wo ich grad in der Nähe war.«

»Ach ja?« Sie lehnte sich zurück, der Stuhl knarrte unter ihrem Gewicht, was sie ärgerte. »Nach einem halben Jahr Funkstille tauchst du wie aus dem Nichts auf.«

»Ich hatte viel zu tun.«

»Aha.«

»Privatermittler sind eben gefragt. Die Branche ist am Boomen, jede Menge Leute wollen mich engagieren.«

Sie betrachtete ihn von oben bis unten. Schäfers heruntergekommene Kleidung strafte seine Worte Lügen. Elsa hob eine Augenbraue, sagte aber nichts weiter.

»Außerdem hast du dich auch nicht gerührt.«

»Hätte ich sollen?«

Er zuckte mit den Schultern.

»Das mit uns war eine begrenzte Zusammenarbeit.«

»Die erfolgreich endete.«

»Die mich um ein Haar das Leben gekostet hätte«, widersprach sie.

»Dieses Leben, das ich wiederum in letzter Minute gerettet habe.«

»Irgendwie denke ich, dass wir am Ende quitt waren.«

»Ehrlich?« Schäfer grinste sie schief an. »Ich glaube, mein Gedächtnis ist nicht mehr das beste.«

»*Das* glaube ich auch. Außerdem wäre es ganz sicher nicht sinnvoll gewesen, nach diesem Vorfall in dem verlassenen Landhaus später auf gute Freunde zu machen.«

»Zugegeben, das hätte den einen oder anderen auf dumme Gedanken bringen können. Aber inzwischen redet keiner mehr über diese alte Geschichte.«

»Wie du meinst. Und jetzt will ich eines wissen: Wie hast du dich ins Präsidium geschlichen?«

»Hey, hey«, wehrte er mit erhobenen Händen ab. »Ich bin keineswegs geschlichen, sondern durch die Vordertür spaziert. Ganz offiziell.« Er hob einen Zeigefinger. »Hier reinkommen, das geht für mich ganz einfach. Ein paar Leute im Präsidium kenne ich schon noch, die mich nicht gleich auffressen wollen. Bin doch kein Terrorist, der hier eine Bombe legen will.«

»Jansenbrink hält dich ganz bestimmt für einen Terroristen.«

»Würde mich nicht wundern, wenn er den Amerikanern verklickert, ich wäre der wiederauferstandene Osama bin Laden. Nur, um mich endgültig loszuwerden.« Schäfer lachte heiser. »Nett hast du es hier. Dein Büro hat sich seit meinem letzten Besuch kaum verändert.« Er deutete auf das Fensterbrett. »Wie ich sehe, hast du meinen Rat angenommen und verschönerst dein Arbeitszimmer mit ein bisschen Grün.« Er spitzte die Lippen. »Macht schon was her, auch wenn es nur ein paar Kakteen sind.«

»Kakteen haben eine beruhigende Ausstrahlung. Aber du lenkst ab. Was führt dich in mein Büro? Du willst doch bestimmt irgendetwas.«

»Oh, vielen Dank. Ich dachte, du freust dich, mich zu sehen. Immerhin bin ich bei unserem letzten Fall angeschossen worden.«

»Letzter Fall? Du redest, als wären wir ein Team, was wir aber nicht sind. Waren wir nie, und werden wir niemals sein. Apropos angeschossen, übertreibst du da nicht ein wenig? Du hattest eine Schutzweste an, wenn ich mich recht entsinne. Vielleicht hast du ein paar blaue Flecken abgekriegt. Mehr sicher nicht.«

»Einfühlsam wie immer, die liebe Frau Dorn. Kratzbürstig wie eh und je. Immerhin habe ich dir geholfen, auf der Karriereleiter nach oben zu springen.«

Schäfer spielte auf den Fall des Engelmörders an, den berüchtigtsten Serientäter, der je in Augsburg sein Unwesen getrieben hatte. Zugegebenermaßen hatte Schäfer einen gewissen Anteil an der Ergreifung des Täters gehabt, auch wenn die ganze Angelegenheit in einem Desaster mit viel Blutvergießen geendet war. »Jansenbrink hat das anders gesehen, sonst wäre ich längst nicht mehr bei der Sitte.«

»Das dachte ich mir, nachdem dein Name in den Zeitungen nicht aufgetaucht ist, sondern immer nur der des Herrn Kriminaldirektors. Wie ich höre, hat sich bei euch einiges verändert.«

»Stimmt schon«, brummte Elsa. »Aber nicht für mich, ich kümmere mich weiter um Busengrapscher und Hinternklopfer. Die Tür der Mordkommission bleibt für mich geschlossen.«

»Ts, ts, ts.« Schäfer legte die Füße auf den Tisch und verschränkte die Arme.

Sie kniff die Augen zusammen, legte den Kopf schief, zeigte deutlich ihre Missbilligung. Woraufhin Sven Schäfer ihr ungerührt eine Kusshand zuwarf. Der Typ war immer noch genau so dreist wie früher. »Das Polizeipräsidium hat diese elende Mordserie zum Anlass genommen, das Kommissariat 1 gehörig durcheinanderzuwirbeln«, fuhr sie fort. »Neudeutsch nennen sie das *Reform*. Das K1 ist seit Kurzem in drei Teile aufgeteilt: die Mordkommission, die Brandkommission und die Sitte.«

»Und du wärst gerne mittendrin in der Mordkommission?« Er schüttelte den Kopf.

»Weil ich bewiesen habe, was ich als Mordermittlerin tauge.«

»Stimmt. Nur dass das keinen von den Deppen da oben interessiert, oder? Stattdessen machen sie irgendwelche Reformen, die Kiste wird anders benannt, aber der Inhalt bleibt immer derselbe.«

»Von wegen selber Inhalt. Die Mordkommission wurde ganz neu aufgestellt. Leider ohne mich.« Sie lenkte auf ein anderes Thema. »Apropos froh sein. Bist du denn glücklich über dein Dasein als Privatschnüffler?«

Schäfer nahm die Füße vom Tisch, legte stattdessen die Ellenbogen auf die Platte und stützte sein Kinn in den Handflächen ab. »Ich bin mein eigener Chef, das ist toll. Und wenn ich Aufträge habe, verdiene ich sogar etwas. Aber mal was anderes, Elsa. Wo wir uns gerade so nett unterhalten. Du bist doch die Ermittlerin im Fall des Wäschemanns.«

»Ja«, antwortete sie zögernd. Worauf wollte Schäfer hinaus? Was sollte dieser rasante Themenwechsel? Dieser Mann machte sie einfach völlig wirr. Gemeinsam mit ihrer Mutter würde er sie irgendwann noch ins Grab bringen.

»Was weißt du über den Scheißkerl?«

»Was geht dich das an?«

»Eine Menge.«

»Aha, wusste ich es doch. Das hier ist also kein Freundschaftsbesuch. Natürlich, war nicht anders zu erwarten. Aber Schäfer, glaubst du im Ernst, weil wir mal zusammengearbeitet haben, wird das die Regel? Wenn du eines der Opfer vertrittst, dann ermittle mal schön selbst. Wieso sollte ich dir deinen Job abnehmen?«

»Weil ich dir im Gegenzug helfe. Das ist ein Deal.«

»No deal«, gab Elsa zurück. »Ich denke gar nicht dran.«

»Es geht um meine Tochter«, knurrte Schäfer.

»Ich kann mich nicht erinnern, dass bei einem Mädchen eingebrochen wurde.«

»Nein, aber bei ihrer Mutter. Claudia Schäfer.«

Elsa stockte kurz und kramte in ihren Erinnerungen. Sie dachte an ihre Begegnungen mit den Opfern. Da gab es eine Blondine in der Innenstadt. »Eine blonde Zicke?«, platzte es aus ihr heraus.

»Genau. Du hast sie perfekt beschrieben. Ihr habt euch bestimmt gut verstanden.«

Elsa reagierte nicht auf den kaum verhohlenen Spott Schäfers. »Sie hat dauernd von einem Staatsanwalt gefaselt und wollte damit Eindruck schinden.«

»Sieht ihr ähnlich.«

»Was hat das mit deiner Tochter zu tun?«

»Sie wird belästigt. Ein Stalker.«

»Und du denkst ...?«

»Wieso nicht? Dein Wäschemann könnte mein Stalker sein. Ich schneide ihm die Eier ab, wenn er meiner Tochter zu nahe kommt. Deshalb brauche ich deine Hilfe.«

»Beim Eierabschneiden?«

»Das schaffe ich alleine. Nein, beim Eier*suchen*.«

»Wie stellst du dir das vor? Jansenbrink hätte mich das letzte Mal beinahe für immer in der Aktenstelle verschwinden lassen, als ich mit dir zusammengearbeitet habe.«

»Er muss es ja nicht mitkriegen.«

»Und wenn doch?«

»Lassen wir uns was einfallen. Es geht diesmal doch nicht um Mord. Wenn mich meine Nase nicht trügt, dann könnte ich dir eine Hilfe sein.«

»Oh Mann«, stöhne Elsa. »Deine verdammte Nase bringt uns wieder in Schwierigkeiten.«

»Meine verdammte Nase hat dir schon mal das Leben gerettet und wird es wieder tun. Zumindest hilft sie dir bei deinem Fall.« Er tippte mit dem Finger gegen seine Nasenspitze. »Sieh es doch einmal so. Wenn wir uns zusammentun, kriegst du ratzfatz deinen Fall gebacken, kannst die Akte schließen und deinen Chefs Krenzin und Jansenbrink beweisen, wie unverzichtbar du bist.«

Elsa war nicht überzeugt. Schäfer hatte nicht nur die schlechte Angewohnheit, Probleme mit anzuschleppen. Nein, dieser Mann war ein einziges Problem.

»Ich bin die beste Hilfe, die du kriegen kannst.«

Elsa wühlte in ihren Unterlagen und nahm eine Akte zur Hand. Sie grübelte. Alleine konnte sie die Befragung nicht durchführen, die sie sich vorgenommen hatte. Ein Kollege der Sitte war nicht greifbar. Was könnte es also schaden, Schäfer als stillen Beobachter mitzunehmen? Es musste ja niemand davon erfahren. Außerdem sahen und hörten vier Augen und Ohren mehr als zwei. »Ich wollte gerade zwei Typen auf die Finger schauen, die ein paar Mal als Spanner aufgefallen sind. Bloß ist es so, also ... Grade ist niemand im Dienst, der mich begleiten könnte. Zumindest keiner, verstehst du, ich meine ...«

»Schon klar«, unterbrach Schäfer sie. »Mit dir will keiner zamschaffen. Ist ein altes Zickenproblem.« Er zwinkerte ihr zu. »Aber keine Sorge, Papa Schäfer hilft dir. Lass uns Ärsche knacken!«

»Halt, stopp! Wir knacken auf keinen Fall irgendwelche, ähm, Fälle! Das sind *keine* Verdächtigen, hörst du. Nur ...«

»... schmierige Kerle, ist mir bewusst. Ich bin nicht auf der Brennsuppe dahergeschwommen. Wir brauchen Informationen. Und die kriegen wir, versprochen. Mit Arschlöchern kenne ich mich aus. Davon habe ich mehr gesehen als jeder Proktologe, glaub mir.«

»Ich brauche aber keinen Proktologen, sondern einen intelligenten ...« Sie suchte nach dem richtigen Wort, denn Partner wollte sie keinesfalls sagen. Als sie nichts fand, das ihr passend erschien, schüttelte sie nur den Kopf. »Ach egal, jedenfalls gibt es klare Regeln, an die du dich zu halten hast, verstanden?«

Er nickte.

»Okay, ich nehme dich mit, aber nur als ... sagen wir, als Hospitant, ja? Du sagst kein Wort, stellst keine Frage, plapperst nicht dazwischen und verhältst dich absolut unauffällig. Wie ein Unsichtbarer, kapiert? Und vor allem, du krümmst keinem ein Haar, geht das in deinen kahlen Schädel rein? Es gibt keinen Verdächtigen mit Prellungen, Platzwunden oder gebrochenen Knochen.«

Schäfers Augen leuchteten vor Tatendrang. Irgendwie beruhigte Elsa das ganz und gar nicht. Er klatschte in die Hände. »Auf geht's, worauf warten wir noch. Dorn und Schäfer ermitteln wieder.«

KAPITEL 5

Schäfer linste auf Elsas Akte. »Was sind das für Arschgeigen?«

Die Kommissarin sah auf die angehefteten Fotos, löste die Klammern und schob ihm die Bilder über den Tisch zu.

Er legte den Kopf schief. »Der eine sieht aus wie ein Pfannkuchen, der andere wie ein fetter Ork.« Schäfer klopfte mit dem Finger auf die Aufnahme.

Elsa deutete auf Pfannkuchengesicht. »Der da heißt Heinz Kowalczik, 33 Jahre alt, ohne Arbeit, Quartalssäufer und notorischer Schwarzfahrer. Sein wahres Zuhause sind die Kneipen von Oberhausen.«

»Stimmt! So, wie der aussieht, kennt der wirklich jede einzelne Boiz«, gab Schäfer zurück.

Elsa nickte und fuhr fort: »Aufgefallen wegen kleinerer Sexualdelikte. Unter anderem als Spanner vor Schlafzimmern. Einmal schlich er sogar vor einem Bordell rum und hat an den Fenstern gelauscht. Sein Pech, ein Zuhälter ist auf ihn aufmerksam geworden und hat ihn furchtbar verprügelt. Die Kollegen von der Autobahnpolizei kennen ihn ziemlich gut. Er treibt sich auf ziemlich jedem Parkplatz entlang der A8 von Adelzhausen bis Burgau rum und filmt Frauen beim Pipimachen.«

»Pfui Teufel.«

»Der andere«, Elsa zeigte auf das zweite Bild, »ist Boris Ivanov, Deutschrusse, 45 Jahre alt, ein übler Typ, Spitzname ›die Faust‹, hat zig Vorstrafen wegen gefährlicher Körperverletzung, schwerer Körperverletzung, Bedrohung, Nötigung und einmal sogar Vergewaltigung.«

Schäfer musterte die hässliche Visage des Kriminellen. »Ich nenne ihn den fetten Ork, das passt besser.«

»Laut seiner Akten gab es zudem einige Festnahmen wegen Drogenbesitz.«

»Kiffer?«

»Nein, Chrystal Meth.«

»Drecksau!«

»Kleindealer.« Die Blicke der Hauptkommissarin huschten über die vor ihr liegende Akte. »Die Kollegen von der Bereitschaftspolizei haben ihn dreimal am Königsplatz bei ihren Drogenkontrollen hopsgenommen.«

»Dreimal? Respekt! Dann ist Spatzenhirn wirklich nur ein kleiner Fisch. Die von der Bereitschaftspolizei riecht man doch drei Tage gegen den Wind.« Er schüttelte den Kopf. »Unglaublich! Aber lass die Drogensache beiseite, darum geht's nicht. Wen hat er vergewaltigt? Das ist die interessantere Frage.«

»Boris saß wegen schwerer Körperverletzung in Kaisheim ein. Dort hat er sich über eine Anstaltspsychologin hergemacht. Das hat seine Haftstrafe beträchtlich verlängert. Die hat er allerdings woanders abgesessen, in Straubing. Ist vor einem Jahr aus dem Knast rausgekommen. Auf Bewährung.«

»Ein Hoch auf das deutsche Rechtssystem.«

»Bisher ist er nicht mehr aufgefallen, das ist immerhin ein Jahr.«

»Oder er war diesmal schlauer und hat sich nicht erwischen lassen«, erwiderte Schäfer und zielte mit dem Finger auf Elsa wie mit einer Pistole. »Schon mal darüber nachgedacht, Schätzchen?«

»Du glaubst nicht an Wiedereingliederung von ehemaligen Straftätern, habe ich recht? Nennt man auch Resozialisierung.«

»Bei dieser Kröte? Ganz sicher nicht. Da glaube ich eher daran, als Maikäfer wiedergeboren zu werden. Sonst noch was Interessantes über die Intelligenzbestie?«

»Holt sich gern im Auto einen runter, was an sich ja nichts Verwerfliches ist. Allerdings lässt er sich dabei zuschauen. Hat er am Autobahnsee gemacht. *Vor* seiner Inhaftierung. Dabei hat ihn ein Badegast erwischt und den Fehler begangen, ihn bis zum Eintreffen der Polizei festhalten zu wollen. Boris hat den armen Kerl ins Koma geprügelt. Daher die erste Haftstrafe.«

»Das nenne ich mal einen Verdächtigen, wie er im Buche steht. Den habt ihr noch nicht windelweich geklopft?«

»Irrtum. Ich *habe* Boris gründlich überprüft. Auf *legale* Weise, wie ich hinzufügen möchte. Das Windelweichklopfen ist eher deine Domäne. Die Kollegen von der Fahndung haben seine Alibis zu den einzelnen Straftaten durchgecheckt. Er ist nicht unser Wäschemann, so sehr ich es auch bedaure, ihn nicht wieder hinter Schloss und Riegel bringen zu können.«

»Wo wohnt er?«

Elsa nannte ihm eine Adresse in Oberhausen, im Norden Augsburgs.

»Topadresse würde ich meinen. Da ist er im Knast besser dran gewesen.«

»Das ist beleidigend für die anderen Bewohner dieses Stadtteils.«

»Ach, ja?«

»Ja.«

»Wenn du meinst.« Elsa schien verärgert zu sein. Schäfer hob beschwichtigend seine Handflächen. »Soll bitte kein Krieg ausbrechen zwischen uns beiden.«

Sein Gegenüber gab sich offenbar mit der Entschuldigung zufrieden. Schäfer legte die Bilder nebeneinander. Links Boris, rechts Kowalczik. Boris starrte den Betrachter aus zwei

Schweinsäuglein an. Das Orkgesicht hatte einen fleischigen Nacken, eine platte Nase und ein Doppelkinn. Laut der letzten erkennungsdienstlichen Behandlung brachte Boris schlappe 120 Kilogramm auf die Waage, bei 1,85 m Körpergröße keine schlechte Quote für den Body-Mass-Index. Schäfers BMI war auch nicht gerade berauschend. Aber im Gegenzug zu Boris hatte er Muskeln statt Fett, was allerdings den BMI nicht interessierte.

Heinz Kowalczik sah dagegen fast zierlich aus. Eher ein Hänfling, der gerade die Hälfte von Boris wog. Auf dem Foto sah man einen weinerlichen, blassen Typen mit Hornbrille, Typ Einzelkind. Schäfer warf die Fotos auf Elsas Seite des Tischs. »So, die haben mich genug angeglotzt. Wenn ich mir die noch länger anschaue, muss ich kotzen.« Geistesabwesend sah er aus dem Fenster, während er über diese Ekelbolzen nachdachte. Sollte er herausfinden, dass einer dieser Drecksäcke seine Tochter auch nur schief angesehen hatte, dann würde er den Typen eigenhändig kastrieren. Elsas Räuspern holte ihn zurück in die Gegenwart.

»Was?«, fragte er.

»Zeit zu gehen.« Elsa stand auf, öffnete ihren Wandtresor, schnappte sich die Dienstpistole und verstaute die Heckler und Koch in ihrem Gürtelholster.

»Brauchst du nicht«, sagte Schäfer, als Elsa den Schlüssel für den Dienstwagen einstecken wollte. »Ich spiele für dich den Chauffeur.«

»Oh, sind wir heute plötzlich Gentleman?«

»Schätzchen, halt die Luft an. Ich will nur nicht in einer Bullenkarre nach Oberhausen tuckern, eure Schlitten kennt jeder Kleinkriminelle.«

»Was du nicht sagst.«

»Bei wem fangen wir an?«, wollte Schäfer wissen.

»Ich würde sagen, bei Pfannkuchen, ähm, ich meine natürlich Kowalczik. Heinz Kowalczik. Aber ich fürchte, die Befragung bringt nicht viel. Nur habe ich sonst keine Ansatzpunkte, also kann ich diesem Typen ruhig nochmal auf den Zahn fühlen. Und Boris sowieso. Ein wenig polizeiliche Präsens schadet keinem von den beiden.«

»Meine Rede. Ich sehe schon, du hast eine Menge von mir gelernt.«

»Selbstüberschätzung ist genau dein Ding, was?«

»Außerdem bin diesmal *ich* dabei«, sagte Schäfer und ignorierte den letzten Satz. »Mein Instinkt ist verdammt gut. Vielleicht hast du was bei deinen Ermittlungen übersehen. Sollte das der Fall sein, finde ich es raus.«

Elsa drehte den Kopf und warf einen betonten Blick in Richtung des schweren Lochers, der auf ihrem Schreibtisch stand.

Schäfer sah ihr an, dass sie ihm selbigen liebend gerne auf den Kopf geknallt hätte. Genauso reizbar, wie er sie in Erinnerung hatte. Entzückend.

»Ich habe deine Sprüche wirklich vermisst«, sagte sie.

»Ich weiß.«

Gemeinsam gingen sie durch die fast leeren Gänge des Polizeipräsidiums, vorbei an verwaisten Büros. Der reguläre Arbeitstag war beendet, um diese Zeit waren nur noch die Beamten im Haus, die Nachtschicht hatten. Also die Mitarbeiter des Kriminaldauerdienstes, der Einsatzzentrale oder die uniformierten Beamten der im Hause befindlichen Polizeiinspektion. Doch deren Räume befanden sich woanders in dem L-förmigen Gebäude.

Schäfer wartete, bis Elsa mit ihrem Zugangschip die Haupttüre im Foyer des Präsidiums geöffnet hatte, dann trat er nach ihr ins Freie. Dabei fiel sein Blick auf ihre Schuhe. Pumps in Leopardenmuster.

»Sieh dir das an«, sagte die kleine Gestalt neben ihm empört. »Da hat doch jemand seine rote Mistkarre auf dem Parkplatz für Einsatzfahrzeuge geparkt.«

»Stimmt«, gab er ihr recht. »Dieser Jemand bin ich.«

»Das ist nicht dein Ernst. Das«, sie machte eine abwertende Handbewegung, »soll dein Auto sein? Du passt doch nie im Leben da rein.«

»Erstens ist es nicht mein Auto, ich habe es nur geliehen. Zweitens passe ich ganz gut rein.«

Wenige Augenblicke später blies der Fahrtwind in Elsas Gesicht und wehte ihr die Haare in die Stirn, wie Schäfer mit einem Seitenblick bemerkte.

Die Kommissarin lehnte den Arm aus dem Beifahrerfenster und trommelte mit den Fingern aufs Wagenblech. Sie warf ihm einen mitleidigen Blick zu. »Du siehst aus wie eine riesige Presswurst, wenn du derart hinter dem Lenkrad eingequetscht bist.«

»So ein Käfer ist bequemer als er aussieht.« Schäfer hatte ebenfalls das Fenster geöffnet. Er spürte den Schweiß auf seiner Stirn. Um ihn herum tobte das Verkehrschaos. Genervte Autofahrer hupten ihre Feindbilder in den Lkws an. Die Brummifahrer erwiderten freudig die Komplimente, einige hoben wütend ihre Fäuste und drohten jedem und allem Prügel an, wenn sie abbremsen mussten. Der Feierabendverkehr war durch die unzähligen Baustellen in der Fuggerstadt noch mörderischer geworden, die Geduld der Menschen längst aufgebraucht. Das bekamen ebenfalls die Streifenbeamten der Polizeiinspektionen zu spüren, die in den letzten Tagen immer häufiger aufgebrachte Verkehrsteilnehmer beruhigen mussten. Nicht wenige gingen sich wegen Kleinigkeiten an die Gurgel. Nach dem vielen Regen im April fielen die ersten Maitage extrem warm aus, anscheinend zu warm für viele. Die Witterung und vor allem der starke Pollenflug beeinflussten offensichtlich das Gemüt der Leute. Nur gut, dachte Schäfer, dass er persönlich über eine gelassene Psyche verfügte.

»Du Armleuchter, du saublödes Arschloch, fahr zur Seite«, brüllte er gleich darauf. Er trat hart auf die Bremse, seine Beifahrerin wurde in den Gurt gepresst und in den Sitz gedrückt, als er wieder Gas gab. Der Motor des Käfers knatterte.

»Wieso habe ich mich auf diesen Höllenritt eingelassen?«, beschwerte sich Elsa Dorn. »Ich hätte doch den Dienstwagen nehmen sollen. Das ist das reinste Autowrack, gehört ins Deutsche Museum. Wie lange willst du dieses«, sie zögerte einen Augenblick, suchte anscheinend nach dem richtigen Ausdruck, vielleicht wollte sie ihn nicht beleidigen, »Schmuckstück denn noch fahren?«

»Bis ich im Lotto gewinne und mir einen Lamborghini leisten kann.«

»Das könnte dauern.«

»Bei meinem Glück?« Er sah sie aus dem Augenwinkel an. »Bis zur Apokalypse.«

»Tja«, meinte Elsa Dorn, als sie auf die Ackermannstraße einbogen. »Das ist noch ganz schön lange hin.«

»Kann ich nichts dran ändern.«

Sie hielten an einer Ampel direkt neben einem Gartencenter. Der Motor ratterte im Stillstand wie ein Panzer. Sie wurden beide durchgeschüttelt. Der Auspuff stieß Rauchwolken aus, wie eine Nebelmaschine bei einem Filmdreh. Auf dem Bürgersteig stiefelten drei Jugendliche vorbei und starrten Elsa Dorn unverhohlen an. Dabei tuschelten sie aufgeregt und machten mit den Händen wilde Gebärden.

»Hey, Oma, geile Kiste ey«, rief der Älteste der drei. Seine Baseballkappe hing schief auf dem Kopf, er bewegte seine Arme wie ein Rapper auf LSD und grinste frech zwischen zwei

Zahnlücken. Dazu schielte er, als wäre er von einem Zug angefahren worden.

»Was hat er gesagt?« Sie blickte zu Schäfer.

»Dass du eine Oma bist.«

»Mach du erst mal deinen Führerschein, du Rotzlöffel«, wandte sie sich an die Zukunft der deutschen Rente.

Der Angesprochene lachte und trabte mit seinen Freunden um die nächste Straßenecke.

»Was bin ich froh, keine Mutter zu sein. Am Ende setze ich noch einen dieser Intensivtäter in die Welt.«

»Was regst du dich auf?«, fragte Schäfer und steckte sich einen Kaugummi in den Mund. »Das ist die heutige Jugend.« Er zuckte die Achseln und fuhr wieder los.

»Du bist ziemlich nachsichtig gegenüber dieser Jugend.«

»Ich habe eine Tochter.«

»Wenn sie nach dir kommt, dann wundert mich gar nichts mehr.«

»Vielleicht lernst du sie bald kennen. Ihr versteht euch bestimmt prima.«

»Soll das ein Kompliment sein?«

»Warte es ab. Aber eins kann ich dir sagen. So stressig ein Kind auch sein kann, es hat auch seine schönen Seiten.« Elsa Dorn schwieg dazu, gab lediglich ein Brummen von sich, Schäfer sah sie aus den Augenwinkeln an und bemerkte ihren zugekniffenen Mund. Oha, hatte er da einen wunden Punkt bei der ansonsten nicht auf den Mund gefallenen Kommissarin getroffen? Er beschloss, auf diesem Thema nicht länger herumzureiten.

Eine Stunde später bog Schäfer auf die B17 Richtung Norden und blieb auf der Westtangente, bis zur Ausfahrt Holzweg, wo er abfuhr. Rechts schraubte sich der Gaskessel in den Himmel, eines der höchsten Gebäude in Augsburg, und ein Überbleibsel des vor Jahren stillgelegten Gaswerks. Schäfer fand den Kessel das beeindruckendste Bauwerk im Stadtteil Oberhausen, den er ansonsten nicht wirklich prickelnd fand. Abgesehen natürlich von der Pommes-Bude in der Donauwörther Straße mit der weltbesten Currywurst. Dieser Laden kam auf seiner Liste der wichtigsten Augsburger Koordinaten natürlich vor dem Gaskessel. Eigentlich gehörte die Pommes-Bude unter die Top Drei.

Elsa Dorn und er waren auf dem Weg zu Boris Ivanov, das Gespräch mit Heinz Kowalczik hatte leider nichts ergeben. Schäfer hatte sich dabei ausgesprochen ruhig verhalten, wie er fand, hatte kaum ein Wort beigesteuert, nur hier und da eine Frage eingeworfen und immer wieder den Kopf geschüttelt.

»Was für ein Reinfall, dieser Kowalczik«, beschwerte er sich jetzt und ruderte mit den Händen.

Elsa hielt – auffallend theatralisch – wie er fand, den Atem an, als vor ihnen eine Radfahrerin auftauchte und er immer noch freihändig fuhr, weil er mit beiden Händen gestikulierte.

»Hoppala«, brummte er und kurvte um die Radlerin wie um eine Slalomstange. »Tschuldigung!«, rief er durch das offene Fenster. »Nix war das, gar nix«, fuhr Schäfer fort. »Diese Befragung war so was für die Katz, der reinste Witz.«

Elsa Dorn nickte. »Tja, habe ich dir vorher schon prophezeit: Die Befragung bringt wahrscheinlich wenig. Aber da ich keinerlei sonstige Ansatzpunkte habe und mir Jansenbrink bereits am Heck hängt, muss ich immer wieder und immer wieder um die gleichen Punkte kreisen wie Fliegen um einen Misthaufen.«

Die Hauptkommissarin hatte offenbar keinen guten Tag.

Vorhin hatte sie allen Ernstes die Waffen strecken und den Besuch bei Boris Ivanov abblasen wollen. Doch so schnell warf ein Sven Schäfer die Flinte nicht ins Korn. Das wäre ja noch schöner! Also hatte er darauf bestanden, weiterzumachen und Ivanov aufzusuchen. Und dann befriedigt registriert, wie Elsa Dorn sich seufzend zurückgelehnt und das Handfunkgerät in die Mittelkonsole gelegt hatte. Er hatte ihr ausreden wollen, dieses Ding überhaupt mitzunehmen, aber sie hatte darauf bestanden, weil sie ja quasi im dienstlichen Auftrag unterwegs waren. Kurz darauf hatte ein Funkspruch die Aufmerksamkeit seiner Beifahrerin erregt.

»Da wurde gerade eine Streife in die Ludwigstraße beordert. Dort wohnt doch deine Exfrau. Ist das nicht in der Nähe vom Stadttheater.« Der letzte Satz war eher eine Feststellung als eine Frage gewesen.

Schäfer hatte nur gebrummt. Am liebsten hätte er den Funk abgedreht.

Elsa jedoch hatte interessiert mitangehört, wie die Einsatzzentrale der Funkstreife neue Informationen durchgegeben hatte. »Doch, Schäfer, das ist bei deiner Ex. Außerdem ist die Rede von deinem Staatsanwalt.«

»Das ist nicht mein Staatsanwalt, sondern der von meiner Exfrau.«

»Ist das zu fassen, jemand hat alle vier Reifen seines Wagens zerstochen. Direkt vor dem Haus deiner Ex, am helllichten Tag«, hatte Elsa Dorn den Funkspruch unnötigerweise kommentiert.

»Ich sag's ja, Augsburg ist ein heißes Pflaster, die Rowdys werden immer dreister.« Schäfer hatte sich gerade noch ein Grinsen verkneifen können. Er hatte gespürt, wie ihn Elsa musterte, aber rasch seine unergründliche Miene aufgesetzt. Jedenfalls hatte er das gehofft.

Und nun fuhren sie also durch die engen Gassen von Oberhausen. Unzählige Pkws parkten rechts und links, und Schäfer musste jedes Mal rechts ranfahren, wenn ihnen ein Fahrzeug entgegenkam. Auf den Gehwegen spielten Kinder, lachten, plärrten und machten mehr Krach als die gesamte Fankurve des FC Augsburg. Aus offenen Fenstern brüllten Ehemänner, ihre Frauen keiften zurück. Ab und zu hörte er ein Klatschen, gefolgt von einem Schmerzensschrei, und stellte sich das Veilchen vor, das das Opfer wohl bekam, vermutlich die Ehefrau. Ältere Männer saßen auf Stühlen vor den Häusern, tranken aus Plastikbechern, rauchten und spielten Karten.

Schäfer fühlte sich in die Straßen von Istanbul oder Tanger versetzt.

Elsa Dorn grüßte freundlich, erntete aber nur teilnahmslose Blicke. »Entweder sind die hier ziemlich unfreundlich, oder sie kennen dich«, versuchte sie einen lahmen Witz auf seine Kosten.

»Stimmt.«

»Was?«

»Sie kennen mich.« Er verzog keine Miene, denn das war die Wahrheit.

Die Hauptkommissarin schaute aus dem Fenster. Teilnahmslose Blicke wechselten zu feindseligen Blicken. Sie ließ den Kopf hängen. »Du hast wohl überall Widersacher. Muss ich Angst haben um meine Sicherheit?«

»Wie?« Er lachte heiser. »Nein, um Gottes willen.«

Elsa Dorn rutschte unruhig auf dem Sitz umher und murmelte: »Na, hoffentlich.«

Zwischenzeitlich waren sie im Schritttempo unterwegs. »Wir sind da«, sagte Schäfer.

»Ich weiß, ich kenne das Haus. Schließlich war ich es, der das Alibi von diesem Boris überprüft hat. Zusammen mit zwei Kollegen von der Fahndung.«

»Reizende Gegend. Vielleicht kaufe ich mir hier ein Eigenheim«, lästerte Schäfer.

»Würde zu dir passen.«

»Kannst ja bei mir einziehen.«

»Gerne. Aber nur bei getrennten Schlafzimmern.«

»Wie du willst, Schnucki.« Schäfer hustete vor Lachen. »Scheiße, kein Parkplatz weit und breit«, er hustete weiter, verschluckte sich und lenkte den Käfer mit einer Hand kurzerhand auf den Gehweg, wo er den Motor abstellte.

»Hier?«

»Jepp«, bestätigte er. »Wenn ich einen Strafzettel bekomme, übernimmst du das.«

Elsa Dorn stieg kopfschüttelnd aus und führte ihn zu einem heruntergekommenen Wohnhaus mit abblätternder Fassadenfarbe. Am Hauseingang platzte der Putz ab und bedeckte zentimeterdick den Boden. Was niemand zu scheren schien. Die Hälfte der Briefkästen war aufgebrochen, bei den anderen hatten sich die Besitzer die Mühe gespart, sie abzuschließen. An beinahe allen fehlte der Name. Genau wie an den Klingelschildern. Da die Eingangstür offen stand, gingen sie ins Treppenhaus.

Schäfer verzog angewidert das Gesicht. »Halleluja! Mann, das stinkt vielleicht abartig. Wie auf dem Bahnhofsklo.«

Seine Begleitung deutete auf einen Haufen in einer Nische hinter der Treppe.

»Was ist das?«

»Sieht nach Hundescheiße aus. Letztes Mal bin ich reingetreten, das war oben im ersten Stock.«

»Die lassen ihre scheiß Köter hier rumscheißen?«

»Der Köter gehört Boris Ivanov. Und dem ist es egal, was seine Mitbewohner denken.«

»Netter Typ, dieser Boris. Den möchte ich gerne kennenlernen.«

Elsa hob eine Augenbraue, offenbar spürte sie seine Frustration ob des wenig ergiebigen Besuchs bei Kowalczik.

»*Ich* stelle die Fragen«, erinnerte sie ihn.

Schäfer hob die Hände. »Ich bin der Hospitant und halte mich zurück, hab's kapiert. Hat doch vorhin super geklappt. Bis auf das Ergebnis.«

Sie stiegen die Stufen hoch, die Treppe knarzte bei jedem Schritt. Zu dem Aroma von Hundescheiße gesellte sich nun ein Muff aus abgestandenem Rauch, Käsefüßen und verbranntem Essen hinzu. Sie blieben vor einer Wohnungstür stehen. Auf das Türblatt war mit Kugelschreiber der Name Ivanov geschmiert. Schäfers Blick blieb an einem Paar Halbschuhe auf dem Schuhabstreifer hängen, zwei gelbe Socken steckten darin und sahen aus wie zwei riesige Maden. Daher also der Käsegeruch.

Es gab keine Klingel, Elsa Dorn klopfte an. Nichts tat sich, sie klopfte ein zweites, ein drittes Mal. Dann rief sie laut nach Boris. Diesmal kam von drinnen eine gedämpfte Antwort.

Schäfer glaubte etwas wie »Fick dich« gehört zu haben, war sich aber nicht sicher. Kurzerhand schob er Elsa zur Seite. »Lass mich mal.« Er hämmerte mit der Faust an die Tür. Unter den Schlägen seiner gewaltigen Pranke erzitterte das billige Furnier. Beim dritten Hieb splitterte Holz.

»Nein«, warnte Elsa.

Schäfer ignorierte sie, wich einen Schritt zurück und trat mit dem Fuß zu. Er bemerkte, wie die Kommissarin die Augen schloss. »Nein, bitte nicht«, flüsterte sie, doch da war es bereits zu spät.

KAPITEL 6

Gebrüll folgte auf das Bersten von Holz.

Elsa öffnete die Augen und sah Schäfer mit katzenartiger Geschmeidigkeit in Boris' Wohnung verschwinden. Wieder einmal verfluchte sie den Schnüffler, der wie eine Ein-Mann-Spezialeinheit durch die Haustür gebrochen war. Sie wollte sich gar nicht ausmalen, was Jansenbrink mit ihr anstellen würde, wenn er von dieser Art der Polizeiarbeit erfuhr. Hausfriedensbruch war noch der geringste Vorwurf, der sie vermutlich treffen würde. Zusätzlich zu einem Disziplinarverfahren.

Resigniert ließ sie die Schultern sinken und betrat ebenfalls die Wohnung, wobei sie sich vorsichtig bewegte, schließlich wollte sie nicht mit ihrem teuren Hosenanzug an irgendeinem Holzsplitter hängen bleiben.

Als Elsa den Privatermittler wieder im Blick hatte, ragte dieser wie der Koloss von Rhodos vor Boris auf, der ihm gegenüber im engen Flur verharrte. Ungläubig wanderten die Blicke des Russen zur ramponierten Tür und zurück zu Schäfer. Hinter Boris jaulte ein Fellbüschel, das Elsa erst beim zweiten Hinsehen als eine Art Hund identifizierte.

»D...das ist Polizeigewalt.« Boris' Stimme klang ängstlicher als die des Hundes.

»Genau richtig«, tönte Schäfer und winkte Elsa näher heran. »Du hättest öffnen sollen, wenn man höflich anklopft.«

»Übertr..., das ist übertriebene Polizeigewalt.«

»Na, na, jetzt hab dich mal nicht so«, widersprach ihm der

Privatermittler. »In Moskau werfen sie dir eine Blendgranate in den Gang, verprügeln dich erst einmal und fragen dich danach erst aus. *Das* nenne ich übertriebene Polizeigewalt. *Ich* habe mir bloß Zutritt verschafft.«

Elsa drängte sich an den breiten Schultern Schäfers vorbei, zischte ihm ein »Das klären wir noch« ins Ohr und baute sich vor Boris Ivanov auf. Aufgrund des Größenunterschiedes sah sie ihm genau auf die Brust, tippelte genervt zwei Schritte zurück und legte den Kopf in den Nacken. »Können wir vielleicht im Wohnzimmer reden?«

Kurz darauf verfluchte Elsa sich für diesen Vorschlag, als sie alle drei im Wohnzimmer Platz genommen hatten. Sie und Schäfer, zusammengepfercht auf einer kleinen Couch, Boris in einem Ledersessel thronend. Dazwischen ein billiger Tisch aus einem skandinavischen Möbelhaus. An Boris' Grinsen bemerkte sie, dass er sich vom ersten Schock erholt hatte. Das Überraschungsmoment war dahin, vorhin im Flur hätte sie ihn an die Wand nageln können. Aber ihre Wut auf Schäfer und dessen Einmarsch in Boris' Wohnung hatten ihre Sinne vernebelt. Jetzt war der Moment dahin, und Boris Ivanov fühlte sich offenbar auf Augenhöhe mit ihnen. Sein höhnisches Lächeln widerte sie an. Obwohl sie es fast nicht zu denken wagte, musste sie doch zugeben, dass Schäfers Methode der Überrumpelung perfekt gewesen war. Aber als überkorrekte blöde Kuh, die sie war, musste sie Boris unbedingt ins Wohnzimmer bitten.

Was für eine bescheuerte Idee!

Sie knetete ihre Finger, um dem Drang zu widerstehen, an den Nägeln zu kauen. Diese schlechte Angewohnheit hätte sie wie einen Anfänger aussehen lassen. Elsa ließ den Blick schweifen, sie wollte das Gespräch nicht beginnen. Sollte Boris ruhig eine Weile weiterschmoren und hinter seinem Grinsegesicht rätseln, wieso sie ihn ein zweites Mal besuchte.

Viel verändert hatte sich seit ihrem letzten Aufenthalt hier nicht wirklich. Elsa kam sich vor wie in einer Zeitschleife. Boris saß in demselben Sessel und kraulte im selben struppigen Fell desselben Hundes und wartete auf ihre Fragen. Mit demselben hochnäsigen Gesicht. Bierdosen standen verstreut auf dem verstaubten Tisch. Allerdings schien sich ihre Anzahl verdoppelt zu haben. Die meisten leer, wenige noch ungeöffnet.

Trotz der milden Frühlingstemperaturen bemerkte sie kein offenes Fenster, es roch muffig und abgestanden, wobei der Hund den besseren Geruch verströmte, eindeutig kein Kompliment für Boris. Der Deutschrusse dagegen stank fürchterlich, er wirkte ungepflegt, seine Unterwäsche hatte er seit ihrem letzten Aufeinandertreffen höchstens einmal gewechselt, wenn Elsa ihrer Nase trauen durfte. Und das war über zwei Wochen her. Einzig das Bieraroma aus den offenen Dosen sorgte für ein klein wenig Abwechslung, ihre Nase dankte es ihr.

Elsa fielen Dutzende alte Zeitungen und Zeitschriften auf, achtlos auf dem abgesifften Laminat verteilt. Sie glaubte, zwischen dem Papiermüll sogar einige Pornohefte zu entdecken, wollte aber lieber nicht genauer hinschauen, als sie seltsame Flecken auf den Schmuddelheften erkannte. Die beiden Fenster des Zimmers starrten vor Dreck und Staub, Vogelkacke klebte an den Scheiben. Eine Putzfrau besaß dieser Boris offensichtlich nicht, und er selbst hatte auch kein Interesse, den Staubwedel zu schwingen.

Sie musterte den Typen, dessen Blicke zwischen ihr und Schäfer hin und her zuckten, offenbar in dem Versuch, seine Gesprächspartner einzuschätzen. Elsa lehnte sich zurück, ruhig Blut ermahnte sie sich, sie hatte Zeit.

»So, Ivan, jetzt mal raus mit der Sprache.«

Schäfer offenbar nicht, er hatte die Geduld einer Landmine und das Einfühlungsvermögen einer Regentonne. Elsa biss auf ihre Unterlippe, damit die Worte, die ihr auf der Zunge lagen, ihren Mund nicht verließen. Außerdem widerstand sie dem Drang, Schäfer einen bösen Blick zuzuwerfen und starrte geradeaus, auf Boris, dessen gesamte Aufmerksamkeit plötzlich ihrem Partner galt.

Moment!

Hatte sie gerade »Partner« gedacht?

Sie musste dringend an sich arbeiten. Der ungehobelte Klotz neben ihr war weder ihr Partner noch ein Polizist.

»Sie kenne ich nicht, bisher war nur *die* da hier«, Boris deutete mit dem Daumen auf Elsa, »und eine andere Polizistin.« Er lachte, entblößte dabei seine Zähne, die genauso gepflegt aussahen wie sein Hund. »Zwei Bullenweiber bei mir. So viel Frauen hatte ich zuletzt in meiner Wohnung, als ich zwei Straßennutten mitgebracht und flachgelegt habe.« Er wischte mit einer Hand über seine Nase, während er mit der anderen weiter den Hund kraulte. »Sie sehen gar nicht aus wie ein Bulle.«

»Und du siehst nicht aus wie ein Genie.«

Boris kratzte sich am Kopf. »War das jetzt eine Beleidigung oder so was in der Art?«

»Sehe ich aus wie jemand, der andere beleidigt, Einstein?«

Boris wandte sich an Elsa. »Hey, darf der so mit mir reden, Frau Polizistin?«

Sie blies die Backen auf, lies Luft entweichen, zuckte die Schultern und gab ein »Hospitanten halt« zurück.

»Hospi… was?«

Elsa zuckte die Schultern. »So was wie Praktikanten.«

»Wie jetzt, dieser Typ ist ein Praktikant? In dem Alter?«

Von der Seite hörte sie ein Knurren, das sie an Chewbacca erinnerte, das haarige Ungetüm aus *Star Wars*. Gleichzeitig merkte sie, wie sich Schäfer anspannte und den sowieso begrenzten Platz auf der Couch weiter einengte. Sie rammte dem Detektiv möglichst unauffällig ihren Ellenbogen in die Seite und konzentrierte sich wieder auf den schleimigen Boris. »Ja, genau, Praktikant bei der Kripo«, antwortete sie auf seine Frage und beobachtete, wie es hinter der Stirn des Deutschrussen arbeitete.

»Ihr habt solche Praktikanten?« Boris bekam große Augen.

»Ja, und Wladimir Putin kriegt morgen den Friedensnobelpreis«, giftete Schäfer.

»Das war ein Scherz«, stellte Boris fest.

»Ich habe mich geirrt, du bist doch ein gottverdammtes Genie.« Schäfer tippte sich mit dem Finger gegen die Schläfe, sah weiter Boris an, sagte aber zu Elsa: »Kollegin, wir haben es tatsächlich mit einem verfluchten Genie zu tun. Ist schlauer als Stephen Hawking. Vielleicht solltest lieber *du* die Fragen stellen. Ich kann mit dem geistigen Niveau dieses Hochbegabten nicht mithalten.«

»Sehr gerne.« Elsa atmete erleichtert aus. »Nun, Herr Ivanov, der Grund, wieso wir, also ich …« Sie stockte, der Privatermittler hatte sie aus dem Konzept gebracht. »Nun, wieso ich wieder hier bin und Sie aufsuche, ist die Sache mit dem Wäschemann.«

»Ja, und?« Boris schaute sie verständnislos an. »Ich habe Ihnen bereits gesagt, dass ich mit der Sache nichts zu tun habe. Sie haben mein Alibi längst überprüft.«

»Stimmt schon, Sie hatten an den meisten Tagen eins, an denen der Wäschemann zugeschlagen hat. Aber nicht an allen.«

»Genau. Aber dem Täter muss ja wohl für *alle* Tage das Alibi fehlen, oder? Geht das in Ihren Bullenschädel rein? Also, warum sind Sie hier und belästigen mich, wollen Sie mir was unterschieben?«

»Niemand will hier irgendjemandem etwas unterschieben«, versuchte ihn Elsa zu beruhigen.

»Also, ich würde das so nicht unterschreiben«, zertrümmerte Schäfer prompt ihren Versuch auf seine bekannt sensible Art und Weise. »Es ist immer gut, einen Sündenbock parat zu haben, wenn man einen braucht.«

»Ist er wirklich Polizist?«, wandte Boris sich an Elsa; in seinen Augen leuchteten zwei riesengroße Fragezeichen.

»Bist du ein Mann oder eine Memme, oder ist das bei euch Deutschrussen seit Neuestem in Mode, sich am Rockzipfel einer Frau auszuweinen?« Schäfer sah Elsa entschuldigend an. »Nichts gegen dich.« Dann sprach er wieder zu Boris. »Ist er wirklich Polizist, ist er wirklich Polizist«, ahmte Schäfer in weinerlichem Ton Boris' Stimme nach.

Boris mahlte mit den Kiefern, sagte aber nichts.

»Spatzenhirn, ich rede mit dir.«

Boris ballte die Fäuste, Elsa sah die Situation bereits eskalieren. »Herr Ivanov, zurück zu dem Wäschemann, er ist wieder in Aktion getreten.«

»Was geht mich das an?«, blaffte Boris.

»Sie sind ein amtsbekannter Sexualstraftäter.«

Boris blinzelte, seine Augen verengten sich zu Schlitzen, er musterte Elsa kalt, sagte kein Wort. Sein Blick glitt an ihrem Gesicht entlang, blieb eine Sekunde an ihren Perlenohrringen haften, wanderte über ihre Brüste und verharrte kurz auf ihrem Schoß, bevor er ihr in die Augen sah. Seine Mundwinkel zuckten. »Ich schätze, Sie kommen nie in eine solche Gefahr.«

Elsa zuckte zusammen. Nicht wegen der unausgesprochenen Beleidigung, sie war es gewohnt, wegen ihrer Körperfülle belächelt zu werden. Darüber war sie seit dem Abschlussball der zehnten Klasse hinweg. Nein, ihr wurde klar, dass Boris

Ivanov keinerlei Respekt vor ihr hatte. Weder vor ihr noch vor irgendeiner anderen Frau.

»Sie haben dir im Knast wohl das Gehirn rausgevögelt«, herrschte ihn Schäfer an. »Kein Wunder, bei solchen Arschlöchern wie dir hatten die Brüder sicher kein Mitleid. Wie war es, einen Besenstiel im Hintern zu haben?«

»Mir hat niemand einen Besenstiel…«, protestierte Boris, der seine Stimme wiedergefunden hatte, aber sogleich von Schäfer unterbrochen wurde.

»Ach, benutzen die Knastvögel neuerdings andere Dinge? Einen Regenschirm vielleicht? Pass nur auf, gleich steck ich dir meine Knarre in deinen fetten Arsch!«

»Muss ich mir das anhören?«

Eigentlich sollte Elsa einschreiten, allerdings fand sie es schön, wie das selbstgerechte Grinsen verschwunden war. Boris war vorhin eindeutig zu weit gegangen. Daher schwieg sie.

»Kotzbrocken, hier spielt die Musik.« Schäfer gewann an Fahrt. »Vielleicht willst du schnellstmöglich zurück nach Stadelheim, oder wo immer du auch eingesessen hast. Ich helfe dir gerne dabei. Mir haben ein paar Freunde gezwitschert, dass du auf Frauen stehst, die sich wehren und schreien. Ein bisschen Schläge schaden nicht beim Sex, gell? Musst wohl erst vorglühen, indem du Unterwäsche klaust. Was hast du nach deinen Einbrüchen mit den geklauten Sachen angestellt?«

»D… damit habe ich nichts zu tun.«

»Sagen sie alle. Die Gefängnisse sind voller Unschuldiger. Was hattest du als Nächstes vor, hmm? Irgendeine unschuldige Frau schnappen und vergewaltigen? Wie schon einmal? Lauerst du jungen Mädchen auf, wartest auf eine günstige Gelegenheit?« Schäfer beugte sich bedrohlich vor.

»N…n…nein«, stotterte Boris. »Und das mit der…«, er stockte.

»Ja?« Schäfer ballte die Hand zur Faust, seine Knöchel knackten.

»Ich meine, ich, also, das mit der Vergewaltigung. Ich habe meine Strafe abgesessen, das ist vorbei.«

»Sagst *du*.«

»Wirklich.«

»Ach, ja?«

»Ja.«

Schäfer hob die Augenbrauen.

»Ich schwöre.«

»Und ich schwöre, dass mein Schwanz dreißig Zentimeter lang ist.« Schäfer hob die rechte Hand wie zum Schwur.

Elsa täuschte einen Hustenanfall vor, sonst hätte sie gebrüllt vor Lachen. Boris Ivanov, dieser eiskalte und skrupellose Kriminelle, wusste anscheinend nicht, wie ihm geschah. Gegenüber Elsa spielte er sich auf wie ein Dobermann, bei Schäfer winselte er wie ein geprügelter Chihuahua.

»Ich zahle, wenn mir danach ist. Ehrlich.«

Schäfer beugte sich vor. Seine Stimme eine einzige Drohung. »Wenn dir nach *was* ist?«

»N... nach ein bisschen härterem Sex. Dafür zahle ich.«

»Mit welchem Geld?«

»Ich arbeite, ich habe Geld.«

Der Privatermittler machte eine ausholende Armbewegung. »Deine Bude sieht nicht nach einem Schloss aus.«

»Ich habe es nicht so mit Putzen«, entschuldigte sich Boris.

Schäfer klatschte mit der Hand auf seinen muskulösen Oberschenkel. »Ist nicht wahr, hätte ich nicht gedacht. Und heute feierst du krank?«

»Ich habe Urlaub.«

»Urlaub von was, vom Knast?«

»Ich arbeite auf dem Bau, das ist harte Arbeit.«

»Härter, als Frauen zu vergewaltigen?«

Boris öffnete und schloss den Mund, er ließ die Schultern hängen.

»Hat es dir die Sprache verschlagen?«

»Ja, ich meine … nein?« Seine Stimme war nur noch ein Flüstern.

»Was nein? Frauen vergewaltigen ist also harte Arbeit?«

Boris riss die Augen auf. »Nein, nein, das habe ich nicht gemeint. Ich meinte, nein, mir hat es nicht die Sprache verschlagen.«

»Ganze Sätze schützen vor Verwirrung, merk dir das.«

Schäfer sah Elsa an und verdrehte demonstrativ die Augen.

»Musst eine Menge Knete verdienen auf dem Bau, Alter. Dominas sind schließlich teuer.«

Boris nickte. »Die sind teuer, deshalb kann ich die mir auch nicht leisten. Nicht mehr. Ich gehe in so einen Club, Sie wissen schon.«

»Ich weiß einen Scheiß!«

»So ein Swingerclub eben. Da zahlt man nicht so viel Eintritt, dafür gibt es aber einen Sadomaso-Bereich und gewisse Abende. Da gehe ich hin, wenn ich, also, wenn ich …«

»Wenn du mal eine Stute richtig hart rannehmen willst«, tönte Schäfer und ahmte eine Reitbewegung nach.

»Und wo ist dieser Club, wie heißt er?«, mischte sich Elsa ins Gespräch ein. Sie fand, Schäfer hatte lange genug das Kommando geführt. Es war Zeit, wieder die Initiative zu ergreifen.

»Ich gehe immer ins *Nofretete*.«

Elsa nickte, sie kannte diesen Club beruflich und aus der Berichterstattung der lokalen Presse. Das Nofretete hatte erst im letzten Winter eröffnet. In einem kleinen Kaff vor den Toren Augsburgs. Die Dorfgemeinschaft war auf die Barrikaden gegangen, als sie erfahren hatte, was da in ihrer unmittelbaren Nachbarschaft genehmigt worden war. Mittlerweile hatte sich die Aufregung etwas gelegt. Elsa war sogar selbst einmal in den Räumen dieser besonderen Lokalität gewesen. Im Zuge einer Routineüberprüfung durch die Sitte der Augsburger Kripo. Nach einem knappen halben Jahr Betrieb brummte der Laden, konnte sich vor Gästen nicht retten. Elsa räusperte sich. »Ihr Alibi, Herr Ivanov, das bräuchten wir noch. Gestern Abend, wo waren Sie da?«

»Gestern?« Er kratzte sich an der Wange. »Wann genau?«

Elsa überlegte. Die Sexbombe namens Frau Kunz konnte den Tatzeitraum nicht genau eingrenzen, weil sie die ganze Nacht unterwegs war, erst in den Morgenstunden nach Hause gekommen ist. »Ab dem Zeitpunkt, wo es dunkel geworden ist, und die ganze Nacht«, antwortete sie deshalb vage.

»Ich war im Nofretete«, gab Boris zurück.

»Was hältst du von ihm?«, wollte Elsa wissen, als sie wieder im Auto saßen.

»Von Boris?«

Sie nickte. Wen könnte sie sonst meinen?

»Wenn ich mir den anschaue, denke ich, Scheiße hat gelernt zu sprechen.«

»Sehr anschaulich formuliert, jetzt weiß ich Bescheid.«

»Du wolltest wissen, was ich denke«, rechtfertigte sich der Privatermittler. »Nun weißt du es.« Er verzog das Gesicht. »Mann, der hat gestunken wie ein toter Biber. Der arme Köter muss in solch einer Bude hausen. Der Hund tut mir wirklich leid.«

»Ist Boris dein Stalker?«

»Dann hätte er keine Zähne mehr. Er ist eine miese Ratte,

aber er war nicht in der Nähe von Hannah, das sagt mir mein Instinkt.«

Plötzlich ertönte ein Geräusch, das an das Tuten eines Kreuzfahrtschiffs erinnerte. Elsas Handy. Sie kramte das Telefon aus ihrer Jackentasche und nahm das Gespräch an. Das Tuten hörte auf. Sie hörte kurz zu und beendete das Gespräch mit einem: »Ich komme sofort.«

»Wohin geht's?«, fragte Schäfer.

»Es ist ein Mord passiert.« Sie runzelte die Stirn, drehte den Kopf und sah Schäfer an, dessen dunkle Augen auf sie gerichtet waren. Dann sagte sie: »Jemand hat den Wäschemann gekillt!«

KAPITEL 7

Elsa musste ihren Dienstausweis nicht vorzeigen, die uniformierten Beamten kannten sie und winkten sie mit einem Nicken durch die Absperrung.

Es dämmerte bereits, die Sonne versank blutend am Horizont. Elsa empfand das als schlechtes Vorzeichen. Nervös betrat sie das feudale Anwesen im Norden Augsburgs. Es lag nur einen Steinwurf vom Lech entfernt, der durch das Frühlingshochwasser zu einem wahren Strom angeschwollen war und dessen Rauschen sie beinahe an die Niagarafälle erinnerte.

Beeindruckt von der gewaltigen Eingangshalle, drehte sie sich um die eigene Achse und bewunderte den Protz. Wenn sie jetzt etwas rief, würde ihr bestimmt ein Echo antworten. Eine Treppe, die gut in einen Hollywood-Film gepasst hätte, wand sich in die oberen Stockwerke hinauf. Hugh Jackmann gäbe eine prächtige Figur ab, wenn er am Geländer nach unten stolzierte. Und Gwyneth Paltrow erst. »And the Oscar goes to«, murmelte sie.

»Bitte?« Hugh Jackmann verwandelte sich in einen blassen Polizeiobermeister, der mit vor der Brust verschränkten Armen den Aufgang versperrte.

»Ich war in Gedanken«, entschuldigte Elsa sich und zückte diesmal ihren Ausweis, weil der junge Beamte nicht wusste, wer sie war. »Ich bin angerufen worden.«

Der POM kniff die Augen zusammen und betrachtete ausführlich den Ausweis, er nahm seine Aufgabe offensichtlich sehr ernst. Schließlich zeigte er mit dem Daumen hinter sich.

»Die Herrschaften sind im Schlafzimmer, die Treppe rauf, den Gang entlang, das letzte Zimmer links.« Er trat zur Seite.

»Danke. Ich finde den Weg.« Elsa schnaufte die Stufen hoch, oben angelangt hielt sie kurz inne und lauschte dem Stimmengewirr und Klappern der Kriminaltechniker. Vertraute Geräusche am Tatort eines Mordes.

Blitzlichtgewitter zuckte auf den Gang. Sie warf einen Blick zurück auf den POM, der breitbeinig Wache schob, dann setzte sie ihren Weg fort. Sie blieb an der Türschwelle zum Schlafzimmer stehen und beobachtete eine Weile die Spurensicherer in ihren knisternden Ganzkörperanzügen. Einer von ihnen lief durch den Raum, schoss ein paar Fotos mit der Digitalkamera, während ein anderer vor dem Nachtschränkchen kniete und Plastikbeutel beschriftete. Ein dritter pinselte den Fensterrahmen ein, auf der Suche nach Fingerabdrücken. Der Mittelpunkt des Zimmers bildete ein gewaltiges Himmelbett mit nachtblauer Bettwäsche.

Mit auf dem Rücken verschränkten Händen standen zwei Kripobeamte neben diesem Bett. Einer trug einen grauen Anzug, hellblaues Hemd und schwarze Schuhe, der andere war locker mit Jeans, Sakko und Turnschuhen gekleidet. Der Blick der beiden Männer war auf etwas gerichtet, was sich außerhalb von Elsas Gesichtsfeld befand, auf der anderen Seite des Betts. Die Männer sprachen leise miteinander. Ihrer Mimik nach und der gestikulierenden Hände wegen glaubte Elsa, dass die beiden unterschiedlicher Meinung waren.

Bei dem Anzugträger handelte es sich um Egon Krenzin, den Leiter des Kommissariats 1 der Kripo Augsburg. Sein silbernes Haar war streng gescheitelt, sein Schnurrbart tanzte, während er sprach.

Elsa klopfte mit den Fingerknöcheln an den Türrahmen. »Darf man eintreten?«

Der kniende Ganzkörperanzug hob den Kopf, Carmen Holler lächelte Elsa an. »Du kannst keine Spuren mehr vernichten, wir sind so weit fertig und haben nur noch ein paar Restarbeiten zu erledigen. Komm rein.«

Elsa machte einen großen Schritt und befand sich nun am Schauplatz eines Kapitalverbrechens. Jetzt erst bemerkte sie die Leiche, die durch Krenzin und seinen Gesprächspartner verdeckt worden war.

Beide Männer verstummten und drehten sich vollends zu ihr um. Der zweite Kripobeamte entpuppte sich als Niklas Gronau, der neu berufene Chef der Augsburger Mordkommission. Gronau war Anfang fünfzig, hatte blondes Haar, das er militärisch kurz geschnitten trug, und besaß die drahtige Figur eines Langstreckenläufers.

Elsa spitzte die Lippen, als sie vor den leitenden Hauptkommissaren stand. Krenzin nickte ihr knapp zu, seine Lippen zusammengepresst, während sich Gronau wenigstens ein kurzes Lächeln abrang.

Sie zuckte zusammen, als ihr jemand auf die Schulter klopfte. »Ah, da bist du endlich«, trällerte Valentin Häusler, der Mann vom Kommissariat für Einbruchsdelikte. »Servus, Elsa.«

Sie verkniff sich den Kommentar, der ihr auf der Zunge lag. Diese Art körperlicher Nähe ging ihr gegen den Strich, am liebsten hätte sie Häusler vor versammelter Mannschaft zusammengefaltet. Vor den beiden Chefermittlern wollte sie allerdings nicht gleich aus der Rolle fallen. Schließlich war es Kriminaloberkommissar Häusler gewesen, der sie angerufen und im Auftrag von Niklas Gronau an den Tatort beordert hatte.

Gronau winkte sie heran, Elsa ließ Häusler stehen.

Krenzin warf ihr einen kühlen Blick zu, nahm Häusler zur Seite und verließ mit diesem das Schlafzimmer.

Der verkniffene Mund Krenzins und seine zuckenden

Augen rochen nach Streit und Kompetenzgerangel. Das gefiel Elsa nicht, vor allem, wenn sie zwischen die Fronten geraten sollte. Sie hatte bereits für genügend Zündstoff bei der Augsburger Kripo gesorgt, das reichte für ihr restliches Berufsleben. Irgendwie wurde sie das Gefühl nicht los, dass Krenzin ihr immer noch wegen der Umstrukturierung der Mordermittlung grollte. Seine Befugnisse waren beschnitten worden, denn bisher war er der Boss bei Mordermittlungen gewesen. Jetzt hatte der neue Chef der Mordkommission, Niklas Gronau, das Sagen bei wichtigen Ermittlungsfragen. Als ob sie irgendetwas mit der Gründung dieser vermaledeiten Mordkommission zu schaffen gehabt hätte, das Ganze war doch ein Politikum, für das sie am Allerwenigsten konnte.

Elsa schluckte ihren Ärger runter, stellte sich neben Niklas Gronau und betrachtete das Opfer. Unwillkürlich griff sie an ihre Nase, ein beißender Gestank sprang sie an wie ein Raubtier. Eine Mischung aus Tod, Kot und Urin. Man sagte, der Tod roch süßlich. Irgendwie schien das zu stimmen, zumindest bei Toten, deren Verwesungszustand fortgeschrittener war. Im polizeilichen Sprachgebrauch wurden diese daher auch Stinker genannt. Doch die Leiche vor ihr stank hauptsächlich nach Fäkalien.

Elsa musterte das Opfer aus der Nähe, ging leicht in die Hocke. Sie sah einen Mann, Ende dreißig, mit schwarzem Haar und Dreitagebart. Zu Lebzeiten war er bestimmt attraktiv gewesen. Als Leiche war alle Attraktivität aus dem Körper gewichen, zurück blieb nur eine blasse Hülle. Der Mann lag auf dem Rücken, trug einen zur Bettwäsche passenden nachtblauen Seidenbademantel, der bis zu den Knien nach oben gerutscht war. Die Arme waren seitlich ausgestreckt, die Handflächen zeigten nach oben. Unter den Beinen hatte sich der Teppich dunkel gefärbt, jedoch nicht von Blut.

»Der Schließmuskel hat im Todeskampf versagt«, erklärte Gronau unnötigerweise.

Elsa rümpfte die Nase und wedelte sich mit der Hand Luft zu. »Boah, das riecht ganz schön streng. Wie wäre es mit Lüften?«

»Wir müssen erst noch die Todeszeitbestimmung durch den Rechtsmediziner abwarten, solange muss das Fenster leider geschlossen bleiben.«

»War denn der Doc noch gar nicht da?«, wunderte sie sich.

»Der steckt noch im Stau«, erklärte Gronau. »Verdammte Autobahn!«

»Wird langsam Zeit für eine Rechtsmedizin in Augsburg. Jedes Mal den Doktor aus München ankutschieren lassen, das ist ziemlich umständlich.«

»Das liegt nicht in unserer Hand.«

»Der Häusler hat am Telefon gemeint, ihr hättet meinen Fall geklärt.«

»Bitte?« Gronau zog fragend die Augenbrauen nach oben.

»Meinen Fall mit dem Sittenstrolch, der Wäschemann. Valentin sagte, der Tote hier sei der Wäschemann. Wenn das stimmt, dann habt ihr meinen Täter geschnappt. Und ich muss sagen, ich wäre ganz froh darüber, war echt ein Mistfall.«

»Ach so. Ja. Ja, ich denke, wir haben ihn.«

Elsa deutete auf die Leiche. »Wie kommst du darauf, dass er das ist?« Sie sprach Gronau im üblichen Du der bayerischen Polizei an.

Gronau gab Carmen Holler ein kurzes Zeichen. Die Kriminaltechnikerin beugte sich daraufhin über ihren Spurensicherungskoffer und kramte darin herum.

Elsa bemerkte zwei horizontale Strangmarken am Hals der Leiche, eindeutige Spuren einer Erdrosselung. Die Gesichtshaut hatte sich durch die Blutungsstauung dunkel verfärbt. Als Carmen ihr eine durchsichtige Plastiktüte vors Gesicht hielt, blickte Elsa auf.

»Ist es das, was ich meine?«

»Das ist ein Büstenhalter. Das Tatwerkzeug.«

»Und damit wurde er erdrosselt? Wie originell.«

»Sieht so aus, zumindest lag das Teil um seinen Hals, als ich eingetroffen bin. Genaueres wird die kriminaltechnische Untersuchung zeigen.« Sie legte den BH wieder in den Spurenkoffer.

»Selbstbeibringung ausgeschlossen?«, wollte Elsa wissen. Mancher Suizid sah selbst für erfahrene Kriminalbeamte auf den ersten Blick wie Mord aus.

»Ja, das zeigen mir die Kratzer am Hals.« Carmen zeigte mit dem Finger auf die betreffenden Stellen.

»Abwehrverletzung?«

Die Beamtin des Erkennungsdienstes nickte. »Der Täter hat ihm den BH von hinten um den Hals gelegt und zugezogen. Er muss einmal kurz nachgelassen haben, deshalb haben wir zwei Strangulationsmarken. Das Opfer hat vergeblich versucht, sich zu wehren, dabei hat es sich den Hals blutig gekratzt. Unter seinen Fingernägeln habe ich Hautfetzen festgestellt.« Sie deutete auf die eingetüteten Hände der Leiche. »Die Auswertung ergibt höchstwahrscheinlich, dass sie vom Opfer selbst stammen. Das sage ich jetzt einfach mal so, denn ich habe wenig Hoffnung auf Fremdanhaftungen, dazu war das Überraschungsmoment wohl zu groß. Das Opfer hatte vermutlich keine Chance, sich zu wehren und den Täter zu verletzen. Wahrscheinlich ist ihm nach wenigen Sekunden schwarz vor Augen geworden. Ich denke, es hat nicht einmal gesehen, wer der Täter war. Den genauen Ablauf der Tatausführung rekonstruiere ich in Zusammenarbeit mit dem Rechtsmediziner in einer 3D-Computeranalyse. Wenn wir Glück haben, finden wir Täter-DNA am BH. Wenn der Bruder des Toten, der ihn gefunden hat, nicht den ganzen Tatort versaut hat.«

Carmen zog sich Einmalhandschuhe über und zog die Augenlider der Leiche nach oben. »Schau her, in der Bindehaut finden sich punktuelle Einblutungen. Hier, siehst du das?«

Elsa nickte.

»Der Tod ist mit großer Sicherheit durch das Erdrosseln eingetreten. Aber wie immer will ich dem Gerichtsmediziner nicht vorgreifen.«

»Der sieht noch ziemlich frisch aus, finde ich. Für einen Toten halt. Lange ist er noch nicht hinüber, oder?« Elsa fasste nachdenklich an ihre Ohrringe.

»Nein, höchstens ein paar Stunden. Aber wie gesagt, der Gerichtsmediziner ...«

»... ist dafür zuständig, ich weiß.« Elsa seufzte.

Die blonde Kriminaltechnikerin erhob sich wieder und schwenkte eine zweite Tüte. »Das hatte er auf seinem Kopf. Das passende Gegenstück zum BH. Ein schwarzes Höschen.« Sie legte den Kopf schief. »Na ja, genauer gesagt, ein Stringtanga.«

»Wie jetzt? Auf dem Kopf?« Elsa glaubte, sich verhört zu haben.

»Korrekt«, erwiderte Carmen. »Wie eine Mütze.«

»Verstehe ich das richtig, erst erdrosselt der Mörder den Mann mit einem BH, dann stülpt er ihm einen Tanga über die Birne?«

»Wir haben den Toten in seiner Auffindesituation fotografiert. Kannst dir die Bilder gerne anschauen, falls du mir nicht glaubst.«

Elsa winkte ab. »Natürlich glaube ich dir. Die Bilder möchte ich trotzdem sehen. Das Ganze ist nur, also, ich weiß nicht.« Sie schüttelte den Kopf. »Das ist irgendwie skurril. Will der Mörder uns damit etwas mitteilen? Oder hat ihn Rachsucht dazu getrieben? Etwa, weil der Wäschemann bei seiner Liebsten eingebrochen ist und den Lieblingstanga hat mitgehen lassen? Wollte er das Opfer mit diesem Akt erniedrigen, ihn bloßstellen?«

»Bin ich Jesus? Mensch, Elsa, ich bin nur die Kriminaltechnikerin.«

»Jaja, schon gut, ich bin halt auch überrascht, überhaupt hier zu sein. Ich meine, ich bin bei der Sitte und keine Mordermittlerin.« Obwohl sie genau das hätte sein sollen, dachte Elsa. Sie warf Gronau einen Seitenblick zu.

»Ich hoffe, du kannst uns bei der Klärung des Motivs helfen«, warf dieser ein. »Du kennst das Vorgehen dieses Sittenstrolchs ganz gut, denke ich. Immerhin ermittelst du seit ein paar Wochen gegen ihn. Vielleicht kannst du uns zu seinem Mörder führen.«

Etwas erregte Elsas Aufmerksamkeit, sodass sie gar nicht auf Gronaus Worte reagierte. »Darf ich?« Sie wartete die Antwort nicht ab, sondern ging in die Hocke und griff nach dem eingetüteten BH. Das Plastik knisterte in ihrer Hand. Elsa kniff ein Auge zu. »Sieht irgendwie komisch aus.« Sie sah Carmen an, dann Gronau. »Hat das eine Bedeutung?«

»Der BH wurde vermutlich zusammengezwirbelt, damit er als Mordwaffe überhaupt was taugt«, erklärte Carmen.

»Hmm, gut möglich. Obwohl … Diesem Schild nach scheint das ein ›Prima Donna‹ zu sein. Die sind normalerweise ziemlich gut verarbeitet. Ich denke, den braucht man nicht zu zwirbeln, um damit jemanden …«

Gronau hüstelte ungeduldig, Elsa legte den BH wieder zurück. Sie stand auf, ihr rechtes Knie knackte. Mit den Fingern trommelte sie auf ihr Kinn. »Gut, der Mörder hat einen gezwirbelten BH als Drosselwerkzeug verwendet und dem Opfer einen Stringtanga auf den Kopf gestülpt. Aber wie kommt ihr jetzt drauf, dass die Leiche der Wäschemann ist? Ist da noch mehr, was ich wissen sollte?« Sie fuhr sich durch die Haare.

Gronau warf Holler einen seltsamen Blick zu, dann forderte er Elsa auf: »Komm mit.«

Sie folgte ihm in ein Nebenzimmer, in dem gerade ein Kriminaltechniker seine letzten Fotos knipste. Nach einem gemurmelten »Bin fertig« ließ der Techniker sie allein.

Gronau machte eine ausladende Handbewegung. »Das sind die Trophäen von Bruno Schattenkirchner, unserem Toten und stadtbekannten Casanova.«

Elsa entfuhr ein: »Wow!« Sie ließ ein paar Sekunden verstreichen, bevor sie fortfuhr: »So wie das hier aussieht, ist die Leiche tatsächlich mein bis dato unbekannter Täter.«

Früher einmal musste dieser Raum ein begehbarer Kleiderschrank gewesen sein. Auf seine ganz spezielle Art war er es immer noch, nur anders. Gedankenverloren kaute Elsa auf ihren Fingernägeln, während sie auf Dutzende BHs und die dazugehörigen Höschen schaute, die an alle vier Wände genagelt worden waren, immer paarweise. Daneben prangte jedes Mal ein Ganzkörperfoto einer nackten Frau. Die Wände waren in einem dezenten Cremeton gestrichen, die Dessous leuchteten in knalligen Farben. Auf die Bilder hatte jemand handschriftlich jeweils einen Namen gekritzelt.

Elsa murmelte leise vor sich hin. »Janette, Natascha, Biggi, Simone, Daniela, Silke, Sandra, Beate.« Irgendwann hörte sie auf, die Anzahl der Namen schien kein Ende zu nehmen, genau wie die Reizwäsche.

»Sieht nach einem Großwildjäger aus«, meinte Gronau.

»Nur, dass er keine Elefanten, sondern Frauen gejagt hat. Diese hübschen Andenken an der Wand passen eindeutig zum Wäschemann.«

Gronau hüstelte. »Wobei mir nicht ganz einleuchtet, wieso dieser Typ es nötig hatte, bei wildfremden Frauen einzubrechen, um deren Höschen zu klauen. Ich meine, nach allem, was ich bisher von Krenzin erfahren habe, hat sich die holde Weiblichkeit diesem Kerl doch freiwillig an den Hals geworfen. Der scheint in der Augsburger Frauenwelt eingeschlagen zu haben wie ein Tornado. Der hatte mehr Affären, als andere Männer Socken haben. So einer hat es doch nicht nötig, einzubrechen und Reizwäsche zu stehlen.«

»Vielleicht brauchte er den besonderen Kick, vielleicht hat ihn das Verbotene gereizt. Das Beobachten, die Jagd, die benutzten Dessous. Kann sein, dass es ihn mit der Zeit gelangweilt hat, wenn sich ihm die Damen bereitwillig, ähm, hingaben.«

»Mhm, schon möglich.« Gronau deutete auf die Frauenfotos. »Irgendeine Bekannte dabei? Eines der Opfer, die du befragt hast?«

Elsa schüttelte langsam den Kopf. »Auf den ersten Blick nicht. Aber das hier sind BHs und Höschen von«, sie schnalzte mit der Zunge, »mindestens fünfzig Frauen. Mir sind bisher nur sechs Fälle von Einbrüchen bekannt, die wir dem Wäschemann zuordnen konnten.«

»Vielleicht wollten die anderen Opfer keine Aufmerksamkeit erregen und haben sich nicht bei der Polizei gemeldet.«

»So viele?« Sie schüttelte den Kopf.

»Das werden wir erst erfahren, wenn wir jeder einzelnen dieser Frauen einen Nachnamen zugeordnet und sie befragt haben. Ja?« Gronau wandte sich um, als sich jemand räusperte.

Elsa folgte Gronaus Blick und sah in Valentin Häuslers ernstes Gesicht.

Der Oberkommissar sah von Gronau zu Elsa und wieder zurück. »Der Fingerabdruck, den wir von dem Wäschemann an einem seiner früheren Tatorte gesichert haben.«

Auf Gronaus fragenden Blick erläuterte Elsa: »Der einzige Fehler des Wäschemanns bisher. Ein fragmentarischer Abdruck zwar, vom rechten Daumen, aber der ist ausreichend für eine einwandfreie Identifizierung. Er hat ihn an einem Dildo hinterlassen, der unter einem Kopfkissen versteckt war.«

Häusler nickte heftig. »Stimmt. Und wir haben ihn mit Schattenkirchners Daumen verglichen. Mit dem mobilen Fingerprint geht das recht schnell. Wir haben die Daten in den Computer eingelesen.«

»Und?«, wollte Gronau wissen, seine Stimme klang ungeduldig.

»Sie stimmen nicht überein«, fuhr Häusler fort. »Das bedeutet …«

»Ich weiß, was das bedeutet«, unterbrach ihn Gronau grimmig. »Bruno Schattenkirchner scheidet als Wäschemann aus.«

KAPITEL 8

»Schöne Scheiße«, knurrte eine wohlbekannte Stimme neben Elsa. »Der hat sich sauber eingeschissen und vollgepisst!«

Sie zuckte zusammen und griff nach dem Arm des vermeintlichen Kriminaltechnikers, dessen Ganzkörperanzug bei ihrer Berührung knisterte.

Nachdem Häusler ihre und Gronaus Hypothese über das angebliche Doppelleben von Schattenkirchner gehörig durcheinandergewirbelt hatte, waren die beiden Beamten verschwunden. Gronau wollte sich das Ergebnis der Daktyloskopie höchstpersönlich anschauen. Elsa dagegen hatte keine Zweifel, dass der Vergleich der Fingerabdrücke stimmte und die Ermittler vor ein gewaltiges Rätsel stellte.

Während Elsa über die neue Wendung des Falles nachdachte, war sie gedankenverloren wieder zur Leiche gelaufen und hatte den toten Schattenkirchner noch einmal gründlich gemustert, in der Hoffnung, irgendeinen Hinweis auf des Rätsels Lösung zu finden. Bis eine wohlbekannte Stimme sie unsanft aus ihren Gedanken riss.

»Fall gelöst, Miss Holmes?«, fragte der Kriminaltechniker nun und schlug die Kapuze leicht zurück.

Kopfschüttelnd sah Elsa ihn an. »Schäfer!«

Der Privatermittler zwinkerte ihr zu. »Ruhig bleiben, Frau Kollegin. Wir wollen doch nicht, dass mich jemand erkennt.«

»Verdammt, was machst du denn hier? Du solltest unten im Wagen warten. Und ich bin *verdammt* noch mal nicht deine Kollegin.«

»Aber ich bin *verdammt* noch mal nicht dein Hiwi. Und rumkommandieren lasse ich mich schon gar nicht. Wenn diese Kacke hier mit dem Stalker meiner Tochter zusammenhängt, will ich Bescheid wissen.«

Elsa sah sich erschrocken um. Mehrere Kriminaltechniker durchschritten in ihren Alienkitteln, mit Klemmbrettern bewaffnet, den Raum, während sie irgendwelche Maße notierten. Carmen Holler sprach in ein Diktiergerät. Ein weiterer Kriminalbeamter stand an der Tür und redete mit einem uniformierten Beamten. Gronau war nirgends zu sehen. Erleichtert atmete Elsa auf. Niemand schien auf sie zu achten. »Sag mal, spinnst du jetzt völlig, oder was? Wenn dich hier jemand sieht, wenn Krenzin dich sieht. Oder schlimmer, Jansenbrink. Die reißen mir den Hintern auf. Du hast hier nichts verloren. Das ist der Schauplatz eines Kapitalverbrechens, Menschenskind!«

»Krenzin ist mit seinem Dienstwagen weggefahren. Hat ziemlich sauer ausgesehen, wenn du mich fragst.«

»Dich fragt aber keiner.«

Schäfer überging ihre Wut mit einem Grinsen. »Der alte Jansenbrink kommt doch nicht bei einem läppischen Mord an den Tatort. Höchstens bei einem Doppelmord. Alles andere ist unter seiner Würde. Und der neue Chef der Mordkommission kennt mich nicht. Bestimmt ist er der Grund für die miese Laune Krenzins.«

Elsa hatte nicht die geringste Lust, mit Schäfer darüber zu diskutieren. Vor allem nicht an einem Tatort, wo der Privatermittler rein gar nichts zu suchen hatte. Überhaupt raubte er ihr den letzten Nerv.

»Ich habe daher beschlossen, mich selbst kurz mal umzusehen«, fuhr Schäfer munter fort. »In dem Laborkittel hier bin ich vermummter als Tutenchamun nach seiner Einbalsamierung. Du glaubst gar nicht, wie leicht man damit an jeder Polizeiabsperrung vorbeikommt. Man ist quasi unsichtbar. Außerdem weiß ich, wie sich ein Polizist an einem Tatort verhält. Ganz schön praktisch, findest du nicht?«

»Hast du den Anzug geklaut?«

»Geklaut? Ich? Aber nein, ich habe davon immer ein paar einsatzbereit. Für alle Fälle. Die gab es zu meiner Zeit als Polizist dutzendweise geschenkt.«

Elsa verdrehte die Augen und zischte: »Und, genug gesehen?«

»Ich denke schon. Eigentlich schade um den Bärenbruno.«

»Bärenbruno?« Elsa spürte, wie sich ihre Augenbrauen zu einem V zusammenzogen.

»Schattenkirchners Spitzname.« Schäfer grinste breit. »Er war ein erfolgreicher Bärenjäger in Augsburgs Frauenwelt. Der Bärenbruno jagte braunhaarige Bären, blonde Bären, rothaarige Bären, behaarte Bären, vollrasierte Bären, teilrasierte Bären, gepiercte Bären, tätowierte Bären, einfach jede Art von Bären, Hauptsache, sie waren weiblich. Du verstehst, was ich meine?«

»Aha«, brummte Elsa.

»Kanntest du ihn nicht?«

Am liebsten hätte sie Schäfer diesen fragenden Ausdruck vom Gesicht gewischt. Und zwar ziemlich unsanft. »Nein, ich kannte ihn nicht, hätte ich das vielleicht sollen?«

Der Privatschnüffler musterte sie von oben bis unten, dann schüttelte er den Kopf. »Nein, ich denke nicht. Du warst vermutlich nicht sein Typ. Aber sonst war der Bärenbruno jedermann ein Begriff. Stopp, ich muss wohl eher sagen, er war jederfrau ein Begriff.«

»Herrschaft, ist das jetzt eine Bildungslücke, wenn man diesen Macho nicht kennt?«, zischte Elsa.

»Tja, zu meiner Zeit als Polizist war es immer gut, möglichst viel über die Augsburger Schickeria zu wissen. Aber vielleicht hat sich das geändert. Wenn ihr mich fragt, ihr mit euren neuartigen Ermittlungsmethoden verlasst euch viel zu viel auf das Internet und eure superschlauen Kriminaltechniker mit ihrem ganzen Technikdingsbums. Es schadet nicht, wenn man ein bisschen hinter die Kulissen schaut. Vor Ort. Ganz ohne Computer. Quasi mit analogen Ermittlungsmethoden, die gute alte Polizeiarbeit, wie man sie von Derrick kennt.«

»Soll das eine Kritik sein? Kritisierst du mich etwa?«

»Nein, Madame, würde ich mir niemals nicht erlauben. Aber ich denke, ich könnte dir ziemlich hilfreich sein. Jetzt, wo du Gronau bei den Ermittlungen unterstützen sollst, wirst du meine Unterstützung benötigen.«

»Ich glaub es ja nicht. Du hast gelauscht!«

»Nö, ich habe gute Ohren.«

»Du hast verteufelt große Ohren.«

»Nicht so laut.«

»Was? Oh!« Sie bemerkte, wie Carmen von ihrem Diktiergerät hochschaute und die Stirn runzelte. Elsa lächelte gequält, winkte und zog Schäfer am Ärmel. »Raus. Jetzt. Und zwar sofort. Warte im Wagen auf mich.«

Schäfer rührte sich nicht vom Fleck. »Und?«

»Was und?« Elsas spürte ihren Puls vor Aufregung hämmern. Jeden Moment konnte der Privatdetektiv enttarnt werden, was für sie die schlimmsten Konsequenzen haben würde.

»Der Tote?« Er nickte in Richtung Leiche. »Ist er dein Sexstrolch?«

»Ich dachte, du hast gelauscht.«

»Wollte nicht unbedingt auffliegen. Als du und Gronau unterbrochen wurdet, habe ich so getan, als würde ich Spuren sichern. Da habe ich leider nicht alles mitgekriegt.«

»Die Unterbrechung, von der du sprichst, nennt sich Häusler und arbeitet beim Einbruch«, erklärte Elsa. »Müsstest du den nicht von deiner Zeit bei der Augsburger Kripo kennen?«

»Ja, ist ein Vollidiot.«

»Ach, du kennst ihn?« Elsa gab Schäfer innerlich recht, beschloss jedoch, ihm das nicht auf die Nase zu binden. »Deshalb hast du dich unsichtbar gemacht?«

»Gut erkannt, Frau Kommissarin. Häusler ist ein Schleimbolzen, der steckt mit seinem Kopf so tief in Jansenbrinks Arsch, ohne fremde Hilfe kommt der da niemals wieder raus.«

Das Gespräch driftete in eine unangenehme Richtung, deshalb beeilte Elsa sich, wieder zum Kernpunkt zurückzukehren. »Gut, ähm, bis zu Häuslers Eintreffen dachte ich in der Tat, Bärenbruno, also ich meine, die Leiche, der Schattenkirchner, er wäre der Wäschemann.«

»Was denkst du jetzt?«

»Dass du ein Vollpfosten bist. Hau endlich ab! Wir reden später.«

»War er es oder nicht?«

»Eher nicht. Ich glaube, dem Bruno können wir das nicht beweisen.«

»Und wieso nicht? Auf den ersten Blick sieht es doch ...«

»Es gibt noch den zweiten Blick«, unterbrach sie ihn.

Das schien Schäfer nicht weiter zu beeindrucken. »Mal was anderes: Wieso hat der Tote eigentlich einen Bademantel an? Ist doch gar keine Schlafenszeit.«

»Manche gehen eben früh ins Bett.«

»Acht Uhr am Abend finde ich reichlich früh. Außerdem dürfte er schon die eine oder andere Stunde tot sein und da liegen. Also, noch mal: Wieso der Bademantel?«

»Ich bin noch am Ermitteln«, gab sie genervt zurück.

»Wenn du schon mal ermittelst, wer hat ihn überhaupt gefunden? Und wie ist der Mörder ins Haus gekommen? Wisst ihr das bereits?«

»Und den Namen sowie Anschrift des Mörders willst du selbstverständlich auch wissen. Hallo? Ich bin erst seit ein paar Minuten hier. Noch habe ich nicht alle Informationen beisammen. Stör mich nicht länger und schleich dich jetzt!«

Schäfer murrte noch einen Augenblick, dann verschwand er endlich. Er hielt den Kopf gesenkt und hatte die Kapuze tief ins Gesicht gezogen. Gerade rechtzeitig, denn schon tauchte Carmen Holler neben Elsa auf.

»Ist was?«, wollte die Kriminaltechnikerin wissen. »Du siehst aus, als hättest du ein Gespenst gesehen.«

Das habe ich auch, dachte Elsa und sagte: »Alles gut, mich hat nur die Leiche, also, die hat mich einigermaßen erschreckt.«

»Schon schlimm so was, dieser kaltblütige Mord.«

»Jaja«, bestätigte Elsa. »Übrigens ...«, Elsa dachte an eine Bemerkung Schäfers, »... wieso trug Schattenkirchner eigentlich einen Bademantel? Es muss Nachmittag gewesen sein, als er seine Reise ins Jenseits angetreten hat. Hatte er Besuch?« Sie dachte an die Dessous. »Vielleicht weiblichen? Ein bisschen Sex?«

»Das Bett ist frisch bezogen, die UV-Lampe zeigt keine Spermaspuren an. Aber er hat kurz vorher gebadet, in der Wanne sind Reste von Schaumwasser.«

»Aha. Dann hatte er vielleicht vor, Sex zu haben.«

»Könnte sein, aber das rauszukriegen, ist euer Job, Elsa. Meiner ist jetzt erledigt, ich troll mich dann, muss noch jede Menge Spuren katalogisieren und in den Computer eintragen. Übrigens, eine Kleinigkeit habe ich noch, die dich interessieren könnte.«

»Schieß los.«

»Der Büstenhalter um Bärenbrunos Hals.«

»Du kanntest ihn auch? Den Bärenbruno meine ich.«

»Natürlich. Jedermann kannte den Bärenbruno.«

Vor allem jederfrau, dachte Elsa und erwiderte: »Du meinst das Mordwerkzeug?«

»Richtig. Schon komisch, einen BH als Mordwerkzeug zu bezeichnen.« Sie zuckte mit den Achseln. »Jedenfalls stammt der da aus dem Ankleidezimmer.«

»Aus der etwas seltsamen Sammlung?«

»So sieht es aus. Allerdings hing da kein Bild einer nackten Frau wie bei den anderen Dessous. Das Foto muss der Mörder mitgenommen haben.«

»Das ist interessant.«

»Meine ich auch.« Carmen wandte sich zum Gehen.

»Warte, eine Frage noch.«

»Ja?« Die Kriminaltechnikerin hob ungeduldig eine Augenbraue.

»Wie ist der Täter reingekommen? Hat ihn der Bären ... Ich meine, der Schattenkirchner, hat der Schattenkirchner seinen Mörder freiwillig ins Haus gelassen?«

»Einbruchsspuren haben wir bislang nicht gefunden. Also kein eingeschlagenes Fenster oder eine mit dem Brecheisen aufgebrochene Haustür. Mein Team ist jedoch noch nicht ganz fertig.« Carmen klopfte mit dem Zeigefinger auf ihre Uhr. »Elsa, ich verstehe deine Neugier, aber jetzt muss ich wirklich weiter.«

»Ist gut, bis später.« Elsa biss nachdenklich auf ihre Unterlippe und schritt im Zimmer auf und ab. Irgendwann hatte sie wieder Posten bezogen vor den Dessous, die der Bärenbruno als Beweis seiner Männlichkeit gesammelt hatte.

Vorhin, als sie mit Gronau hier gestanden hatte, da war ihr noch irgendetwas aufgefallen. Etwas, das wichtig sein konnte, aber was? Ihr Blick glitt über die einzelnen Wäschestücke.

Da war es. Eine Maske!

Eine Maske, die in einem der Höschen steckte und nicht so ganz dazu zu passen schien. Sie griff danach. Es war eine von diesen Masken, die man aus dem Fernsehen kannte. Vom Fasching, wie er in Venedig gefeiert wurde. Diese Dinger wurden auch gerne woanders getragen. Wie zum Beispiel in einem Swingerclub, schoss es ihr plötzlich durch den Kopf, als sie die Innenseite der Maske betrachtete und dort einen Aufkleber mit der Aufschrift »Club Nofretete« fand.

»Das ist ja hochinteressant«, sagte sie zu sich selbst und erinnerte sich an die Aussage der Sexbombe, der Frau mit den großen Brüsten, die sie heute bereits befragt hatte. Diese Frau Kunz, deren Name so gar nicht zu ihrem erotischen Auftritt passte. Wollte die den morgigen Abend nicht in einem Club verbringen?

Sollte das die Verbindung sein?

Konnte Schattenkirchner ebenfalls in diesem Club …?

Hatte er dort seinen Mörder getroffen?

Und dann war da noch die Aussage von Boris Ivanov, der ebenfalls Stammgast im Nofretete war. Die Sache wurde immer diffuser. Elsa drehte die Maske in den Händen, bevor sie diese wieder in das Höschen steckte. Sie schluckte, als sie den Namen auf dem dazugehörigen Nacktfoto las. Jetzt wusste sie, wer diese Frau war, aber nackt hätte Elsa sie nicht sofort wiedererkannt. »Schöner Mist«, murmelte sie. »Das kann heiter werden.«

Laute Stimmen rissen sie aus ihren Gedanken. Zornige Stimmen. Sie kamen von unten aus der Eingangshalle.

KAPITEL 9

Schäfer öffnete die Tür zur Eingangshalle einen Spaltbreit und lauschte. Elsa Dorns voluminöse Figur inklusive Hintern verdeckte ihm beinahe die komplette Sicht. Er fluchte, aber dann machte die Hauptkommissarin endlich einen Schritt zur Seite, und er erhaschte einen Blick auf den Schreihals.

Einen dicklichen Mann Mitte vierzig mit blonder Wuschelmähne, dessen Stirnader hervortrat und pochte. »Mein B…bruder, w…w…wer hat …?«, stammelte der und ballte die Hände zu Fäusten. Die Stimmlage des Dicken hatte sich wieder gesenkt, das Schreien war zu einem Jammern abgeflaut.

Vor wenigen Minuten noch hatte Schäfer das Haus nach Spuren abgesucht, die die Beamten des Erkennungsdienstes vielleicht übersehen hatten. Diesbezüglich hatte er zwar wenig Hoffnung gehegt, da er die Gründlichkeit seiner ehemaligen Kollegen kannte, aber man sollte den Glauben bekanntlich nie aufgeben. Im Schutze seines knisternden Ganzkörperanzuges fühlte er sich ziemlich sicher, um auf eigene Faust im Anwesen von Bruno Schattenkirchner zu schnüffeln. Zumindest, solange ihm niemand von den echten Bullen Auge in Auge gegenüberstand. Diesen Umstand wollte er allerdings vermeiden. Als er gerade in der Küche die Schränke durchstöberte, drang von der Eingangshalle dieses Geschrei und Gezeter herüber, und er hatte beschlossen, nach dem Grund für diesen Lärm zu sehen.

»Das ist Herr Ewald Schattenkirchner, der Bruder des

Opfers«, hörte er eine männliche Stimme, zu der sich Sekundenbruchteile später der dazugehörige Körper gesellte. Ein schwarz gekleideter Mann mit weißem Kragen schob sich aus dem angrenzenden Raum, so jung, dass ihm noch die Pubertätspickel im Gesicht sprossen.

Aha, das Kriseninterventionsteam war in Form eines Pfarrers bereits eingetroffen.

Der Schwarzrock legte dem Mann, dessen Stirnader weiterhin gefährlich pochte, eine Hand auf die Schulter und versuchte ihn zu beruhigen. »Herr Schattenkirchner, bitte beruhigen Sie sich wieder, die Kriminalpolizei tut alles, was nötig ist, um …«

»Hah«, begehrte dieser auf. »Glauben Sie im Ernst, dass die Kripo …?« Er fuhr sich mit dem Rücken der rechten Hand übers Gesicht, die linke vergrub er in seiner Hosentasche. »Ach, was soll's. Tot ist tot.«

»Mein Beileid«, nuschelte Elsa Dorn und reichte Schattenkirchner die Hand, der sie mit einem gemurmelten »Danke« ergriff, aber sofort wieder losließ.

Schäfer zog seinen Kopf zurück, als Schattenkirchner den Kopf wandte und in seine Richtung sah. Hatte er ihn bemerkt?

»Sie haben Ihren Bruder gefunden?«, drang Elsas Stimme an sein Ohr.

»Ja, das habe ich doch Ihren Kollegen bereits gesagt, diesen beiden Herren. Waren sich nicht ganz einig, wer wohl das Sagen hat. Wahrscheinlich der Blonde, so wie der geredet hat.«

»Sie meinen bestimmt den Ersten Kriminalhauptkommissar Gronau, er ist der Leiter der Mordkommission.«

Jemand zog Rotz in der Nase hoch, vermutlich Schattenkirchner.

»Kann sein, die Namen habe ich mir nicht gemerkt. Hauptsache, die kriegen raus, wer der Dreckskerl war, der meinen Bruder umgebracht hat.«

»Wir geben uns alle die größte Mühe«, sagte Elsa.

»Gehören Sie auch dazu, zum Ermittlerteam?«

»Ja, schon, Herr Schattenkirchner. Der Verlust muss schrecklich sein. Nochmals, mein Beileid. Bestimmt hat Herr Gronau Ihnen gesagt, dass Sie trotzdem befragt werden müssen.«

»Ich soll morgen ins Präsidium kommen, hat er gemeint.«

»Gut, das ist gut. Dürfte ich Ihnen dennoch ein paar Fragen stellen? Ich bin mir durchaus bewusst, wie schwer Ihnen das fallen muss. Aber manchmal vergisst man bis zum nächsten Tag eine Kleinigkeit, die für den Fortgang der Ermittlungen von höchstem Wert sein könnte. Das wäre wirklich ärgerlich, deshalb fände ich es trotz der Umstände sehr wichtig, wenn Sie kurz überlegen könnten, ob Ihnen irgendetwas Ungewöhnliches aufgefallen ist.«

»Ich weiß nicht, ob das gut ist«, hörte Schäfer die Stimme des Bubipfarrers.

»Schon gut«, lenkte Schattenkirchner ein. »Was meinen Sie mit ungewöhnlich?«

Schäfer wagte sich wieder vor und linste aus dem Türspalt, als Elsa Dorn fragte: »Nun ja. War etwas anders als sonst? Fehlt etwas aus dem Haus? Wertgegenstände, Geld.«

»Kann ich nicht hundertprozentig sagen. Auf den ersten Blick scheint alles in Ordnung. Aber das habe ich bereits Ihrem Kollegen ...«

»Sie haben die Leiche Ihres Bruders gefunden, waren Sie verabredet?«, fiel ihm Elsa Dorn ins Wort.

»Ich wollte mit Bruno feiern gehen, wir machen das regelmäßig.«

»Gab es denn regelmäßig was zu feiern?«

Schattenkirchner winkte ab. »Bruno brauchte keinen Grund, nur ein paar hübsche Mädels. Dann ging die Post ab. D... das werde ich vermissen.«

»Sie verstanden sich gut?«

»Oh ja, wir sind ein echt gutes Team.« Er stockte. »Ich meine, wir *waren* ein gutes Team, er ist ja nicht mehr.«

»Und dann?«

»Nichts dann, er hat nicht aufgemacht. Nichts hat sich gerührt auf mein Klingeln. Da bin ich rein, ich habe einen Zweitschlüssel, schließlich wohnt mein Bruder allein, und ich bin sein nächster Verwandter. Da hat man schon ein gewisses Vertrauen.« Ewald Schattenkirchner seufzte. »Und dann habe ich ihn gefunden. Tot. Es war schrecklich. Aber das habe ich wirklich alles bereits Ihrem Kollegen Kronau ...«

»Gronau«, verbesserte die Hauptkommissarin.

»Na gut, dann Gronau eben. Ich habe es ihm gesagt. Leiter der Mordkommission, sagten Sie?«

»Richtig.«

»Unglaublich, diese Sache«, murmelte Ewald Schattenkirchner. »So eine Mordkommission kennt man normalerweise nur aus dem Fernsehen.«

»Haben Sie eine Ahnung, wer Ihren Bruder umgebracht hat? Hatte er Feinde, wurde er bedroht?«

»Feinde? Bedroht?«, wiederholte Ewald. »Ich schätze, jeder zweite Ehemann in Augsburg war sein Feind, hätte ihn sicher gerne bedroht. Mein Bruder war schließlich der Bärenbruno. Sie wissen sicher von seinem Ruf.«

Schäfer glaubte, die Kommissarin stöhnen zu hören, bevor Ewald Schattenkirchner weitersprach. »Haben Sie seine Sammlung gesehen? Ein richtiger Hund war er, mein Bruder. Die Frauen liebten es, in seine Sammlung zu kommen.«

»Ist nicht wahr.«

»Doch, wenn ich es Ihnen sage. Bruno war ein richtiger Charmeur, er wusste, was Frauen wollten.«

Den Inhalt seines Geldbeutels, dachte Schäfer. Auf der anderen Seite der Tür mischte sich jetzt der Pfarrer ein: »Sie sehen doch, wie durcheinander Herr Schattenkirchner ist. Muss das sein? Ihn so lange zu belästigen. Haben Sie gar kein Taktgefühl? Morgen ist doch bestimmt auch noch Zeit? Ihr Kollege hatte da mehr Fingerspitzengefühl.« Der Pfarrer legte beschützend den Arm um Schattenkirchner.

»Na gut.« Die Hauptkommissarin seufzte. »Kollege Gronau wird Sie morgen befragen. Ich lasse Sie in Ruhe.«

Schäfer schürzte die Lippen. Die Dorn konnte richtig einfühlsam sein. Eine Seite, die er an ihr bisher selten gesehen hatte. Obwohl ein bisschen Hartnäckigkeit hier seiner Meinung nach nicht geschadet hätte. Er hätte sich nicht so leicht abspeisen lassen, schließlich galt es einen Mord aufzuklären, egal ob Emotionen im Spiel waren.

Schäfer wartete, bis der Seelenfänger und sein Schützling wieder in dem angrenzenden Raum – vermutlich das Wohnzimmer – verschwunden waren und die Hauptkommissarin das Haus verlassen hatte.

Er zählte bis zehn und beschloss, dass es an der Zeit war, ebenfalls die Düse zu machen. Möglichst locker schritt er durch die Eingangshalle, nickte dem Polizeiobermeister an der Treppe zu und trat in die Maisonne hinaus, die ihn blendete. Er blinzelte, kniff die Augen zusammen. Dann setzte er eine billige Piloten-Sonnenbrille aus dem Drogeriemarkt auf, erstens wegen der Sonne, zweitens der besseren Tarnung wegen. Damit sah er dann schätzungsweise hinreichend bescheuert aus, schwarze Brille und weißer Knisteranzug. Wie ein amerikanischer Ufo-Forscher, aber, was soll's? Auf diese Weise gelang es ihm immerhin, ungehindert auf die andere Seite der Polizeiabsperrung zu gelangen.

In der nächsten Seitenstraße huschte er hinter eine Buchsbaumhecke, schlüpfte aus dem Anzug und rollte ihn zu einem Knäuel zusammen, das er im Kofferraum des VW Käfers verstaute. Dann ließ Schäfer den Blick schweifen. Schattenkirchners Anwesen lag nicht weit von einer Kleingartenanlage entfernt, einen Steinwurf neben dem Lech, der majestätisch vorbeifloss. Das Hochwasser hatte ihn bedrohlich anschwellen lassen. Hinter dem Fluss sah Schäfer die Bäume der Wolfzahnau, einem Landschaftsschutzgebiet im Augsburger Norden, das von Wertach und Lech umflossen wurde. »Eigentlich ziemlich idyllisch«, meinte er zu sich selbst und stieg in den Käfer. Gerade als er das Radio einschaltete, klopfte jemand aufs Wagendach und riss die Seitentüre auf. Erschrocken verstellte er den Sender und fluchte ein lautes: »Himmelarsch!«

Elsa Dorn quälte sich auf den Beifahrersitz und funkelte ihn an. »Das einzig Gute an deiner Aktion war, dass dich niemand gesehen hat.« Sie donnerte die Tür zu.

Schäfer traten fast Tränen in die Augen, als er ein verdächtiges Knirschen hörte. Hoffentlich war jetzt keine Schraube oder so gebrochen. Mit etwas Glück ächzte lediglich der Sitz unter Elsas Gewicht. Er hatte den Wagen in den letzten Monaten tatsächlich lieben gelernt und wollte ihn nicht so schnell wieder verlieren. Wie seine Exfrau ihm gerne vorwarf, schlug in Schäfers Brust kein Herz, sondern ein Motor. »Hey, das ist ein Oldtimer, und zwar nicht meiner, also bitte vorsichtig. Klaus ist nicht mehr der Jüngste.«

»Klaus?«

Er tippte mit dem Zeigefinger aufs Lenkrad. »Der Käfer, er heißt Klaus.«

»Du hast dieser Blechkiste einen Namen gegeben?«

Ihm gefiel der belustigte Gesichtsausdruck der Kommissarin nicht besonders. »Natürlich, hast du was dagegen?«, knurrte er sie an. »Außerdem ist Klaus ganz sicher keine Blechkiste.« Er tätschelte das Lenkrad. »Das ist gute deutsche Wertarbeit. Im Gegensatz zu deinem Mini. Den hat man bestimmt in Taiwan zusammengeschraubt.«

»Schon gut«, wiegelte die Kommissarin ab. »Dich hat niemand gesehen, oder etwa doch?«

»Sehe ich aus wie ein Anfänger?« Schäfer schnaubte verächtlich. »Ich bin ein Profi.« Er schüttelte den Kopf. »Mich und jemand gesehen, gibt's denn so was? Natürlich hat mich *niemand* gesehen. Beziehungsweise«, er legte den Kopf schief, »gesehen haben mich viele, nur erkannt hat mich keiner. Dank meiner Tarnung.«

»Okay, du Profi, dann fahr mich ins Präsidium, ich muss noch ein Profil über den Wäschemann erstellen. Für Gronau. Er hofft, von mir einen Hinweis auf den Mörder zu erhalten.«

»Wow! Da hat er ja eine Bombenmeinung von dir, dieser neue Chef der Mordkommission.«

»Er sieht halt, wenn jemand etwas von seinem Job versteht.«

»Ach was.«

»Im Gegensatz zu dir.«

»Okay, genug Höflichkeiten ausgetauscht«, brummte er. »Höchste Zeit, mich auf den neuesten Stand zu bringen.« Schäfer fixierte Elsa, versuchte nicht zu blinzeln, er wollte gar keinen Zweifel daran lassen, dass er es ernst meinte, alles wissen wollte.

Nach einem Moment, in dem Elsa offensichtlich mit sich rang, antwortete sie schließlich doch. »Brunos Fingerabdruck ist nicht identisch mit dem, den wir dem Wäschemann bereits zugeordnet haben. Bruno Schattenkirchner ist also nicht der Wäschemann.«

»Scheiße!«

»Wieso?«

»Wäre die einfachste Lösung für mein Problem gewesen, nämlich den Stalker von Hannah loszuwerden.« Schäfer kratzte sich an der Nase, ihn irritierte etwas. »Moment mal, aber wenn der Bruno gar nicht dein Dessousfetischist ist. Was bringt ein Profil des Wäschemanns, wenn der doch gar nicht mit dem Bärenbruno ein und dieselbe Person ist?«

»Sehr kurz gedacht, du Super-Ermittler. Ist dir gar nicht in den Sinn gekommen, dass der Mörder das eventuell nicht wusste? Sondern der Meinung war, der Bärenbruno hätte eine dunklere Seite.«

»Aha, verstehe. Du denkst, der Bärenbruno wurde mit dem Wäschemann verwechselt? Quasi der Falsche ermordet.«

»Richtig. Und zu wissen, wer es auf den Wäschemann abgesehen hat, wäre demnach hilfreich bei den Ermittlungen. Wir könnten auf das Motiv schließen. Und da ich mich mit dem Wäschemann in den letzten Wochen intensiv auseinandergesetzt habe, ist es mir eventuell möglich, einige seiner Feinde zu lokalisieren. Und damit meine ich gleichzeitig Tatverdächtige.«

Er schnalzte mit der Zunge. »Klug kombiniert. Schon mal überlegt, Polizistin zu werden?«

»Und du? Schon mal daran gedacht, dir ein Gehirn zuzulegen?«

Er lachte. »Und du sollst dieses Profil erstellen?«

»Wer sonst, du vielleicht? Dann schnappen wir den Mörder nie.«

Schäfer überging ihren Spott und musste eines zugeben: Die grünäugige Dorn kämpfte mit spitzer Klinge. »Aber dein Profil könnte außerdem helfen, den wahren Wäschemann ausfindig zu machen. Und damit meinen mutmaßlichen Stalker.« Schäfer klatschte in die Hände. »Da bin ich wieder dabei. Das ist genau das, was ich wissen muss.«

»Du bist dir anscheinend ziemlich sicher, dass der Wäschemann deiner Tochter an die Wäsche wollte.«

»Ich habe da ein blödes Gefühl. Und du solltest seit dem Engelmörder wissen, dass mein Gefühl so sicher ist, wie ein Kompass.«

»Also *darüber* könnten wir streiten«, widersprach sie ihm.

Schäfer sah abwesend aus dem Fenster. »Okay, ihr sucht jetzt folglich weiter nach diesem Sittenstrolch, wenn es der Bruno nun mal nicht ist.«

Die Kommissarin seufzte. »Na ja, in erster Linie suchen wir seit heute nach einem Mörder.«

»Der Mörder ist mir scheißegal! Mir geht es um Hannah.« Er schlug mit der Faust auf das Lenkrad. »Eigentlich habe ich das sowieso nicht geglaubt.«

»Was denn?«

»Na, dass der Bärenbruno dein Sexgangster gewesen sein soll. Das passte einfach nicht zu ihm.«

»Du musst ihn wohl gut gekannt haben, diesen Bruno«, meinte die Kommissarin.

Er winkte ab. »Nicht der Rede wert. Wie man halt jemanden wie ihn kennt. Aus der Klatschpresse eben.«

»Was hat er denn für einen Job gehabt, dass er sich diese Villa leisten konnte?«

Schäfer folgte ihrem Blick. »Geiler Schuppen, stimmt's? Soviel ich weiß, war der Bruno Privatier, wie man so schön sagt. Die Brüder Schattenkirchner haben geerbt. Ihre Eltern hatten eine Keksfabrik, da drüben auf der anderen Seite des Lechs, direkt neben der Wolfzahnau.«

»Wusste gar nicht, dass da eine Keksfabrik steht.«

»Tut sie auch nicht mehr. Vater Schattenkirchner hat die Fabrik kurz vor seinem Tod verkauft. Anscheinend hatte er wenig Hoffnung, was den Geschäftssinn seiner Söhne betraf. Der neue Inhaber fuhr den Laden aber bald gegen die Wand, die Mitarbeiter wurden entlassen. Dieser Raumfahrtkonzern, der die Teile für die Ariane-Raketen herstellt, hat den Bau dann übernommen und einen kleinen Teil in sein Areal eingegliedert, den weitaus größeren Teil abreißen lassen.«

»Da hätte Schattenkirchner senior die Verantwortung auch an seine Söhne weitergeben können«, warf Elsa Dorn ein.

»So hat er aber wenigstens einen ordentlichen Reibach gemacht. Leider hatte Vater Schattenkirchner nicht viel davon. Er starb bald darauf an einem Herzinfarkt, und seine Frau folgte ihm ziemlich schnell nach. Danach ging das beträchtliche Vermögen an die Söhne. Während Ewald eine Karriere als Immobilienmakler eingeschlagen hat, hat sein Bruder es vorgezogen, das Leben zu genießen. Er hat lieber die Bank für sich arbeiten lassen, und wie man hört, ziemlich erfolgreich. Der sowieso schon gewaltige Batzen Geld wuchs zu einem Megahaufen Kohle heran. Ewald hätte das Geld ebenfalls locker gereicht, aber er war schon immer ein Workaholic, der musste dauernd arbeiten. Trotz der ganzen Knete.« Schäfer musterte Elsa. »Dass du mir aber nicht den anderen Fall vernachlässigst. Nur weil jetzt der Bärenbruno ins Gras gebissen hat. Der Dessousräuber geht schon noch vor, gell. Besonders weit bist du da nicht gekommen mit deinen Ermittlungen. Hast immer den Kopf bei dieser scheiß Mordkommission.«

Die Kommissarin holte Luft, wollte offenbar aufbegehren, doch er war richtig in Fahrt. »Hör doch auf mit diesem Mordermittlerdingsbums. Das bringt nur Ärger, glaub's mir. Konzentrier dich auf die kleineren Fälle. Das erspart Stress und

Ärger. Und du lebst viel länger, kriegst keine Magengeschwüre und behältst deinen Job.«

»Du musst es ja wissen«, entgegnete sie.

»Jepp, schau, wo ich gelandet bin. Kuck mal, Elsa. Egal, ob Wäschemann oder Mörder vom Bärenbruno. Ich glaube, ihr geht da falsch an die Sache ran.«

»Ach, meinst du?«

»Meine ich.« Er nickte und kratzte sich den Kahlkopf. Dann grinste er und sagte: »Die im Dunkeln sieht man nicht.«

»Was soll jetzt dieser kryptische Schmarrn?«

Schäfer schüttelte den Kopf. »Kein Schmarrn, schon gar kein kryptischer nicht. Das ist ein Zitat von Bertolt Brecht aus der Dreigroschenoper.«

»Hoppla. Der Schäfer ist gebildet«, lästerte die Dorn. »Was es nicht alles gibt. Du überraschst mich immer wieder aufs Neue.«

»Ich bin Augsburger, da kennt man Brecht eben, wo er doch hier geboren wurde. Das hat mit Bildung nichts zu tun. Außerdem hat der Brecht sein Augsburg genauso geliebt wie ich.«

»Brauchst dich nicht zu entschuldigen. Aber du weißt schon, was der liebe Herr Brecht über dein Augsburg hat verlauten lassen? ›Das Beste an Augsburg ist der D-Zug nach München.‹«

»Hat er nicht gesagt«, widersprach Schäfer. »Das haben nur die blöden Münchner erfunden, das weiß doch jeder Augsburger. Aber ich vergaß, du bist ja eine halbe Münchnerin, hast Augsburg vor Jahren den Rücken gekehrt. Geh halt zurück in deine depperte Landeshauptstadt.« Das fehlte ihm gerade noch, dieses Großstadtgehabe der molligen Dorn. »Aber bitte, ich wollte nur behilflich sein. Die neunmalkluge Frau Hauptkommissarin weiß eh alles besser. Ich kann dir gerne so eine Krone aus diesem beschissenen Schnellrestaurant holen, die setze ich dir auf. Dann kannst du Königin spielen.« Er hätte der Dorn gerne noch mehr vor den Latz geknallt, aber die trat den Rückzug an, hob die Hände, anscheinend bereit zur Kapitulation.

»Schäfer, lass mal Luft ab. Was ist jetzt mit deinem Zitat, wie soll uns das weiterbringen?«

Er blies die Backen auf und befolgte ihren Rat, ließ tatsächlich Luft entweichen. Dann schloss er die Augen und kramte in seiner Erinnerung. Schließlich öffnete er die Lider und sagte: »›Denn die einen sind im Dunkeln, und die andern sind im Licht. Und man siehet die im Lichte, die im Dunkeln sieht man nicht.‹«

Elsa Dorn sah ihn mit großen Augen an, den Mund weit offen. Schäfer vermutete, aus Bewunderung über seinen kurzen Vortrag. »Ihr müsst im Dunkeln suchen«, erklärte er schließlich in die folgende Stille hinein.

Elsas Mund klappte zu, ging aber für ein knappes »Ach was!« wieder auf, bevor er sich endgültig schloss.

»Genau. Dort im Dunkeln findest du sowohl den Mörder als auch den Wäschemann. Das Offensichtliche führt dich oftmals auf eine falsche Fährte.«

Sein Magen knurrte, das schien der kantigen Kommissarin den glasigen Blick aus ihren Augen zu vertreiben.

»Hast du den Motor schon angelassen oder hast du Kohldampf?«, wollte sie wissen.

»Ich habe einen Scheißhunger! Unterwegs könnten wir beim Schnitzelwirt im Bärenkeller einkehren. Hungrig schreibt sich solch ein Bericht ganz schlecht, Elsa. Das weiß ich aus eigener Erfahrung. Komm, ich lade dich ein«, zeigte er sich großzügig, obwohl seine klamme finanzielle Lage eher dagegen sprach. Aber eine satte Elsa Dorn war sicherlich freizügiger mit Informationen. Und die wollte er haben, immerhin galt es, seine Tochter vor einem irren Stalker zu bewahren, der leider immer noch frei herumlief.

»Verzichte einfach auf das Schnitzel, meine Mutter macht Spaghetti«, entgegnete sie. »Da braucht es keinen Schnitzelwirt. Wie ich Martha kenne, hat sie für eine halbe Fußballmannschaft gekocht. Also lade ich dich ein.«

Er brauchte nicht lange zu überlegen und willigte ein. Erstens schonte das seinen Geldbeutel, und zweitens konnte er sich den Bauch vollschlagen und jede Menge Nachschlag verlangen.

KAPITEL 10

Eine Stunde später flutschte Schäfer die letzte Spaghetti zwischen die Lippen. Mit einem Schluck Radler spülte er nach, seufzte zufrieden und trank das ganze Glas leer.

»Noch ein bisserl, der Herr Detektiv?« Martha Dorn wuselte um ihn rum, als wäre er ihr neuer Schwiegersohn. »Nein, echt jetzt, vielen Dank«, wehrte er mit beiden Händen ab. »Ich kann nicht mehr.« Zur Bekräftigung seiner Worte klopfte er auf seinen Bauch, die Jeans spannte, er ächzte. Drei Portionen hatte er verdrückt und eine ganze Schüssel Salat, als Vorspeise hatte er zwei Teller Gemüsesuppe gelöffelt. Wenn er die Nachspeise – selbstgemachtes Tiramisu – irgendwo unterbringen wollte, kam er um eine Essenspause nicht herum.

Elsa Dorn langte aber selbst auch ganz ordentlich hin, wie er fand. Er konnte sich nicht erinnern, jemals eine Frau gesehen zu haben, die solche Mengen Spaghetti gegessen hatte. Zwei Teller! Bud Spencer wäre neidisch geworden.

»Aber ein Kaffetscherl geht noch, nicht wahr?«

Schäfer sah Elsas Mutter entschuldigend an. »Wenn es Ihnen nichts ausmacht, vielleicht einen Tee? Kaffee ist nicht meine Welt. Aber einen Pfefferminztee würde ich nicht abschlagen.«

Sie rümpfte die Nase. »Tee passt nicht zu Tiramisu, höchstens Eistee, den mach ich Ihnen gerne. Obwohl, Eisschokolade wäre wahrscheinlich um Klassen besser, finden Sie nicht?«

»Eisschokolade und Tiramisu. Ich liebe Sie, Frau Dorn.«

»Ach, Sie Charmeur.« Martha Dorns Wangen röteten sich, als hätte sie zu viel Wein getrunken.

»Jetzt ist aber gut«, zischte Elsa, als ihre Mutter in der Küche verschwunden war. »Du brauchst dich bei ihr gar nicht so einzuschleimen. Das ist heute eine einmalige Sache, das wird nicht zur Gewohnheit. In Zukunft gehst du wieder zu deinem Schnitzelwirt, haben wir uns verstanden?«

»Klar. Aber sag mal, jetzt wo wir unter uns sind. Was war mit der Leiche da, die vom Bärenbruno. Was hat die hübsche Carmen dir denn erzählt?«

Elsa richtete ihre grünen Augen auf ihn. »Du weißt, dass ich dir nichts sagen darf.«

»Ist recht, Elsa, das Thema haben wir beim letzten Fall schon durchgekaut, und da waren es viel mehr Tote.«

»Ich muss den gleichen Fehler nicht unbedingt zweimal begehen. Übrigens ist es ein wenig seltsam.«

»Was?«

»Immer, wenn du in meiner Nähe bist, gibt es irgendwo einen Toten.«

»Kann aber auch an dir liegen, dass die Leute um dich rum sterben wie die Fliegen.«

Sie verschränkte die Arme, ihr Busen hob und senkte sich.

»Nicht aufregen, Elsa, ist nicht gut für den Blutdruck, glaub mir. Auch das weiß ich aus leidvoller Erfahrung. Ich will nur helfen und im Gegenzug ein paar Details, um meine Tochter vor einem Stalker zu beschützen.«

»Es ist doch noch lange nicht gesichert, dass deine Tochter von dem gleichen Mann gestalkt wird, der in fremde Wohnungen einbricht und Damenunterwäsche stibitzt. Ich sehe da keine Verbindung, nichts, das für deine Vermutung spricht.«

»Es spricht aber auch nichts dagegen.« Aus der Küche hörte er das Geklapper von Geschirr, der Duft von frisch aufgebrühtem Kaffee wehte ins Esszimmer. »Das will ich eben rausfinden. Und so wie ich das sehe, habt ihr und eure sagenhafte Kripo nicht allzu viele Anhaltspunkte, um dem Kerl auf die Schliche zu kommen.«

»Aber du hast diese Anhaltspunkte natürlich.«

»Das will ich meinen. Immerhin ist dieser Dreckskerl bei meiner Ex eingestiegen.«

»Die du noch immer liebst.«

»Quatsch! Aber Hannah lebt bei ihr. Und das ist der Anhaltspunkt, den ich meine. Kaum bricht dieser Kerl bei Claudia ein, hat meine Tochter einen Stalker. Bestimmt hat er ein Foto von ihr in der Wohnung gesehen, und jetzt stellt er ihr nach. Ich für meinen Teil halte das für eine arschklare Verbindung. Um Gewissheit zu haben, muss ich diesem Arschloch aber ins Auge sehen. Dann weiß ich, ob er der ist, den ich auf meinem Radar habe. Dazu muss ich das Schwein allerdings erst finden, also suche ich nach ihm.«

»Vielleicht solltest du mal mit deiner Tochter reden. Du musst ja nicht gleich vom Schlimmsten ausgehen. Hübsche Mädchen haben manchmal schüchterne Verehrer. Könnte sein, dass das auch bei Hannah so ist. Und damit wäre dann alles ganz harmlos.«

»Ich habe mit ihr gesprochen. Hannah hat keine Ahnung, von wem sie diese Nachrichten erhält. Solange ich nicht weiß, wer bei Claudia eingebrochen ist, suche ich nach diesem Typen.«

»Na na, das ist wohl meine Aufgabe, nach dem Wäschemann zu suchen«, verbesserte sie ihn.

»Hauptsache, irgendwer sucht überhaupt nach ihm! Einigen wir uns einfach darauf, dass ich dir ein wenig unter die Arme greife bei den Ermittlungen. Nebenbei halten wir die Augen offen nach dem Mörder vom Bärenbruno.«

»Okay«, stimmte sie ihm offensichtlich widerwillig zu.

»Danke sehr, wird langsam Zeit, dass du deinem Gehirn folgst. Dann sollten wir als Erstes rauskriegen, woher der Wäschemann seine Informationen bezüglich der Opfer bezogen hat. Er benutzt sicherlich keine Glaskugel.«

Martha Dorn rauschte mit einem Tablett herein und unterbrach die Unterhaltung. Sie stellte Schäfer eine Tasse mit etwa einem halben Liter Eisschokolade hin und daneben einen Teller mit einer gewaltigen Portion Tiramisu, während Elsa lediglich einen kümmerlichen Rest der Süßspeise erhielt. Schäfer registrierte mit Genugtuung, wie gut er bei ihrer Mutter ankam.

»Essen Sie, Herr Schäfer, essen Sie. Die Zutaten hat meine Heilerin ausgependelt. Ich habe nur die Sachen genommen, die den größten Energiefluss versprechen.«

Er hatte es nicht so mit dem Esoterikwahnsinn, aber Energiefluss hin oder her, das Tiramisu schmeckte hervorragend. Die Eisschokolade war mehr Eis als Schokolade, aber das störte ihn wenig.

»Übrigens, ich habe ... Also nicht, dass jemand denkt, ich lausche oder so, aber von der Küche aus, es ist ja nicht so, dass ich meilenweit entfernt wäre. Ich meine, ich höre ziemlich gut. Trotz meines Alters. Jedenfalls, was ich sagen wollte ...« Martha Dorn wippte auf den Fußballen.

»Mama, spuck's endlich aus.«

»Es stimmt also, dass der Bärenbruno tot ist?«

Schäfer verschluckte sich und hustete. Mit dem Handrücken wischte er sich Schokoreste von der Lippe.

»Mama, du *hast* gelauscht. Und was soll das heißen, ob es stimmt? Du hast das vorher bereits gewusst? Also dass der ... dieser Bruno, dass er tot ist? Woher weißt du das schon wieder?«

Das interessierte Schäfer ebenfalls brennend. Die Entdeckung des Mordes lag erst ein paar Stunden zurück.

»Und überhaupt, du kennst diesen Bärenbruno?« Elsas Stimme klang überrascht.

»Elsalein«, säuselte Martha Dorn und tätschelte die Schulter der Kommissarin. »Den Bärenbruno kannte doch wirklich jeder in Augsburg.«

»Stimmt«, bestätigte Schäfer und beschloss, Elsa schnellstmöglich einen Schnellkurs über Augsburg und seine schillerndsten Bewohner zu geben. Die vorlaute Kommissarin hatte einfach zu lange in München gelebt. Von Augsburg hatte die gute Frau so gut wie keine Ahnung.

»Na ja, ich war vorhin bei der Elisabeth«, plapperte Mutter Dorn unterdessen weiter.

»Sag nicht, deine Heilerin, Mama.«

»Doch, genau die. Also, ich war bei ihr, da kam die Rieder Anneliese vorbei und hat gefragt, ob wir es schon wissen täten, was mit dem Bärenbruno passiert ist.« Martha Dorns Augen funkelten, offenbar genoss sie die Verwunderung auf dem Gesicht ihrer Tochter.

»Also, Mama, was hat die Rieder Anneliese gemeint?« Elsa Dorns Ton klang resigniert.

»Die Anneliese hat von seinem Ableben, also von dem Bärenbruno seinem Tod, das hat die Anneliese von ihrer Putzfrau erfahren, und diese wiederum von ihrer Tochter. Und die«, Martha Dorn zuckte mit den Schultern, »woher die es hat, das weiß ich nicht.«

»Ist auch egal, Mama. Schon erstaunlich, wie schnell sich Nachrichten in Augsburg verbreiten.«

»Und im Radio ist es vorhin auch schon gekommen.«

»Im Radio, soso.« Elsa sah Schäfer an.

»Ich bin unschuldig, von mir hat es niemand, ich schwöre.«

Er hob die rechte Hand und schluckte den Rest Tiramisu hinunter. Hielt ihn die Hauptkommissarin etwa für ein Plappermaul? »Du solltest dein Näschen lieber zum Schnüffeln in den eigenen Reihen gebrauchen. Dort sitzt immer noch ein Maulwurf, wie wir alle wissen.«

»Wissen wir das tatsächlich?«

»Da kannst du einen Zementhaufen drauf scheißen, liebe Elsa. Oder hast du die Sache mit dem Engelmörder vergessen? Als jemand der Presse brisante Details gesteckt hat? Ist ja nicht so, als hättet ihr euren Maulwurf in der Zwischenzeit gefunden, oder?«

»Nein«, gestand sie mit sichtlichem Widerwillen. »Vielleicht gab es auch keinen.«

»Ich wette, ihr habt gar nicht mehr nach ihm gesucht. Jansenbrink hatte seinen Mörder und alles war gut. Wusste ich es doch! Tja, aber den Maulwurf gibt es immer noch. Einen schönen Haufen habt ihr bei euch.«

»Ach Schäfer, hör auf mit deinen Verschwörungstheorien. Die Reporter sind überall. Vermutlich wird so ein Depp mit seinem Teleobjektiv auf einem Baum gesessen haben. Und dass da ein Einsatz gelaufen ist, hat er bestimmt im Polizeifunk mitbekommen, du hörst den Funk doch auch ab.«

»Hin und wieder«, gab er zu. »Aber ihr habt doch diesen modernen Digitalfunk. Den kann man nicht so einfach abhören. Außer man hat …«

»Ja, was denn?«, fragte Elsa, sichtlich interessiert.

»Ach nichts, nicht so wichtig.«

»Dann stimmt es also«, mischte sich Martha Dorn ein.

»Ja«, erklärte Schäfer, »der Bruno hat den Lappen abgegeben. Aua!« Elsa hatte ihm vors Schienbein getreten. Er sah sie entgeistert an. »Was? Das ist ja wohl kein Geheimnis mehr, deine Mutter weiß es doch schon.«

»Es geht ums Prinzip. Keine Gespräche über laufende Ermittlungen in einem Mordfall.«

»Ich habe doch gar nichts gesagt«, protestierte er. »Nur, dass Bruno tot ist.«

»Wer weiß, was du sonst noch ausgeplaudert hättest.«

»Ich habe ja gar keine weiteren Infos. *Du* bist doch bei der Kripo.«

»Egal, der Tritt hat nicht geschadet.«

»Dann lass uns jetzt endlich über den Stalker sprechen«, beharrte Schäfer.

Die Hauptkommissarin hob zu einer Antwort an, schloss den Mund aber wieder und drehte den Kopf auf die linke Seite, wo ihre Mutter regungslos verharrte und dem Gespräch neugierig folgte. »Wolltest du mir nicht einen Kaffee bringen? Oder wird nur er bedient?«, fragte Elsa und nickte in seine Richtung.

Martha Dorn warf ihm einen Blick zu, worauf Schäfer nur entschuldigend die Schultern zuckte, dann rauschte sie in die Küche.

Elsa beugte sich vor und flüsterte: »Wir müssen das wirklich nicht hier besprechen, vor meiner Mutter. Eigentlich müssen wir zwei gar nichts bereden, wenn ich es mir genau überlege. Weder über den Mordfall noch über den Wäschemann.«

»Ich habe dir bereits gesagt, dass ich dir behilflich sein kann. Und du hast zugestimmt, mir ebenfalls zu helfen.«

»Anfangs ging es aber nur«, sie malte mit den Fingern Anführungszeichen in die Luft, »um ein Sittendelikt. Die Sachlage hat sich geändert. Das hier ist Mord. Ich glaube, *ich* habe meine Meinung geändert. Ich brauche dich nicht. Wenn dich jemand von der Kripo in meiner Nähe sieht, ist meine Chance dahin, an den Ermittlungen teilzunehmen. Stattdessen wird

Jansenbrink mich vermutlich umgehend in die Aktenstelle abordnen. Nie wieder Tageslicht.«

»Hattest du beim letzten Fall nicht jede Menge Spaß beim Akten wälzen mit diesem, wie hieß er noch?«

»Ludwig Zott. Ja, den Kollegen gibt es noch. Bearbeitet im Moment Presseanfragen.«

Schäfer verschränkte die Arme und blickte der Kommissarin lange in die Augen. »Komm schon, Elsa, du hättest mich nicht zum Essen eingeladen, wenn du nicht wüsstest, dass ich nützlich bin. Du willst über den Fall sprechen, und da du mit deinen Kollegen nicht so gut kannst ...«

»Stopp! Schäfer, du bist auf dem falschen Dampfer. Ich habe dich aus reiner Gefälligkeit mit an den Tatort genommen. Und aus reiner Gefälligkeit zum Essen zu meiner Mutter. Aber jetzt ...«

»Liebes Kind, nimm doch Hilfe an, wenn sie dir angeboten wird«, flötete Martha Dorn und schwebte mit dem Kaffee an ihren Tisch.

Schäfer grinste, als er das Motiv der Tasse sah. Ein halbes Dutzend rosa Herzen verteilten sich über die Keramik.

»Mama, du hast es wieder getan. Gelauscht! Ich dachte, du hast Probleme mit deinen Ohren? Hast du das nicht erst gesagt?«

»Ach, Kindchen, diese Wehwehchen im Alter werden mal schlechter und besser. Heute ist es wieder ganz gut mit den Ohren.« Martha stellte ihrer Tochter die Tasse vor die Nase.

»Mama, im Fernsehen kommt doch jetzt diese Soap, die du immer schaust.«

»Seit wann interessierst du dich dafür?« Ihre Mutter spielte mit der Brille, die an einer Kette um den Hals hing.

»Seit jetzt«, antwortete ihre Tochter. »Wenn du nicht einschaltest, bleibst du nicht auf dem Laufenden. Ich glaube kaum, dass du mit deinen Freundinnen dann über die aktuelle Folge reden kannst.«

»Du willst mich loswerden«, grummelte Martha Dorn.

»Mama, sehe ich etwa aus, als wollte ich dich loswerden?« Die Kommissarin legte den Kopf schief und blinzelte.

»Ja!« Elsas Mutter nickte heftig. »Aber schon gut. Ich merke, wenn ich unerwünscht bin. So verkalkt bin ich nicht. Ich gehe dann mal ins Wohnzimmer.«

Elsa sah ihrer Mutter nach. »Mama, Tür zu.«

Mit einem Rumms, den Schäfer der alten Dame nicht zugetraut hätte, flog die Tür ins Schloss.

»So, das hätten wir. Zumindest vorerst. Wo waren wir stehen geblieben?«, wollte die Hauptkommissarin wissen.

»Wir wollten ein Brainstorming machen, wie der Wäschemann seine Opfer gefunden hat.«

»Da waren wir stehen geblieben? Schäfer, du gibst wohl nie auf.«

»Nein.«

Elsa seufzte. »Also gut, lass uns ... Moment mal.«

»Was ist?« Schäfer beugte sich vor, die Kommissarin war von ihrem Stuhl aufgesprungen und lief wie eine Raubkatze unruhig hin und her.

»Das ist es, das muss es ein«, murmelte sie vor sich hin, blieb stehen und sah Schäfer an, ihre grünen Augen blitzten.

»Herrschaftszeiten, rede halt, verdammt!«, rief er ihr zu.

»Ich glaube, ich weiß jetzt, wo der Wäschemann seine Opfer gefunden hat«, sagte sie. »Und wenn das stimmt, könnte uns dieser Ort sogar zum Mörder von Bruno Schattenkirchner führen.«

KAPITEL 11

Es roch nach Kaffeeduft und Männerschweiß. Eine interessante Mischung, wie Elsa fand, die ihren Stuhl ein Stück näher zum geöffneten Fenster rückte. Der Papiereimer neben ihr quoll über, sie schob ihn mit dem Fuß unter den Tisch, auf dem die Kaffeemaschine vor sich hin zischte und jede Menge Tassen standen.

Niklas Gronau gab gerade Milch in seinen Kaffee und seufzte. »Wäre ja zu schön gewesen«, war seine Antwort auf den Bericht von Carmen Holler bei der morgendlichen Lagebesprechung. Die Kriminaltechnikerin hatte soeben dem Ermittlerteam mitgeteilt, dass der Erkennungsdienst am Mordschauplatz keine verwertbaren Spuren gefunden hatte.

»Alle möglichen Leute sind gestern am Tatort rumgetrampelt«, schloss die blonde Polizeibeamtin ihren Bericht. »Zuerst Ewald Schattenkirchner, der seinen Bruder gefunden und plumpe Wiederbelebungsversuche unternommen hat. Danach die Rettungssanitäter und der Notarzt.« Sie zuckte die Achseln. »Sie haben es gut gemeint, aber das hilft mir halt wenig bei meinem Job. Im Endeffekt weiß ich nicht, ob und welche Veränderungen am Tatort vorgenommen wurden. Die ursprüngliche Lage der Leiche wurde obendrein auch verändert, das wird die Arbeit des Rechtsmediziners vor Ort sicher nicht erleichtert haben. Bis die ersten Streifenbeamten eingetroffen waren und Lichtbilder geschossen haben, war das Kind schon in den Brunnen gefallen. Vielleicht bringt die Obduktion noch was ans Tageslicht, irgendwelche Täter-DNA oder dergleichen.«

»Und du sagtest, der Mörder ist über den Schlafzimmerbalkon ins Haus gelangt?«, fragte Gronau.

»Ja. Das Opfer war sehr leichtsinnig, hatte im Garten an einen Kirschbaum eine Leiter gelehnt. Die hat der Täter zweckentfremdet und ist damit auf den Balkon gestiegen. Die Türe ins Schlafzimmer stand natürlich offen. Ich konnte zwar im Rosenbeet unter dem Balkon eine Schuhspur sichern. Da, wo die Leiter ans Geländer gelehnt wurde. Aber der Abdruck stammt von einem Allerweltstreter, einem Turnschuh. Die Größe habe ich mit 28 cm gemessen, das entspricht Schuhgröße 42. Zusammen mit der brutalen Vorgehensweise beim Erdrosseln spricht meines Erachtens viel für einen männlichen Täter. Grundsätzlich hätte es natürlich auch eine sehr kräftige Frau mit ungewöhnlich großen Füßen sein können. Aber das würde mich überraschen. Mehr habe ich, wie gesagt, bisher nicht. Mein Team ist noch dabei, Vergleichsfingerabdrücke von den Leuten zu nehmen, die Schattenkirchners Haus berechtigt betreten haben: Putzfrau, Bruder, Handwerker. Dann vergleichen wir sie mit den Fingerabdrücken, die wir gesichert haben. Wenn wir so weit sind, schicke ich alles durchs System und melde mich, wenn ich etwas Interessantes habe.«

Carmen Holler griff fahrig nach ihrer Kaffeetasse. Die Kriminaltechnikerin wirkte auf Elsa übernächtigt. Sie musste die ganze Nacht durchgearbeitet haben. Unter ihren Augen bildeten sich Ringe, die Haare waren zerzaust, ihre Bluse zerknittert. Ungewöhnlich für die ansonsten perfekt gekleidete und gestylte Carmen.

Die Männer in der Runde sahen nicht viel besser aus, geduscht hatten wohl nur wenige, was den Schweißgeruch erklärte. Das war einer der Nachteile, wenn man bei der Mordkommission arbeitete; der Feierabend rückte manchmal in weite Ferne.

Elsa dagegen fühlte sich fit und ausgeruht. Und gewaschen. Na ja, schließlich war sie bei der Sitte.

»Vielleicht bringen die Befragungen der Nachbarn etwas«, nahm Gronau das Gespräch wieder auf. »Wir haben gestern bereits damit angefangen und machen heute Vormittag weiter.« Er deutete auf zwei Kollegen der Mordkommission. »Klaus und Manfred, ihr übernehmt das bitte. Unterstützung bekommt ihr vom Einsatzzug. Ihr sprecht die Vorgehensweise mit den Beamten vor Ort ab. Neuigkeiten bitte sofort an mich melden. Außerdem muss jemand die Verwandten und Freunde des Toten überprüfen. Eugen«, wandte er sich an einen anderen Beamten, »das machst dann du. Wir sollten auch das Telefon von Bruno Schattenkirchner checken. Willi, du klärst das mit dem Telefonanbieter. Ich will wissen, mit wem der Tote in den letzten Tagen telefoniert hat.«

Gronau fuhr sich durch die Haare. »Die Rechtsmedizin hat sich gemeldet. Der Termin für die Obduktion des Toten ist für heute, 11.00 Uhr, angesetzt. Gibt es einen Freiwilligen, der der Prozedur beiwohnen möchte?«

Elsa hätte fast den Finger gehoben, wie in der Schule. Sie wollte jedoch nicht vorpreschen, immerhin war sie sozusagen nur Gast in der Mordkommission. Wenn man sie fragte, würde sie aber nicht Nein sagen.

Gronau wartete einen Moment. »Nein? Gut, dann fahre ich selbst nach München, wenn keiner von euch das Leichengeld nötig hat.«

Diese Erschwerniszulage von ein paar Euro, die von den Kollegen Leichengeld genannt wurde, hätte Elsa sicherlich nicht dazu bewogen, in die Rechtsmedizin zu fahren. Gronau zu beweisen, dass sie kein Weichei war, hingegen schon. Es wäre nicht das erste Mal für sie. Im Rahmen ihrer Ausbildung war sie öfters in der Münchner Rechtsmedizin gewesen, als ihr lieb war. Andererseits übernahm die Teilnahme gerne der leitende Ermittler, in diesem Fall also Niklas Gronau.

Der sprach wieder in die Runde. »Die Tatortbereichsfahndung durch uniformierte und zivile Kräfte hat gestern keine Hinweise erbracht. Mal sehen, ob sich durch die Pressemeldung von heute Morgen ein Zeuge bei uns meldet. Hat jemand eine Ahnung, warum die Medienmeute gestern so rasch von dem Mordfall erfahren hat? Noch bevor die offizielle Meldung unserer Pressestelle rausging.« Als niemand antwortete, fuhr er fort: »Ich brauche wohl nicht extra daran zu erinnern, dass keine Details nach außen gelangen dürfen.« Er sah jeden Einzelnen ernst an. »Nun gut. Wenigstens können wir ausschließen, dass es sich bei dem Toten um diesen Wäschemann handelt, der seit Wochen durch die Augsburger Presse geistert. Ob das gut oder schlecht ist, weiß ich allerdings nicht.«

Nachdem die Morgenbesprechung beendet war, wollte Elsa aufstehen und ebenfalls den Raum verlassen. Niklas Gronau bedeutete ihr jedoch mit einem Wink seiner Hand, zu bleiben. Sie setzte sich wieder und hob fragend eine Augenbraue. Das Sonnenlicht malte durch das Fenster ein helles Viereck auf den Linoleumboden.

»Danke für das Profil des Wäschemanns, das du erstellt hast. Vielleicht hilft es uns bei den Ermittlungen in der Mordsache Schattenkirchner weiter. Übrigens, ab sofort bist du vorübergehend zur Mordkommission abgeordnet.«

»Ach?« Mehr brachte sie nicht heraus. Dafür war sie viel zu überrascht von Gronaus Ankündigung. Bekam sie tatsächlich eine Chance, sich als Mordermittlerin zu behaupten? Möglicherweise könnte sie für immer in die Mordkommission wechseln. Ihre Laune hob sich sofort. Sie spürte, wie ihre Wangen heiß wurden.

»Ja, ich habe bereits eine Mail an Jansenbrink geschrieben.

Nachher werde ich kurz mit ihm die Formalitäten besprechen.«

Oh nein. Da war es wieder. Ihr größtes Problem bei der Kripo Augsburg. Der Leitende Kriminaldirektor Karl-Heinz Jansenbrink.

Na, bravo!

Der alte Knochen war bestimmt alles andere als begeistert über Gronaus Vorschlag.

Anscheinend las dieser in ihr wie in einem offenen Buch, denn er versprach: »Keine Sorge. Jansenbrink hat sicher ein starkes Interesse, den Mordfall schnell aufzuklären. Ich werde ihm erklären, dass ich deine Mithilfe dabei sehr gut gebrauchen kann. Da wird er wohl kaum Nein sagen können.«

Super, dachte Elsa. Offenbar hatte sich ihre Jansenbrink-Unverträglichkeit schon bis zu Gronau herumgesprochen. Sie konnte nur hoffen, dass Letzterer objektiv genug war, sich nicht vom Kriminaldirektor einlullen zu lassen. Elsa kannte Gronau nicht gut genug, um eine Meinung über ihn zu haben. Sie hatte wie er zwar ebenfalls in München gearbeitet, aber bei der Sitte, während Gronau bereits bei der fünften Mordkommission Fälle löste. Die Verhältnisse in der Münchner Kripo waren jedoch ganz andere als hier in Augsburg, wo es recht beschaulich zuging. Die Behörde in der Millionenstadt war entsprechend personalstark besetzt, und da kannte man nicht jeden persönlich. So ging es Elsa mit Niklas Gronau.

»Zudem habe ich beantragt, dass jemand vom Kommissariat Einbruch abgestellt wird, um uns hier zu unterstützen. Soweit ich weiß, hat Valentin Häusler mit dir bei den Einbrüchen zusammengearbeitet. Sein Wissen kann wertvoll sein. Jansenbrink wird sich meinem Wunsch nach Hilfe und schneller Aufklärung wohl kaum verschließen. Ich sehe keine

Probleme, dich und den Kollegen Häusler für ein paar Wochen in mein Team zu bekommen.«

Super! Valentin Häusler auch bei der Mordkommission. Es wurde immer besser.

»Außerdem wird ein Kollege der Pressestelle engen Kontakt zu uns halten. Ein gewisser Ludwig Zott hat seine Mitarbeit angeboten, und ich habe zugestimmt. Gut möglich, dass wir auf die Mithilfe der Bevölkerung angewiesen sind. Daher ist ein Kollege, der über Kontakte zu den Augsburger Zeitungen und Radiosendern verfügt, von Vorteil. Vielleicht kann dieser Zott dafür sorgen, dass die Pressefritzen nur das veröffentlichen, was wir autorisiert haben.« Gronau nahm die Kaffeetasse, stellte sie aber wieder auf den Tisch, nachdem er offenbar bemerkt hatte, dass sie leer war. »Du kennst Zott? Er hat von dir gesprochen.«

Elsa nickte. »Stimmt, wir haben in der Aktenstelle ein paar Tage lang zusammengearbeitet, als ich gerade bei der Augsburger Kripo angefangen hatte. Er ist in Ordnung.« Abgesehen von seinem Biowahn, dachte Elsa, verschwieg das aber. Im Vergleich mit dem eingebildeten Häusler war der Ökofanatiker Zott schließlich eine wahre Wohltat.

»Wenn die Sache hier vorbei ist«, der Chefermittler machte eine ausladende Handbewegung und bekam wieder ihre volle Aufmerksamkeit, »möchte ich aber schon gerne erfahren, wo die Abneigung zwischen Jansenbrink und dir herrührt.«

Das würde ich auch gerne wissen, dachte Elsa, schwieg aber lieber. Sie überlegte, was sie Jansenbrink eigentlich getan hatte, fand jedoch beim besten Willen keine Antwort darauf. Er war einfach ein urzeitliches Relikt, ein Neandertaler, der keine starken Frauen in seiner Nähe duldete.

»Nun, was dich betrifft«, fing Gronau ihre abdriftenden Gedanken ein, »deine Kenntnisse über diesen Wäschemann könnten von unschätzbarem Wert sein. Deshalb benötige ich deine Mithilfe.«

Sie stieß einen Seufzer aus. »Und wie soll diese Mithilfe aussehen?«

»Das Profil des Wäschemanns war schon mal ein guter Anfang.« Er blätterte in ihrem Bericht. »Es sieht ganz so aus, als hätte Schattenkirchners Mörder geglaubt, sein Opfer wäre der berüchtigte Sexualtäter. Wir haben Bruno am Anfang schließlich auch dafür gehalten.«

»Wen wundert das«, stimmte Elsa zu. »Angesichts dieser Dessoussammlung in seinem Schlafzimmer hätte ihn jeder auf den ersten Blick für einen Sittentäter gehalten.«

Niklas Gronau nickte bedächtig. »Genau. Wir müssen übrigens die Namen der ganzen Damen ermitteln, denen die Dessous aus Schattenkirchners Sammlung gehören. Das erledigst bitte du. Wenn du Hilfe benötigst, ich denke, der Kollege Häusler wäre die richtige Wahl.«

Bestimmt wäre er das nicht. Elsa nickte, entgegen ihrer inneren Einschätzung.

»Vielleicht stammen sogar einige davon aus dem Rotlichtmilieu. Das fiele dann sowieso eher in dein Metier.«

Genau, und damit ganz und gar nicht in das Metier von Valentin Häusler.

»Möglich, dass eine wichtige Zeugin darunter ist«, sinnierte Gronau weiter.

»Wichtiger wäre meiner Meinung nach, die Besitzerin desjenigen BHs zu ermitteln, mit dem Bruno Schattenkirchner erdrosselt wurde. Wieso hat der Täter BH und Tanga zurückgelassen, aber das dazugehörige Bild aus der Trophäensammlung mitgenommen? Denn dass das Foto zu BH und Tanga gehört, ist sonnenklar.«

Gronau richtete den Zeigefinger auf sie. »Ganz genau. Gut

mitgedacht, Kollegin. Diese Frau könnte der Schlüssel sein, sie könnte uns zum Mörder führen. Sie ist womöglich der Grund, wieso Schattenkirchner sein Leben lassen musste. Was mich immer mehr zu dem Schluss verleitet, dass hier Rache im Spiel war. Auf einen Raubmord deutet nichts hin. Laut Erkennungsdienst sind keinerlei Schubladen geöffnet und durchsucht worden. Es fehlen keine Wertgegenstände, und die gab es in dem Haus in Hülle und Fülle. Bruno Schattenkirchner war kein Kostverächter, was teure Kunstwerke anbetrifft. Hast du die Bilder an den Wänden bemerkt? Die waren sicher wertvoll. Sein Büro im Erdgeschoss blieb unangetastet. Dort stand auf dem Arbeitstisch eine Geldkassette mit mehreren Tausend Euro Bargeld. Für mich sieht der Mord nach einem Racheakt aus. Stimmst du mir zu?«

Elsa nickte, ebenfalls langsam. »Das ist eine Möglichkeit. Wer erbt eigentlich sein beträchtliches Vermögen?«

»Das weiß ich noch nicht. Kinder hatte er keine, eine Frau auch nicht. Möglicherweise sein Bruder. Aber Geld hat Ewald Schattenkirchner selbst genug, vielleicht sogar mehr als Bruno. Auf den ersten Blick hat er kein Motiv, außerdem standen sich die beiden sehr nahe, wie erste Ermittlungen ergaben. Wir schließen nichts aus, das versteht sich von selbst. Es deutet aber nichts darauf hin, dass er der ominöse Einbrecher war. Ewald Schattenkirchner hat zudem Schuhgröße 45.«

»Womit wir wieder beim Motiv Rache angelangt sind.«

»Was wiederum heißt, dass unser Mann im Umfeld des Wäschemanns zu suchen ist. Der Mörder könnte mit einem seiner Opfer in irgendeiner Art von Beziehung stehen. Ehemann, Freund, Geliebter.«

»Oder ein Auftragskiller, der auf den Wäschemann angesetzt wurde«, ergänzte Elsa.

Gronau kniff die Lippen zusammen. »Das erscheint mir

doch sehr unwahrscheinlich. Ihr hattet erst einen Mafiakiller in Augsburg. Wie glaubhaft ist es, dass innerhalb weniger Monate wieder solch ein Profi auftritt? Du musst aufpassen, dass deine Fantasie nicht mit dir durchgeht. Nein, ich glaube eher an einen Racheakt. Also, einmal angenommen, es war so, jemand wollte eine Rechnung begleichen.« Gronau nahm einen Kugelschreiber und ließ ihn zwischen den Fingern kreiseln. »Dieser Jemand musste natürlich erst die wahre Identität des Wäschemanns lüften, er musste also an den Orten suchen, an denen der Wäschemann seine Beute gefunden hat. Und dort ist er dummerweise auf Bruno Schattenkirchner gestoßen und hat ihn prompt für den Gesuchten gehalten. Das führt mich zum letzten Satz deines Profils.« Er sah ihr in die Augen. »Du glaubst, der Wäschemann ist in diesem Swingerclub auf die Suche nach seinen Opfern gegangen. Im Nofretete?«

Zum Mittagessen fuhr Elsa zu ihrem Lieblingsitaliener, die Speisekarte der Polizeikantine fand sie nicht sehr prickelnd. Sie gönnte sich Büffelmozzarella im Speckmantel, als Nachtisch ein hausgemachtes Tiramisu und im Anschluss einen Espresso. Das Koffein weckte ihre Lebensgeister, während der Besitzer des Ladens, Angelo, ihr Anekdoten aus Italien erzählte. Elsa hatte fast den Eindruck, der heißblütige Italiener würde mit ihr flirten.

Konnte das sein?

Jedenfalls missfiel ihr die Gesellschaft keineswegs. Leider musste sie zurück ins Präsidium. Auf dem Weg dorthin stattete sie einem italienischen Spezialitätengeschäft einen Besuch ab und kaufte einen Karton ihrer Lieblingspralinen.

Sie ließ sich gerade die Schokolade mit dem köstlichen Kastaniengeschmack auf der Zunge zergehen, als sie ihren Mini

Cooper in die Tiefgarage neben dem Polizeigebäude steuerte. Nachdem sie den Motor abgestellt hatte, blieb sie einen Moment sitzen. Ihr schlechtes Gewissen meldete sich mit einem Schlag zurück. Sie hatte Niklas Gronau nichts von Sven Schäfer erzählt. Sie war gerade wieder dabei, in ein Fahrwasser zu steuern, das über enorme Untiefen verfügte. Gronau zu hintergehen, war sicher keine gute Idee. Aber was hätte sie machen sollen? Ihm erzählen, dass sie eine unheilvolle Allianz mit einem ehemaligen Kriminalbeamten eingegangen war?

Und das zum zweiten Mal!

Ein Typ, der aus dem Polizeidienst entlassen worden war, weil er drei Männer krankenhausreif geprügelt hatte. Ein Raubein, das mit der Faust schneller war als mit dem Gehirn. Einer Person, die sich als Privatschnüffler durchs Leben schlug und gegen alle möglichen Vorschriften verstieß, die jemals aufgestellt worden waren.

Tja, dachte Elsa. Mal angenommen, sie hätte Gronau von Sven Schäfer erzählt. Hätte der Chef der Mordkommission sie dann in seinem Team behalten wollen? Wohl eher nicht. Also hatte sie geschwiegen und für sich behalten, dass sie ihre Theorie längst mit Schäfer diskutiert hatte und zu einem Entschluss gekommen war. Der Privatdetektiv sollte undercover in dem Swingerclub ermitteln und ihr seine Erkenntnisse mitteilen. Doch das durfte unter keinen Umständen die Runde machen. Hoffentlich konnte Schäfer seinen vorlauten Mund halten.

Elsa schrak aus ihren Gedanken, als jemand gegen das Fahrerfenster klopfte. Sie ließ die Scheibe herunter und blickte dem Doppelgänger von John Lennon in die Augen. Samt Nickelbrille und Zopf.

»Servus, Elsa«, grüßte Ludwig Zott. »Ich habe gehört, wir

arbeiten bald wieder zusammen. Dann hast du es also endlich in die Mordkommission geschafft. Glückwunsch!«

»Nur vorübergehend, Ludwig, nur vorübergehend.«

»Ist zumindest ein Anfang«, erwiderte er. »Mal sehen, wann wir dem Mörder das Handwerk legen. Ich bin übrigens gerade auf dem Weg ins Reformhaus, weil ich mir nachher im Sozialraum noch Pfannkuchen backen will. Soll ich dir auch welche machen?«

»Ähm, nein. Vielen Dank, Ludwig. Leider habe ich schon gegessen.« Gesunde Ernährung war nicht so ihr Ding, obwohl es ihrer Figur sicher gutgetan hätte. Dennoch war Zotts freundliche Art ein Lichtblick. Immerhin hatte Ludwig ihr die Eingewöhnung bei der Augsburger Kripo vor einem halben Jahr sehr erleichtert. »Bis dann.«

Gerade wollte Elsa die Scheibe wieder hochfahren lassen, als erneut jemand auf ihr Wagendach trommelte. »Nein, ich will bestimmt keinen Pfannkuchen«, murmelte sie, um dann zusammenzuzucken, als sich ein schrecklicher Anblick in ihr Sichtfeld schob: der Haarkranz von Jansenbrink.

Maria und Josef! Verfolgte der Alte sie jetzt schon bis in die Tiefgarage?

»Mahlzeit, Frau Kollegin«, begrüßte er sie mit dem einfallslosen Mittagsspruch, der sie schon immer genervt hatte. »Wieso sollte ich Ihnen Pfannkuchen ...?«

»Grüß Gott, Herr Direktor, kann ich was für Sie tun?«, flötete sie.

»Eigentlich nichts. Wie auch.« Er lachte. »Aber, wenn ich Sie schon mal zufällig hier treffe. Sie waren wohl auswärts beim Mittagessen, was? Genau wie ich. Da haben wir wohl etwas gemeinsam, mir bekommt das Kantinenessen auch nicht. Ich habe einen empfindlichen Magen.«

Auf eine Gemeinsamkeit mit Jansenbrink legte sie keinen

besonderen Wert. Fehlte nur noch, dass er sie zum Essen einlud.

»Vielleicht gehen wir irgendwann zusammen Mittag essen?«

Elsa schluckte, ihr wurde heiß und kalt, während sich zugleich ihre Nackenhärchen aufstellten. Begann so eine Panikattacke?

Der Kriminaldirektor lachte auf. »War nur ein Scherz, Frau Dorn. Mitarbeitergespräche führe ich grundsätzlich in meinem Büro.«

Die Nackenhärchen legten sich wieder.

»Liebe Frau Dorn, ich hatte mit Herrn Gronau ein Gespräch über Sie. Sie können sich vorstellen, worum es dabei ging?«

»Meine Mitarbeit bei der MK?«

»Richtig, Herr Gronau wünscht eine zeitlich begrenzte Abordnung zur Mordkommission. Zusammen mit dem Kollegen Häusler vom Einbruch. Wobei ich die beiden Wörter ›zeitlich begrenzt‹ hervorheben möchte.«

Was für ein Idiot, dachte Elsa und bedachte Jansenbrink mit ihrem süßesten Lächeln.

»Herr Gronau hat mir seinen Wunsch erklärt. Leid ..., ähm, also, ich muss zugeben, dass es durchaus sinnvoll sein könnte, Herrn Häusler aufgrund seiner Kenntnisse hinzuzuziehen.«

Sie hüstelte.

»Jaja, Ihre Kenntnisse auch.« Er seufzte. »Es ist nun mal so, dass Sie die Ermittlungen in dieser Wäschemann-Sache führen. Das ist jetzt nicht mehr zu ändern, also, ich meine, Sie wissen da sicher eine Menge drüber. Über diesen Sittenstrolch. Wenn der Mörder es auf den Wäschemann abgesehen hat ...« Er klopfte mit den Fingern aufs Wagendach. »Schauen Sie nicht so überrascht. Ich bin mit dem Fall bestens vertraut, ich habe die Akten gelesen, mit Gronau gesprochen. Wenn es also der Täter tatsächlich auf den Wäschemann abgesehen hat, könnten Sie durchaus Kenntnisse besitzen, die für die weiteren Ermittlungen von gewissem Wert sind. Das will ich nicht leugnen. Dieses Wissen geben Sie an Gronau weiter. Allerdings möchte ich nicht, dass Sie Ihre eigenen Fälle vernachlässigen. Natürlich hat der Mord an Bruno Schattenkirchner Priorität. Aber zudem klären Sie schnellstmöglich diese Sache mit den Dessous und wer die Dinger da geklaut hat. Sie haben verstanden, was ich damit sagen möchte?«

»Sie haben sich, wie immer, höchst verständlich ausgedrückt.«

Er runzelte die Stirn. »Finden Sie? Schön, dann ist alles klar. Sie arbeiten weiter von Ihrem Büro aus, wir veranstalten jetzt wegen so einer kurzen Sache nicht extra einen Umzug in andere Räumlichkeiten und machen ein riesiges Brimborium draus. Sie bleiben sowieso faktisch bei der Sitte.«

»Ist mir recht«, antwortete Elsa und schielte auf die Uhr am Armaturenbrett. Hoffentlich kam der Kripochef demnächst zum Ende.

»Vielleicht erledigt sich Ihre Suche nach dem Wäschemann bald von selbst.«

Sie schaute überrascht auf. Was meinte Jansenbrink damit?

»Wie?«, gab dieser zurück. »Ist Ihnen nicht in den Sinn gekommen, dass der Mörder bald von seinem Fehler Kenntnis erhält? Dass er nämlich den falschen Mann erdrosselt hat. Das heißt, der …«

»… Wäschemann ist das nächste Opfer«, vervollständigte Elsa seinen Satz.

KAPITEL 12

Schäfer spürte ein Gewicht auf seiner Brust lasten. Er lag im Halbschlaf, hatte keine Lust, ganz wach zu werden. Die Müdigkeit in seinem Kopf verlangte noch nach mindestens zwei Stunden Ruhe, wenn nicht drei oder gar vier. Ihn juckte es an der Nase, er kratzte sich mit dem Finger. Gleichzeitig verlagerte sich der Druck etwas, wenn er auch nicht weniger wurde.

Dann fühlte er es, das sichere Anzeichen, nicht alleine im Schlafzimmer zu sein.

Etwas beobachtete ihn.

Wie zum Teufel waren …?

Er hatte hundertprozentig die Türe geschlossen, bevor er ins Bett gekrochen war. Langsam schlug er die Lider auf und starrte in zwei Paar funkelnde Augen, die ihn neugierig musterten.

Crockett und Tubbs, seine beiden Kater, saßen auf ihm und kneteten mit ihren Pfoten sanft die Decke, während ihre Schwänze nach allen Seiten ausschlugen, was dann auch das Nasenjucken erklärte.

Schäfer seufzte, es gab schlimmere Arten geweckt zu werden. Jetzt schnurrte Crockett, die bernsteinfarbenen Augen halb geschlossen, sein grünäugiger Partner Tubbs stimmte mit ein, sie klangen wie zwei kleine Dieselmotoren. Dann sprangen sie unvermittelt von ihm herunter und tappten vor dem Bett im Kreis, bis sie sich hinsetzten und zu jammern begannen. Sie hatten offenbar Hunger.

Schäfer setzte sich auf, blinzelte, hoffte, damit die Müdigkeit zu vertreiben, und wandte sich zu dem blau gefärbten Buddha auf seinem Nachttisch. Er musste total bescheuert gewesen sein, sich dieses hässliche Ding vor Jahren im Mexiko-Urlaub von einem Straßenhändler andrehen zu lassen. Für einen unglaublichen Preis natürlich. Trotzdem warf er das Teil nicht weg, wahrscheinlich kettete ihn das vertraut gewordene tägliche Ritual an den Kahlkopf. Er streichelte dem Buddha jeden Morgen über die Glatze, das sollte Glück bringen. Verfluchte Scheiße, der fette Sack war alles, nur kein Glücksbringer! Jedenfalls so, wie das in letzter Zeit lief. Schäfer zeigte mit dem Finger auf den Buddha und brummte: »Ich schwöre dir, irgendwann versenke ich dich im Lech.«

Als keine Antwort erfolgte, zog Schäfer den Rollladen hoch, öffnete das Fenster und atmete die morgendliche Frische ein. Es roch nach Raps, er konnte das Feld zwar nicht sehen, dafür überzog gelber Blütenstaub das Fensterbrett. Schäfer wischte sich über Kinn und Nase. Katzenhaare flogen durch die Luft und flimmerten im Sonnenlicht. Er wandte sich um und lief barfuß in die Küche, nur mit Boxershorts und T-Shirt bekleidet. Die Kater liefen Achten um seine Füße und miauten, als hätten sie seit Tagen nichts gefressen. Er füllte zwei Näpfe und stellte sie auf den gefliesten Boden. Während Crockett und Tubbs schmatzten, machte sich Schäfer einen Pfefferminztee und warf ein halbes Dutzend Aufbackbrötchen in den Backofen. Wenn er schon wach war, konnte er auch gleich frühstücken.

Die Fellknäuel waren zwischenzeitlich fertig, fuhren sich mit den Zungen übers Maul und leckten sich anschließend wie auf Kommando synchron über die Brust. Die Wohnungsklingel unterbrach abrupt die Katzenwäsche, versetzte Crockett und Tubbs in Alarmstimmung; sie flitzten aus der Küche, vermutlich ins Wohnzimmer unter die Couch.

»Welcher Idiot will um diese Zeit was von mir«, brummte Schäfer mit Blick auf die tickende Uhr an der Wand, die die Form einer Katze hatte. Ein Geschenk von Hannah. Nach der Uhrenkatze war es noch nicht einmal acht. Hätten ihn seine Raubtiere nicht geweckt, läge er noch im Tiefschlaf. Besuch erwartete er nicht, schon gar nicht um diese Zeit. Denn für einen echten Privatdetektiv war alles vor Mittag tiefste Nacht, das wusste doch jeder. Er ging zur Wohnungstür, drückte den elektronischen Öffner für die Haustüre im Erdgeschoss, ohne die Sprechanlage zu benutzen. Wie denn auch? Das verdammte Teil war schon seit Wochen defekt. Er hörte ein entferntes Summen, das Quietschen der Türangel, dann polterte jemand die Holztreppe nach oben.

Mit einem Rumms wurde etwas vor Schäfers Wohnung abgestellt. Schien schwer zu sein. Stimmengewirr im Gang. Standen da mehrere Leute? Er kratzte sich am Kopf, wartete ein Klingeln nicht ab, sondern öffnete. Und dann traf ihn fast der Schlag!

Carsten Henningsen, der verhasste Staatsanwalt und neue Liebhaber seiner Exfrau, wankte vor ihm wie eine Tanne im Wind. Der blond gescheitelte Lackaffe grinste ihn an, wirkte leicht erschöpft und schnaufte ein bisschen zu viel. Er begrüßte Schäfer zwischen zwei Stoßatmern mit einem schnippischen: »Nette Aufmachung.«

Schäfer sah an sich herab; erst jetzt wurde ihm bewusst, dass er nur ein lappiges T-Shirt und Boxershorts trug, zudem unrasiert war und vermutlich noch sein verknautschtes Bettgesicht zeigte.

Ihm gegenüber stand das krasse Gegenteil. Henningsen, geschniegelt und wie aus dem Ei gepellt. Sein blauer Anzug roch nach Luxus, hatte bestimmt eintausend Flocken gekostet, passend dazu eine weinrote Seidenkrawatte, einwandfrei gebunden. Die polierten Lederschuhe glänzten, Schäfer befürchtete beinahe, davon blind zu werden. Dazu der penetrante Duft, den Henningsen verströmte, er musste im Parfüm gebadet haben. In astronomisch teurem Parfüm, vermutete Schäfer. Bis auf das leicht verschwitzte und gehetzt wirkende Gesicht stand Henningsen perfekt gestylt vor ihm, so als würde er gleich auf dem Augsburger Presseball einmarschieren wollen.

Schäfer betrachtete misstrauisch die beiden Koffer, die der Trottel hochgeschleppt hatte. Was sollte das, wollte der Schleimer etwa bei ihm einziehen? Hoffentlich hatte er sich den Rücken verhoben, dachte Schäfer und betrachtete die Schweißperlen auf der Stirn des Mannes. Körperliche Anstrengung war dem verwöhnten Henningsen wohl fremd. Schäfer wünschte sich einen kalten Luftzug herbei, der dem Herrn Staatsanwalt eine saftige Erkältung bescheren würde. Als Schäfer gerade genüsslich fragen wollte, ob Claudia ihn rausgeworfen hatte, drängte sich seine Tochter Hannah an Henningsen vorbei und strahlte, als hätte sie soeben Brad Pitt getroffen.

»Hallo Paps, da bin ich, wie abgemacht. Carsten war so nett und hat mich hergefahren.«

Abgemacht? Hatten sie nicht verabredet, dass er Hannah nach der Schule abholen sollte? Schäfer wähnte sich geistig noch im Bett, irgendwie wollten seine grauen Zellen nicht richtig anspringen. »Aha«, brachte er deshalb nur heraus und kratzte sich am Ohr.

Hannah schwang einen Rucksack von ihrer Schulter und warf ihn an ihm vorbei in den Flur. Sie deutete auf die Koffer. »Für die nächsten Wochen bin ich versorgt.«

»Soll ich das Gepäck in die Wohnung tragen?«

Henningsens Worte brannten in Schäfers Ohren wie glühende Nadeln. Diese Stimme konnte Tote wieder zum Leben erwecken. »Nein«, erwiderte er schnell. »Nicht, dass Sie sich einen Bruch heben«, setzte er hinzu und schnappte sich die Koffer. Aus dem Augenwinkel sah er Henningsen die Augenbrauen heben, offenbar überraschte es den Herrn Staatsanwalt, dass man diese Teile tatsächlich ohne Probleme anheben und wieder absetzen konnte. Befriedigt sah Schäfer den anderen Mann an. »Also dann, danke«, fertigte er den Staatsanwalt ab. »Kommen Sie gut heim.« Mit einem Ruck schloss er die Tür. Nicht, dass Hannah auf den dummen Gedanken verfiel, den blonden Schleimbeutel auf einen Kaffee oder Tee einzuladen. Dieser Arsch in seiner Wohnung? Das fehlte noch. Schäfer drehte sich zu seiner Tochter um.

»Das war nicht gerade freundlich.« Hannah stützte die Hände in die Hüften und zwinkerte ihm zu. »Er hat mich immerhin hergefahren.«

»Du hättest anrufen sollen, ich hätte dich abgeholt.«

»Um halb acht Uhr morgens?«

Er nickte Richtung Tür. »Wenn es sein muss, um drei in der Nacht, solange *er* nicht vor meiner Wohnung steht.«

»Du magst ihn nicht.«

»Maul- und Klauenseuche finde ich sympathischer.«

»Mama scheint ihn zu mögen.«

Seine Brieftasche vielleicht, dachte Schäfer und brummte: »Mag sein. Sag mal, hast du gar keine Schule heute?«

»Wir haben Projekttag. Ich treffe die anderen Mädels aus meiner Gruppe nachher um elf am Rathausplatz. Da hat es sich angeboten, vorher schnell bei dir einzuziehen. Ob jetzt oder später ist doch egal. Und da ich nicht weiß, wie lange das Projekt dauert, wäre das sowieso schwierig mit dem Abholen geworden. Das ist mir gestern noch eingefallen, aber da warst du schon weg.«

»Was für ein Projekt ist das?«

»Unsere Gruppe soll die berühmtesten Augsburger Brunnen zeichnen. Ich übernehme den Herkulesbrunnen. Tanja wollte unbedingt den Merkurbrunnen haben, Franziska zeichnet den Augustusbrunnen.«

»Da bin ich ja mal gespannt«, meinte Schäfer. Er fand die Zeichnungen seiner Tochter tatsächlich fast immer sehr gelungen. Auch wenn er nicht nachvollziehen konnte, wie jemand daran Gefallen finden konnte, Bilder zu malen. Die dazu nötige Geduld war etwas, das er niemals aufbringen würde. »Trotzdem hättest du nicht gleich den Herrn Staatsanwalt anschleppen müssen. Sein Angeberauto draußen auf der Straße muss echt nicht sein. Ich habe einen Ruf zu verlieren.«

»Wir sind mit einem Leihwagen gekommen. Carstens Q7 ist in der Werkstatt beim Lackieren. Irgendso ein Spaßvogel hat ihm eine obszöne Zeichnung in die Autotüre gekratzt.«

»Ach, sieh an.« Schäfers Laune hob sich. »Kostet bestimmt ein Schweinegeld, so eine Komplettlackierung.«

»Woher weißt du denn, dass Carsten das ganze Auto ...?«

»Komm«, unterbrach Schäfer sie und schnappte die Koffer. »Du willst doch bestimmt schnell in dein Zimmer. Und das mit deinem Projekt, also das musst du mir noch mal ganz genau erklären«, wechselte er das Thema und bugsierte Koffer und Tochter in ihr neues Zuhause.

Fünfzehn Minuten später saß Hannah am Frühstückstisch und löffelte Müsli in sich hinein. Crockett saß auf ihrem Schoß und himmelte sie an, während Tubbs um ihre Beine schmeichelte.

»Verräterpack!«, rief Schäfer den Katzen zu, doch die ignorierten ihn völlig.

»Und wer kauft das Dosenfutter, hmm?«

Hannah grinste breit. »Sie mögen mich.«

»Sieht so aus«, brummte er. »Ich habe Brötchen gebacken, nimm doch eines«, forderte er sie auf.

Hannah schüttelte den Kopf. »Nein danke, ich esse mit den Mädels eine Kleinigkeit.«

Er hob mahnend den Zeigefinger. »Das ist jetzt nicht so ein Abnehmquatsch oder irgendwas von diesem Top-Model-Gedöns aus der Glotze? Dieser Size-Zero-Kack kommt mir nicht ins Haus.«

»Paps, keine Sorge.«

»Nenn mich nicht immer Paps.«

»Wenn du dafür aufhörst, dir Gedanken um mein Gewicht zu machen.«

»In Ordnung«, brummte er. Seine Tochter war kaum bei ihm eingezogen, und er zeigte bereits ernste väterliche Sorge.

»An was bist du eigentlich gerade dran?«

»Was?«

»In welchen Fällen ermittelst du im Moment?«

»Die letzten Wochen habe ich gar nix ermittelt, ich habe einen Geschäftsmann bewacht, der drei Samstage in Folge in Augsburg war, mich aber für volle drei Wochen bezahlt hat. Gutes Geld. Jetzt bin ich an so einer … einer Geschichte dran.« Er überlegte, ob er Hannah erzählen sollte, dass er sich vorgenommen hatte, ihren Stalker zur Strecke zu bringen. Vielleicht würde sie das nur beunruhigen. Andererseits benötigte er Hinweise, die ihm seine Tochter geben könnte. »Dein seltsamer Verehrer, ich glaube, ich weiß, wer das ist.«

Hannahs Augen weiteten sich. »Das ist dein aktueller Fall. Mein, also, was?«

»Genau der. Seinetwegen wohnst du bei mir. Schon vergessen? Meinst du, ich lasse dich bei diesem Snob von Staatsanwalt. Dieser Henningsen kann nicht einmal auf seinen eigenen Hintern aufpassen. Dem vertraue ich doch nicht meine Tochter an, wenn ihr ein Stalker auf den Fersen ist.«

»Ähm, Papa, diese Sache mit dem Stalker, also, es ist so.« Sie holte tief Luft und wollte fortfahren.

»Keine Angst, ich kümmere mich um dich«, unterbrach er sie. »Ich war zu wenig für dich da, ist mir völlig klar. Das ändert sich ab heute. Großes Indianerehrenwort.« Er hob die Hand, Daumen und Zeigefinger aneinandergelegt und ausgestreckt.

»Wirklich?«

Ihre strahlenden Augen erzeugten ein warmes Gefühl in seinem Magen, das sich von dort aus in seinen gesamten Körper ausbreitete. »Aber so was von. Wolltest du mir gerade was sagen, über diesen Stalker vielleicht? Hat er sich wieder gemeldet?«

»Nein, nein. Ist schon gut, war nicht wichtig«, murmelte sie. »Du, Paps, ich muss los, ich nehme die Straßenbahn und bin gegen vier wieder da. Ich kann deinen Zweitschlüssel haben, oder? Liegt er immer noch neben dem Brotkorb in der Schublade?« Sie schob Crockett von ihrem Schoß, der miauend auf die Fliesen sprang und sie beleidigt anstarrte.

Schäfer nickte. »Wahrscheinlich bin ich unterwegs, wenn du nach Hause kommst, Ermittlungsarbeit und so.«

»Viel Glück damit«, rief sie ihm zu, dann knallte die Haustüre, und Hannah war verschwunden.

Schäfer sah zu Crockett, der mit untergeschlagenen Pfoten auf den Fliesen saß und ihn ansah.

»Kaum da und schon wieder weg«, wunderte er sich. »Und wollte gar nichts von dem Stalker wissen. Wo ich ihr doch meine Hypothese über seine Identität erläutern wollte. Findest du das nicht komisch, Crockett?« Der Kater setzte sich auf, gähnte ausgiebig und hockte sich auf den Hintern. Er fuhr sich mit der Zunge einmal über die Brust und blinzelte.

Schäfer grübelte kurz über Hannahs seltsames Verhalten von eben, verdrängte dann aber den Gedanken. Jetzt musste er erst mal seine nächsten Schritte planen. Mit Elsa Dorn hatte er vereinbart, den Swingerclub Nofretete einer näheren Prüfung zu unterziehen. Möglichst unauffällig, hatte sie ihn wissen lassen. Er überlegte, wie er das am besten anstellen sollte.

Nach einigen Telefonaten mit verschiedenen Leuten, die ihm den einen oder anderen Gefallen schuldig waren, war Schäfer genauso schlau wie zuvor. Den Club in Gablingen, einem kleinen Dorf im Norden von Augsburg, kannten zwar alle, mehr oder weniger. Sonderlich heiße Neuigkeiten oder gar Skandale wusste leider keiner seiner Informanten zu berichten.

Nur am Anfang, so hieß es, hätte es Probleme mit Anliegern gegeben. Zwischenzeitlich hätte man sich dort wohl mit dem Clubbesitzer arrangiert. Von gewissen Entschädigungszahlungen unter der Hand war die Rede, aber nichts Genaues wusste niemand.

Das Gewerbeaufsichtsamt sei wegen des Buffets sogar vorstellig geworden, von wegen Keimen im Essen und so. Die Kontrolleure hätten aber nichts zu beanstanden gehabt, alles wäre in Ordnung gewesen und den gängigen hygienischen und rechtlichen Standards angemessen. Auch von einer polizeilichen Kontrolle hatte einer der Spitzel berichtet, aber rausgekommen sei da nichts. Kriminelles Pack duldete der Chef des Nofretete nicht, warf sofort jeden raus, der Ärger machte oder besoffen war.

Mit einem Seufzer legte Schäfer den Hörer auf. So wie es aussah, gingen in diesen Swingerclub tatsächlich ganz normale Leute, um ihre sexuellen Bedürfnisse zu befriedigen. Es half alles nichts, er musste persönlich dort aufschlagen, um zu ermitteln. Am besten informierte er sich im Internet. Er ging ins Wohnzimmer, holte seinen Laptop aus dem Schrank und fuhr ihn hoch. Dann lud er die Homepage des Nofretete auf den Rechner und studierte die Bilder.

»Herrgottsack!«, platzte es aus ihm heraus, als er auf den Veranstaltungskalender klickte. Heute Abend war große Verkleidungsparty angesagt. Paare zahlten keinen Eintritt, Solomänner stolze zweihundert Euro, Getränke und Buffet kosteten extra. Am besten schaute er sich das Etablissement bei dieser komischen Feier an. Eine bessere Gelegenheit, um dort unauffällig zu ermitteln, bekam er so schnell höchstwahrscheinlich nicht.

Fehlte nur noch die Frau an seiner Seite, damit er umsonst in den Laden kam. Selbstverständlich dachte er nicht im Traum daran, zweihundert Scheine hinzulegen. Er hatte leider niemand, der ihm die Spesen ersetzte, da er praktisch auf eigene Faust ermittelte. Und Elsa Dorn als Auftraggeberin stellvertretend für den Freistaat Bayern kam leider nicht infrage. Wobei er in diesem Fall kein Problem gehabt hätte, Geld für seine Nachforschungen anzunehmen. Vor allem nicht, wenn der Freistaat dafür blechen musste. Aber bisher gab es kein Outsourcing an Privatermittler bei polizeilichen Ermittlungen. Bedauerlicherweise.

Er durchforstete sein Gehirn: Wen sollte er mitnehmen? Grübelnd legte er den Zeigefinger an die Unterlippe. Er kannte durchaus die eine oder andere weibliche Person, die nicht abgeneigt war. Aber er wollte nicht zum Vergnügen dahin, sondern aus ermittlungstaktischen Gründen. Aus seiner Zeit als Fahnder fiel ihm sogar eine ehemalige Informantin aus dem Rotlichtmilieu ein, die er fragen konnte. Angie, die Bordsteinschwalbe, würde ihm sicher den Gefallen tun. Allerdings traute er dieser Liebesdienerin durchaus zu, ihren eigenen Geschäften nachzugehen, was am Ende zu Irritationen mit dem Clubinhaber führen könnte. Und rausgeschmissen zu werden und dadurch für unnötige Aufmerksamkeit zu sorgen, das würde weder ihm noch Elsa Dorn gefallen. Möglichst unauffällig, das hatte sie nicht nur zweimal, sondern gar viermal zu ihm gesagt. Irgendwie schien ihm die Kommissarin nicht wirklich zu vertrauen. Woher das wohl kommen mochte?

Schäfer klatschte in die Hände.

Natürlich!

Jetzt wusste er, wen er mitnehmen würde. Elsa Dorn höchstpersönlich. Warum war er darauf denn nicht gleich gekommen? Die Kommissarin kannte die Ermittlungsakten, war in die Fälle involviert. Vier Augen sahen mehr als zwei. Außerdem käme er sich in Begleitung der seriösen Frau Dorn nicht ganz so bescheuert vor, wenn er in einen Swingerclub ging.

Sie war bestimmt begeistert, wenn er diesmal nicht auf eigene Faust loszog und sie stattdessen als … ja, er wagte es zu denken, als Partnerin ins Boot holte. Dass er nur der Geldersparnis wegen an einen Pärchenbesuch dachte und sie nur seine dritte oder gar vierte Wahl war, brauchte er ihr nicht mitzuteilen. Bisweilen reagierte die Dorn für seinen Geschmack etwas zu empfindlich.

KAPITEL 13

Elsa hatte den Nachmittag damit zugebracht, die bisherigen Fälle des Wäschemannes aufs Neue unter die Lupe zu nehmen. Auf ihrem ansonsten penibel aufgeräumten Schreibtisch lagen die sechs Akten mit der polizeilichen Anzeigenaufnahme. Bilder von den Tatorten, Spurensicherungsberichte, Alibiüberprüfungen, Opfervernehmungen, Befragungen von Zeugen. Daneben eine Pappschachtel mit einer halb gegessenen und mittlerweile erkalteten Pizza Funghi und eine halbvolle Flasche Mineralwasser. Außerdem eine leere Tasse mit dem Logo der Polizeigewerkschaft, die sie vier Mal mit Kaffee aus dem Pausenraumautomaten aufgefüllt hatte.

Elsa war die Akten von vorne bis hinten durchgegangen, wie sie es schon zig Mal gemacht hatte. Am Ende hatte sie mit allen Opfern noch einmal telefoniert und nach dem ominösen Swingerclub gefragt. Sie war hartnäckig geblieben, hatte nachgehakt, wo geschwiegen oder ausgewichen wurde, bis sie Antworten erhalten hatte.

Von ihrem Platz aus betrachtete sie jetzt die Kakteensammlung am gekippten Fenster. Eine warme Brise wehte herein. Draußen zog eine kleine Wolkenarmee über den ansonsten blauen Himmel. Keine Spur mehr von dem Regen, der die letzten Wochen fast ununterbrochen über Augsburg herniedergegangen war. Einzig die Hochwasser führenden Flüsse Lech und Wertach sowie die angeschwollenen Augsburger Stadtkanäle wiesen auf den Dauerregen im April hin.

Elsa öffnete eine Schublade an ihrem Tisch und wühlte in

der Kiste mit den italienischen Pralinen. Sie wählte eine mit Zimtgeschmack aus und genoss das Aroma der zerschmelzenden Schokolade auf der Zunge, während sie nachdachte.

Alle Opfer des Wäschemanns waren Besucher des Nofretete gewesen. Ihre Theorie wurde durch immer mehr Fakten gesichert. »Na also«, sagte Elsa in Richtung ihres Mammilliaria, dem Warzenkaktus, den sie seit Kurzem mit »Herr Jansenbrink« oder alternativ mit »Herr Direktor« ansprach. »Sie werden sehen, ich komme der Sache langsam näher.« Es deutete alles darauf hin, dass der Wäschemann diesen Club als sein Jagdrevier auserkoren hatte. Elsa war sicher, dort fand er die Frauen, die ihn interessierten, schnüffelte ihnen nach, bis er ihre Adressen kannte, um dann in die Wohnungen einzusteigen und Reizwäsche zu stehlen.

Aber wozu? Was machte er damit?

Nachdenklich trommelte Elsa auf der Tischplatte herum. Sie wollte es eigentlich gar nicht so genau wissen. Aber ihr Job verlangte, dass sie sich darüber Gedanken machte. Also: Was veranstaltete der Wäschemann mit seiner Beute? Irgendetwas Perverses vermutlich, wie immer halt bei diesen triebgesteuerten Typen.

Ein weiteres Mosaiksteinchen fiel an seinen Platz, und langsam formte sich ein komplettes Bild. Schattenkirchner. Der Aufkleber in Brunos Trophäensammlung wies darauf hin, dass das Mordopfer auch ein Clubgänger gewesen war. Sein Verhalten mochte jemanden auf falsche Gedanken gebracht haben. Es konnte gut sein, dass dieser Jemand – der Mörder – Bruno für den Wäschemann gehalten und daraufhin umgebracht hatte. Was den Schluss nahelegte, dass der Mörder ebenfalls unter den Besuchern des Swingerclubs zu suchen war.

Elsa schob den Stuhl zurück und stand auf. Diese Theorie,

die sie bereits am frühen Morgen mit Niklas Gronau erörtert hatte, wollte sie nun vor den Kollegen der Mordkommission bei der abendlichen Schlussbesprechung vorstellen.

»Es sind viele Fragen aufgetaucht«, schloss sie ihren Bericht kurze Zeit später. »Und diese Fragen können, denke ich, im Nofretete beantwortet werden.«

Elsa sah in die Gesichter der Kollegen, alle männlich. Die einzige weibliche Beamtin der Mordkommission war in Mutterschutz. Manche nickten, andere blickten sie stumm an. Spürte sie da etwa gewisse Zweifel? Nicht gegenüber ihrer Theorie, denn die war schlüssig, und selbst Gronau hatte ihr heute Morgen zugestimmt. Es schienen eher Zweifel ihr gegenüber zu sein. Einer Kollegin von außen, die nicht zur Mordkommission gehörte.

Komisch, diese Distanz schien man Valentin Häusler ganz und gar nicht entgegenzubringen. Dabei gehörte er auch nicht zur Mordkommission. Trotzdem alberten und lachten die Kollegen im Pausenraum mit ihm herum. Lag das daran, dass Häusler seit fast zehn Jahren bei der Augsburger Kripo war, und sie erst seit ein paar Monaten? Oder rührte es doch daher, dass sie eine Frau war? Wie auch immer: Sie war eindeutig noch nicht angekommen.

Manche Mordermittler machten einen verärgerten Eindruck. Waren diese Kollegen insgeheim auf Jansenbrinks Seite? Trauerten sie der guten alten Zeit nach, in der die Frauen schön daheim blieben und auf den Ehemann warteten? Einzig Ludwig Zott zwinkerte ihr aufmunternd zu, wobei ihm seine Nickelbrille ein Stück die Nase runterrutschte.

Elsa reckte kampfeslustig das Kinn vor. Sie hatte einen Fuß in der Tür zur Mordkommission. Und den würde sie auch schön drinbehalten. Wenn es ging, würde sie sogar ganz eintreten und ein vollwertiges Mitglied werden.

»Danke Elsa. Diesen Club behalten wir im Auge«, sagte Gronau. »Deine Aufgabe ist es, Näheres über den Besitzer in Erfahrung zu bringen, wer da alles hingeht und so weiter. Es schadet sicher nicht, den Anwohnern ein paar Fragen zu stellen. Überprüfe den Laden so genau wie möglich, frag beim Gewerbeaufsichtsamt nach, ob die was über den Club wissen. Dann sehen wir weiter.«

Elsa hatte einen Großteil dieser Aufgaben bereits am Vormittag erledigt, schwieg aber.

»Ihr von der Sitte habt doch sicher eine Akte angelegt über diesen Club«, fuhr Gronau fort.

Elsa nickte. »Das Nofretete hat erst um den Jahreswechsel rum eröffnet. Ich war im Januar bei einer offiziellen Kontrolle dort und habe mich umgesehen. Soweit alles in Ordnung.«

»Gut. Ach, noch was, Elsa. Wie weit bist du mit diesen Dessous aus dem Ankleidezimmer des Mordopfers? Du wolltest doch die kompletten Personalien zu den Fotos ermitteln. Am interessantesten ist natürlich das fehlende Bild, das vermutlich zum Mordwerkzeug passt, dem BH.«

»Da bin ich dran«, erwiderte sie und verfluchte sich innerlich. Diesen Auftrag hatte sie verschludert, da sie ihren Kopf in die Akten vergraben hatte. Außerdem hielt sie es für wichtiger, dem Wäschemann auf die Spur zu kommen, bevor es der Mörder tat. Und dazu musste sie alle ihre alten Fälle wieder überprüfen.

Sie beschloss trotzdem, Gronaus Auftrag gleich morgen zu erledigen. Bei der Menge an Fotos würde das eine gewaltige Arbeit werden, da nur die Vornamen der Frauen bekannt waren. Vielleicht sollte sie doch Gronaus Rat befolgen und Valentin Häusler um Hilfe bitten? Oder war das gar kein Rat gewesen, sondern eher eine Dienstanweisung? Egal, dann würde sie diese Anweisung eben ignorieren. Auf das dumme Gequatsche von Häusler konnte sie gut verzichten. Wenn überhaupt, dann würde sie Ludwig Zott um Hilfe bitten. Der war vielleicht nicht der allerehrgeizigste Kollege, aber wenigstens benahm er sich nicht wie ein Arschloch. Wobei ... Eigentlich sollte Zott sich auf die Presse konzentrieren. Eine direkte Ermittlungsarbeit war gar nicht vorgesehen. Elsa seufzte. Gut, dann würde sie mit der Sache eben allein klarkommen müssen.

Aber wie sie den Namen der Frau herausfinden sollte, der zu dem fehlenden Foto passte, wusste wahrscheinlich nur der Mörder. Denn dass dieses abhandengekommene Foto und der als Mordwerkzeug missbrauchte Büstenhalter zusammenpassten, war ziemlich eindeutig.

Gronau warf ihr einen Blick zu und räusperte sich. »Okay, weiter im Text. Wenn Bruno Schattenkirchner tatsächlich gestorben ist, weil er mit Elsas Sittenstrolch verwechselt wurde, heißt das, dass der Wäschemann weiterhin ein Ziel unseres Mörders sein könnte.«

Elsa erinnerte sich an Jansenbrinks Worte in der Tiefgarage, der denselben Verdacht geäußert hatte. Sie fragte sich, ob Jansenbrink den Leiter der Mordkommission darauf gebracht oder ob der Kriminaldirektor lediglich eine Idee Gronaus an sie weitergegeben hatte. Letzteres, vermutlich.

Ein Kollege mit schwarzem Vollbart, Bernd Vogel, warf ein: »Vielleicht weiß das der Mörder aber gar nicht.«

»Hörst du kein Radio, Bernd?«, meldete sich Valentin Häusler zum ersten Mal zu Wort. »Vorhin haben sie einen mehrminütigen Bericht im Lokalradio gebracht. Über den Bärenbruno und sein Leben. Der Reporter hat genau die Möglichkeit erwähnt, die wir hier in diesem Moment diskutieren.

Nämlich, dass Bruno für etwas sterben musste, das er gar nicht getan hat.«

»Verdammt«, rief Bernd aus. »Ich frage mich, woher die das schon wieder haben.«

»Ich hoffe, nicht aus unseren Reihen«, schaltete sich Gronau mit düsterem Gesichtsausdruck ein. »Ich habe es euch sehr deutlich gesagt, was ich von zu viel Geschwätzigkeit halte.«

»Es arbeiten auch andere an diesem Fall mit«, sagte Bernd mit einem Seitenblick auf Elsa.

Jeder im Raum wusste, wem dieser Vorwurf galt. Das merkte Elsa an den verstohlenen Blicken, die ausschließlich ihr zugeworfen wurden. Valentin Häusler schienen die Kollegen von vornherein auszuschließen. Weil er ein Mann war? Und sie als Frau von Natur aus geschwätzig? Wie unverschämt war das denn?

»Wenn ich mal was sagen darf«, warf Ludwig Zott ein, worauf alle Anwesenden ihn anblickten. »Elsa hat der Presse bestimmt keinen Tipp gegeben. Sie mag keine Reporter«, vermeldete er treuherzig.

»Auch eine Erklärung«, brummte Häusler und hob hastig seine Kaffeetasse an den Mund.

»Schuldvorwürfe und Gerüchte bringen uns nicht weiter«, warnte Gronau. »Ich appelliere an euch alle, vorsichtig zu sein. Ermittlungswissen muss innerhalb der eigenen Reihen bleiben.«

Auf einmal fühlte sich Elsa unwohl. Natürlich hatte sie der Presse nichts gesteckt. Schließlich war sie kein Maulwurf. Und schon zweimal nicht dieser Maulwurf, den Sven Schäfer in den Reihen der Polizei vermutete. Aber sie hatte eindeutig Polizeiwissen weitergegeben. Und zwar an Schäfer, den ehemaligen Kriminalbeamten und jetzigen Privatdetektiv. Das war ein absolutes Tabu! Sollte das jemand erfahren, würde sie mächtig Ärger bekommen. Trotzdem bereute sie nicht, Schäfer ins Vertrauen gezogen zu haben. Schon einmal hatte er ihr geholfen, hatte ihr sogar das Leben gerettet. Es war allerdings den damaligen Umständen geschuldet, dass Schäfers Beteiligung bei der Überführung des Engelmörders später stark heruntergespielt worden war. Nur Elsa wusste um die wahren Verdienste des Privatermittlers seinerzeit.

»Also, Bernd, was kannst du uns zum Mordopfer sagen?«, fragte Gronau.

Bernd Vogel antwortete: »Der Bärenbruno war ein stadtbekannter Casanova. Hat alles in sein Bett gezerrt, was nicht bei drei auf den Bäumen war. Wobei gezerrt der falsche Ausdruck ist. Die meisten Damen sind seinem Ruf freiwillig gefolgt. Er hat verdammt gut ausgesehen, wenn ich das als Mann so sagen darf. Hatte unverschämt viel Kohle und war äußerst charmant. Hat die Frauen umschwärmt und ihnen anscheinend alles gegeben, was sie gesucht haben. Der hätte ein Buch darüber schreiben sollen, wäre bestimmt ein Bestseller geworden. Hatte es echt drauf. Gearbeitet hat er nicht, hat vom Geld seiner steinreichen Eltern gelebt. Kennt ihr noch die alte Keksfabrik neben der Wolfzahnau?«

»Wurde die nicht abgerissen?«

»Stimmt, jetzt steht da ein Gebäude dieser Weltraumfirma.«

»Weltraumfirma?« Gronaus Augenbrauen hoben sich.

»Einer der größten Arbeitgeber in Augsburg«, antwortete Häusler. »Die bauen diese Raketenteile für die Ariane. Du weißt schon, diese Weltraumrakete.«

Gronau nickte und forderte Bernd Vogel mit einer Handbewegung auf, fortzufahren.

»Die Keksfabrik hat Schattenkirchners Eltern gehört, die

haben sie für viel Geld veräußert. Jetzt steht sie aber, wie gesagt, nicht mehr.«

»Und sein Bruder?«, wollte Gronau wissen.

»Der Ewald ist ein ganz Fleißiger. Arbeitet Tag und Nacht. Zu der vielen Kohle der Eltern kommt sein selbst verdientes Geld dazu. Ewald Schattenkirchner ist ein sehr erfolgreicher Immobilienmakler. Hat früh geheiratet. Ein Model, ziemlich hübsch, ziemlich jung. Damals jedenfalls. Ewald war früher ein regional bekannter Ausdauersportler. Ist Marathon gelaufen. Macht er heute nicht mehr, hat inzwischen definitiv ein paar Pfund zu viel auf den Rippen. Apropos, sollte Ewald nicht heute im Präsidium erscheinen?«

»Ich habe ihm abgesagt, da ich den Termin in der Gerichtsmedizin hatte«, erwiderte Gronau. »Er klang am Telefon ganz fahrig und abwesend. Der Fund seines toten Bruders muss ihn ganz schön mitgenommen haben. Ich fahre morgen Vormittag zu ihm nach Hause, das erscheint mir passender, als ihn ins Präsidium zu bitten.«

»Gab es bei der Obduktion etwas Neues?«, wollte Elsa wissen.

Der Leiter der Mordkommission schüttelte den Kopf. »Nichts, was uns weiterhilft oder was wir nicht schon vermutet haben. Bruno Schattenkirchner wurde erdrosselt, hat sich dabei gewehrt und seinen eigenen Hals zerkratzt. Leider hat er den Täter nicht ebenfalls erwischt, denn Spuren von diesem fanden sich keine, weder unter den Fingernägeln des Toten noch sonst am Körper. Wobei die Leiche natürlich durch die Notfallmaßnahmen der Rettungskräfte verunreinigt worden ist.« Gronau legte den Kopf schief. »Verunreinigt klingt seltsam, aber so hat es der Professor bei der Obduktion ausgedrückt.« Er schaute zur Decke und murmelte zu sich selbst: »Sonst noch was? Ach ja. Der Mörder musste zweimal ansetzen, wahrscheinlich aufgrund der Gegenwehr. Oder weil der BH als Werkzeug etwas …«, Gronau schwieg, offenbar suchte er nach dem richtigen Wort, bevor er fortfuhr, »… etwas unpraktisch war. Deshalb gibt es zwei Strangulationsmarken am Hals. Todeszeitpunkt dürfte am späten Nachmittag gewesen sein. Schattenkirchner war ansonsten bei bester Gesundheit, außer den Frauen hatte er anscheinend keine Laster. Keine Anzeichen auf Missbrauch von Alkohol, Drogen oder zu viel Tabakkonsum.« Gronau nahm einen Kugelschreiber und klopfte damit auf den Tisch. »Ich will alles über den Toten wissen. Hatte er vielleicht Feinde? Wir dürfen uns nicht auf einen möglichen Tatverdächtigen einschießen und sollten alle Möglichkeiten in Betracht ziehen. Dass Schattenkirchner ermordet wurde, weil der Mörder ihn verwechselt hat, ist schließlich nur eine Vermutung von uns. Bloß weil wir sonst keine anderen Hinweise haben, dürfen wir die Augen vor alternativen Mordmotiven nicht verschließen. Und Elsa, ich will unbedingt die Namen von Brunos Eroberungen wissen, die müssen wir auf mögliche Motive durchchecken.«

Sie nickte, fühlte die Blicke der Kollegen auf sich haften.

Es klopfte an der Tür, und Carmen Holler schneite herein.

Sie hatte ein gerötetes Gesicht und atmete stoßweise. Offenbar war sie aus dem Keller, in dem ihr Büro lag, nach oben gehastet. »Ich hab was«, platzte es aus ihr heraus. »Der Wäschemann, er war im Haus vom Bärenbruno.«

»Wie jetzt?«, fragte Gronau. »Den Bruno haben wir doch als diesen Wäschemann ausgeschlossen.«

»Von dem rede ich auch nicht«, gab die Kriminaltechnikerin zurück. »Sondern von dem richtigen Wäschemann. Derjenige, der an einem früheren Tatort einen Fingerabdruck hinterlassen hat. Ihr wisst schon.«

»Und?« Gronau machte eine ruckartige Handbewegung.

»Ich habe jetzt alle Fingerabdrücke überprüft, die wir in Brunos Haus gefunden haben, und sie den Vergleichsabdrücken gegenübergestellt. Ein Abdruck ist übrig geblieben, der da nicht hingehört. Also einer, der weder dem Opfer, noch seinem Bruder oder den Hausangestellten gehört. Und dieser Abdruck war im System. Er gehört dem Wäschemann.«

»Wo?«, fragte Gronau. »Wo hast du den Abdruck gefunden?«

»Am Fenster zum Balkon, auf der Innenseite. Dort, wo der mutmaßliche Mörder ins Haus gestiegen ist.«

»Tatsächlich?«

Carmen nickte.

»Was heißt das jetzt?«, wandte sich Gronau an alle im Raum.

»Dass wir uns die Suche nach Bärenbrunos Feinden sparen können«, sagten mehrere Beamte der Mordkommission gleichzeitig.

Elsa sah die Kollegen an, sie wusste, was sie damit meinten.

»Es sieht so aus, als wäre der Wäschemann der Mörder von Bruno Schattenkirchner«, folgerte Carmen Holler und sprach das aus, was Elsa dachte.

»Fragt sich nur, was für ein Motiv er hatte?« Gronau blickte Elsa fragend an.

KAPITEL 14

Auf dem Weg nach Hause stoppte Elsa den Mini Cooper ein weiteres Mal vor ihrem Lieblingsitaliener. Es war schon dunkel, kurz nach 21.00 Uhr. Sie wollte nicht nach Hause fahren. Ein Zuhause, wo nur ihre Mutter wartete, die sie mit ihrem Esoterikwahn irgendwann um den Verstand bringen würde. Bestimmt hatte Martha etwas Feines für sie gekocht, das machte sie immer. Aber, dachte Elsa, wollte sie überhaupt so umsorgt werden? Sie war doch kein Kleinkind mehr. Für Café Mama war sie einfach nicht der Typ, auch wenn es seine guten Seiten hatte. Zum Beispiel, nicht selbst kochen zu müssen.

Sie grübelte bereits seit Längerem, ob sie in eine eigene Wohnung ziehen sollte. In München war sie sehr glücklich mit ihrer schicken Dreizimmerwohnung gewesen. Das alte Kinderzimmer im ersten Stock ihres Elternhauses war dagegen viel zu klein, platzte aus allen Nähten und lud nicht gerade zum Verweilen ein. Geschweige denn zum Vorzeigen bei einem Date.

Sie biss sich auf die Zunge. Ein Date hatte sie schon lange nicht mehr gehabt. Nach dem glücklos verlaufenen Techtelmechtel mit ihrem Münchner Vorgesetzten hatte sie geschworen, die nächsten Jahre alleine durchs Leben zu ziehen.

Aber konnte sie das?

Immerhin war sie im besten Alter, gerade mal 36 Jahre alt. Und Männer gab es wie Sand am Meer. Nur, der Richtige, den musste man unter diesen Myriaden an Sandkörnern erst mal ausfindig machen.

Und was wäre, wenn?

Sie sinnierte über ihre Zukunft nach.

Wollte sie Kinder? Sie war sich nicht sicher, irgendwann vielleicht. Ließ sich eigener Nachwuchs überhaupt mit ihrem beruflichen Ehrgeiz vereinbaren? Elsa hatte Bemerkungen auf dem Gang im Polizeipräsidium aufgeschnappt. Negative Kommentare über die Beamtin, die in der Mordkommission arbeitete und im Mutterschutz war. Sie würde einen wichtigen Arbeitsplatz blockieren, hatte ein Kollege geraunt, während ein anderer gelästert hatte, ein Mann dürfte sich das niemals erlauben, so einfach mal ein paar Monate abwesend zu sein, während die Kollegen hart arbeiteten, sich die Nächte um die Ohren schlugen und einen Mord aufklärten.

Eine zweite Mordermittlerin, die zwischen Kind und Mordfall ihren Tagesablauf planen musste, würde ein Jansenbrink wohl kaum dulden.

Andererseits, dachte Elsa, was stellte sie da für seltsame Überlegungen an? Vor einem Kind müsste erst mal ein Mann da sein. Aber ein Mann, der sie interessierte, war weit und breit nicht zu sehen.

Bliebe noch eine Samenbank als Notlösung. Aber das kam dann doch nicht infrage. Mit einem Lächeln stieg sie aus dem Cabrio und betrat das Restaurant, wo sie der Besitzer Angelo stürmisch begrüßte und sie an den üblichen Tisch begleitete.

Nachdem sie Spaghetti mit Tomate-Rucola-Soße gegessen und ein Glas Mineralwasser getrunken hatte, setzte sich Angelo mit zwei Gläsern Rotwein zu ihr. »Der Wein geht aufs Haus«, sagte der Italiener, der Augen hatte, die so dunkel waren wie der Boden eines Brunnens.

»Danke, das Essen war mal wieder ganz ausgezeichnet, Angelo. Bitte richte deinem Koch die besten Grüße von mir aus.«

Er lächelte sie an. »Das freut mich zu hören.« Er hob das Glas. »Auf dich, Elsa.«

Sie erwiderte den Gruß und stieß ihr Weinglas gegen seines. Die Gläser vibrierten, oder war da was anderes, eine elektrische Spannung, die in der Luft lag? Ein Knistern, das sie lange nicht mehr gespürt hatte. Oder täuschte sie sich? Sie verdrängte den Gedanken schnell wieder, bevor er sich verfestigte.

Um ihr Italienisch ein bisschen zu verbessern, stellte sie Angelo ein paar Fragen zu seinem Geburtsort und zu den Sehenswürdigkeiten dort. Nach ein paar Minuten war sie zufrieden mit ihrem heutigen Lernpensum. Also wechselte sie wieder ins Deutsche, trank einen Schluck Rotwein und betrachtete den Restaurantbesitzer, der trotz seiner 50 Jahre einen agilen Eindruck machte. Seine Haare waren tiefschwarz, Elsa konnte keine einzige graue Strähne erkennen. Auch Angelos Ziegenbart zeigte die gleiche jugendliche Frische. Insgeheim fragte Elsa sich, ob alle italienischen Männer im gesetzteren Alter so attraktiv waren. Upps, da war er schon wieder, dieser verbotene Einfall.

»Was meinst du, Elsa?«

»Bitte?« Sie tauchte aus ihren Gedanken wieder auf, hatte nur den letzten Satz mitbekommen. Da Angelo zuvor über den italienischen Fußball geplaudert hatte, war sie gedanklich abgetaucht. Zuzusehen, wie erwachsene Männer einem Ball hinterherjagten, fand sie schon eine ziemlich absurde Idee. Um Angelos Fußballgefühle nicht zu verletzen, hatte sie interessiert getan, war aber in Gedanken ganz woanders gewesen. Das letzte, woran sie sich erinnerte, waren Angelos Jubelarien über einen Stürmer des AC Mailand. Deshalb antwortete sie wie aus der Pistole geschossen: »Jaja, ganz meine Meinung.«

»Ach, wirklich?« Angelo lächelte strahlend. »Du wirst diese Stadt lieben. Wann hättest du Zeit?«

Stadt, welche verdammte Stadt? Zeit? Hatte sie was verpasst, ging es gar nicht mehr um Fußball?

»Wenn du möchtest, könnten wir übernächstes Wochenende fahren, diesen Samstag muss ich leider im Restaurant arbeiten. Fabrizio ist bei seiner Schwester, der kann nicht für mich einspringen. Aber die Woche darauf, da können wir nach Mailand fahren. Ich zeige dir Sehenswürdigkeiten, die ein Tourist sonst nicht zu sehen bekommt.« Er redete weiter und immer weiter.

Elsas Gedanken sprangen unterdessen Bungee.

Mist! Mist! Mist!

Also hatte sie eben prompt die falsche Antwort gegeben, und das nur, weil sie wieder mal nicht zugehört hatte. Andererseits ... Flirtete Angelo etwa schon wieder mit ihr? Oder bildete sich ihr Frauen-Ego das lediglich ein? Hörte sie Schmeicheleien, weil sie unbedingt welche hören *wollte?*

Nein, sie war ja nicht blöd, das war keine Einbildung. Immerhin hatte Angelo sie wohl soeben nach Mailand eingeladen, wenn sie sich nicht irrte.

Wow!

Sie musterte den wortgewaltigen Italiener und musste zugeben, dass sie ihn sehr attraktiv fand, obwohl er mehr als zehn Jahre älter war als sie. Wenn nicht gar fünfzehn Jahre, die man ihm aber nicht ansah.

Eigentlich konnte es nichts schaden, ein Wochenende lang auf andere Gedanken zu kommen, und noch dazu in Begleitung eines charmanten Mannes. Während Elsa darüber nachdachte und einem Kurzurlaub mit Angelo immer mehr positive Aspekte abgewann, fiel ein Schatten auf ihren Tisch.

Angelo verstummte, sein Lächeln verschwand.

Der Stuhl neben Elsa wurde nach hinten gezogen, eine massige Gestalt plumpste auf die Sitzfläche. Schäfer grinste sie an und nickte Angelo kurz zu. »Elsa, schwing deine Hufe. Wir müssen unbedingt noch in den Swingerclub.«

Betretenes Schweigen breitete sich aus. Der Schatten, den Schäfers breites Kreuz geworfen hatte, schien plötzlich auf Angelos Gesicht zu liegen. Der Italiener starrte sie mit einem seltsamen Ausdruck an, dann warf er Schäfer einen zornigen Blick zu. Einen Moment lang befürchtete Elsa, Angelo würde dem durchtrainierten Privatermittler an die Gurgel gehen. Doch dann stand er wortlos auf, wobei er sein – glücklicherweise leeres – Glas umwarf. Mit einem letzten Blick auf Schäfer, während er sie komplett ignorierte, verschwand Angelo in der Küche. Elsa wollte ihm etwas nachrufen, wusste aber nicht, was.

»Vielen Dank, Schäfer, du hast einen gemütlichen Abend zerstört«, zischte sie den Schnüffler an. »Was sollte das gerade eben?«

»Was denn?« Er lehnte sich zurück und hielt es nicht einmal für notwendig, seine abgewetzte Lederjacke auszuziehen.

»Das mit dem Swingerclub, das konnten alle Gäste hören«, sagte sie und meinte eigentlich nur Angelo.

»Ist dir das vielleicht peinlich?«

»Dir nicht?«

»Nö? Ist doch nichts dabei an so einem Swingerclub. Außerdem gehen wir nicht zum Spaß hin.«

»Das weiß aber Angelo nicht.«

Schäfer stieß einen Pfiff aus. »Ach, daher weht der Wind. Jetzt verstehe ich. Der alte Spagallo hat ein Auge auf dich geworfen.«

»Nein, hat er nicht!«, protestierte sie unnötigerweise.

»Oho, dann du auf ihn?«, griff Schäfer ihre amateurhafte Äußerung auf.

»Pffft, auf was für Sachen du wieder kommst. Wir haben uns nur angeregt unterhalten, sonst nichts.«

»Angeregt ist gut, vielleicht *erregt*, liebe Elsa.«

»Mit wem ich mich unterhalte, ist meine Sache.«

»Du brauchst deswegen nicht rot zu werden.«

»Ich werde nicht rot.«

»Dann ist dir vielleicht heiß.«

»Schäfer!«

»Okay, okay. Aber glaube mir, ein Italiener ist nichts für dich. Ich verstehe nur zu gut, wenn du mal wieder, also ich meine«, er zwinkerte ihr zu, »wenn du ein bisserl Abwechslung brauchst. Aber bitte.« Er hob beschwörend die Hände. »Doch keinen Italiener. Nicht nach unserem letzten Fall, wo dich einer von diesen Südfrüchten beinahe ins Jenseits geschossen hätte. Hast du schon vergessen? Mafia und so was?«

»Angelo ist sicher kein Killer.«

»Wenn du es sagst.«

»Schäfer, lassen wir das Thema. Was soll das mit dem Club, wolltest du nicht alleine recherchieren? Wenn ich dich schon mal machen lasse und dir vertrauensvoll einen Teil der Ermittlung übertrage.«

»Doch, ich bin auch ganz stolz über dein Vertrauen.«

Elsa legte den Kopf schief; machte sich dieses Nashorn etwa über sie lustig?

Schäfer verstand anscheinend. »Nein, wirklich, ich meine es ernst. Aber ich dachte, zu zweit fallen wir nicht auf, wenn wir da reingehen. Und du hast mir aufgetragen, möglichst unauffällig zu sein. Genau genommen hast du mir das sogar mehrfach ans Herz gelegt.«

»Was ans Herz gelegt?« Schäfer redete mal wieder im Viereck.

»Na, unauffällig zu sein. Also gehen wir gemeinsam rein.«

»Reingehen? Wohin denn rein?« Was, um Himmels willen, wollte Schäfer von ihr? Dann ging Elsa ein Licht auf, sie schüttelte heftig den Kopf. »Du hast das ernst gemeint mit diesem Clubbesuch, also mit dir und mir. *Oh nein*, auf gar keinen Fall! Nie im Leben gehe ich mit dir ins Nofretete. Wenn, dann mache ich das ganz offiziell und marschiere mit einem halben Dutzend uniformierter Kollegen in diesen Laden.«

»Aber das ist sinnlos, so was Offizielles. Da erfährst du nichts, niemals. Da triffst du auf eine Mauer des Schweigens, da ist die Omertà der Mafia der reinste Hausfrauentratsch dagegen. Du musst das undercover machen, wenn du Erfolg haben willst, sonst wird das nichts mit dem Informationen beschaffen.«

»Ausgerechnet mit dir? Einem Privatdetektiv.« Das letzte Wort betonte sie besonders abfällig, was ihr im nächsten Augenblick fast wieder leid tat. Aber eben nur fast.

»Mit wem denn sonst, mit Kriminaldirektor Jansenbrink vielleicht?«

»Mensch, Schäfer, ich kann nicht mit dir im Nofretete ermitteln, so ohne Auftrag. Wenn das Gronau erfährt, oder Jansenbrink. Es ist wirklich schlimm genug, dass ich dir Informationen weiterleite. Ich fühle mich schon wie ein Maulwurf.«

»Der bist du garantiert nicht, keine Sorge, das ist jemand anders. Aber das interessiert eh niemanden. Wundert es in eurem Laden eigentlich wirklich keinen, wieso die Presse die neuesten Infos zum Bärenbrunofall auf den Tisch bekommt? Und zwar brühend heiß? Ich weiß nicht, irgendwie seid ihr alle ziemlich naiv. Aber egal, mir soll's recht sein. Also, komm schon. Wer sollte was über unsere kleine Undercoveraktion erfahren? Und selbst wenn – dann warst du einfach privat dort.«

»Um Gottes willen, Schäfer. Das wäre noch schlimmer.«

»Was?« Er schaute sie verständnislos an. »Kann doch ganz nett sein in diesem Etablissement. Weiß man's?«

»Ich habe ganz gewiss andere Vorlieben, als einen Swingerclub zu besuchen. Wieso drängelst du überhaupt so? Es gibt andere Tage, an denen wir dort in diesem, ähm, Verein, also ... dort irgendwie ermitteln könnten, so undercover halt, wie du es vorgeschlagen hast. Lass mich eine Nacht drüber schlafen, morgen sehen wir weiter, da sieht die Welt ganz anders aus.«

»Dann ist es zu spät.«

»Und wieso jetzt auf einmal? Wird das Nofretete morgen abgerissen, oder was?«

»Weil heute großer Verkleidungsabend ist und morgen nicht. Ich denke, eine solch gute Gelegenheit kommt nicht so schnell wieder. Wir können quasi inkognito Informationen einholen. Damit ist sogar die Gefahr gebannt, erkannt zu werden. Also ist deine Angst unbegründet.«

»Und das geht nur heute?«

»Verkleidungsabend ist nur einmal im Monat.«

»Woher weißt du das? Du bist doch kein regelmäßiger Gast, oder etwa doch?«

»Quatsch, ich bin zwar nicht so verklemmt wie du, aber Swingern ist nicht mein Ding. Es gibt allerdings das Internet, falls dir das was sagt. Das Nofretete hat eine Homepage, da stehen solche Sachen drauf. Die nächste Chance, sich einigermaßen unerkannt dort rumzutreiben, ergibt sich erst wieder im Juni. Es gibt zwar jede Menge andere Partys, aber ohne Maskenbrimborium. Da ist man mehr oder weniger völlig nackt. Aber gut, wenn dir das lieber ist, gehen wir an einem anderen Abend.«

Elsa seufzte, Schäfer war ungeheuer hartnäckig. »Dann lieber verkleidet, aber wieso hast du mich nicht angerufen? Wie hast du mich überhaupt gefunden?«

»Anrufen geht nicht, wenn du nicht ans Telefon gehst.«

Verdammt, das stimmte. Sie hatte das Telefon zur Morgenbesprechung ausgeschaltet und dann vergessen, es wieder einzuschalten.

»Und dass das hier dein Lieblingsrestaurant ist, weiß ich inzwischen immerhin.« Er zwinkerte. »Angelo. Ich verstehe.«

Sie trat nach seinem Schienbein. »Affe!« Nach einer Schweigeminute gab sie ihren Widerstand auf. Schäfers Intuition war eine der wenigen Dinge, die sie an ihm schätzte. »Gut, wir fahren aber mit meinem Auto«, erklärte sie sich einverstanden, auch wenn sie ihre Kapitulation wenigstens mit einer Bedingung garnierte. In Schäfers roten VW Käfer wollte sie sich nur im Notfall ein weiteres Mal reinquetschen. »Aber woher kriege ich eine anständige Verkleidung?«

»Das lass meine Sorge sein, ich war kurz bei mir zuhause und habe ein paar Dinge mitgenommen. Die sind in einer Sporttasche in meinem Wagen, ich habe direkt neben deiner Karre geparkt.«

Elsa zahlte beim Kellner, Angelo hatte sich nicht mehr blicken lassen. Mit einem wehmütigen Gefühl verließ sie das Lokal. In den nächsten Tagen musste sie unbedingt ein klärendes Gespräch mit Angelo führen.

Während der Fahrt zum Nofretete brachte Elsa ihren Beifahrer auf den neuesten Stand der Ermittlungen.

Schäfer schlug mit der linken Faust in die rechte Handfläche. »Sakrament! Die Neuigkeit muss ich erst einmal verdauen.«

Er sah zu ihr rüber, im Dunkeln sah Elsa sein Augenweiß schimmern.

»Das heißt, der Wäschemann ist über den Balkon ins Schlafzimmer eingedrungen«, folgerte der Privatdetektiv, »hat am Fensterrahmen seinen Fingerabdruck hinterlassen, mit dem ihr ihn schlussendlich identifiziert habt. Dann hat er den Bärenbruno erdrosselt und ihm einen Tanga auf den Kopf gesetzt. Aus welchem Grund denn?« Schäfer kratzte sich am Ohr.

Seine athletische Gestalt wirkte auf Elsa wie ein kleines Gebirge. »Das wüsste ich auch gerne. Es wird immer verworrener. Zuerst dachten wir in der Mordkommission, Bruno wäre der Wäschemann und Opfer eines Racheaktes. Dann stellt sich heraus, dass Bruno gar nicht der Wäschemann sein kann, aber vielleicht für ihn gehalten wurde und deshalb sein Leben lassen musste. Weiterhin glaubten wir den Wäschemann sogar in Lebensgefahr, weil der Mörder es unserer Meinung nach auf ihn abgesehen hatte. Jetzt sieht es allerdings ganz so aus, als wäre der Wäschemann auf einmal Brunos Mörder.« Sie umfasste das Lenkrad fester. »Das ist zum Haareausreißen. Alle paar Stunden ändern sich grundlegende Dinge. Außerdem fehlte aus Schattenkirchners Trophäensammlung ein Bild. Und zwar dasjenige, das zu den Mordwerkzeugen BH und Tanga passt. Nur wissen wir leider nicht, wer die Frau auf dem fehlenden Foto ist. Wir tappen so was von im Dunkeln, und ein Motiv ist weit und breit nicht in Sicht, wenn der Wäschemann jetzt tatsächlich der Täter ist. Wieso sollte er den Schattenkirchner Bruno umbringen?«

»Wenn wir Licht in die Sache bringen wollen, müssen wir ins Nofretete«, entschied Schäfer. »Jetzt umso dringender. Ich glaube, nur dort kriegen wir Antworten auf unsere Fragen. Dieser Club ist unser einziger Anhaltspunkt.«

Derselben Meinung war auch Elsa. Trotzdem hatte sie ein mulmiges Gefühl bei dieser Sache. Ausgerechnet mit Schäfer ging sie ins Nofretete. Wie sollte sie morgen ihren Kollegen von der Mordkommission bloß erklären, was sie ganz alleine heute Abend im Nofretete zu suchen hatte. Sie durfte Schäfers Begleitung mit keinem Wort erwähnen, dann wäre sie wirklich aufgeschmissen. Am besten, sie verschwieg diesen Besuch ganz.

Sie seufzte, während sie den Mini durch die Augsburger Nacht steuerte. Statt der Abkürzung über die Westtangente entschied sie sich, den längeren Weg durch die Stadt zu nehmen. Sie fuhr am alten Rosenaustadion vorbei, der ehemaligen Heimat des FC Augsburg. Die Zeiten des baufälligen Stadions waren lange vorbei, der Bundesligaverein spielte seit Jahren in der Arena im Süden der Stadt.

Auf der B17 wären sie zwar schneller zum Ziel gelangt, aber Elsa benötigte Zeit zum Nachdenken. Vor allem brauchte sie Zeit, um ihre Entscheidung genau abzuwägen. So lange sie unterwegs waren, konnte sie immer noch einen Rückzieher machen. Schäfer hin oder her. Diese Zeit ließ ihr der Schnüffler jedoch wieder nicht. Er hatte heute ein auffallendes Mitteilungsbedürfnis, so kannte sie ihn gar nicht. Der sonst so harte Kerl erzählte von seiner Tochter Hannah, die gerade bei ihm eingezogen war, und von seiner Sorge um ihre Sicherheit. Er hatte eindeutig Angst. Angst vor dem Stalker. Angst, dass dieser Irre der Wäschemann sein könnte. Und damit sogar ein Mörder. Schäfer erzählte ihr private Dinge, die sie von ihm nicht erwartet hätte.

Elsa stoppte an einer roten Ampel, direkt neben dem Plärrer-Gelände. Der Frühjahrs-Plärrer, das große Volksfest in Augsburg, lag schon ein paar Wochen zurück. Doch Elsa glaubte jedes Mal, wenn sie hier vorbeifuhr, den Lärm der Besucher zu hören, das Kreischen der Achterbahn, das Johlen der Kinder. Außerdem roch es hier für sie immer nach Zuckerwatte und gebrannten Mandeln, nach gebratenen Hähnchen und nach Fischsemmeln. Egal, wann sie vorbeifuhr, auch wenn der letzte Plärrer Monate zurücklag, trotz der Autoabgase. Verrückt, aber weit besser als der Leichengeruch, der monatelang an einem haftete, wenn man dieselbe Jacke, dieselbe Hose anzog, die man am Tatort getragen hatte.

Elsa warf einen Seitenblick auf Schäfer, der schweigend zum Fenster hinaus starrte. Auf die entgegengesetzte Seite, auf eine graue Betonwand. Sein Redefluss war versiegt.

Ein lautes Hupen erklang, sie schaute in den Rückspiegel. Der Autofahrer hinter ihr gestikulierte wild. Ihr Blick richtete sich wieder nach vorne. Die Ampel zeigte Grün. Elsa gab Gas, fuhr in den Norden der Stadt, vorbei an der Endhaltestelle der Straßenbahn im Stadtteil Oberhausen und hinaus auf die Bundesstraße, raus aufs Land. Nach Gablingen, in einen Ortsteil der Gemeinde, die sich Siedlung nannte. Zum Swingerclub Nofretete.

Tja, dachte Elsa. Sie hatte den Absprung verpasst, jetzt war es zu spät. Hoffentlich würde sie diese Aktion nicht bereuen.

KAPITEL 15

Die Reifen knirschten, als die Hauptkommissarin den Wagen über den Kies lenkte; Staub wirbelte auf und setzte sich in Schäfers Kehle fest. Er schluckte, spürte den sandigen Geschmack auf der Zunge. Seine Finger glitten suchend umher, fanden den Knopf für den Fensterheber. Die Scheibe glitt surrend nach oben. »Hey, nicht so weit weg parken«, protestierte Schäfer, als Elsa Dorn den Mini Cooper zwischen zwei Geländewagen parkte.

»Damit jeder mein Auto sieht? Geht's noch! *Du* wolltest doch inkognito hier auftauchen. Dazu gehört selbstverständlich, den Wagen möglichst unauffällig abzustellen. Vor allem möglichst *weit* weg.«

»Schon gut«, brummte er. Sie hatte recht, nur zugeben wollte er das nicht. Nachdem er ausgestiegen war, sah er sich um und staunte. Er schätzte die Zahl der Autos auf knapp einhundert und stieß einen anerkennenden Pfiff aus, angesichts der Menge an Paarungswilligen. Immer mehr Fahrzeuge tauchten auf und tuckerten Stoßstange an Stoßstange die schmale Einfahrt entlang, bis zu der als Parkfläche fungierenden Kiesfläche.

Schäfer fielen zahlreiche lachende Pärchen auf, aber auch einige Solo-Männer, die auf den Eingang des Clubs zueilten und dort eine Menschentraube bildeten. Wie Bienen, die in den Bienenstock drängen, dachte er. Sie alle waren offenbar voller Vorfreude auf das, was sie im Inneren der Räumlichkeiten erwartete.

Die meisten Besucher der Kostümparty hatten bereits hier

draußen ihre Masken aufgesetzt, größtenteils solche, die man beim Fasching in Venedig trug. Manche waren recht aufwendig gestaltet und verziert und mussten sehr kostspielig gewesen sein. Besonders auffallend fand er die Variante, die mit einem Federbusch ausgestattet war, so groß, dass die Träger aussahen wie Häuptlinge eines Indianerstammes.

Andere Masken glitzerten in exotischen Farben oder waren mit blinkenden Perlen bestickt. Ein paar Exemplare hatten einen langen Schnabel und erinnerten an Greifvögel. Schäfer fragte sich unwillkürlich, ob die Leute diese Art von Kostümierung aufbehielten, wenn sie im Club ... was auch immer machten. Diese ellenlangen und vor allem spitzen Schnäbel mussten bei den Rudelbumsaktivitäten doch im Wege sein. Schäfer stellte sich die blutenden Verletzungen vor, die diese Miniaturspitzhacken in die menschlichen Weichteile schlugen, und schüttelte unwillkürlich den Kopf. Er fühlte, wie sich Gänsehaut an den äußerst empfindsamen Stellen seines Körpers bildete. Oder diente dieser Schnabel gar zur Stimulation? Schäfer wollte schon Elsa nach ihrer Meinung fragen, doch sie kam ihm mit einem Ellenbogenstoß zuvor.

Er stöhnte leise, in der Dorn steckte mehr Kraft, als es der äußere Anschein vermuten ließ.

»Hol deinen Mummenschanz raus«, befahl sie. »Ich hoffe, du hast was Anständiges dabei. Als Erstes was für mein Gesicht, damit ich möglichst unkenntlich bin. Den Rest des Fummels ziehe ich drinnen an, die werden sicher eine Umkleidekabine haben.«

Schäfer öffnete den Kofferraum des Minis, kramte aus seiner Sporttasche eine schlichte weiße Maske mit einem Gummiband hervor, die nicht viel mehr verhüllte als die Augenpartie, und reichte sie der Kommissarin, die ihn ungläubig anstarrte. Für sich selbst wählte er etwas aus, das er letztes

Jahr auf einem Augsburger Faschingsball getragen hatte. Eine Batman-Maske, die sein halbes Gesicht bedeckte, nur Mund und Kinn blieben frei.

»Die will *ich* haben.« Elsa winkte fordernd mit der Hand.

»Das ist Batman.«

»Ja und?«

»Batman ist ein Mann, du bist eine Frau. Die kannst du nicht tragen.«

»Wenn du keine Catwoman dabei hast, die ich stattdessen nehmen könnte, ist mir das ziemlich egal. Entweder Batman oder gar nichts. Du glaubst doch nicht, ich stürze mich mit diesem weißen Nichts ins Getümmel. Nein, mein Freund, die setzt du schön selbst auf.«

Widerwillig tauschte er mit ihr und zog das von Elsa verschmähte Stück über den Kopf. Der Gummizug spannte leicht hinter den Ohren. Aber einen Vorteil hatte die geringe Größe der Maske, er würde sicherlich weniger schwitzen als Elsa.

»Was ziehen wir sonst noch an?«, wollte die Hauptkommissarin wissen.

»Du hast schon Batman. Was willst du noch?«

»Frag halt nicht so blöd. Außer dieser komischen Gesichtsmaskerade, was hast du sonst in deinem Turnbeutel?«

»Nichts.«

Sie wedelte mit Batman vor seinem Gesicht herum. »Wie, nichts?«

»Ich habe nur die beiden Dinger dabei.«

»Und unsere sonstige Verkleidung? Für den Rest wie Beine und Oberkörper?«

Er zeigte auf sein Gesicht. »Nur das da, das ist sie doch, unsere Kostümierung.«

»Das ist alles?«

»Laut Beschreibung auf der Homepage des Nofretete lassen

sie dir die Wahl, entweder ganz nackt zu erscheinen oder die Unterwäsche anzubehalten.«

»Ach was, und das verrätst du mir erst jetzt? Auf dem Parkplatz?« Sie warf ihm die Batman-Maske zu, die er auffing.

»Vergiss es!«, fauchte sie ihn an.

»Elsa, sei keine Pussy! Das ist Polizeiarbeit, dafür muss man Opfer bringen.«

»Solch ein Opfer bestimmt nicht.«

»Wovor hast du Angst?«

»Ich habe keine Angst, aber ich gehe doch nicht nur mit dieser bescheuerten Deppen-Maskerade in diesen saublöden Club.«

»Du kannst immerhin deinen BH anbehalten. Und, ähm«, er machte mit der Hand eine Geste in eine unbestimmte Richtung von Elsas Körper, »deine Unterhose auch.«

Sie hob den Kopf zum Himmel, als erwartete sie, von dort oben würde Hilfe kommen. »Danke, jetzt geht es mir schon viel besser. Ein weiblicher Batman in lila Unterwäsche.«

»Du trägst lila Unter …?«

»Halt die Klappe, Schäfer!«, giftete sie.

»Schon gut.« Er hob beide Hände, zeigte ihr in friedvoller Absicht die Innenseiten. »Peace.« Um sie nicht weiter zu reizen, versuchte er es mit einem Kompliment. »Lila passt doch super zu Batman, ehrlich. Und außerdem: Als Superheld erkennt dich sowieso keiner wieder. Elsa, das ist nun mal ein Treffen von Swingerleuten und kein Kegelabend. Da gelten andere Regeln.«

»Das ist mir bewusst«, konterte sie und stampfte mit dem Fuß auf. »Trotzdem …«, sie zögerte, sah ihn mit zusammengekniffenen Lippen an, offensichtlich war ihr etwas unangenehm.

»Ja?«

»Ich habe nicht die richtige Figur dafür.«

»Und?«

»Was und? Ich habe Größe 42, manchmal 44. Tendenz zu 46.«

»Glaubst du vielleicht, da gehen nur Topmodels rein? Mensch, Schnucki, das sind ganz normale Leute mit alltäglichen Figurproblemen. Wie du und ich eben. Hast du noch keine dieser Dokusoaps über Swingertreffen im Fernsehen gesehen? Du fällst unter denen ganz sicher nicht auf.«

»Bei diesen Sendungen schalte ich weg.«

»Ich nicht, ist manchmal ganz interessant. Das sind Menschen, die man jeden Tag trifft. Die Bäckereiverkäuferin von nebenan, die Supermarktkassiererin, der Klempner oder der Heizungstechniker. Aber auch Rechtsanwälte, Ärzte oder, was weiß ich, Molekularbiologen zum Beispiel. Das geht querbeet durch unsere Gesellschaft. Swingern ist normal geworden heute, da regt sich kein Schwein mehr darüber auf. Das hat mit Rotlichtmilieu nichts zu tun. Keine Zuhälter, keine Nutten.«

»Danke, ich kenne mich mit dem Rotlichtmilieu bestens aus, zufällig arbeite ich bei der Sitte, da hat man hin und wieder zu tun mit diesem Milieu.«

»Na also, du wirst sehen, das ist halb so schlimm. Gut, vielleicht gibt es da ein paar Sadomasotypen. Aber das war's auch schon. Die halten sich bestimmt in einem abgetrennten Areal auf. Wenn man die nicht sehen will, dann muss man das nicht. Ansonsten gehört ein Swingerclub zu unserem Leben wie der Gang in die Sauna.«

»Dann schlage ich vor, du gehst alleine da hinein. In deine Sauna. Und ich warte hier auf dich. Ich bin nämlich *keine* Saunagängerin.«

»Aber zu zweit haben wir eine viel größere Chance, Informationen zu sammeln«, versuchte er sie zu überreden und lauschte seinen eigenen Worten nach. Er durfte nicht wie ein Bittsteller wirken, nicht den Anschein erwecken, als flehe er Elsa an. »Bedenke doch, wir könnten im Team vorgehen. Du hast ein Talent dafür, Leuten Dinge aus der Nase zu ziehen, die sie freiwillig niemals preisgeben würden. Du bist die geborene Ermittlerin.« Hoffentlich hatte er jetzt nicht zu dick aufgetragen. Er musste die Dorn etwas motivieren, damit sie ihm als Partnerin in den Club folgte, durfte allerdings nicht übertreiben.

Er wäre auch alleine gegangen, aber diese Geldgeier zockten Solobesucher bis auf die Unterhosen ab. Mit Elsa Dorn als offizieller Partnerin würde es viel billiger werden. Er sah, wie es langsam hinter ihrer Stirn ratterte. Offensichtlich hatte er genau die richtigen Worte gefunden. Sie blickte zum Club, schürzte die Lippen, kaute abwesend an den Fingernägeln.

Nur noch ein bisschen nachhelfen, sie war fast so weit. Er hob die Hände. »Aber bitte, ich will dich zu nichts drängen. Wir fahren einfach wieder, null Problemo. Vielleicht hast du recht, und ein offizieller Besuch von dir und deinen Kripokollegen bringt mehr ans Licht.«

Er nahm seine Maskerade ab und wollte gerade wieder ins Auto einsteigen, als die Kommissarin ihn zurückhielt und ihn mit verblüfftem Gesichtsausdruck fragte: »Seit wann gibst du so schnell auf? Ich habe es mir überlegt. Wir gehen rein. Und zwar jetzt. Gib mir Batman wieder.«

Schäfer hätte beinahe vor Freude die Hand zur Faust geballt, verkniff sich diesen Ausbruch an Emotion aber lieber. Er hatte den Ehrgeiz von Elsa Dorn richtig eingeschätzt. Sie wollte an Informationen rankommen, egal wie. Möglichst lässig gab er ihr den Superhelden und sagte: »Dann lass uns …« Er hielt plötzlich inne, drehte sich um und ließ seinen Blick schweifen. Merkwürdig.

»Was ist?«, wollte Elsa wissen.

»Ich dachte nur …«

»Was dachtest du?«

»Nur so ein Gefühl. Ein Gefühl, beobachtet zu werden.«

Jetzt sah auch die Kommissarin über den Parkplatz, zuckte nach kurzer Zeit jedoch die Schultern. »Hier laufen jede Menge Maskierter rum, ein Haufen Vollidioten einfach. Und wir mitten drin. Wer sollte uns schon beobachten? Wir sehen eindeutig als, als gehören wir zu diesen anderen Trotteln. Eins sind wir jedenfalls nicht. Auffällig. Kein Grund zur Sorge, mein lieber Schäfer.«

»Stimmt auch wieder«, gab er ihr recht, sah ein letztes Mal über die Schulter und folgte ihr. Die kleine Kommissarin war schon auf halbem Weg zum hell erleuchteten Eingang, auf einmal ging es ihr offensichtlich gar nicht schnell genug.

An der Tür ließ sie der Kassierer eintreten, nachdem sie sich als Pärchen vorgestellt hatten und nichts zahlen mussten. Der Mann trug eine schwarze Badehose und hatte seinen Körper grün angemalt. Auf seinem Kopf saß die Maske von Shrek, dem Oger.

Elsa Dorn schien peinlich berührt zu sein, wenn er ihren verkniffenen Mund richtig deutete. Drinnen stöckelte ihnen eine attraktive Blondine entgegen, eine schwarze Klappe als einzige Kostümierung über dem linken Auge, das rechte leuchtete blau wie ein Allgäuer Bergsee im Spätsommer. Dazu passend ein durchsichtiges weißes Negligé. Schäfer spürte, wie ihm der Schweiß auf die Stirn trat, er war auch nur ein Mann. Die Blondine überreichte ihnen zwei Bademäntel und deutete mit ihrem sonnengebräunten Arm zu den Umkleideräumen. Beim Anblick des Bademantels seufzte Elsa neben ihm erleichtert auf.

»Bademantel?« Mehr als dieses eine Wort kam ihr nicht über die Lippen.

»Natürlich«, flötete die Augenklappe.

Schäfer bemühte sich, nicht auf die Brüste zu starren, deren Nippel wie kleine Miniraketen in seine Richtung ragten.

»Den dürfen Sie gerne ausziehen, wenn es Ihnen zu heiß wird«, sagte sie zu Elsa und lachte, dabei warf sie Schäfer einen Blick zu, den er nicht zu deuten wusste. Er hüstelte.

Elsa stieß ihm den Ellenbogen in die Seite und raunte: »Nur keine Stielaugen kriegen, mein lieber Schäfer. Dafür hast du mich nicht hergeschleift. Jetzt wird gearbeitet. Wir sehen uns in fünf Minuten am Buffet zur Lagebesprechung.«

»Aye, aye, Sir!«, antwortete er und ging in die Männerumkleide.

Drei Minuten später stand Schäfer am Buffet und trank zur innerlichen Abkühlung erst mal ein Glas Wasser. Dann gönnte er sich einen Salat mit Putenbruststreifen. Elsa Dorn ließ auf sich warten, er nutzte die Zeit, um die anderen Gäste zu mustern. Es war eine Sache, im Fernsehen eine Sendung über Swingerclubs zu sehen, eine ganz andere jedoch, all diesen Triebgesteuerten persönlich gegenüberzustehen. Was, wenn ihn jetzt einfach jemand ansprach, wie sollte er sich da verhalten? Er wusste einen feuchten Scheiß über die Verhaltensweisen in einem derartigen Club. Hätte er sich lieber besser informiert. Um nicht aufzufallen, nahm er sich ein Gefäß mit Salzstangen und knabberte eine nach der anderen.

»Nett hier.«

Schäfer drehte den Kopf und blickte in zwei graue Augen. Mehr sah er von dem Gesicht nicht, das von einer gelben Seidenmaske vollständig verhüllt war. Auf der Oberseite wackelte bei jeder Bewegung ein Federbusch in Sonnenblumenoptik. »Bist wohl das erste Mal hier«, wollte die Sonnenblume wissen; die Stimme klang tief und kehlig, wie nach zwanzig Jahren Zigarrerauchen.

»Mhm«, brummte Schäfer und bekam in der nächsten Sekunde eine erste Panikattacke, als ihn eine runzlige Hand in die Wange kniff. Die zweite Panikattacke ereilte ihn, als er den Blick senkte und den Körper unter der Sonnenblume zu Gesicht bekam.

Verdammt, offenbar wollte ihn eine 100-Jährige verführen. Schäfer überprüfte, ob der Gürtel seines Bademantels noch alles dort hielt, wo es hinsollte, dann sah er sich gehetzt nach Elsa um. Er hätte nie geglaubt, ihr Erscheinen einmal so sehr herbeizusehnen. Sein Blick streifte die Uhr an seinem Arm. Mein Gott, wie lange brauchte eine Frau, um einen Bademantel anzuziehen?

Er spürte eine Hand auf seiner Schulter. Verfluchte Sonnenblume, jetzt reichte es. Wenn ihn in dieser Sexhölle schon jemand anbaggerte, dann höchstens die megascharfe Augenklappe vom Eingang. Er hatte zwar Respekt vor dem Alter, aber jetzt gerade war der völlig verflogen. »Hör mal zu, Alte«, knurrte er, schlug die Hand weg und wirbelte herum.

»Aua!« Vor ihm stand Batman und rieb sich über die Hand. »Brauchst nicht gleich grob werden.«

»Ach, du bist es«, murmelte er erleichtert.

»Wer hätte ich sonst sein sollen?« Elsa vergrub die Hände in ihren Bademantel.

»Nett, dass du doch noch kommst. Ich hatte gerade eine unheimliche Begegnung der Swingerart.«

»Erzähl mehr.«

Schäfer schüttelte den Kopf. »Das willst du nicht wissen. Wo warst du so lange?«

»Ich habe Erkundigungen in der Umkleide eingezogen. Dort sind Frauen sehr redselig. Du hingegen ...« Sie zog eine

Augenbraue hoch, missbilligte offensichtlich seine Art zu warten. »... hast, wie ich sehe, außer etwas zu essen, nichts geleistet.«

Kurz meldete sich sein schlechtes Gewissen. Stimmt, er hatte in der Tat nichts dergleichen getan. »Ich habe beobachtet«, verteidigte er sich schließlich.

»Ist was dabei rausgekommen?«

Er zog den Gürtel seines Bademantels enger und antwortete mit einer Gegenfrage: »Und bei dir?«

Der Mund unter der Batman-Maske verzog sich zu einem Lächeln. »Der Tod von Bruno Schattenkirchner ist ein wichtiges Thema unter den Damen. Ich denke, wir werden heute einiges zu hören bekommen, wenn wir unsere Ohren offenhalten. Wie es ausschaut, war unser Mordopfer tatsächlich regelmäßiger Gast im Nofretete und zudem äußerst spendierfreudig.«

»Das heißt?«, wollte Schäfer wissen.

»Hat gerne teuren Schampus spendiert und manchmal exklusive Privatpartys gefeiert«, ergänzte Elsa. »Außerdem hat er den Chef hier ziemlich gut gekannt.«

»Den Grimminger?«

»Du kennst ihn?«

»Nicht persönlich, aber auf der Homepage des Clubs steht sein Name im Impressum. Xaver Grimminger. Ihm gehört das Nofretete.«

»Ich weiß. Als wir von der Sitte dem Nofretete einen Anstandsbesuch verpassten, habe ich kurz mit ihm gesprochen. Ein sehr höflicher und zuvorkommender Mensch, fast ein bisschen zu unterwürfig. Er hat keine Eintragungen im polizeilichen Datenbestand. Seine Weste ist reiner als deine, lieber Schäfer. Noch nicht einmal ein Verstoß gegen die Sperrzeit.«

»Dann müssen wir nur noch rausfinden, welcher von den Maskierten dieser Grimminger ist, dann hefte ich mich an seine Fersen. Mal sehen, ob er in den Gesprächen mit seinen Gästen irgendetwas verlauten lässt.«

Ein Kostümierter mit langem Schnabel schritt an ihnen vorbei. »Was ist das?«, fragte Schäfer.

»Eine Pestmaske«, erklärte Elsa. »Die haben Ärzte im Mittelalter getragen wegen ...«

»Ich meinte nicht, was er auf der Nase hat«, unterbrach er sie. »Sondern das auf seinem Pimmel.«

»Ach das.« Sie lachte. »Wenn man so lange bei der Sitte ist, wie ich, hat man schon alles gesehen.«

»Was du nicht sagst. Ich kenne dieses Ding nicht. Was soll es bezwecken?«

»Na, was denn schon. Eine längere Erektion.«

Er sah der Pestmaske zweifelnd hinterher. Sachen gibt es, dachte er, die gibt es eigentlich gar nicht.

Schäfers Blick wanderte zwischen den Vermummten hin und her. Er zählte grob durch und stellte eindeutigen Männerüberschuss fest. Also mussten tatsächlich jede Menge Solomänner den Weg in den Club gefunden haben. Trotz des wahnwitzigen Eintrittspreises von zweihundert Euro.

War der Wäschemann, nach dem sie Ausschau hielten, unter diesen Sologängern? Vielleicht gar der Mörder vom Bärenbruno? Wenn es nach dem derzeitigen Ermittlungsstand der Kripo ging, war das sogar ein- und dieselbe Person.

Elsa nahm ein belegtes Brötchen und biss hinein. Zwischen zwei Brocken wandte sie sich an ihn. »Sollen wir uns aufteilen, um unsere Erfolgsaussichten zu erhöhen?«

Er wollte ihr schon zustimmen, da erinnerte er sich mit Schrecken an die alte Sonnenblume. Verstohlen überprüfte er den Raum, wurde aber nicht fündig. Anscheinend war diese komische Blume längst weitergezogen, als Elsa aufgetaucht war. Aber wer wusste, was sich in den Unergründlichkeiten dieses Clubs verborgen hielt. Schäfer fühlte sich wie das Mitglied einer U-Boot-Crew auf dem Weg in die Tiefsee, wo man nicht wusste, was für Ungeheuer einen erwarteten. Er nahm ebenfalls ein Brötchen. »Ich glaube, es ist sicherer, wenn wir von jetzt an zusammenbleiben«, meinte er kauend.

KAPITEL 16

Obwohl Elsa schon aus ihrer Münchner Zeit bei der Sitte allerhand gewohnt war, fühlte sie sich im Nofretete auf ungewohntem Terrain. Sie kannte die Spielwiese der Erotik hauptsächlich von der verruchten Seite, hatte mehr als genügend Kontakt mit Zuhältern, Prostituierten und Freiern gehabt, war in etlichen Bordellen und Tageswohnungen gewesen. Selbstverständlich hatte sie im Rahmen ihrer Arbeit alle möglichen Arten von Sexspielzeug kennengelernt. Das war unumgänglich, wenn man beinahe jeden Tag Kontakt mit dem Rotlichtmilieu hatte.

Doch heute war etwas anders, denn erstens tummelten sich im Nofretete Menschen, die nicht allesamt Knasterfahrung hatten. Und zweitens, dachte Elsa, war sie diesmal nicht in offizieller Mission unterwegs. Sie ermittelte zwar irgendwie, wenn man das so nennen konnte. Positiv ausgedrückt, tauchte sie undercover ins Milieu ein, auch wenn Jansenbrink und Gronau das bestimmt anders gesehen hätten, wenn sie denn davon gewusst hätten.

Sie holte tief Luft. In ihrem Inneren kribbelte es, als würde eine Armee Ameisen durch sie durchmarschieren. Das lag teilweise an Schäfer und seiner halblegalen Vorgehensweise, mit der er im Begriff war, sie in den beruflichen Abgrund zu stoßen. Andererseits war sie eine erwachsene Frau. Sie hätte jederzeit Nein sagen können. Schäfer hatte sie weder mit Waffengewalt noch mit Drohungen an seine Seite gezwungen. Fakt war, sie war freiwillig mitgegangen, weil ihr Ehrgeiz sie dazu getrieben hatte. Also war der Grund für ihr Unbehagen bei ihr selbst zu suchen. Niemand anders hatte Schuld. Einerseits wollte sie Mordermittlerin werden, andererseits griff sie zu Methoden, die für einen Kripobeamten unangemessen waren. Sie wandelte quasi auf Schäfers Spuren, und das fühlte sich alles andere als gut an. Kein Wunder also, dass sie keinem ihrer Kollegen von der Aktion im Nofretete berichtet hatte, wie sie es hätte tun müssen. Sie war ohne einen zweiten Beamten und Absicherung unterwegs, der Schnüffler Schäfer zählte nicht. Mit diesen düsteren Gedanken schritt sie durch das Nofretete, wo um sie herum das lüsterne Treiben in dieser Nacht dem Höhepunkt entgegentrudelte.

»Ich glaube, am Buffet kriegen wir die Informationen, die wir suchen, am ehesten«, drangen Schäfers Worte zu ihr durch. Er schloss gerade eine Tür mit der Aufschrift »Gruppenraum« und hüstelte. »Wir sollten zurück. Alles hat seine Grenzen, in solch ein widerliches Getümmel werfe ich mich nicht. Auch wenn es landläufig heißt, beim Sex werden Geheimnisse ausposaunt. Hast du das gerade gesehen?«

Sie schüttelte den Kopf, Schäfer hatte die Tür so schnell wieder zugestoßen, dass sie nichts erkannt hatte.

»Die grunzen da drinnen wie eine Rotte Wildschweine. Ganz ehrlich Elsa, ich bin echt nicht prüde, aber was zu weit geht, geht zu weit. Ich meine, bei diesem Schunkellicht weiß man ja gar nicht, mit wem man da rumvögelt, oder wie siehst du das?«

»Jedem, wie es beliebt. Meine Sache ist das auch nicht.« Insgeheim beruhigte sie Schäfers Einstellung. Nicht, dass sie sein Sexleben auch nur den Hauch einer Spur interessierte. Aber unangenehm hätte sie es dennoch gefunden, wenn er sie voller Begeisterung herumgeführt hätte.

»Dann sind wir uns einig«, sagte der Privatermittler. »Das

kann hier echt dumm ausgehen. Am Ende steckt dir jemand aus Versehen sein Ding in den Arsch.«

»Lass uns mal den Rundgang beenden«, unterbrach sie ihn. »Ans Buffet können wir jederzeit. Gehen wir in den Keller.«

Schäfer blieb vor einer weiteren Tür stehen, diese hatte ein Guckloch. Er schaute hindurch. »JesusMariaundJosef!«, platzte es aus ihm heraus. Er drehte sich zu ihr um, schüttelte den Kopf und forderte sie mit einem Wink auf, weiterzugehen. »Ich warne dich, schau bitte nicht durch so ein Fenster. Was ich gerade gesehen habe, werde ich mein Leben lang nicht vergessen.«

»Was denn?«, fragte sie neugierig. Das Raubein Schäfer so die Fassung verlieren zu sehen, war interessant. Wer schaffte es schon, diesen Koloss von Mann zu beeindrucken. »Live-Porno?«

»Schlimmer, Elsa, viel schlimmer.« Er eilte zur Treppe in den Keller.

Unschlüssig blieb sie einige Sekunden stehen, widerstand schließlich dem Impuls, durchs Guckloch zu schauen, und folgte dem Schnüffler.

Unten angekommen empfing sie eine schummrige Atmosphäre. Es roch nach Räucherstäbchen, an den Wänden hingen brennende Kerzen. In Elsas Nase kribbelte es, ihre Augen brannten, ihre Kehle fühlte sich rau an. Sie stand in einem langen Gang, mit zahlreichen Türen links und rechts, die an Kerkerzellen erinnerten. Alle waren mit einem Gitter versehen, der Blick ins Innere dadurch frei. Aus welchem Grund, das wurde ihr sofort klar, als sie hinter der ersten Tür auf der linken Seite einen nackten Mann sah, der an ein Andreaskreuz gefesselt war und sich auspeitschen ließ. Man konnte sich hier nicht nur quälen lassen, sondern sogar dabei zusehen. Elsa ging rasch weiter, sie fühlte ihren Puls bis zum Hals schlagen.

Ohne uniformierten Polizeischutz und offiziellen Ermittlungsauftrag und mit dieser dämlichen Maske über dem Gesicht fühlte sie sich wie in einem Film.

Wo war Schäfer? Den Mistkerl hatte sie aus den Augen verloren. Sie kniff die Augen zusammen, in der Düsternis konnte sie vor sich ein paar Gestalten ausmachen, die sich flüsternd unterhielten. Elsa ging langsam weiter, die Gespräche verstummten, als sie näherkam. Sie bemerkte zwei junge Frauen, nur mit Reizwäsche bekleidet. Bei dieser Figur hatten die Mädels selbstverständlich keinen Bademantel notwendig.

Trotz der Dunkelheit waren die toptrainierten Waden und Oberschenkel zu erkennen, nicht zu vergessen der flache Bauch. Selbst die Masken der beiden fielen in Miniaturausführung aus. Elsa bemerkte die spöttischen Blicke. Ob diese der Batman-Maskerade oder ihrer Figur galten, erschloss sich ihr nicht. Als sie an den beiden Zicken vorbei war, öffnete sich die Zelle neben ihr. Jemand packte sie und zog sie grob nach drinnen.

»Leise!«, zischte ihr Schäfer ins Ohr. »Diese Schlampen führen ein interessantes Gespräch über den Bärenbruno.«

»Hätte ich mir denken können«, flüsterte sie.

»Die pikanten Details haben wir leider verpasst, nur dass der Bruno sehr standhaft war, habe ich noch mitbekommen«, raunte Schäfer.

»Interessant vielleicht, bringt uns aber nicht viel weiter.«

»Psst. Hör einfach zu, eventuell kommt noch was.«

»Ein Schlawiner war er schon, der Bruno«, hörte sie eine der zwei Frauen wispern.

»Und ein großzügiger obendrein«, erwiderte die andere und lachte.

Also doch, Schäfer hatte recht. *Eindeutig* Schlampen.

»Ich werde ihn vermissen«, war die erste wieder zu hören. »Schade, ich hätte nur zu gerne seine Bombe platzen hören.«

Bombe! Was für eine Bombe? Elsa knuffte Schäfer mit dem Ellenbogen. Jetzt wurde es interessant.

Das Geräusch lauter Stiefel, die die Treppe nach unten trampelten, übertönte das Getuschel der Frauen.

Verdammt!

Ausgerechnet in diesem Moment.

Elsa beugte den Oberkörper nach vorne und spähte auf den Gang. Die Frauen machten einem wahren Hünen Platz, dessen breite Schultern fast von Wandseite zu Wandseite reichten. Auf dem eingezogenen Kopf saß eine schwarze Ledermütze, um den Hals spannte sich ein mit Nieten bestücktes Lederband in derselben Farbe. Der massige Oberkörper war nackt, als Hose diente ein schmaler Lendenschurz, ebenfalls aus Leder. Die Springerstiefel an den Füßen hätten sicher einem Riesen gepasst, mussten Größe 50 oder darüber sein. In der Hand hielt der Kerl eine Gerte, wie sie Reiter benutzten. Gegen dieses Monstrum Mann wirkte Schäfer wie ein Kind. Der Riese walzte an ihnen vorbei und verschwand irgendwo in den Untiefen des Swingerclubs.

»Dort, wo dieser Typ hingeht, möchte ich ganz bestimmt nicht hin«, bemerkte Elsa zu Schäfer.

»Der sah aus wie Luzifers Folterknecht persönlich. Ich schätze, da hinten geht es direkt zur Hölle«, meinte der Privatermittler und hob eine Augenbraue.

Als Elsa wieder auf den Gang sah, waren die Frauen weg. »Schade, das mit der Bombe hätte wichtig sein können.« Enttäuschung machte sich in ihr breit. Noch hatten sie wenig bis gar nichts in Erfahrung gebracht.

»Wer weiß, was die damit gemeint haben. Beim Thema Bombe platzen fällt mir in Brunos Fall eigentlich nur sein

Schniedel ein, den es nach Überlastung ganz einfach zerreißt.«

»Mhm«, brummte Elsa. Allerdings, was wenn es eine andere Erklärung dafür gab? Eine, die ausschlaggebend war für seinen Tod.

Sie setzten ihren Rundgang fort, kamen an eine weitere Treppe, die noch tiefer führte, vermutlich in die Katakomben des Todes, wenn es nach dem Schild ging, das an der Tür hing. Darauf las sie »Keller der Schmerzen«.

»Entzückend«, sagte Schäfer neben ihr. »Da finden wir bestimmt unseren Lederguru von eben. Das ist der SM-Bereich.«

»Den heben wir uns für später auf. Gehen wir nach links, das sieht einladender aus.«

»Da geht es schließlich zur Sauna«, meinte Schäfer und deutete auf einen Pfeil. »Scheint harmloser zu sein als im Keller der Schmerzen.«

»Harmlos ist hier drinnen gar nichts«, stellte Elsa fest. Nach wenigen Minuten fühlte sie sich wie im Irrgarten. Endlose Gänge folgten auf ebenso lange Gänge, dazwischen verschlossene oder offene Räume, in denen sich Mann und Frau, Frau und Frau oder Gruppen vergnügten.

Mehrmals erging an Schäfer und sie die Einladung, doch mitzumischen. Beide lehnten immer wieder dankend ab und folgten dem Pfeil zur Sauna, der an jeder Ecke in leuchtend roter Schrift den Weg wies.

Einmal stand Elsa ratlos vor einer Holzwand, in der in Hüfthöhe mehrere kreisrunde Löcher gestanzt waren. Auf dem Boden davor lagen Kissen, neben jedem davon eine Packung Kleenex.

»Eine französische Wand«, erklärte Schäfer in knappen Worten.

»Das ist aber nicht das, wofür ich es halte.«

»Genau das«, bestätigte er. »Aber das wusstest du sicherlich bereits von deiner Arbeit bei der Sitte«, fügte er mit einem Grinsen hinzu.

»Meine Güte. Lass uns schnell weitergehen.«

Als Nächstes betraten sie endlich einen Raum, der zum Verweilen einlud.

Eine Bar. Mit Tischen und gemütlichen Bänken, man hätte fast denken können, es würde sich um eine normale Kneipe handeln. Wäre da nicht der hagere Barmann gewesen, der völlig nackt hinter der Theke gerade ein Glas Weißbier einschenkte. Sein roter Schnauzbart tanzte bei jeder seiner Bewegungen. Zusammen mit den feuerroten Haaren ergab das einen interessanten Kontrast zu der babyblassen Haut.

Auf einem der Hocker saß ein glatzköpfiger Mann Ende 60, nahm das Bier entgegen, bedankte sich und trank einen Schluck. Glücklicherweise hatte der Biertrinker einen Bademantel an, sonst hätte Elsa bestimmt auf der Stelle eine unheilbare Augenentzündung ereilt.

Elsa und Schäfer stellten sich an die Bar. Elsa orderte ein Spezi, sie brauchte unbedingt was Süßes. Schäfer wollte ein Radler haben.

Während der Barmann die Getränke einschenkte, flüsterte Elsa nur ein Wort: »Grimminger.«

Schäfer nickte zum Zeichen, dass er verstanden hatte.

Xaver Grimminger stellte die Getränke vor ihnen auf den Tisch. Er war die einzige Person, die sie bisher ohne Maske angetroffen hatten. Dafür war er komplett nackt, wie Elsa bestürzt feststellte, als er sich umdrehte und eine Flasche Schnaps von einem Regal fingerte.

Sie schloss die Augen, um den nackten Hintern nicht allzu lange betrachten zu müssen. Öffnete sie erst wieder, als Grimminger wieder mit seiner Vorderseite vor ihr stand und mit den Flaschen und Gläsern hantierte. Dabei fiel ihr Blick auf seinen rechten Oberarm, auf dem eine auffallende Tätowierung thronte.

Die ägyptische Königin Nofretete mit ihrer blauen Helmkrone!

Grimminger hatte den Namen des Clubs bildhaft auf seinem Körper verewigt. Die Augen der schönen Königin schauten Elsa ernst an, als wäre Nofretete bewusst, auf wessen Haut sie haftete und welcher schäbigen Einrichtung ihr Name dienen musste.

Der biertrinkende Opa neben ihnen stellte mit einem langen »Ahh, das war gut« das leere Glas scheppernd zurück und verabschiedete sich mit einem: »Jetzt bin ich fit für die Wand.«

Elsa zuckte zusammen, sah den Opa wohl eine Spur zu entgeistert an.

Grimminger hatte offenbar ihren Blick bemerkt, denn er bemerkte lachend: »Viel geht bei dem nicht mehr, das sind bloß Sprüche. Mehr als laue Luft kommt nicht raus.«

»Aha.«

»Seid ihr zum ersten Mal in meinem Club?«

Sie nickte. »Ist ganz nett bei Ihnen.«

»Nette Verkleidung, die Batman-Maske. Kenne ich dich von irgendwoher?« Der Barkeeper sah sie neugierig an.

Hatte Grimminger sie etwa erkannt? Vielleicht an ihrer Stimme? Immerhin lag ihr dienstlicher Besuch im Nofretete erst ein paar Monate zurück. Hoffentlich waren es ein paar Monate zu viel, um sich an ihre Stimme zu erinnern. »Kann ich mir nicht vorstellen, dass ich Sie schon mal getroffen habe«, gab sie zurück.

Grimminger grinste breit. »Ihr könnt's ruhig du zu mir

sagen. Wir nehmen das hier nicht so förmlich. Ich meine«, er breitete die Arme aus. »Immerhin vögeln hier die ganze Nacht teils wildfremde Menschen miteinander. Da auch noch Sie zu sagen, das kommt dann schon ein bisschen blöd, findet ihr nicht auch?«

Da musste Elsa ihm zustimmen, sagte aber nichts weiter. Sie war froh, dass er nicht nachhakte und sie eventuell doch als Kripobeamtin erkannte, die ihm vor einiger Zeit einen Besuch abgestattet hatte.

»Seid's verheiratet ihr zwei?«

Um Gottes willen nein, schoss es ihr durch den Kopf. Sie antwortete: »Wir sind Arbeitskollegen.«

»Ach so. Und jetzt feiert ihr eine After-Work-Party?« Er grinste süffisant. »Machen viele, ist nicht schlimm, da braucht man sich nicht schämen.«

Sie schüttelte den Kopf. »Nein, eher nicht. Keine Party nach der Arbeit. Wir wollten uns einfach ein bisschen umschauen. Für uns ist das hier Neuland.« Sie zeigte mit der Hand in eine unbestimmte Richtung.

»Tut's euch nur keinen Zwang an. Alles kann, nichts muss. Das ist die Parole von Swingergängern. Ihr braucht nix mitmachen, wenn ihr keine Lust habt. Einfach zuschauen geht auch.«

»Altherrensex ist nicht gerade prickelnd«, brummte Schäfer neben ihr. »Gibt es junges Gemüse, das gepflückt wird? Ich meine, nachdem der Bärenbruno ins Gras gebissen hat, rentiert es sich für die hübschen Weiber offenbar gar nicht mehr, herzukommen. Dass der Bärenbruno im Nofretete Stammgast war, ist immerhin stadtbekannt gewesen. Und wenn ich mich so umschaue, sehe ich kaum Mädels, die mich vom Hocker hauen.«

Elsa biss auf ihre Lippen, dass es wehtat. Dieser Schäfer

konnte einfach nicht seine Klappe halten. Und wenn er sie aufmachte, kam meistens Müll raus, so wie jetzt. Mit dieser peinlichen Vorstellung bekämen sie nie im Leben brauchbare Informationen. Wie konnte Schäfer nur so auffallend direkt nach dem Bärenbruno fragen. Der Grimminger würde auf diese Weise nie etwas ausplaudern.

»Freilich gibt es Schlamp…, also, ich meine natürlich, diese Damen, von denen du sprachst, die kommen schon noch«, erwiderte Grimminger zu ihrer Überraschung. »Meistens erst später am Abend, ab Mitternacht.« Er blickte auf die Uhr an der Wand. »Müssten also längst da sein.« Er nahm einen Spüllappen und polierte ein Glas. »Gut, vielleicht werden zwei oder drei nicht erscheinen, weil sie ein bisserl trauern um den Bruno. Aber das Leben geht weiter, nicht wahr?«

»Apropos Bruno, Gott hab ihn selig. Der war vielleicht ein Casanova. Ganz Augsburg kannte ihn und seine Leidenschaft für das schwache Geschlecht. Jede Woche eine andere.« Schäfer lachte. »Da konnte *Mann* ganz schön neidisch werden.«

Grimminger nickte. »Stimmt schon. Aber hier drinnen, da waren die Männer froh, wenn er da war. Er hat mächtig Stimmung gemacht. Wenn der Bärenbruno bei einer unserer Partys Gast war, dann brannte die Hütte, sage ich euch. Wir konnten es mit den Feiern in der Playboyvilla von diesem Hefner locker aufnehmen.« Er seufzte. »Schade, mal schauen, wie es in Zukunft wird. Vielleicht veranstalte ich einmal im Monat eine Bärenbruno-Gedächtnis-Feier.«

Der Privatermittler trank einen Schluck, stellte das Glas ab und wischte sich mit dem Handrücken über den Mund. »Das ist eine gute Idee, da komme ich mit meiner reizenden Begleitung gerne vorbei. Ich denke, uns gefällt es in deinem Laden. Verdammt blöd, dass wir den Bärenbruno verpasst haben. Wir hätten ihn gerne einmal live erlebt. Aber du weißt ja, wie das ist. Es kostet Überwindung, in einen Swingerclub zu gehen.«

Grimminger zwirbelte seinen roten Schnurrbart. »Du siehst mir gar nicht aus wie einer, der Hemmungen hat.«

Elsa stimmte innerlich zu, schwieg aber beharrlich weiter und nickte stattdessen nur hin und wieder. Sie musste zugeben, Schäfer ging geschickt vor. Außerdem kannte Grimminger den Privatschnüffler ganz sicher nicht.

Schäfer grinste. »Der erste Eindruck täuscht.« Er trank sein Glas leer. »Aber sag mal, interessieren würde es mich schon, wie der Bärenbruno das gemacht hat mit den Mädels. Ich meine, wer hat nicht gern ein bisschen Abwechslung.«

Grimminger rieb Daumen und Zeigefinger aneinander. »Mit jeder Menge Zaster.«

Schäfer brummte mit zerknirschtem Gesichtsausdruck: »Das kann mir leider nicht passieren. Na ja, jetzt ist er hin, der Bruno. Wer ihn wohl umgebracht hat, frage ich mich.« Er kratzte sich an der Nase. »Ein eifersüchtiger Ehemann vielleicht?«

Grimminger zuckte die Achseln. »Eifersucht? Wie im Krimi? Möglich ist das schon. Aber da gibt es ein anderes Motiv, das ich mir vorstellen könnte. Bloßstellung!«

»Bloßstellung?«, sprach Schäfer die Frage aus, die Elsa auf der Zunge brannte.

»Korn«, sagte Grimminger.

»Keinen Schnaps«, keifte Elsa, eine Spur zu hoch, wie sie fand.

»Wollte ich auch gar ...«

»Scheiße!«, schrie Schäfer und zeigte mit ausgestrecktem Arm auf etwas hinter Elsa.

Verdammt! Was sollte das? Gerade, als es spannend wurde. Was war in Schäfer gefahren? Elsa wandte sich um und sah durch die Glastüre gerade noch eine blonde Frau in der Sauna im Nebenraum verschwinden.

»Himmelarsch, wenn das nicht meine Exfrau war, scheiße ich sofort einen Haufen her«, verdeutlichte Schäfer.

Elsa sah noch einmal durch die Glasscheibe, die Saunatüre hatte sich längst geschlossen.

»Claudia?«

»Wer denn sonst?«, blaffte Schäfer sie an. »Mutter Teresa bestimmt nicht.«

Siedend heiß fielen ihr wieder das Bild und die Dessous in Bruno Schattenkirchners Ankleidezimmer ein. Der Name der Frau unter diesem Foto lautete Claudia Schäfer. Elsa hatte keine Veranlassung gesehen, dies dem Privatermittler auf die Nase zu binden, am Ende wäre er nur wieder ausgerastet. Außerdem lebte er getrennt von Claudia, was hätte ihm diese Information also gebracht?

»Und der blonde Lackaffe, den sie im Schlepptau hatte«, fuhr Schäfer fort. »Das war bestimmt dieser Arsch von Staatsanwalt. Der Henningsen. Den würde ich selbst dann erkennen, wenn er einen Taucheranzug inklusive Taucherbrille tragen würde. Ich fasse es nicht. Schleift die diesen Typen glatt in einen Swingerclub.« Er stieß einen verächtlichen Seufzer aus. »Und dazu in dieser lächerlichen Kostümierung.«

»Na, von Schleifen kann nicht die Rede sein«, widersprach Grimminger. »Der Herr Henningsen ist seit Jahren Gast in meinem Etablissement.«

»Da schau her«, sagte Schäfer. »Wer hätte das gedacht. Mal überlegen, inwieweit ich das verwenden kann«, brummte er.

»Ja, schon gut«, unterbrach ihn Elsa hastig und wandte sich dann wieder an Grimminger: »Diese Sache mit dem Bärenbruno finde ich wahnsinnig interessant. Wollten Sie nicht, ich meine, wolltest du nicht was von einem Mordmotiv erzählen?«

Grimminger nahm Schäfers Glas, stellte es in die Spüle und sagte: »Wo war ich stehen geblieben?« Er kratzte sich am Bauch. »Ach, jetzt weiß ich es wieder. Ko…« Das Telefon an der Wand läutete.

Grimminger nahm ab, hörte einen Moment zu, dann legte er auf. Mit einem Mal war alle Freundlichkeit aus seinem Gesicht verschwunden. »Entschuldigt mich bitte«, erklärte er. »Ich werde am Buffet gebraucht.« Schon eilte er davon.

Elsa sah seinem rosigen Hintern nach. Dann zischte sie Schäfer an: »Hättest du nicht ein bisschen warten können? Wenigstens zwei Minuten? Der war gerade dabei, uns eine wichtige Information mitzuteilen. Mensch, Schäfer, ein bisschen mehr Professionalität hätte ich von dir schon erwartet, meine Güte. Und da kommst du mit deiner Ex daher. Ist doch egal, dass die hier ist. Hätte ich dir schon vorher sagen können. Ihre Dessous hatte der Bruno auch in seiner Sammlung.«

»Was? Das wird immer schöner.«

»Schäfer, reiß dich zusammen. Wir sind aus einem ganz bestimmten Grund hier.«

Er starrte in die Ferne, schien ihr gar nicht zuzuhören. »Dann hat der Bärenbruno doch glatt meine Frau gevögelt.«

»Deine Exfrau«, widersprach Elsa genervt.

»Kommt ganz drauf an.«

»Auf was?«

»Ob sie vor oder nach unserer Scheidung in sein Bett gehüpft ist.« Schäfer hielt kurz inne. »Was zum Teufel…?«, knurrte er dann und rutschte von seinem Barhocker.

»Was ist jetzt schon wieder?«, fragte sie entnervt und folgte Schäfers Blick, der geradewegs durch die Glastür in den angrenzenden Raum ging. Allerdings sah Elsa nichts, was ihre Aufmerksamkeit erregt hätte.

»Schon wieder dieser Typ mit der Pfauenfeder. Das kann kein Zufall sein, wir werden beschattet.«

»Beschattet? Von wem?«

»Barack Obama, Angela Merkel, keine Ahnung. Woher soll ich das wissen? Jedenfalls habe ich diesen Pfau auf dem Parkplatz gesehen. Als ich dachte, wir werden beobachtet. Vorhin am Buffet stand er nicht weit weg von uns. Lehnte an der Kuchentheke und tat so, als würde er das Angebot mustern.«

»Vielleicht hat er das sogar. Die Kuchen sahen lecker aus.« Schäfer übertrieb mal wieder.

»Er hatte einen Teller mit Kartoffelsalat und einem Steak in der Hand, beides unberührt. Und interessierte sich für den Nachtisch?«

»Vielleicht purer Zufall?«, warf sie ein.

»Ich glaube nicht an Zufälle. Der ist auffallend oft in unserer Nähe. Aber das werden wir gleich haben, den knöpfe ich mir vor.«

»Veranstalte hier bitte keinen Trubel.«

»Keine Sorge, ich werde äußerst behutsam vorgehen.«

»Genau das befürchte ich«, murmelte sie und folgte dem Privatschnüffler durch die Glastür.

Schäfer schritt zügig durch den Saunavorraum, blieb einen Moment stehen und blickte nach rechts, wo es in den Innenbereich ging. Er ballte die Fäuste, seine Knöchel knackten, dann ging er weiter, stieß die angrenzende Tür auf, die die verheißungsvolle Aufschrift »Spieleraum« trug.

Elsa folgte ihm. Sie zog ihren Bademantel enger um sich, als sie ein halbes Dutzend nackter Männer bemerkte, die Poolbillard oder Kicker spielten. Bravo, es wurde immer irrsinniger. »Und wo ist jetzt dein ominöser Beschatter?«

Schäfer hob seine Maske, wohl, um besser sehen zu können. Sein Blick überflog kurz die Anwesenden, er schüttelte den Kopf. »Keiner von denen.«

Auch Elsa konnte keine Pfauenmaske erspähen, aus dem Augenwinkel sah sie jedoch eine Tür zufallen. Sie glaubte, eine grüne Feder bemerkte zu haben, da rief Schäfer neben ihr wie zur Bestätigung »Das war er!« und sprintete los.

Beim Versuch, mit Schäfer mitzuhalten, wäre Elsa beinahe über ihre Badeschlappen gestolpert. Hinter der Tür befand sich eine Wendeltreppe, die unten in einem gewölbeartigen Raum endete, der durch ein paar Kerzen notdürftig erhellt wurde. Elsa kniff die Augen zusammen und versuchte, die phosphoreszierende Schrift an einem Pfeiler zu entziffern. »Keller der Schmerzen«, las sie vor. »Ist in diesen Keller vorhin nicht der Hüne mit der Lederpeitsche verschwunden?«

Schäfer nickte. »Ja, aber ich glaube, das war ein anderer Eingang. In diesem Scheißlabyrinth findet sich doch kein normaler Mensch zurecht. Was mich allerdings wesentlich mehr interessieren würde: Wo ist jetzt dieser Typ mit der Pfauenmaske hin?«

Langsam bewegten sie sich vorwärts. Um sie herum waren diverse Geräte aufgebaut, die an einen mittelalterlichen Folterkeller erinnerten. Einzelheiten konnte Elsa in dem schummrigen Licht nicht ausmachen. Auch die Gestalten, die sich in den Winkeln des weitläufigen Gewölbes bewegten, waren kaum zu erkennen. Hin und wieder stöhnte jemand. Ob vor Schmerz oder Lust, war unklar.

Schäfer beugte sich zu ihr und flüsterte: »Da ist er. Da vorne, gleich neben der Streckbank.« Er packte Elsa und zog sie hinter einen mannshohen Käfig, in dem eine Gestalt im Gummianzug an die Eisenstäbe gekettet war. Ein sogenannter Sklavenkäfig.

Elsa folgte Schäfers Blick, bis sie den Pfau entdeckte, der hinter einer Streckbank inmitten allerlei von der Decke hängenden Ketten und Peitschen kniete und sich möglichst klein machte. Er drehte ihnen den Rücken zu und schien sie nicht bemerkt zu haben, da er völlig mit Spannen beschäftigt war. Nein, korrigierte Elsa sich sofort. Der Pfau lauschte einem … Streitgespräch. Denn genau das war es.

Zwischen all den Lauten, die im »Keller der Schmerzen« erklangen, war ein Streit gar nicht so leicht als solcher zu identifizieren. Aber das hier war nicht irgendein SM-Geplänkel. Das hier war echt. Zwei Männer standen sich auf der anderen Seite der Streckbank gegenüber, wobei ihre Körperhaltung nichts Gutes verhieß. Einer der beiden war Grimminger. Und der andere war … zum Teufel, Boris Ivanov, der Russe, den sie in seinem stinkenden Zuhause aufgesucht hatten.

Schäfer schien dieser Anblick ebenfalls zu überraschen, denn er knuffte Elsa in die Seite. »Mein Freund Boris war wohl der Grund für Grimmingers rasches Verschwinden eben. Die zwei scheinen sich ja besonders lieb zu haben.«

»Und wieso interessiert sich der Pfau für die beiden?«

»Mhm«, brummte Schäfer. »Gute Frage. Außerdem würde ich gerne wissen, weshalb dieser Typ auch *uns* nachschnüffelt. Irgendwas ist hier oberfaul, sage ich dir.«

»Vielleicht will er gar nichts von uns, sondern nur von Grimminger.«

»Glaube ich nicht.«

In diesem Augenblick versetzte Grimminger dem Russen eine heftige Ohrfeige, dann öffnete er rasch eine Seitentür und verschwand dahinter. Boris wollte ihm nachsetzen, doch im selben Moment sprang der Pfau auf und war mit einem Schritt bei dem Russen, auf den er wild gestikulierend einredete.

Nach einer Weile schien Boris sich zu beruhigen. Er hörte dem Pfau zu und klopfte ihm schließlich auf die Schulter.

Schäfer machte Anstalten, aus der Deckung hinter dem Käfig zu treten.

»Was tust du da?«, wollte Elsa wissen.

»Ich muss rausfinden, was hier läuft.«

»Warte! Du kannst doch da nicht einfach hingehen.« Sie versuchte, Schäfer zurückzuziehen. Doch es war schon zu spät.

Der Russe musste die Bewegung wahrgenommen und Schäfer entdeckt haben. Denn nun starrte Boris zu ihnen herüber. Auch der Pfau merkte nun auf. Er drehte sich um, erstarrte für einen Moment. Dann machte er einen Satz und sprintete los. Im nächsten Augenblick war er über eine Treppe nach oben verschwunden.

»Verdammt!«, schimpfte Elsa. Schäfers Verdacht hatte sich bestätigt. Der Mann hatte sie tatsächlich beschattet. Das ließ sein Verhalten klar erkennen. Denn warum sonst hätte der Pfau vor ihnen flüchten sollen?

Schäfer reagierte sofort und nahm die Verfolgung auf, doch Boris stellte sich ihm in den Weg. Mit der Wucht zweier Güterzüge prallten die beiden Männer aufeinander. Elsa stieß einen Schrei aus. Selbst aus dieser Entfernung war klar zu erkennen, dass Boris in aggressiver Stimmung war. Schäfer wollte an ihm vorbei, doch der Russe hielt ihn fest, pöbelte ihn an. Offenbar wusste Boris nicht, wen er vor sich hatte. Im Bademantel und mit Maske war Schäfer wohl eine andere Erscheinung, als in Lederjacke.

Die beiden rangen miteinander, Schäfer wollte mit aller Macht nach oben. Als er dem Russen einen Stoß versetzte, holte dieser prompt zum Schlag aus.

Oh nein! Elsa rannte los. Auf keinen Fall durften sie hier

irgendwie Aufsehen erregen. Aber sie hatte zu lange gezögert. Die Schlägerei war schon in vollstem Gange.

Schäfer wich dem Hieb aus, tauchte unter ihm hinweg und rammte seinerseits Boris die Faust unters Kinn. Dann setzte er mit der anderen Faust nach und zertrümmerte dem Russen das Nasenbein.

Unwillkürlich erstarrte Elsa, als sie das Knacken von Knochen hörte.

Boris taumelte gegen das Treppengeländer und presste sich die Hände vors Gesicht. Blut sprudelte zwischen seinen Fingern hervor und verteilte sich auf dem bis dato weißen Bademantel. Grob stieß Schäfer den Russen zur Seite und hastete weiter.

Elsa löste sich aus ihrer Erstarrung, drückte sich an dem wimmernden Boris vorbei und eilte die Treppe nach oben. Sie holte Schäfer ein, der sich hastig nach links und rechts umsah. Dann zeigte er mit dem Finger auf den Ausgang. »Da.«

Als sie in die angezeigte Richtung blickte, sah Elsa gerade noch einen wehenden Bademantel und eine Pfauenfeder durch die zweiflügelige Tür verschwinden. Im nächsten Moment rannte Schäfer bereits los. Hinter sich hörte Elsa Boris brüllen, eine zweite Männerstimme gesellte sich dazu. Sie glaubte, Xaver Grimminger erkannt zu haben. Im unteren Stockwerk brach Tumult aus. Geschrei und Geräusche eines Kampfes.

Einen Moment überlegte Elsa, umzukehren, beschloss dann aber, Schäfer zu folgen. Eine Stimme in ihrem Inneren gab ihr dringend zu verstehen, dass es jetzt besser wäre, den Club zu verlassen.

KAPITEL 17

»Himmelarschsakrament!«, fluchte Schäfer, als er ins Rutschen geriet und gerade noch irgendwie das Gleichgewicht halten konnte. Seine Badelatschen schlitterten über den Schotter der Parkfläche. Die Dinger waren nicht ganz, was er unter passendem Schuhwerk für eine Verfolgung verstand. Aber was sollte er machen? Glücklicherweise verfügte der Flüchtende in dieser Hinsicht über keinen Vorteil, denn auch der Mann mit der Pfauenmaske trug Schlappen. Schäfer riss seine Maske vom Kopf und warf sie zur Seite.

Hinter sich hörte er Elsas Rufe leiser werden. Sie musste selbst sehen, wie sie klarkam. Er konnte jetzt unmöglich auf die Kommissarin Rücksicht nehmen, den Verdächtigen einzuholen hatte oberste Priorität.

Sein Atem ging rasselnd, für einen Sprint war er eindeutig zu alt. Schäfer schnaufte schwer, der Pfauenträger sprang über Motorhauben und umkurvte Autos wie Slalomstangen.

Ach, Sackelzement! Bei jedem Atemzug flogen Schäfer Mücken in den Mund. Zuerst spuckte er sie aus, irgendwann schluckte er die Insekten einfach runter. Der Abstand zu dem Flüchtenden vergrößerte sich Meter um Meter. Trotzdem würde es dem Scheißkerl nicht gelingen, unbehelligt zu seinem Auto zu gelangen. Wenn der Typ überhaupt einen Schlüssel hatte, denn der lag vermutlich noch im Spind. Das zumindest hoffte Schäfer.

Er griff sich an die Seite, es begann zu stechen. Verdammt, er musste dringend an seiner Fitness arbeiten. Das rennende

Arschloch vor ihm war drauf und dran, ihn abzuhängen, sein weißer Bademantel wehte hinter ihm her wie das Cape eines Superhelden.

Schäfer entledigte sich unterdessen seines eigenen Mantels, um schneller zu werden. Der Erfolg wollte sich leider nicht einstellen. Sein Gegner hatte das Ende des Parkplatzes erreicht und brach einfach durch ein Dornengestrüpp, das als Einfassung diente.

Schäfer setzte nach und bedauerte sofort, seinen Bademantel ausgezogen zu haben. Äste, Zweige und Dornen rissen an seinen nackten Oberschenkeln und Waden. Brusthaare wurden herausgezupft wie bei der Enthaarung durch eine Thailänderin. Er biss die Zähne zusammen und schloss die Augen, als er durch das Gestrüpp stürmte.

Auf der anderen Seite fand er sich auf einer Wiese wieder, im Mondschein bemerkte er eine umzäunte Koppel und einen Stall. Seine Brust, Arme und Beine brannten, ihm blieb keine Zeit, um zu überprüfen, wie viel Haut oder Brustbehaarung ihm noch übriggeblieben war. Hastig sah er sich um, der Maskentyp lief an der Koppel entlang.

Schäfer stürmte weiter, seine Schlappen glitten ihm auf dem rutschigen Untergrund von den Füßen, er torkelte und fiel hin, schmeckte Gras und raffte sich eilig wieder auf. Die Schlappen nahm er in die Hände und sprintete weiter. Die Entfernung zum Pfau schätzte er auf bereits mehr als einhundert Meter ein.

Verdammt! Wie machte der das? Der schien keine besonders sportliche Figur zu haben, zumindest deutete das, was Schäfer bisher von dem Mann gesehen hatte, darauf hin. Eher das Gegenteil. Einen Wanst schob dieser Arsch vor sich her, aber das tat er verflixt schnell.

Links zeichneten sich mehrere große kesselförmige Gebäude

ab, die zu einer Fabrik gehörten. Die Rennenden ließen die Wiese hinter sich, gelangten auf eine geteerte Straße und liefen an den ersten Wohnhäusern vorbei.

Vor sich sah Schäfer drei ältere Männer auf den Gehweg vor einem Doppelhaus treten, bekleidet mit Latzhosen und ausgerüstet mit Angeln. Rentner auf dem Weg zum Nachtfischen. Sie starrten dem vorbeirennenden Pfau nach und schüttelten die Köpfe.

»Vorsicht!«, schrie Schäfer. »Weg freimachen.« Die Alten drehten sich erschrocken um und sprangen zur Seite, als er an ihnen vorbeieilte.

»Kruzifix«, hörte Schäfer einen der Männer hinter sich rufen. »Bleibt's halt in eurem depperten Sexclub.«

Er hob eine Hand und rief ein »Tschuldigung« zurück. Vor ihm bog der Pfau um eine Ecke. Bis Schäfer dort anlangte, war sein Gegner außer Sicht. »Scheiße, verdammte!«, fluchte der Privatdetektiv, beugte sich nach vorne und schlug mit den Handflächen auf seine Oberschenkel. In seinen Ohren rauschte das Blut.

Heftig atmend sah er sich um und begann wieder anzutraben. Rechts vor ihm war der winzige Bahnhof des Ortsteils, einige Fahrräder lehnten am Gebäude. Schäfer schnappte sich das erstbeste, das nicht abgeschlossen war, spannte die Badeschlappen auf den Gepäckhalter und schwang sich auf den Sattel. Mühsam trat er in die Pedale.

Er durchfuhr einen schmalen Tunnel, das Geräusch des Fahrrads hallte dumpf von der Betonwand wider. Schäfer folgte der Straße zu einem Kreisverkehr. Rechts von ihm ratterte ein Zug vorbei. Nicht weit entfernt leuchteten die Wachtürme des erst kürzlich eingeweihten Gablinger Gefängnisses, das am Ortsrand, direkt neben der gewaltigen Abhöranlage, errichtet worden war.

Wohin war der als Pfau maskierte Mann geflüchtet? Hatte er ihn in der Dunkelheit endgültig aus den Augen verloren, war der Typ gar in den Zug gestiegen? An die Bahngleise hatte er nicht gedacht, Schäfer biss sich vor Ärger auf die Unterlippe. Andererseits konnte der Pfau weiß Gott wo sein.

Weitere Fragen lagen ihm mindestens genauso brennend auf der Seele.

Wer war der Unbekannte?

Was wollte der Pfau von Boris Ivanov?

Wieso hatte er ihnen nachspioniert?

Woher wusste der Typ von ihrem Vorhaben, ins Nofretete zu gehen? Schon seltsam, dachte Schäfer. Den Ausflug ins Nofretete hatten er und Elsa erst in dem Restaurant beschlossen. Vor höchstens drei Stunden. Nur dieser Angelo hatte das mitbekommen. Aber der konnte doch unmöglich …?

Nein, er verwarf diesen Gedanken sogleich wieder. Trug er eine Wanze? Oder gar Elsa? Okay, jetzt mal halblang, schalt er sich selbst. Schließlich handelte es sich hier um keinen Agentenfilm.

Jemand hatte ihn oder Elsa seit längerer Zeit observiert, das war die einzig logische Erklärung. Ihr Beschatter hatte sie verfolgt und war ihnen bis in den Club gefolgt. Aber aus welchem Grund?

Während seiner Gedankengänge war Schäfer mehreren Feldwegen gefolgt. Mittlerweile war er am zwei Meter hohen Sicherheitszaun des Elefantenkäfigs angelangt, wie die beeindruckende Abhöreinrichtung im Volksmund genannt wurde. Eine riesige Antennenanlage mit mehreren Hundert Metern Durchmesser und bis zu 40 Meter hohen Antennengittern.

Früher einmal waren die Amis in dem umzäunten Gelände aktiv gewesen. Angeblich hatten sie dort zu Zeiten des Kalten Kriegs die Russen mitsamt ihren kommunistischen Partnerstaaten abgehört. Jetzt gehörten das Gelände, die verfallenen Gebäude, und die geheimnisvolle Antennenanlage dem deutschen Staat. Genaugenommen saß der BND hinter dem Stacheldraht. Was dessen Mitarbeiter dort genau trieben, war bis heute ein gut gehütetes Geheimnis. Einige Stimmen munkelten, die Amis wären immer noch in Gestalt der NSA da und würden in den Stockwerken, die unter dem Abhörposten angeblich tief ins Innere der Erde reichten, geheime Verhörtechniken anwenden. Andere vermuteten ein illegales Gefängnis der CIA.

Etwas erregte Schäfers Aufmerksamkeit. Eine blaue Feder hatte sich im Drahtgeflecht des Zauns verfangen und flatterte im Nachtwind. Der Privatermittler hielt an, stieg von seinem Fahrrad ab und warf es ins Gebüsch. Er trat ins knöchelhohe Gras, fluchte kurz auf, als er sein nacktes Schienbein an einer Brennnessel verbrannte. Mit einem großen Schritt stieg er über das Unkraut. Jetzt stand er direkt am Zaun. Er strich über die Feder. Sie war blau, schimmerte grün, als gehörte sie zu einem ... Pfau.

Hier war der Bursche also rübergeklettert. Schäfer sah nach oben und kratzte sich am kahlen Schädel, als sein Blick an den drei Bahnen Stacheldraht hängen blieb. Keinen halben Meter weiter hing ein windschiefes Schild. Die Aufschrift »Militärischer Sicherheitsbereich, Zutritt strengstens verboten!« passte zu dem verdammten Draht, dessen Spitzen ihm tief ins Fleisch schneiden würden.

Schäfer kniff die Augen zusammen, er meinte, weiter oben am Draht ein paar weiße Fusseln auszumachen. Vermutlich stammten die von dem Bademantel des Unbekannten, als der über den Zaun gestiegen war. Schäfer sah an sich herab. Hätte er seinen eigenen Bademantel bloß nicht weggeworfen! Wie sollte er dort rüberkommen, ohne sich die restliche Haut abzuziehen? Ein beträchtlicher Teil davon hing bereits an diesem scheiß Gestrüpp hinter dem Swingerclub. Da kam ihm eine Idee.

Er sah über die Schulter, ob er wirklich alleine war, dann zog er seine Shorts aus und warf sie auf das Drahtgeflecht. Brummend kletterte er am Zaun hoch, wälzte sich über den provisorischen Schutz und ließ sich auf der anderen Seite zu Boden fallen.

Er stöhnte auf, als ein stechender Schmerz durch seine Knie fuhr. Der Boden war durch den Regen der letzten Zeit zwar aufgeweicht, dennoch spürte Schäfer, dass er nicht mehr der Jüngste war. Immerhin hatten ihn die Shorts vor einer weiteren Verstümmelung bewahrt. Allerdings lag die Hose immer noch oben auf dem Zaun, fest verhakt mit dem Draht. Ergo war er jetzt barfuß und komplett nackt, aber das war nicht zu ändern.

Er sah sich einen Moment lang um, lauschte in die Nacht. Es war ganz still, bis auf das Zirpen der Grillen im Gras. Vorsichtig tastete er sich weiter vor, um ihn herum nichts als Dunkelheit, er erkannte nur Schemen in der Nähe. Buchen und Birken, jede Menge davon, sie verdeckten den Mond und nahmen Schäfer so das letzte Licht. Ein richtiger Wald war das, in dem er stand. Als Blick- und Sichtschutz vor Jahrzehnten angelegt und fast undurchdringlich. Vor allem bei Nacht. Was machte er hier eigentlich? Dachte er wirklich, den Unbekannten ausfindig und vor allem dingfest machen zu können?

Er nickte. Genau das hatte er vor.

Dass hier Überwachungskameras installiert waren, hielt Schäfer für relativ unwahrscheinlich. Zumindest auf diesem Teil des Geländes. Vielleicht etwas weiter hinten, da, wo noch einigermaßen erhaltene Gebäude standen. Aber hier gab es seines Wissens nach nur verfallene Hütten und Häuser, die seit

Jahren nicht mehr verwendet wurden. Bestimmt waren die Kameras längst abgebaut – falls es jemals welche gegeben hatte. Anders sah das vielleicht am Haupteingang aus, wo das Wachhäuschen lag und die eigentliche Antennenstation.

Hatte sich der Pfau tatsächlich irgendwo in diesem Dickicht versteckt, wollte er abwarten, bis Schäfer die Verfolgung aufgeben würde? Tja, da hatte der Typ die Rechnung ohne den Wirt gemacht, Schäfers Ehrgeiz war geweckt. Er musste wissen, was dieser Kerl von ihm und Elsa wollte. Langsam schlich er vorwärts. Als es unter seinen Füßen knackte, hielt er inne. Ob die Amis so verrückt gewesen waren, hier Tretminen zu vergraben?

Nein, so bescheuert waren die niemals. Es knackte wieder unter seinen Füßen. Oder etwa doch? Nein, er war auf einen Zweig getreten. Erleichtert atmete er auf.

Rechts von ihm ragte ein Gebäude auf, ziemlich groß und teilweise verfallen. Wie aus einem Horrorfilm. Er vermutete eine alte Fahrzeughalle, in der die Amerikaner damals ihre Jeeps und Lkws verwahrt hatten. Langsam, Schritt für Schritt pirschte Schäfer sich vor.

Die Grashalme kitzelten ihn zwischen den Zehen. In der Ferne, irgendwo links, nicht weit vom Zaun entfernt, war ein Bikerclub beheimatet. Er hörte entferntes Lachen und Grölen, der Schein einer Laterne von dort drüben schien schwach herüber. Immerhin diente ihm das als kleine Orientierung, zusammen mit dem Mondlicht, das jetzt öfters durch die Bäume blitzte. Als er die Halle erreicht hatte, legte er eine Hand an das Gemäuer. Kalter Stein ließ ihn zusammenzucken. Er tappte weiter bis zur Ecke des Gebäudes, verharrte kurz und streckte seinen Kopf vor, um zu sehen, ob die Luft rein war.

Was nicht der Fall war!

Ein Schaufelblatt flog auf ihn zu.

Schäfer konnte nicht mehr ausweichen oder seine Arme nach oben reißen. Das Metall knallte mit einem dumpfen Schlag gegen seine Stirn, er ging zu Boden wie George Foreman gegen Muhammad Ali beim Rungle in the Jungle.

Hilflos wie eine Schildkröte lag er auf dem Rücken und kämpfte mit der Bewusstlosigkeit. Über ihm leuchteten Sterne. Und zwar ganz schön viele. Nach ein paar Sekunden wurde ihm klar, dass er gerade den großen Wagen anstarrte, in einem wolkenlosen Nachthimmel, und nicht die Sterne, die vor seinem inneren Auge schwirrten.

Bäume wogten hin und her, Blätter rauschten. Oder war das ein Tinnitus in seinen Ohren nach dem hinterhältigen Schlag?

Mühsam raffte er sich auf und kam torkelnd auf die Beine. Er stützte sich an der Hallenmauer ab, sonst wäre er umgefallen. Während es in seinem Kopf dröhnte, suchte er mit seinen Blicken die Nacht ab. Aus der Halle drang ein dumpfes Geräusch, Schäfer wankte weiter.

Wie ihm Claudia, seine Exfrau, immer wieder sagte, war er ein echter Dickkopf. Doch sein Betonschädel kam ihm jetzt zugute. Schäfer schüttelte sich zweimal, dann fühlte er sich wieder einigermaßen fit. Als er an einem Fenster vorbeikam, dessen Scheibe offenbar bereits vor Jahren herausgefallen war, kletterte er kurzerhand ins Innere.

Durch das halb eingefallene Dach schimmerte der Mond. Ein ausgeschlachteter Lkw war in dem silbernen Licht erkennbar. Plötzlich hörte Schäfer ein leises Surren. Wieder rauschte die Schaufel durch die Luft auf seinen Kopf zu. Diesmal war er allerdings vorbereitet. Mit einer schnellen Bewegung zur Seite wich er der Attacke aus.

Das Schaufelblatt sauste auf den Hallenboden, Funken stoben auf. Schäfer trat mit dem Fuß auf den Stiel, der sich krachend vom Schaufelblatt trennte. Sein Gegner stieß einen Fluch aus und griff nach dem abgebrochenen Stiel, um damit wie ein Wilder auf Schäfer einzudreschen.

Reflexartig hob Schäfer die Arme. Während die Schläge auf ihn herabprasselten, teilte er aus der Deckung mehrere Hiebe aus und versuchte, den Schaufelstiel zu packen. Doch es gelang ihm nicht. Stattdessen wurde er zurückgedrängt. Im Mondlicht war deutlich die Pfauenmaske zu erkennen, die sein Gegner noch immer trug. Als der Mann zu einem weiteren Schlag ausholte, streckte Schäfer den Arm aus und griff nach der Maske. Diesen Versuch büßte er jedoch mit einem heftigen Schlag auf den Handknöchel. Er schrie auf, machte einen Schritt rückwärts.

Und trat ins Leere!

In der letzten Sekunde begann er heftig mit den Armen zu rudern. Doch es nützte nichts. Er fiel.

Fiel mit einem derben Fluch auf den Lippen. Und landete mit dem Rücken auf … etwas Weichem. Glücklicherweise! Über ihm tauchte das Gesicht seines Gegners auf. Die Augen hinter der Maske leuchteten, der Mund verzog sich zu einem Grinsen, dann verschwand der Pfau.

Während die Schritte des Mannes in der Ferne verklangen, rollte sich Schäfer auf den Bauch, streckte die Hände aus und tastete seine Umgebung ab. Okay, offenbar lag er auf mehreren zusammengerollten Planen und einigen alten Säcken. Er richtete sich auf und betastete die Wände der Grube, in die er gestürzt war. Es handelte sich um eine Montagegrube, in die Mechaniker stiegen, um die Unterseite der Fahrzeuge zu kontrollieren und zu reparieren.

»Verfickte Scheiße!«, fluchte Schäfer.

Hundegekläff drang an seine Ohren, erst weiter weg, dann kam es immer näher.

»Mist! Jetzt taucht auch noch die Wachmannschaft auf. Prima!« Er drehte sich im Kreis, wusste einen Augenblick lang nicht wohin, bis er die kleine Stiege bemerkte, mit deren Hilfe er aus der Autogrube kletterte. Durch ein Fenster sah er die Umrisse zweier Wachmänner, die gerade zwei Schäferhunde von der Leine ließen. Höchstens einhundert Meter entfernt.

Er wandte sich um, sprang durch ein Fenster auf der anderen Seite ins Freie und rannte mit zusammengebissenen Zähnen an der ehemaligen Fahrzeughalle entlang, vorbei an Sträuchern und Bäumen in Richtung Zaun. Hinter sich hörte er das Fletschen von Hundezähnen, die nicht mehr weit entfernt waren. Verzweifelt suchte er den Zaun ab, bis er endlich seine Shorts entdeckte und hakenschlagend direkt darauf zulief.

Schäfer nahm seine letzte Kraft zusammen, machte einen Satz und sprang nach oben, seine Finger krallten sich in die Shorts, er schwang die Beine auf die andere Seite, und rollte sich über den behelfsmäßigen Schutz. Gerade noch rechtzeitig, denn schon schlossen sich die Kiefer des ersten Hundes an der Stelle, an der kurz zuvor sein linker Fuß gebaumelt hatte. Er ließ sich nach unten gleiten, griff im Fallen nach den Shorts und machte eine Rolle vorwärts.

Neben ihm kam ein Wagen mit quietschenden Reifen zu stehen. Die Beifahrertüre wurde aufgestoßen. Elsas Gesicht grinste ihn vom Fahrersitz aus an. »Komm mit mir, wenn du leben willst.«

»Bist wohl ein Kinofan«, stellte er fest, schlüpfte auf einem Bein hüpfend in die Shorts und quetschte sich auf den Sitz. Mit einem Seufzer schloss er die Türe, während Elsa bereits Gas gab und davonbrauste.

»Entschuldige, aber der Spruch hat sich gerade eben angeboten.« Sie deutete auf seine Hose. »Übrigens, ich habe nix gesehen.«

»Komisch«, gab er zurück. »Bei dieser Größe eigentlich unmöglich.«

Die Kommissarin schüttelte den Kopf. »Typisch Schäfer.«

Er lehnte den Kopf an die Rückenlehne. »Bevor ich es vergesse. Danke!«

»Ich nehme an, du hast ihn nicht erwischt?«

Er rieb über seine Stirn, fühlte eine Beule, die schnell anschwoll. »Nein, leider nicht. Aber er mich. Wo fährst du hin? Wir müssen zurück zum Club, nach seinem Wagen suchen, auf ihn warten, bis er zurückkommt.«

»Lieber nicht.« Elsa deutete mit dem Finger nach vorne.

Schäfer folgte ihrer Bewegung und sah Blaulichter, die näher kamen. Elsa verlangsamte das Tempo. Mehrere Streifenwagen fuhren an ihnen vorbei, außerdem ein Rettungswagen.

Auf seinen fragenden Blick zuckte sie mit den Schultern. »Genaues weiß ich nicht. Ich tippe auf Boris, der nach deiner Attacke ausgeflippt ist. Ich habe ihn toben hören, bevor ich dir nachgerannt bin. Auf dem Parkplatz habe ich umgedreht und bin zurück, weil ich wusste, euch beide hole ich niemals ein. Als ich wieder im Club war, herrschte dort ein großer Tumult. Eine Massenschlägerei, zumindest ist mir das so vorgekommen. In diesem Chaos habe ich meine Sachen geholt, deine übrigens auch. Dann habe ich mich verdrückt und bin zum Auto gelaufen. Ich bin rumgefahren und habe nach dir gesucht, und irgendwann bist du von dem Zaun gefallen.«

»Gut, dass du da warst. Aber das ist echt Mist mit dem Club. Der flüchtige Pfauenkopf, nach dem hätten wir uns noch erkundigen können.«

»Tja, daraus wird wohl nichts. Ein Großaufgebot der Polizei ist dorthin unterwegs. Nur gut, dass mich keiner erkannt hat. Hoffe ich zumindest.«

»Aber was ist denn in diesem Scheißclub passiert? Ich habe doch gar nichts gemacht«, verteidigte Schäfer sich. »Das war Notwehr.«

»Mag sein. Aber du kennst doch den Schmetterlingseffekt. Irgendwas hast du ausgelöst.«

»Mhm«, brummte er. »Stimmt. Oft beginnt der größte Schlamassel mit einer Kleinigkeit.«

KAPITEL 18

Elsa lauschte nur mit halbem Ohr der Morgenbesprechung der Mordkommission. Ihre Gedanken kreisten immer noch um die letzte Nacht und drifteten dauernd ab. Grund für ihre Unkonzentriertheit war die Müdigkeit, die an ihr nagte. Sie war erst in den frühen Morgenstunden total erledigt ins Bett gesunken und saß bereits wenige Stunden später wieder im Polizeipräsidium.

Schäfers und ihre geheime Mission im Nofretete war mit mehr Fragen zu Ende gegangen, als sie anfangs gehabt hatten. Ihr Ziel war es gewesen, die Identität des Wäschemanns, und damit des Hauptverdächtigen im Mordfall Schattenkirchner, zu lüften. Stattdessen hatten sie bemerkt, dass sie beschattet wurden. Nur war der Mann mit der Pfauenmaske leider entkommen. Wieso er es auf sie und Schäfer abgesehen hatte, und seit wann er an ihren Fersen klebte, war ein Rätsel geblieben.

Zu allem Überfluss durfte sie mit niemandem über diesen Ausflug sprechen, der alles andere als üblich war für eine Mordermittlerin. Sie saß zwischen allen Stühlen. Wieder einmal.

Glücklicherweise hatte sie diese dämliche Maske getragen, dadurch war sie hoffentlich unkenntlich gewesen für die anderen Gäste. Niemand wusste, dass sie gestern in diesem Etablissement war, und dieses Geheimnis sollte besser eines bleiben. Das wäre sicher verträglicher für ihre Karriere. Der einzige Mitwisser – Sven Schäfer – konnte hoffentlich dieses Geheimnis für sich behalten.

Ausgerechnet gestern war dann auch noch die Augsburger Polizei in den Laden gekommen. Nicht wegen einer Razzia, sondern wegen einer blöden Massenschlägerei. Über die Randale hatte sogar heute Morgen das Lokalradio berichtet. Eine handfeste Auseinandersetzung, und das ausgerechnet in einem Swingerclub, das gab es schließlich nicht jeden Tag. Mehrere Verletzte hatte es gegeben, einer sogar schwerer, dem hatte jemand mit dem Bierglas einen Scheitel gezogen.

Verdammt! Sie schalt sich für diesen Alleingang, der alles war, nur nicht professionell. Zweifel nagten an ihr, ob sie wirklich in die Mordkommission passte. Diesen Gedanken schob sie allerdings rasch beiseite. Natürlich hatte sie es drauf, als Mordermittlerin zu arbeiten. Manchmal gehört einfach unkonventionelles Verhalten dazu, zumindest redete sie sich das ein. Der Abend hätte schließlich ganz anders verlaufen können.

»... dann darf ich einmal kurz zusammenfassen«, drang Gronaus Stimme zu ihr durch und beendete ihre Grübelei. »Die Befragung der Nachbarn von Bruno Schattenkirchner hat nichts Wesentliches erbracht. Keiner der Befragten hat den Täter gesehen, etwas gehört oder kann sonst eine Information beitragen, die uns weiterhilft. Dass Bruno Schattenkirchner ein ziemlicher Schwerenöter war, wussten wir längst. Dass jede Menge Frauen sein Anwesen betreten haben, ist daher keine allzu große Neuigkeit. Das wird noch eine ziemliche Detailarbeit werden, diese Identitäten zu ermitteln. Schließlich sollten wir möglichst alle seiner Bekanntschaften mal befragt haben.« Er wandte sich an Elsa. »Apropos Bekanntschaften. Hast du schon Namen zu den Bildern aus seinem begehbaren Trophäenschrank?«

Sie hüstelte. »Da bin ich dran und hoffe, bald die ersten Ergebnisse vorzuweisen.« Das war eine mehr als vage Erwiderung.

Gronau runzelte die Stirn und öffnete den Mund, um etwas hinzuzufügen, da wurde die Türe aufgerissen.

Alle Augenpaare richteten sich abrupt auf Carmen Holler, die in den Besprechungsraum stürmte, die Türklinke knallte gegen die Wand, hinterließ dort einen dunklen Abdruck und federte zurück. Carmen wedelte mit einem Computerausdruck und rief: »Ich hab ihn, ich hab ihn!«

»Wen hast du?«, fragte Gronau, seine Stimme klang ruhig. Dennoch hörte Elsa die Anspannung in der Tonlage.

»Na, den Fingerabdruck aus der Wohnung vom Bärenbruno. Den vom Fenster.«

Stimmengewirr erhob sich, schwoll immer weiter an, bis Gronau schließlich mit der Faust auf den Tisch hieb. »Ruhe jetzt, verflixt noch mal!« Es dauerte eine Weile, bis der letzte der Kollegen seinen Mund hielt. Gronau nickte Carmen auffordernd zu.

Die Kriminaltechnikerin ließ sich nicht lange bitten. »Gestern Nacht war die halbe Augsburger Schutzpolizei in Gablingen in diesem Club.«

»Was für ein Club?«, wollte einer der Ermittler wissen.

Himmel! Elsa zog unwillkürlich die Schultern ein. Sie wusste ganz genau, welches Etablissement gemeint war.

»Jetzt lasst sie halt mal ausreden«, fuhr Gronau auf, dessen Geduld offenbar bald ausgereizt war.

»Das Nofretete meine ich. Habt ihr das noch gar nicht gewusst? Ist im Radio gekommen, und im nächtlichen Lagebericht steht es auch drin.«

»Wir haben gerade einen Mordfall zu lösen, der Lagebericht der letzten Nacht hat nicht gerade oberste Priorität«, erklärte Gronau.

»In diesem Fall sollte er es aber haben. Oberste Priorität, meine ich. Aus irgendeinem Anlass, den keiner mehr nachvollziehen kann, oder über den niemand sprechen möchte, ist es gestern ordentlich zur Sache gegangen im Nofretete. Und ich meine das jetzt nicht im sexuellen Sinne, wenn ihr versteht.« Carmen sah in die Runde, klimperte mit den Augenwimpern. »Es gab wohl irgendwelche Probleme im zwischenmenschlichen Bereich. Zuerst haben sich nur zwei ordentlich verdroschen. Dann haben sich immer mehr Gäste eingemischt, bis sich der ganze Trubel auf den Parkplatz verlagert hat. Lauter nackte und halbnackte Mannsbilder haben sich geschlagen. Ein paar Frauen sollen auch dabei gewesen sein. Eigentlich sind nur Fäuste eingesetzt worden. Doch einer hat gemeint, mit einem Bierglas zuhauen zu müssen. Den haben die Kollegen in die Haftzelle ins Präsidium gefahren. Zur Abkühlung des aggressiven Gemüts sozusagen. Den Großteil der Schlägerei bearbeiten die vom Revier in Gersthofen, die sind zuständig für Gablingen. Aber die Sache mit dem Bierglas, da hat der Kriminaldauerdienst in der Nacht die Ermittlungen übernommen, weil nicht klar war, ob da Tötungsabsicht mit im Spiel war, so wie der zugehauen hat. Ein Stück vom Glas steckte knapp unterhalb des Auges im Fleisch. Also im Fleisch des Opfers, meine ich. Ein Zentimeter weiter oben«, Carmen machte mit dem Zeigefinger eine Korkenzieherbewegung, »und der Augapfel wäre getroffen worden. Der Staatsanwalt geht aber nur von gefährlicher Körperverletzung aus, eine Tötungsabsicht kann seiner Meinung nach nicht nachgewiesen werden. Eigentlich müsste bei dir, Niklas, der Bericht des aufnehmenden Beamten auf dem Tisch liegen. Ihr bekommt doch immer die Lagemeldungen des KDD von den Fällen der Nachtschicht.«

»Jaja«, grummelte der Leiter der Mordkommission. »Wahrscheinlich, aber gelesen habe ich ihn nicht. Wäre schon noch gekommen, irgendwann heute Vormittag, sobald ich Zeit gehabt hätte für so was. Wenn du mich, beziehungsweise uns, jetzt aufklären würdest, was am Ende rausgekommen ist bei dieser Schlägerei, wäre ich dir dankbar.«

»Also gut. Der Staatsanwalt hat keine Tötungsabsicht erkannt und auch keine anderen Haftgründe. Deshalb hat er angeordnet, den Mann wieder auf freien Fuß zu setzen. Also den Mann mit dem Bierglas. Da die Kollegen vom KDD in der Nacht aber einen versuchten Totschlag nicht ausschließen konnten, haben sie den Mann bis zur Weisung des Staatsanwaltes bereits erkennungsdienstlich behandelt. Der Täter war bisher noch nie in seinem Leben vor dem Polizeifotografen gelandet. War immer harmlos bis jetzt, hat nie was mit dem Gesetz zu tun gehabt, also mit dem Brechen desselbigen. Leider hat in der Nacht der Server einen Totalausfall gehabt, deshalb konnten die Fingerabdrücke des Verdächtigen erst heute Morgen ins System eingespeist werden. Vor einer knappen Viertelstunde ist das Ergebnis vom Bundeskriminalamt gekommen. Die Fingerabdrücke des Festgenommenen passen zu denen in Schattenkirchners Villa. Denjenigen Abdrücken, die bereits an einem der Tatorte des Wäschemanns festgestellt und dem Sextäter zugeordnet werden konnten.«

»Ach was!«, entfuhr es Gronau.

»Genau«, stimmte Carmen zu. »Ihr wisst, was das bedeutet.«

»Bingo!«, triumphierte Valentin Häusler, der neben Elsa saß und die Faust in die Höhe reckte. »Das ist dann wohl unser Mann. Er hat den Bärenbruno auf dem Gewissen.«

»Hat der Verdächtige einen Namen?«, wollte Gronau wissen.

Carmen nickte. »Natürlich. Sein Name lautet Xaver Grimminger, er ist der Chef des Swingerclubs. Na, was sagt ihr?«

Elsa glaubte, nicht richtig gehört zu haben. Grimminger,

mit dem sie und Schäfer an der Bar gesprochen hatten? Dieser nackte Typ mit den roten Haaren und dem Schnauzer, der sollte der Wäschemann und auch noch der Mörder von Bruno Schattenkirchner sein? Sie sank in ihrem Stuhl zurück und ließ die Arme auf die Lehnen sinken. Verdammt, Schäfer und sie hatten dem Täter gegenübergesessen. Oder zumindest dem Hauptverdächtigen. Hätte sie bei dem Gespräch etwas bemerken müssen? Hatte Grimminger irgendetwas gesagt, was ihr entgangen war?

Gronau sprang auf. »Und du willst sagen, der saß heute Nacht in einer Zelle in unserem Präsidium. Im Keller?«

»Genau.« Carmen nickte.

»Und jetzt nicht mehr? Weil ihn der Staatsanwalt auf freien Fuß gesetzt hat?«

»Korrekt«, stellte Carmen fest.

»Scheiße!«, riefen Elsa, Gronau und der Rest der Mordkommission im Chor.

Gronau klopfte im Stehen mit den Knöcheln der linken Faust auf den Tisch. »Willi, du rufst die Leitende Oberstaatsanwältin an, erklärst ihr alles und sagst, dass wir auf dem Weg zu diesem Grimminger sind. Sie soll einen Haftbefehl beim Amtsgericht beantragen. Von mir aus mündlich, das reicht fürs Erste. Ich setze mich gleich mal mit der Einsatzzentrale in Verbindung und lasse ein paar Streifenwagen in den Club nach Gablingen schicken. Für den Fall, dass Grimminger nach seiner Entlassung dorthin gefahren ist.«

Gronau beugte seinen Oberkörper vor, legte beide Hände flach auf die Arbeitsplatte und sah an den Kollegen vorbei aus dem Fenster. Er schien den Hotelturm zu fixieren, der in der Luftlinie fünfhundert Meter entfernt in die Höhe wuchs. »Wahrscheinlicher aber ist, dass Grimminger nach ein paar Stunden in der Haftzelle nach Hause gefahren ist. Und genau da will ich höchstpersönlich hin. Um ihn wegen dringenden Mordverdachts zum Nachteil Bruno Schattenkirchners zu verhaften. Ich nehme drei Mann von uns mit, dazu noch vier Uniformierte, die das Gebäude umstellen. Verdammt, ich weiß nicht einmal, wo unser Mann überhaupt wohnt. Kann mir das einer sagen?« Er sah Häusler an, der den Kopf schüttelte, dann Elsa, die mit den Schultern zuckte.

»Im Lechviertel«, antwortete Carmen und nannte die genaue Adresse in der Altstadt.

»Das ist nicht weit weg vom letzten Opfer des Wäschemannes«, erklärte Elsa. »Eine Frau Kunz. Die Häuser sind überschaubar. Ich war erst kürzlich dort, ich kenne die Gegend.« Sie sah Gronau erwartungsvoll an.

»Also gut.« Er nickte und schien zu verstehen, was Elsa damit ausdrücken wollte. »Ich nehme drei Mann von uns mit. Und eine Frau.«

»Und ich?«, fragte Häusler.

»Du hältst mit den anderen hier die Stellung«, gab Gronau zurück.

Häusler lag eine Erwiderung auf der Zunge, das spürte Elsa, doch der Oberkommissar hielt sich zurück. Immerhin war er nicht der einzige Ermittler, der zurückbleiben musste. Aber sie sah ihm an, dass er es ihr missgönnte, bei der Verhaftung dabei zu sein. Elsa freute sich dagegen über den Vertrauensbeweis von Gronau und empfand eine gewisse Genugtuung gegenüber Häusler und den anderen Kollegen der Mordkommission. Denn nicht nur Häusler durfte nicht mit, auch einige andere etablierte Beamte mussten zurückbleiben. Ein Grummeln lag in der Luft, das Gronau jedoch in der augenblicklichen Hektik gar nicht wahrzunehmen schien. Zott schien sich nicht daran zu stören, er zeigte ihr sogar den ausgestreckten Daumen.

»Wie heißt eigentlich derjenige, den Grimminger gestern mit dem Glas verletzt hat?«, wollte Elsa von Carmen wissen. Sie wunderte sich, dass das noch niemand gefragt hatte.

»Das ist ein guter Kunde von uns. Heißt Boris Ivanov, ein Schwerkrimineller.«

Elsa schluckte und erinnerte sich an das gestrige Zusammentreffen von Schäfer mit ebendiesem Boris. Schäfer, was hast du mit deiner Attacke auf den Russen bloß für eine Lawine losgetreten, dachte sie. Irgendwie blöd, dass niemand erfahren durfte, wer in Wahrheit dafür gesorgt hatte, dass die Identität des Wäschemanns aufgedeckt werden konnte. Obwohl es natürlich pures Glück war, dass Schäfers Schlägerei am Ende zu solchen Ergebnissen geführt hatte. Aber dem Privatschnüffler war dieser Erfolg zu verdanken. Zumindest indirekt. Irgendwie jedenfalls. Ohne Schäfer keine Keilerei, ohne Keilerei keine Festnahme Grimmingers. Und ohne diese Festnahme keine Aufnahme der Fingerabdrücke Grimmingers in den polizeilichen Datenbestand.

Eine Stunde später war Grimmingers Privatadresse im Augsburger Lechviertel von vier Streifenpolizisten umstellt. Für den Fall eines Fluchtversuchs durch ein Fenster. Ein Sprung aus dem zweiten Stock war zwar gefährlich, aber durchaus machbar. Vor allem, da direkt hinter dem Haus einer der Lechkanäle vorbeiplätscherte.

Es handelte sich um ein Wohnhaus, in dem laut Einwohnerdatenbank vier Parteien gemeldet waren. Nur eine Querstraße weiter wohnte Frau Kunz, die blonde Sexbombe, das letzte Opfer des Wäschemannes.

Im Treppenhaus oberhalb von Grimmingers Wohnungstür postierte sich ein kräftiger Kripobeamter. Gronau und zwei weitere Männer der Mordkommission bezogen mit gezogenen Waffen vor der Wohnungstür Stellung, während Elsa einen Absatz unterhalb wartete.

Ihre Hand ruhte auf der Heckler & Koch P7. Das kalte Metall der Dienstwaffe auf ihrer Haut beruhigte sie. Sie spürte, wie ihre Schläfen pochten. Eine Täterfestnahme sorgte immer für Adrenalinausstöße, auch nach jahrelanger Diensterfahrung. Und bei einem Mordverdächtigen rauschte das Adrenalin noch stärker durch die Adern als sonst.

Während der Anfahrt hatte Gronau über sein Handy die Bestätigung des Haftbefehles erhalten. Mündlich. Eine schriftliche Ausfertigung wurde gerade erstellt und in Kürze der Dienststelle zugefaxt. Damit war das Rechtliche soweit erledigt. Über Funk meldeten sich die Polizeikräfte aus Gablingen. Sie hatten Grimminger nicht angetroffen. Damit erhöhte sich die Wahrscheinlichkeit, ihn in seinem Zuhause im Lechviertel anzutreffen.

Was die Festnahme betraf, hatte Gronau beschlossen, auf Spezialkräfte zu verzichten. Er stufte Grimminger zwar als gefährlich ein, aber nicht so sehr, dass sie nicht mit ihm fertig werden konnten. Schließlich hatte er den Bärenbruno *bloß* erdrosselt, wie er meinte. Nicht erschlagen und schon gar nicht zerstückelt. Und Schusswaffen besaß er keine, zumindest laut Datenbestand der Augsburger Stadtverwaltung.

Was zwar nach Elsas Meinung nichts heißen musste; eine Waffe illegal zu erwerben, war auch in Augsburg kein Ding der Unmöglichkeit. Und seine Gewalttätigkeit hatte Grimminger letzte Nacht im Nofretete eindrucksvoll bewiesen, als er dem kräftigen Boris Ivanov ein Bierglas um ein Haar ins Auge getrieben hätte. Es war also Vorsicht geboten. Allerdings wollte sie keinesfalls belehrend auftreten, das hätte man ihr möglicherweise übelgenommen. Wo man sie doch immerhin mitgenommen hatte zur Verhaftung des Tatverdächtigen.

Der Chef der Mordkommission klingelte. Als sich nichts rührte, klingelte Gronau ein zweites, drittes und viertes Mal. Er hämmerte mit der linken Faust gegen das Türblatt, in der rechten hielt er seine Pistole, die mit dem Lauf auf den Boden zielte.

Im Erdgeschoss öffnete sich eine Tür, ein Mann um die 40 trat auf den Gang, blickte Elsa zornig an. Sie deutete mit dem Kinn auf ihre Pistole. Der Mann schluckte und verschwand eilig in seiner Wohnung.

Gronau rief unterdessen: »Herr Grimminger, hier ist die Kriminalpolizei Augsburg, machen Sie die Tür auf. Wir müssen mit Ihnen reden.« Wieder kam keine Antwort. »Grimminger, wir haben einen Haftbefehl gegen Sie. Öffnen Sie, sonst brechen wir die Tür auf.«

Nachdem auch nach zwei weiteren Aufforderungen Stille herrschte, nickte ihr Gronau kurz zu, woraufhin sie ein paar Stufen nach unten lief und dem einen Absatz unter ihr wartenden Feuerwehrmann ein Zeichen gab. Vorsorglich hatte Gronau einen Spezialisten mitgebracht, für genau diesen Fall.

Der Feuerwehrler zwängte sich an Elsa vorbei, die Holztreppe knarrte unter seinen Sicherheitsstiefeln. Er kniete sich neben die Eingangstür, holte aus seinem Koffer das Werkzeug und öffnete Grimmingers Tür innerhalb von zehn Sekunden. Mit einem unsicheren Blick auf die gezückten Waffen der Polizeibeamten trat er rasch den Rückzug an, dabei murmelte er einen leisen Gruß.

Gronau stieß die Tür auf. Zusammen mit den zwei anderen Beamten betrat er die Wohnung, während der dritte Kripobeamte weiterhin Posten auf dem oberen Treppenabsatz hielt. Elsa folgte in einem Abstand von wenigen Metern. Sie hörte die Kollegen mehrmals »Polizei!« rufen und »Zimmer sauber!«

Während Elsa weiterging, schaute sie in die bereits durchsuchten Zimmer. Die Wohnung schien ordentlich in Schuss zu sein, aufgeräumt und sauber. Im Wohnzimmer erhaschte Elsa durch das offen stehende Fenster einen Blick auf den Lechkanal, der gluckernd vorbeirauschte. Das Hochwasser machte sich auch in der Altstadt bemerkbar, der Wasserstand war ziemlich hoch.

»Halt! Hier ist etwas. Ach du Scheiße!« Aufgeregte Stimmen drangen an ihr Ohr, sie kamen aus dem angrenzenden Zimmer.

Elsa machte einen raschen Schritt, sie erhaschte einen Blick auf ein Bett, vermutlich das Schlafzimmer. Gronaus Rücken verdeckte den Rest. Der Chef der Mordkommission drehte sich zu ihr um. »Ruf sofort die Spurensicherung, wir haben eine Leiche!«

KAPITEL 19

»Paps, wie kaputt siehst du denn aus?«

»Dir auch einen guten Morgen«, begrüßte Schäfer seine Tochter, schlurfte zum Wasserkocher, füllte das Ding und schaltete es ein. Während das Wasser erhitzt wurde, holte er eine Tasse aus dem Wandschrank und gab einen Teebeutel mit Pfefferminzgeschmack hinein. »Bin wo gegengelaufen«, antwortete er mit einiger Verspätung, sein Denkapparat lief um sieben Uhr morgens auf Energiesparmodus. Da er in Gegenwart seiner Tochter nicht bis spät in den Tag hinein schlafen wollte, versuchte er neuerdings, gleichzeitig mit Hannah aufzustehen. Was ihm nicht leichtfiel nach dieser Nacht im Swingerclub und der unglücklichen Verfolgungsjagd. Wenn er wenigstens den Flüchtenden erwischt hätte.

Aber nein!

Entkommen war der. Ausgerechnet ihm, Sven Schäfer höchstpersönlich. Wie hatte so was nur passieren können? Wurde er langsam wirklich zu alt für diese Scheiße? Das Wasser blubberte, Schäfer goss es in die Tasse. Dann ließ er den Teebeutel kreisen und beobachtete, wie sich das Wasser dunkel färbte. Pfefferminzgeruch erfüllte die Küche.

»Warst du wieder in eine Prügelei verwickelt?«, wollte Hannah wissen und biss in ein Marmeladenbrot, während sie mit irgendetwas unter dem Tisch hantierte.

»Was heißt hier schon wieder?«

»Irgendwie passiert dir das öfter.« Sie deutete auf seinen Kopf. »Du siehst aus wie ein Einhorn.«

Er fasste sich an die Stirn und zuckte vor Schmerz zusammen. »Verdammt!« Seine Finger glitten über eine riesige Beule. Das Teil musste über Nacht beträchtlich gewachsen sein, denn als er gestern zu Bett gegangen war, hatte er zwar Kopfschmerzen gehabt, aber kein Horn auf dem Kopf. Höchstens ein Hörnchen. Er schob zwei Brote in den Toaster.

»Ich bin …«, er hielt inne. Den Tag gleich mit einer Lüge gegenüber Hannah zu beginnen, fand er nicht sehr prickelnd. Deshalb entschloss er sich zur Wahrheit. »Ich habe gestern jemanden verfolgt und mich dabei nicht sonderlich geschickt angestellt. Daher habe ich mit einer Schaufel eine auf die Rübe bekommen. Das war die Kurzfassung.«

»Und die Langfassung?«

»Ist FSK 18.« Er zwinkerte ihr zu. »Und du bist erst siebzehn.«

»Schon gut.«

Hannah wirkte leicht abwesend, was Schäfer verwunderte. Normalerweise war seine Tochter neugieriger. Sie blickte verstohlen nach unten. War das ihr Handy?

»Ich dachte, dein Handy ist kaputt?«

»Was?« Sie sah ihn verwirrt an, dann klärte sich ihr Blick. »Ach ja, klar. Es hat immer wieder Aussetzer, manchmal geht es, dann wieder nicht.« Sie widmete ihm jetzt ihre volle Aufmerksamkeit. »Hauptsache, du liegst nicht im Krankenhaus. Wo ich gerade erst eingezogen bin bei dir.«

»Hat sich der Stalker wieder bei dir gerührt?«

Hannah umklammerte ihre Tasse, sie schaute zu Boden.

Anscheinend machte ihr die Geschichte mehr zu schaffen, als er gedacht hatte. »Keine Sorge«, sprach Schäfer ihr Mut zu. »Den Scheißkerl erwische ich bald.«

»Schon möglich.«

»Nicht möglich, sondern sicher. Du brauchst keine Angst zu haben.«

»Ach Paps, das ist es nicht.«

»Was ist es dann?«

Der Toaster klickte, die beiden Scheiben hüpften fast aus dem Gerät. Schäfer runzelte die Stirn, als er die schwarz verfärbten Teile musterte. Er ließ sie im Toaster stecken und setzte sich zu Hannah an den Küchentisch.

Sie schob ihm den Brotkorb zu.

»Nein, danke. Mir brummt der Schädel, ich brauch erst zwei Aspirin. Dann gebe ich dem Toaster eine zweite Chance.«

»Kein Aspirin auf nüchternen Magen«, belehrte ihn seine Tochter.

»Mhm«, brummte er, nahm eine Scheibe Brot und griff nach dem Honig. Ein Glas Orangensaft stand ebenfalls auf dem Tisch, den Hannah liebevoll gedeckt hatte. Bei so viel Fürsorge wurde ihm warm ums Herz.

»Okay, ich muss dann los in die Schule.«

»Wolltest du nicht gerade etwas sagen?«

Sie legte den Kopf schief, musterte ihn. »Stimmt, aber das kann warten, bin schon spät dran. Übrigens, ich habe Nachmittagsunterricht und gehe danach mit einer Freundin Eis essen. Ist das in Ordnung?«

»Ich denke schon. Ja.«

»Du denkst?«

»Soll ich dir vielleicht eine Fußfessel anlegen? Lande einfach nicht im Knast und sei zurück, bevor es dunkel wird. Aber halt, warte«, er stand auf, griff nach seinem Smartphone und warf es ihr zu, »falls was dazwischen kommt.«

Sie lachte, ihre Pinguin-Ohrringe klimperten. Mit ihren funkelnden Mandelaugen strahlte sie ihn an. » Danke, Paps. Bis später. Und grüße mir das Einhorn.«

»Wo sind eigentlich die Katzen?«, rief ihr Schäfer nach.

»Liegen auf der Couch«, kam es von der Wohnungstür zurück. »Sie sind bereits gefüttert. Tschüss.« Die Tür flog ins Schloss.

»Tschüss«, antwortete Schäfer seiner Tochter, wissend, dass die bereits die Treppen zur Haustür hinuntereilte.

An das Zusammenleben mit Hannah musste er sich erst gewöhnen. Die Gespräche zwischen ihnen verliefen noch nicht ganz vertrauensvoll. Aber das gab sich bestimmt mit der Zeit. Immerhin hatten sich Crockett und Tubbs schneller an Hannah angepasst, als er gedacht hatte.

Nachdem Schäfer zwei weitere Brote gegessen und den Tee getrunken hatte, nahm er das Glas Orangensaft mit ins Bad. Er kramte aus dem Medizinschränkchen die Aspirin heraus und gab zwei Pillen in den Saft. Durfte man die Dinger überhaupt damit runterspülen? Egal, irgendeine Wirkung entfalteten die Tabletten bestimmt. Zurück in der Küche schaltete er das Radio ein und grübelte über den Mann nach, der ihn so leicht überrumpelt hatte. Wie einen Anfänger. Schäfer hieb mit der Faust auf den Tisch. So eine Scheiße!

Er horchte auf, als in der Nachrichtensendung des lokalen Radiosenders über eine Schlägerei berichtet wurde, die gestern im Swingerclub Nofretete stattgefunden hatte. Angeblich war ein halbes Dutzend Streifenwagen im Einsatz gewesen, außerdem mehrere Sankas und ein Notarzt. Eine Person war mit Gesichtsverletzungen ins Zentralklinikum nach Augsburg gebracht worden. Die Nachrichten endeten mit der Wettervorhersage, die für die nächsten Tage wieder Regen in Aussicht stellte, was die Sprecherin zu der Annahme veranlasste, dass die prekäre Hochwassersituation rund um Augsburg damit leider nicht nachlassen dürfte.

Gerade, als er eine zweite Runde Schlaf einlegen wollte,

klingelte die Wohnungstür. »Leck mich doch am Arsch, was ist denn jetzt schon wieder«, schimpfte er.

Zwei Minuten später saß Schäfers Ex mit übergeschlagenen Beinen auf dem Küchenstuhl. Claudia trug ein weißes Top, das ihre festen Brüste wundervoll zur Geltung brachte, dazu einen kurzen weißen Rock und hochhackige Schuhe. Sie warf ihr blondes Haar zurück, mit einer eleganten Bewegung schwang sie das übergeschlagene Bein zurück auf die Küchenfliesen, strich ihren Rock glatt und verschränkte die Arme vor der Brust. Dann hefteten sich ihre blauen Augen auf Schäfer.

Er seufzte. »Und, bereust du es schon, dass Hannah bei mir eingezogen ist? Oder habe ich eine Unterhaltszahlung ausfallen lassen?«

Eine Zornesfalte erschien auf ihrer Stirn. »Dann hättest du von meinem Anwalt gehört.«

Natürlich! Was für eine Zicke.

»Nein, im Gegenteil. Ich bin gekommen, um dir zu sagen …« Sie hüstelte. Die Zornesfalte verschwand. »… um dir *persönlich* zu sagen, dass die Sache zwischen Carsten und mir … Also es ist so, das ist ziemlich ernst mit uns beiden.«

»Ach nee!«

»Ja. Er ist genau der Mann, auf den ich gewartet habe.« Sie warf ihm einen vorwurfsvollen Blick zu. »Er versteht mich, hat Zeit für mich. Ist nicht dauernd unterwegs. Und er verwöhnt mich.«

Mit einem Ausflug in einen Swingerclub, dachte Schäfer, verschwieg aber, dass er beide gestern gesehen hatte. Für dieses wunderschöne Thema würde er den perfekten Moment abwarten. Vielleicht bei seiner Rede zu ihrer Hochzeit?

»Du hast dich leider nie wie ein Gentleman verhalten. Im

Gegensatz zu Carsten, der das seit dem Tag tut, an dem wir uns kennengelernt haben.«

»Wirklich? Was du nicht sagst.« Er konnte ein Gähnen nicht unterdrücken, was Claudia sichtlich ärgerte und ihm wiederum ein Lächeln entlockte, das Claudia noch weiter die Zornesröte ins hübsche Gesicht trieb.

»Schon gut, ich bin gleich weg. Ich wollte dir nur sagen, Carsten und ich. Also wir zwei, wir ...«

»Ihr heiratet«, unterbrach er ihr Gestottere.

»Was?« Sie sah ihn mit großen Augen an. »Nein. Das meinte ich nicht. Ich ziehe zu ihm, in seine Wohnung.«

»Und?« Er gähnte erneut. »Was hat die Scheiße mit mir zu tun?«

»Carsten ist etwas eigen, was seine Wohnung betrifft. Sie ist sehr nobel eingerichtet, sehr teuer, luxuriös. Das ist auch der Grund, weshalb ... Nun ja, er sieht es nicht gern, wenn Kinder, also Teens, wenn die da, also, wenn die seine Sachen anfassen.«

»Sachen anfassen?«, echote Schäfer.

»Seine Möbel, die edle Couch, die kostbaren Gemälde, das Porzellan.«

»Wer sollte das anfassen?« Was wollte die blöde Kuh nur von ihm?

»Hannahs Freundinnen. Sie hat jede Menge davon. Die sind ziemlich lebhaft, machen gerne Party und so weiter. Du verstehst schon.«

»Ich verstehe gar nichts«, lautete seine ehrliche Antwort. »In Hannahs Alter sind Partys völlig normal. *Versteht* das dein Carsten nicht? Wo er doch so verständnisvoll ist.«

Sie machte eine ausladende Armbewegung. »Hier, in dieser Gruft, ich meine, in deiner Wohnung.« Sie lachte auf. »Du hast wohl kaum Dinge von Wert. Was kann hier schon zu Bruch gehen? Nicht das Geringste. Hannah sollte ihre Freundinnen auf Dauer lieber zu dir bringen. Ich meine, es ist nicht mehr lange hin, dann ist sie volljährig. Die Sache mit dem Sorgerecht, also, ich sehe das nicht so eng. Sie kann gerne immer bei dir wohnen.«

Rumms!

Jetzt war es raus.

Deshalb war Claudia bei ihm.

»Ach ja?«, sagte er kühl und betrachtete eine Spinne, die sich von der Deckenlampe langsam nach unten seilte, direkt über Claudias Kopf. Lange würde ihr Gespräch nicht dauern. Claudia hatte eine Spinnenphobie, eine EXTREME Phobie. Vorfreude machte sich in ihm breit.

Er war froh über die Chance, seine Tochter für immer bei sich zu haben, aber das würde er Claudia niemals auf die Nase binden. Außerdem fand er ihre Aussagen irgendwie daneben. Immerhin war sie Hannahs Mutter. Und gerade dabei, ihre Tochter zu dem ungeliebten Ex-Mann abzuschieben. Er fand, dafür war eine kleine Bestrafung fällig.

Die Spinne hatte innegehalten und verharrte in der Luft, unschlüssig und abwartend.

»Du weißt aber schon, dass das Kindergeld dann auf mein Konto überwiesen wird. Und den Unterhalt für Hannah, den brauchst du dann wohl nicht mehr«, erläuterte er und verschränkte die Arme vor der Brust.

Claudia packte mit der linken Hand die Stuhllehne und krallte ihre langen, rot lackierten Fingernägel hinein. Sie beugte sich vor, eine blonde Strähne fiel ihr über die Augen. Die Luft in der Küche schien zu gefrieren, als sie mit eisiger Stimme zischte: »Mir geht es nicht um das Geld.«

Nett wie ein Taliban mit Sprengstoffgürtel, dachte Schäfer. Wie leicht sie sich provozieren ließ.

Die Spinne war offenbar zu dem Schluss gekommen, er benötige Hilfe, und setzte ihren Weg nach unten fort. Langsam und leise glitt sie näher, eine fiese, entschlossene Attentäterin.

»Wie sieht es nun aus? Willst du etwa deine Tochter nicht bei dir haben?« Claudia hob ihre kleine, aber sicherlich schweineteure Handtasche hoch, die am Stuhlbein lehnte, und fingerte am Verschluss. Ihre überlangen Fingernägel verhakten sich, und es dauerte eine Weile, bis sie die Tasche geöffnet hatte. Leise fluchend entnahm sie ihr einen kleinen Spiegel und musterte ihr Make-up.

Schäfer kratzte sich an der Wange. »Selbstverständlich darf Hannah bei mir wohnen. Und solange ich nicht weiß, wer ihr diese Briefe schickt, ist es besser, wenn ich auf sie aufpasse.«

Claudia lehnte sich wieder zurück, offensichtlich zufrieden. Sie warf einen letzten Blick in den Spiegel und erstarrte. Langsam hob sie den Kopf, nur wenige Zentimeter von ihr entfernt zappelte die Spinne, fett und mit haarigen Beinen.

Schäfer entspannte sich, denn er wusste, was gleich passieren würde.

Claudias Augen weiteten sich, sie begann zu zittern. Ihre Hände krallten sich in das Holz der Stuhllehne, bis es knirschte, ein Fingernagel brach ab und fiel auf die Fliesen. Die Bräune ihres Gesichts verblasste, plötzlich hatte ihr Teint die Farbe von Quark.

»Sven, hilf mir«, flüsterte sie. »Sveeen, hilf mir«, wiederholte sie, diesmal flehender.

Schäfer rührte sich nicht.

»Sveeen«, ihre Stimme wurde höher und lauter.

Er sah aus dem Fenster, wartete, ein klein wenig leiden sollte sie. Eine Taube landete auf dem Fensterbrett, gurrte und betrachtete die Szenerie, legte den Kopf schief.

Claudia begann zu keifen, die Taube flatterte mit den Flügeln und flog davon.

»Sven, bitte!!! So hilf mir doch!!! Du kennst meine Phobie. Ich kriege gleich einen Infarkt.« Sie bekam Schnappatmung; langsam wurde es für Schäfer Zeit, einzugreifen. Am Ende verstörte Claudia durch ihre Mimosenhaftigkeit noch die beiden Kater.

Das wäre dann wirklich zu weit gegangen. Crockett und Tubbs sollten unter Claudias Panik nicht leiden müssen.

Schäfer beugte sich vor und ließ die Spinne auf seine Handfläche krabbeln, dann setzte er sie auf den Küchentisch. Er konnte das Drama nicht länger mit ansehen. Eskalieren sollte die Situation schließlich nicht. Claudia wäre imstande, im Laufe ihrer Panikattacke seine Küche zu verwüsten. Und sowieso: Jetzt hatte sie genug gelitten.

Mit einem Ruck sprang seine Exfrau auf, warf den Stuhl um und tippelte zurück, bis sie mit dem Rücken am Kühlschrank lehnte. Keuchend rang sie nach Luft, sah ihn an. Teils dankbar, teils vorwurfsvoll. »Also dann, haben wir eine Abmachung?«, flüsterte sie.

Schäfer nickte bedächtig. »Die haben wir.«

KAPITEL 20

Elsa legte den Kopf schief und betrachtete die Leiche. Xaver Grimminger baumelte in einer kompliziert aussehenden Hängevorrichtung von der Decke, in nahezu waagerechter Position. Kopf, Arme und Beine hingen nach unten. Er glich in dieser Haltung einem Roboter, der abgeschaltet worden war. Oder einer Marionette, deren Puppenspieler Feierabend gemacht und die Figur an einen Nagel gehängt hatte.

Das vermutlich im Selbstbau hergestellte Geflecht aus ineinander verwickelten Hanfseilen war an vier Haken befestigt, die in die Holzdecke gebohrt waren. Grimminger schwebte frei in der Luft, wie ein Fallschirmspringer, bevor der den Schirm öffnet. Um seinen Hals schlang sich ein mit Nieten versetztes Lederband, das Metall funkelte in der hereinscheinenden Sonne. Eine braune Hundeleine hing von dem Seilgeflecht herab, direkt neben Grimmingers rechter Hand.

Über das Gesicht war eine lederne Gesichtsmaske gestülpt, aus dem Mundschlitz ragte ein etwa fünfzig Zentimeter langer Schlauch, an dessen Ende eine Handpumpe angebracht war, ähnlich wie bei einem Blutdruckmessgerät.

Obwohl Elsa und den anderen Kripobeamten bei der Entdeckung Grimmingers sofort klar gewesen war, dass für ihn jede Rettung zu spät kam, hatten sie dennoch Erste-Hilfe-Maßnahmen eingeleitet, die Maske heruntergezogen, das Seil aus den Deckenhaken gehoben und den Mann auf den Boden gelegt. Trotz der Eile natürlich mit der gebotenen Vorsicht und nicht, ohne vorher ein Dutzend Bilder mit der Handykamera zu schießen. Sie waren Profis und wussten um die Wichtigkeit der Spuren.

Als wenig später der hinzugerufene Notarzt den Tod festgestellt hatte, hatten die Beamten Grimminger zu Dokumentationszwecken wieder in die Ausgangslage gebracht. So makaber das anmuten mochte, so wichtig war es für die Spurensicherung und die Arbeit des Rechtsmediziners. Natürlich wurde akribisch darauf geachtet, bei dieser Vorgehensweise keine Spuren zu zerstören.

Elsas Blick haftete auf der Tätowierung, die Grimmingers Oberarm zierte. Nofretete mit ihrer blauen Helmkrone. Die Augen der ägyptischen Königin schienen sie vorwurfsvoll anzublicken. Als hätte Elsa den Tod Grimmingers irgendwie verhindern können. Sie horchte in sich hinein. Stimmte das vielleicht sogar? Wäre sie dazu in der Lage gewesen? Hatten Schäfer und sie fahrlässig gehandelt bei ihren geheimen Ermittlungen? Nach kurzem Grübeln verneinte sie den vermeintlichen Vorwurf und richtete ihre Aufmerksamkeit wieder auf den toten Grimminger. Ihre Blicke wanderten von den geheimnisvollen Augen des Tattoos weiter zur Bekleidung der Leiche.

Bis auf einen zitronengelben BH und ein Damenhöschen in gleicher Farbe war der Tote nackt. Am Fuß des Bettes fielen Elsa zwei hochhackige schwarze Damenstiefel auf. Sie zog eine Augenbraue hoch. Gegenüber von Grimminger stand der Kleiderschrank offen, die Innenseite war mit einem Spiegel ausgestattet, in dem sich der hängende Tote bei seinem sonderbaren Hobby anscheinend beobachtet hatte.

Elsa war in ihrer Münchner Zeit mehr als einmal mit den teilweise sehr speziellen Spielarten von Sex in Kontakt geraten. Was sie hier sah, war ihr nicht völlig fremd. Offenbar hatte sich Grimminger, zum Zwecke erhöhter sexueller Stimulanz, selbst stranguliert, dabei das Bewusstsein verloren und war dann erstickt. Wie es bei autoerotischen Unfällen manchmal passierte.

Ein prominentes Opfer war vor einigen Jahren David Carradine, der in einem Hotel in Bangkok aufgefunden worden war, tot in seinem Schrank hängend.

Von ihrem Platz an der Tür aus beobachtete Elsa die Männer des Erkennungsdienstes in ihren Einmalanzügen, den Plastiküberziehern an den Füßen, den Gummihandschuhen und mit den Masken vor dem Mund. Akribisch sicherten sie Spuren am Tatort, ließen keinen Zentimeter des Zimmers aus. Auch alle anderen Räume waren quasi zum Sperrgebiet erklärt worden, bis die Spurensicherer mit ihrer Arbeit fertig waren.

Von der Eingangstür durch den Gang bis zum Schlafzimmer hatten sie links und rechts ein rot-weißes Flatterband mit der Aufschrift »Polizeiabsperrung« gezogen. Nur innerhalb dieser engen Begrenzung durften andere Ermittler sich bewegen. Dieser im polizeilichen Sprachgebrauch genannte Trampelpfad sollte unnötiges Vernichten von Spuren unterbinden. Das Band endete am Türrahmen des Schlafzimmers.

Niklas Gronau tauchte neben ihr auf. »In seinem Bad im Wäschekorb haben die Kollegen getragene Damenunterwäsche sichergestellt. Ich wette, die gehören zu deinen Fällen mit dem Wäschemann.«

Elsa nickte in Richtung Schlafzimmer, wo ein Beamter gerade Reizwäsche in einer Beweismitteltüte verpackte. »In dem Schrank neben dem Bett hat er sie wohl aufbewahrt. Fein säuberlich übereinander gestapelt. Grimminger alias der Wäschemann war ein ordentlicher Mensch.«

»Mhm«, brummte Gronau, rieb nachdenklich über sein Kinn. »Wie er da in den Seilen hängt, das sieht fast aus wie ein abstraktes Kunstwerk oder eine Marionette der Augsburger Puppenkiste. *Nach* der Vorstellung wohlgemerkt, wenn der

Puppenspieler nicht mehr die Fäden zieht.« Gronau hatte die Arme ineinander verschlungen.

»So was ist mir nicht neu«, antwortete Elsa mit einem Kopfnicken in Richtung Grimminger.

»Wird so ein Teufelszeug etwa in Serie hergestellt?«

»Nein, natürlich nicht. Aber solche Spielzeuge gibt es jede Menge. In den unterschiedlichsten Bauarten. Du glaubst gar nicht, was man bei der Münchner Sitte alles erlebt. Da ist Augsburg tiefste Provinz, sage ich dir. Die Leute konstruieren teilweise die seltsamsten Dinge, um sich sexuell zu stimulieren. Manchmal sind die so aufwändig und raffiniert hergestellt, dass man glatt ein Patent dafür beantragen könnte.«

Elsa verlagerte das Gewicht von einem Bein aufs andere. »Ich hatte mal einen Fall, vor drei oder vier Jahren muss das gewesen sein. Im Münchner Glockenbachviertel. Da hat sich ein Mann mit einer selbst gebastelten Fernbedienung und einem Gabelstapler *kontrolliert* die Luftzufuhr drosseln wollen. Die eigene selbstverständlich, du versteht schon, was ich meine.« Sie legte die Hände um ihren Hals. »Stell dir vor: mit einem Gabelstapler, an dem ein Seil befestigt war! Dessen Ende er wie eine Galgenschlinge um seinen Hals gelegt und festgezogen hatte. Dann hat sich dieser Irre mit einer Fußfessel an ein Stahlrohr gekettet, vermutlich wegen des besseren Halts oder des höheren Lustgewinns, was weiß ich. Dumm nur, dass der Bursche zwar jede Menge Kreativität besaß, dafür aber viel zu wenig Begabung als Tüftler. Die Fernbedienung hat sauber versagt, der Gabelstapler hat ihm den Kopf abgerissen.«

»Du lieber Gott!«

»Das war eine ziemliche Sauerei. Mich hat man zu dem Fall hinzugezogen, weil ich den Mann von einer früheren Ermittlung gekannt habe. Die Ermittlungen zu dem Unfall hatte der KDD übernommen. Vielleicht erinnerst du dich?«

»Nein, ehrlich gesagt hatte ich mit meiner Arbeit in der fünften Mordkommission genug zu tun. Wenn ich über jede Leiche in München Bescheid wissen würde, wäre ich ein Zauberkünstler. Das mit München stimmt übrigens, die Arbeit dort war kein Zuckerschlecken. Aber Augsburg ist auch nicht schlecht, nach allem, was ich in der kurzen Zeit hier erlebt habe. Vielleicht haben wir beide das Verbrechen aus München hierhergebracht. In die ...« Er lächelte. »Wie hast du gerade gesagt? In die Provinz.« Sein Blick wanderte wieder zu Grimminger, Gronaus Lächeln erstarb. »Wieso macht man das?«

»Manche Menschen empfinden bei dieser Art von Spiel eine besondere sexuelle Erregung. Da macht es aufgrund des Sauerstoffmangels wohl im Gehirn klick, irgendwelche biochemischen Substanzen werden freigesetzt, und dann soll angeblich der Orgasmus viel intensiver empfunden werden.« Sie zuckte mit den Achseln. »Meine Sache ist das nicht. Ich will es auch nicht ausprobieren, um rauszufinden, ob es stimmt, was behauptet wird. Zu diesem Thema gibt es schon jede Menge wissenschaftliche Abhandlungen.« Elsa fuhr sich durch ihr Haar. »Was noch interessant ist. Es sind fast ausnahmslos Männer, die diese autoerotischen Sachen mit sich machen.«

»Weil sie cleverer sind beim Bau dieser«, Gronau machte eine hilflose Handbewegung in Richtung Schlafzimmer, »dieser Gerätschaften wahrscheinlich. Eine Frau kann so etwas gar nicht herstellen. Da fehlt das handwerkliche Geschick, wie mir scheint.«

»Das ist die männliche Erklärung dafür, meine ist logischer«, erwiderte Elsa, die Gronaus Einwand an Jansenbrinks Einstellung gegenüber dem weiblichen Geschlecht erinnerte. War Gronau in letzter Zeit zu lange mit dem versnobten Kriminaldirektor zusammengesessen? Möglich wäre es. »Männer sind einfach dümmer als Frauen«, erklärte sie. »Eine Frau ist zu schlau, um so einen Mist zu machen. Für sexuelle Lust gibt es deutlich einfachere Hilfsmittel.«

»Aha«, meinte Gronau lediglich.

»Um aufs Thema zurückzukommen«, nahm sie den Faden wieder auf. »Manchmal reichen simple Hängevorrichtungen aus, andere ersinnen kompliziertere Geschichten wie unser Grimminger. Wieder andere verwenden selbst gebaute Stromvorrichtungen, die sie sich an den Penis klemmen, oder in den Hintern stecken. Da gibt es vielfältige Möglichkeiten. Es ist halt sehr gefährlich, das alleine zu machen. Siehe unser Toter.« Elsa deutete nach vorne. »Denn es kann schnell zur Bewusstlosigkeit führen, da die Männer immer weiter gehen, um Lust zu verspüren. Manchen ist eine einfache Strangulation nach einer Weile zu wenig. Deshalb auch diese seltsamen Mechanismen. Wenn es dann immer noch nicht reicht, gibt es weitere Möglichkeiten. Wie diese Ledermaske. Siehst du den Schlauch?«

Gronau nickte. »Was hat es damit auf sich?«

»Ich denke, der Gerichtsmediziner wird in der Mundhöhle des Toten einen Gummiball finden, der mit dem Schlauch verbunden ist.«

»Zum Teufel, wieso das denn?« Gronau verzog angewidert den Mund.

»Durch den Blasebalg kann man den Ball aufpumpen, dadurch wird das Ersticken noch ... ja, realistischer. Plastischer. Das gibt den besonderen Kick.«

»Wahnsinn!«

»Tja, das kann leicht danebengehen.«

»Hallo, ihr zwei.«

Elsa und Gronau drehten sich um. An der Tür zum Treppenhaus lehnte Carmen Holler, sie hielt eine Beweismitteltüte in der Hand und schwenkte diese triumphierend. »Im Keller habe ich ein Paar Turnschuhe gefunden. Die Größe passt zu den Spuren im Beet von Schattenkirchner. Ihr wisst schon, unter seinem Balkon. Und die Reste von Erde in den Rillen an der Sohle lasse ich gleich in München beim LKA untersuchen. Würde mich nicht wundern, wenn die zu der Erde in dem Beet passen.«

»Gut gemacht«, lobte Gronau. »Damit hätten wir zu dem Fingerabdruck am Fenster ein weiteres Indiz für die Anwesenheit Grimmingers in der Villa des Mordopfers. Schade, dass wir kein Geständnis von ihm haben. Aber es deutet alles auf ihn als Täter hin.«

»Fehlt nur noch das Motiv«, murmelte Elsa.

Gronau kommentierte ihren Einwand nicht, sondern stellte Carmen eine Frage: »Hinweise auf Fremdverschulden?«

»Bis jetzt nicht, es sieht bisher nach einem autoerotischen Unfall aus. Bevor ich allerdings vorschnell Schlüsse ziehe, warte ich lieber auf den Rechtsmediziner, der sich diesen Mist hier vor Ort ansieht.«

»Er ist also tot, der Mörder«, hörte Elsa eine ihr bekannte, aber äußerst unangenehme Stimme. Sie starrte zur Decke, wohlwissend, wen sie gleich erblicken würde.

Sekundenbruchteile später schob der Leitende Kriminaldirektor Karl-Heinz Jansenbrink die Kriminaltechnikerin Carmen Holler zur Seite und trat in den Flur. Hatte er abgenommen oder trug er seinen schwarzen Anzug eine Nummer zu groß?

»Sie hier?« Gronau wirkte überrascht.

Elsa sah ihm sein Missfallen an, außer einer hochgezogenen Augenbraue erlaubte er sich jedoch keine weitere Gefühlsregung. Immerhin handelte es sich bei Jansenbrink um den Chef der Kripo, den Chef der gesamten Mannschaft. Oder ihre oberste Gottheit, wie es Jansenbrink vermutlich ausdrücken würde.

Ihn vom Tatort zu verweisen, würde selbst dem leitenden Ermittler Gronau nicht einfallen. Zumindest solange Jansenbrink sich innerhalb des Trampelpfades bewegte und keine Gefahr für die Spuren darstellte.

»Ich habe mich sofort ins Auto gesetzt und bin hergefahren, als ich davon gehört habe. Also von dem Mord hier in der wunderbaren Altstadt. Ab sofort ist höchste Sensibilität gefragt. Vor allem gegenüber der Öffentlichkeit, der Presse, Sie wissen, was ich meine.« Jansenbrink machte eine ausladende Handbewegung. »Hier im Lechviertel ist alles so eng zusammengepfercht, da sehen uns die Nachbarn aus den Zimmern gegenüber wahrscheinlich gerade bei der Arbeit zu. Da ist die Geschichte nicht mehr lange geheim zu halten, nicht wahr. Deshalb bin ich höchstpersönlich an den Schauplatz des Verbrechens geeilt, das wird beruhigend wirken. Die Presseleute warten unten bereits. Für die richtigen Worte ist qualifiziertes Personal notwendig.« Er zog seine taubenblaue Krawatte zurecht.

Klar, wen Jansenbrink damit meinte, fand Elsa. Sich selbst natürlich.

Der Direktor warf einen verächtlichen Blick auf den toten Grimminger und schmatzte zweimal, bevor er weitersprach. »Sieht beinahe aus, wie diese Dinger über den Betten von Kleinkindern. Wie heißen die noch gleich? Mobile oder so ähnlich. Aber ist sowieso egal.« Er schnaufte und rieb über seine Halbglatze. Schweißperlen glänzten auf der Kopfhaut. »Das ist er also, der berüchtigte Wäschemann und außerdem ein Mörder. Ekelhaft!«

»*Mutmaßlicher* Mörder«, verbesserte Elsa.

»Also, nach allem, was mir bisher am Telefon berichtet wurde, ist die Sachlage klar«, wandte sich Jansenbrink an Gronau, Elsas Einwand ignorierte er.

Sie biss auf ihre Lippen, bis es wehtat.

»Ich muss schon sagen, das war gute Arbeit, Herr Gronau. Ich gratuliere Ihnen zu dem raschen Ermittlungserfolg. Vorgestern taucht Schattenkirchners Leiche auf, und heute ist bereits der Mörder, ähm, dingfest gemacht. Auf meine Kripo ist Verlass. Das wird die Augsburger freuen, das wird die Presse freuen, den Staatssekretär sowieso und damit auch den Innenminister. Mit dem habe ich bereits telefoniert, also dem Minister, nicht dem Sekretär. Wollte ihm den Erfolg schnellstmöglich mitteilen. Die hohen Herren im Maximilianeum sollen ruhig wissen, wie effizient ihre Augsburger Polizei arbeitet, nicht wahr. Und wenn sich alle freuen, freut mich das ebenfalls, ich kann daher die gute Botschaft gleich an die Medien übermitteln.« Er richtete sich zur vollen Größe auf. »Wir haben sowohl den Mord an Bruno Schattenkirchner aufgeklärt als auch diesen Wäschemann geschnappt.« Er klatschte in die Hände. »Hervorragend!«

»Wir haben bisher keine Hinweise auf ein Motiv«, mahnte Elsa.

Nun widmete Jansenbrink ihr doch seine Aufmerksamkeit. Langsam drehte er sich zu ihr um, musterte sie einen Moment, seine Augenbrauen zogen sich zusammen. »Motiv?« Er schüttelte den Kopf, als spräche er mit einem Kleinkind. »Motiv, Motiv«, wiederholte er und schürzte die Lippen. »Da ist sie wieder, die ungläubige Frau Dorn. Schauen Sie sich den Mann doch einmal an.« Er deutete mit dem Daumen über seine Schulter. »Es liegt doch auf der Hand, dass der Grimminger nicht alle Tassen im Schrank hatte. Was Sexuelles wird es halt gewesen sein, ihr *Motiv.* Das werden der Herr Gronau und seine Männer …«, das Wort Männer betonte er besonders, »… schon noch ausrecherchieren. Aber erst mal ist wichtig, einen Täter zu präsentieren. Um keine unnötige Unruhe in meiner, also, in dieser Stadt aufkommen zu lassen. Das Motiv wird die Mordkommission finden, in den nächsten Tagen oder Wochen. Und Sie, liebe Frau Dorn, bringen mir bitte keine Unruhe da hinein in diesen Fall.« Er holte tief Luft. »Jetzt, nach dessen Aufklärung, ist Ihre Mitarbeit in der Mordkommission auch gar nicht mehr nötig. Sie können sich daher ruhig wieder Ihrer Aufgabe bei der Sitte widmen.«

Elsa spürte, wie ihr heiß wurde, vermutlich leuchteten ihre Wangen rot. Sie schluckte einmal, zweimal, dann dreimal. Doch ihr Zorn wollte nicht verrauchen. Wenn sie nicht schwer an sich hielt, würde sie jetzt gleich dem alten Warzenkaktus gehörig die Meinung pfeifen. Und damit ihren endgültigen Karriereknick herbeiführen.

Ihre Erregungswelle schwappte offenbar in Gronaus Nähe vorbei, denn er tätschelte ihr besänftigend den Rücken. »Wir wollen den Kriminaldirektor doch nicht von seiner Arbeit abhalten. Die Presse ist wichtig, die sollte man nicht unnötig warten lassen.«

Jansenbrink nickte. »Die Presse, ja, Sie haben recht. Ich kümmere mich sofort darum.« Er warf einen Blick auf Elsa, dann stolzierte er davon.

Als der Kripochef verschwunden war, meinte Gronau: »Mein lieber Scholli, hier lag jede Menge elektrischer Ladung in der Luft.«

»Er kann mich nicht leiden.«

»Gibt es einen Grund?«

»Frag ihn doch selbst, ich weiß keinen.«

»Okay, ist schon gut. Wir müssen unseren Job machen, das hat Vorrang. Lassen wir die Spurensicherung ihre Arbeit erledigen. Wir befragen noch die Nachbarn im Haus und in der Straße. Dann treffen wir uns im Präsidium zu einer Lagebesprechung.«

KAPITEL 21

Elsa kramte die letzte italienische Praline aus ihrer Schublade, wickelte das Papier ab und biss hinein. Mit der Zunge beförderte sie die Schokolade in ihrem Mund umher, bis sie zerflossen war. Der Geschmack war köstlich, Kastanie, Elsas Lieblingssorte. Sie schloss für einen Moment die Augen und seufzte zufrieden. Dann ließ sie den Rest der Praline in ihrem Mund verschwinden. Mit Daumen und Zeigefinger rollte sie die lilafarbene Folie zu einer kleinen Kugel und schnippte diese in den Papiereimer, bevor sie weiter an ihrem Bericht über ihre vormittäglichen Rechercheergebnisse tippte.

Eigentlich hätte sie am Tatort bleiben und Erkundigungen in der Nachbarschaft einziehen sollen. Allerdings waren genügend Beamte der Mordkommission vor Ort gewesen, die diese Aufgabe übernahmen. Sie war sich daher überflüssig vorgekommen, und ein inneres Gefühl hatte ihr geraten, die längst fälligen Überprüfungen zu den Romanzen von Bruno Schattenkirchner zu erledigen. Das hatte sie viel zu lange vor sich hergeschoben.

Und nun saß sie also hier. Sogar die Mittagspause hatte sie geopfert und statt eines anständigen Essens ihre Vorräte an italienischer Schokolade verspeist. Eine letzte Schachtel lagerte zu Hause im Kühlschrank, den dienstlichen im Pausenraum konnte sie dafür nicht verwenden. Die gierigen Kollegen hatten bereits drei Portionen ihrer geliebten Pralinen weggefuttert. Für gefräßige Polizisten war ihr die edle Schokolade dann doch zu teuer.

Inzwischen war es ihr immerhin gelungen, einigen der Nacktbilder aus Schattenkirchners Sammlung die entsprechenden Namen zuzuordnen.

Unter Mithilfe von Carmen Holler.

Die Kriminaltechnikerin hatte sich die Mühe gemacht, jedes einzelne Foto zusammen mit den Dessous abzufotografieren und eine Bildergalerie zu erstellen. Und das bereits, kurz nachdem Bruno Schattenkirchners Leiche aufgefunden worden war. Elsa hatte bislang keine Notiz davon genommen, beziehungsweise sie war viel zu sehr von anderen Dingen abgelenkt gewesen, um darauf zu achten, was Carmen in ihrer Funktion als Kriminaltechnikerin schon erledigt hatte. Entsprechend beeindruckt war Elsa dann gewesen, als sie die Diashow auf ihrem Computer startete.

Zu ihrem Erstaunen hatte sich die Überraschung gesellt, dass Carmen bereits einige Frauennamen zu den Bilddateien hinzugefügt hatte. Anscheinend waren ein paar lokale Prominente dabei, die Carmen erkannt hatte. Unter dem Foto einer zierlichen Blondine hatte die Beamtin notiert, hier handele es sich um ein stadtbekanntes Fotomodell, das sogar in einer Modelcastingshow im Privatfernsehen aufgetreten war.

Jetzt saß Elsa da und studierte die Anmerkungen, die Carmen zu jedem Bild verfasst hatte. Bei einer Rothaarigen mit offenbar operierten Brüsten gab es den Hinweis, dass es sich um die Frau eines umtriebigen Kommunalpolitikers handelte. Außerdem registrierte Elsa die Lebensgefährtin eines lokalen Klatschreporters, die Ehefrau eines Chefarztes am Augsburger Klinikum und eine Spielerfrau des FCA.

Elsa hob eine Augenbraue. Spielerfrau? Sie schüttelte den Kopf. Schattenkirchner hatte aber auch vor nichts Respekt gehabt.

Weiterhin gab es eine Nachwuchsschauspielerin aus einer

Arztserie, die gerade Woche für Woche die Einschaltquoten steigerte. Elsa schürzte die Lippen. Dieser Bärenbruno musste wirklich über eine enorme Anziehungskraft verfügt haben. Der hatte sich durch die verschiedensten Augsburger Betten geschlafen. Zu den von Carmen ermittelten Frauen kamen weitere fünf, deren Existenz nach den Pressemeldungen der letzten Tage bekannt geworden war. Wobei sich die Frauen nicht freiwillig gemeldet hatten. Nein, ihre Freundinnen hatten sie quasi geoutet.

Sauber, dachte Elsa. Wer braucht bei solchen Freundinnen eigentlich noch Feinde?

Am Ende waren die Namen in einer kleinen Liste auf ihrem Schreibtisch gelandet, aber sie hatte das Blatt einfach unter einen Aktenordner geschoben und vergessen. Als sie Carmens Bilddateien geöffnet hatte, war ihr die Liste wieder eingefallen und sie hatte sie hervorgekramt.

Über Telefonate mit diesen Frauen war Elsa dann an die Adressen weiterer Ex-Affären von Bruno gelangt. Das Ganze war wie eine Art Schneeballsystem: Keine der Frauen wollte die einzige sein, die in eine Mordermittlung verwickelt wurde. Also plauderten sie allesamt noch mehr Namen aus. Woraufhin Elsa sich dann die entsprechenden Passbilder vom Einwohnermeldeamt besorgte und mit den Nacktfotos verglich.

Inzwischen hatte sie eine beeindruckende Liste beisammen. Andererseits fehlten noch ein halbes Dutzend Namen. Sie schnitt diese in einer separaten Bildergalerie zusammen und lehnte sich in ihrem Stuhl zurück, um die Unbekannten zu betrachten. Nachdenklich kaute sie auf ihrer Unterlippe. Womöglich waren diese Frauen interessanter als die, deren Namen sie mittlerweile kannte. Aber wie sollte sie die Identität der Unbekannten herausfinden? Sie trommelte mit den Fingern eine Melodie auf die Tischplatte. Den Song hatte sie heute Morgen im Radio gehört, aber den Titel vergessen. Sie trommelte weiter. Schließlich beschloss sie, Schäfer auf die Frauen anzusetzen.

Elsa fasste alle Namen in einer Excel-Tabelle zusammen, fügte hinzu, was sie über die bereits identifizierten Damen Wissenswertes im Polizeicomputer fand, und druckte die Aufstellung für die Akten aus. Inwieweit Gronau diese Frauen noch befragen würde, stand auf einem anderen Blatt. Jetzt, wo der Mordfall Bärenbruno gelöst schien.

Ihr Verstand sagte ihr, dass die Lösung des Falls nicht völlig abwegig war. Aber ihr Gefühl beharrte darauf, dass es ein Geheimnis gab, das erst noch gelöst werden musste. Komisch, sie verhielt sich schon wie Schäfer, der laufend seinen Gefühlen nachlief, anstatt auf Fakten zu bauen. Und Fakt war, dass ein dringender Tatverdacht gegen Xaver Grimminger bestand, Bruno Schattenkirchner erdrosselt zu haben. Zumindest laut Jansenbrink, der damit wieder einen geklärten Fall präsentieren konnte.

Elsa hingegen störte etwas an dieser Sache. Sie sträubte sich, den Fall als wasserfest zu bezeichnen. Laut der am Tatort gesicherten Fingerspuren stand fest, dass Grimminger in Schattenkirchners Villa eingebrochen war.

Aber hatte Grimmiger ein Motiv für den Mord?

Und was war mit seinem Alibi?

Darüber konnte er keine Auskunft mehr geben. Hätten sie doch nur mit dem Swingerchef geredet, bevor er an diesem vermaledeiten Unfall gestorben war. Das Klingeln des Telefons riss sie aus ihren Grübeleien, Gronau bat sie in den Besprechungsraum. Elsa war bereits an der Tür ihres Büros, als sie stehen blieb und nachdachte. Sie kehrte an den Schreibtisch zurück und wählte Schäfers Handynummer. Doch am anderen Ende meldete sich nur die Mailbox.

Als sie wenig später zusammen mit weiteren Mitgliedern der Mordkommission im Besprechungsraum eintraf, saß der Chefermittler Niklas Gronau bereits am Tisch und unterhielt sich mit Carmen Holler und Valentin Häusler. Auf dem Gesicht des Kollegen vom Kommissariat Einbruch lag ein zufriedenes Grinsen. Irgendwas gefiel Elsa an diesem Grinsen ganz und gar nicht.

Es war kurz nach sechzehn Uhr. Elsa legte die mitgebrachte Mappe mit dem gerade verfassten Bericht an ihren Platz und setzte sich, dann nahm sie eine der bereitgestellten Tassen und schenkte aus einer Thermoskanne Kaffee ein. Der Duft des Gebräus stieg ihr in die Nase. Die Kanne ging reihum, bis alle versorgt waren. Milch und Zucker wurden verteilt. Untertassen schepperten, Löffel klirrten.

Nach einem gleichzeitigen mehrere Sekunden anhaltenden Kaffeeschlürfen räusperte sich Carmen Holler. »Ich wollte euch kurz informieren, was der Rechtsmediziner am Tatort Grimminger festgestellt hat«, wandte sich die Kollegin an die Anwesenden. »Den ausführlichen Bericht schickt er zusammen mit dem Obduktionsergebnis. Er, also der Professor Haider persönlich, will die Leiche noch heute Abend sezieren. Die Anordnung zur Leichenöffnung ist bereits vom Amtsgericht hergefaxt worden.«

Gronau erklärte dazu: »Die Oberstaatsanwältin hat eine Obduktion beantragt, auch wenn alles auf einen Unfall hindeutet. Da Grimminger unter Mordverdacht steht oder stand, jetzt ist er ja tot, muss natürlich sein Tod genau untersucht werden. Unfall hin oder her.« Er forderte Carmen zum Weitermachen auf, nahm seine Kaffeetasse und trank.

»Das Wichtigste zuerst«, sagte Carmen. »Der Wäschemann ist in den Seilen gestorben, also in diesem Seilgeflecht, dieser selbst gebauten Vorrichtung. Ich will damit sagen, er ist nicht nachträglich aufgehängt worden, also *nach* seinem Tod, um ein vorausgegangenes Tötungsdelikt zu vertuschen. Der Rechtsmediziner hat punktförmige Blutungen in den Bindehäuten der Augen festgestellt sowie weitere Merkmale entdeckt, die darauf hindeuten, dass Grimminger gelebt hat, als er in die Hängevorrichtung geklettert ist. Wäre er bereits tot oder bewusstlos gewesen und jemand hätte ihn nachträglich aufgehängt, hätte der Rechtsmediziner Hämatome an den Oberarmen oder sonstwo am Körper bemerkt. Hat er aber nicht. Auch keine Abwehrverletzungen oder anderweitige Spuren, die auf eine körperliche Auseinandersetzung mit jemandem hindeuten. Bis auf die Blessuren natürlich, die Grimminger letzte Nacht in seinem eigenen Club bei dem Streit mit Boris Ivanov davongetragen hat. Aber diese Verletzungen, also Prellungen und Schürfwunden, wurden bei der erkennungsdienstlichen Behandlung fotografisch festgehalten. Da konnten wir natürlich super vergleichen. Neue sind nicht hinzugekommen.« Carmen holte tief Luft. »Durch die Hundeleine, die mit dem Lederband um den Hals verbunden war, hat er sich mittels eines vermutlich selbst gebauten Flaschenzuges stranguliert.« Carmen machte eine kurze Pause, damit die Anwesenden diese Tatsache sacken lassen konnten. »Aber das hat ihm wohl nicht gereicht. Ihr erinnert euch an den Schlauch in seinem Mund?« Carmen nahm eine Akte zur Hand und entnahm ihr einige Fotos, die sie auf den Tisch legte. »Hier noch einmal zur Erinnerung. Falls jemand nicht am Tatort war.«

Elsa sah nur kurz hin, sie hatte die Bilder noch lebhaft vor Augen. Gespannt folgte sie den weiteren Ausführungen von Carmen.

»Bei der ärztlichen Leichenschau am Tatort hat der Rechtsmediziner einen Ball im Mund des Opfers gefunden, einen Gummiball. Den konnte man mit Hilfe eines Blasebalgs aufpumpen.«

Elsa sah, wie Gronau ihr einen wissenden Blick zuwarf. Genau diese Vorgehensweise hatte sie vermutet.

Unterdessen fuhr Carmen fort: »Das mit dem Aufpumpen hat Grimminger wohl auch getan, und damit sein Ende eingeläutet. Er konnte weder durch Mund noch Nase atmen, der fehlende Sauerstoff hat binnen Sekunden zur Bewusstlosigkeit geführt. Tod durch Ersticken war die logische Folge. Grimminger ist ein zu großes Risiko eingegangen, er hat schlichtweg übertrieben.«

»Die genaue Todeszeit?« Gronau rieb über seine Nasenwurzel, hielt die Augen geschlossen, dachte anscheinend nach.

»Irgendwann im Laufe der frühen Morgenstunden oder des Vormittags. Aber nicht vor vier Uhr, denn da ist er aus der Haftzelle entlassen worden.«

»Okay«, sagte Gronau. »Noch mal kurz zusammengefasst: Grimminger kommt nach einer tätlichen Auseinandersetzung in seinem Club vorläufig in die Arrestzelle. Er wird allerdings auf Anweisung vom Staatsanwalt entlassen, da dieser keine Tötungsabsicht gegenüber diesem Russen, diesem …«

»Boris Ivanov«, half Valentin Häusler nach.

Gronau nickte. »Boris Ivanov, richtig. Also, der Staatsanwalt konnte keine Tötungsabsicht gegenüber Ivanov erkennen, außerdem keine Fluchtgefahr, da fester Wohnsitz und keine Verdunkelungsgefahr. Aber vorher hat der KDD den Grimminger erkennungsdienstlich behandelt. Glücklicherweise, muss ich hinzufügen. Das ist immerhin etwas. Dann fährt Grimminger nach Hause in seine Wohnung im Lechviertel. Vermutlich mit der Straßenbahn, da er mit dem Polizei-Taxi ins Präsidium verbracht worden ist, dieses aber für eine Rückfahrt nicht zur Verfügung stand, logo. Zuhause verspürt er den Drang, sich auf eine etwas absonderliche Weise sexuell zu stimulieren und stirbt bedauerlicherweise kurz darauf.«

»Vielleicht war es Selbstmord«, warf Ludwig Zott ein, der bisher schweigend den Ausführungen zugehört hatte. »Weil er gewusst hat, dass er jetzt mit seinen Fingerabdrücken und seiner DNS im Polizeicomputer registriert war. Da muss er befürchtet haben, irgendwann als Wäschemann aufzufliegen.«

Die restlichen Mitglieder der Mordkommission nickten eifrig, nur Elsa blieb reglos sitzen. Sie dachte nach.

»Übrigens, das habe ich noch vergessen zu erwähnen«, schaltete sich Carmen wieder ein. »Das LKA hat angerufen. Sie haben die Proben aus dem Beet unter dem Balkon vom Bärenbruno mit den Resten von den Turnschuhen verglichen. Eine hundertprozentige Übereinstimmung!« Sie schnippte mit den Fingern. »Grimminger war dort, in diesem Beet. In Bärenbrunos Garten. Mit diesen Turnschuhen. Dass die jemand anders getragen hat, kann ich ausschließen. Salopp gesagt, habe ich nur seinen Mief darin feststellen können. Logisch, dass er annehmen musste, seine unmittelbare Entlarvung als Wäschemann würde kurz bevorstehen.«

»Und die als Mörder«, stimmte Valentin Häusler zu.

Elsa rutschte unruhig auf ihrem Stuhl herum, sie musste ihren Einwand unbedingt loswerden. »Ihr geht davon aus, dass Grimminger der Mörder von Schattenkirchner ist.«

»Du etwa nicht?«, fragte Häusler. Ausgerechnet Valentin, der sich anscheinend für besonders schlau hielt und dies der versammelten Mordkommission zeigen musste.

Sie sah ihm in die Augen. »Okay, es steht fest, dass Xaver Grimminger am Tatort war. Aber das heißt noch lange nicht, dass er auch der Mörder war. Und wo ist überhaupt sein Motiv? Was ist mit seinem Alibi?«

»Die Alibiüberprüfung hat der Kollege Häusler übernommen«, sagte Gronau.

Elsa fixierte weiter Valentin Häusler.

Er hielt ihrem Blick stand. »Xaver Grimminger wohnte alleine in seiner Wohnung, eine Freundin hatte er nicht«, antwortete er. »Ich habe seine Mitarbeiter im Club befragt und auch einige seiner Stammkunden. Seine sexuelle Orientierung stand nicht eindeutig fest, ist wohl eher mit bisexuell zu beschreiben. Aber niemand weiß von einer festen Partnerschaft. Es ist wohl eher so, dass Grimminger es in seinem Club selbst rege getrieben hat, wenn sich die Gelegenheit ergab. Er hat wohl auch gerne mal härtere Dinge ausprobiert, wie SM und dieses Zeugs. Das war in seinem Club sicher kein Problem, da mitzumachen, ohne negativ aufzufallen. Das gehört dort bestimmt zum normalen Programm. Jedenfalls hat er für die Zeit, in der Bruno Schattenkirchner umgebracht wurde, kein Alibi. Nach bisherigem Stand hat ihn niemand gesehen oder war mit ihm zusammen. Weder im Club noch an seiner Wohnanschrift.«

»Was nichts heißen muss«, gab Elsa zurück, die nicht wusste, ob ihr Widerspruch eher Häusler persönlich galt oder tatsächlich ihrer eigenen Überzeugung entsprach.

»Für sich genommen nicht«, stimmte ihr Gronau zu. »Aber es kommt mehr zusammen. Grimminger kannte Schattenkirchner aus seinem Club. Er war am Tatort und ist sogar dort eingebrochen, was sein Fingerabdruck und der Schuhabdruck unter der Leiter beweisen. Er ist der Wäschemann, der schon mehrmals in Wohnungen Augsburger Frauen eingestiegen ist. Und zwar mit dem Ziel, Reizwäsche zu entwenden. Was mich zu der Schlussfolgerung kommen lässt, dass dies hier auch der Fall war.«

»Du meinst, er wollte Dessous klauen. Von Bruno?« Häuslers Augen weiteten sich.

Natürlich, du Schwachmaat, dachte Elsa und betonte das Offensichtliche. »Bruno Schattenkirchner war selbst eifriger

Sammler von Frauenwäsche. Das muss wohl auch Grimminger gewusst haben, denn Bruno war einer seiner Stammgäste. Der Bärenbruno hat daraus sicher kein Geheimnis gemacht, so wie ich seine Persönlichkeitsstruktur einschätze. Grimminger dagegen hatte, wie wir jetzt alle wissen, sehr wohl ein Geheimnis. Erstens, dass er gerne Frauenunterwäsche trug, und zweitens, dass er sich dabei strangulierte. Gut möglich, dass Grimminger bei Schattenkirchner eingebrochen ist. Weil er die Frauenwäsche wollte.« Elsa sah von Häusler zu Gronau und dann in die Runde. Erst in diesem Moment wurde ihr bewusst, dass sie Grimmiger gerade ein Motiv verpasst hatte.

Gronau hob den Zeigefinger. »Genau! Wie wäre es mit folgender Theorie: Grimminger alias Wäschemann bricht bei Schattenkirchner ein, weil er unbedingt die Reizwäsche ergattern möchte, die der Bärenbruno gebunkert hat. Vielleicht hat er es sogar auf ein bestimmtes Teil abgesehen. Wahrscheinlich das, welches er gerade in der Hand gehalten hat, als er von Bruno Schattenkirchner überrascht worden ist. Deshalb auch das fehlende Foto aus der Ankleidekammer. Es kommt zum Streit, und Grimminger erdrosselt kurzerhand den Bärenbruno, als der sich von ihm wegdreht, um die Polizei zu rufen. Womit wir entweder bei Raubmord sind oder bei Mord zur Verschleierung einer Straftat.«

»Mhm«, machte Elsa. Diese These hatte etwas Logisches, das musste sie zugeben. Sie hatte ja eben in dieselbe Richtung argumentiert. Grimmingers Motiv konnte wirklich Angst sein. Angst vor Entdeckung. Vor der Anzeige bei der Polizei, dem dadurch drohenden Aus für seinen Swingerclub und dem damit verbundenen beruflichen Ruin.

Gronau öffnete eine weitere Akte, entnahm ihr ein paar Seiten. »Das ist die Vernehmung von Boris Ivanov, dem Mann, der letzte Nacht das Bierglas von Grimmiger ins Gesicht bekommen hat. Ich habe ihn heute persönlich im Klinikum aufgesucht, um ihn zu befragen. Boris hat mir ein paar interessante Details verraten, die weder ihn selbst noch den Clubbesitzer in ein besonders gutes Licht rücken.« Gronau wedelte mit den Blättern. »Boris hat Grimminger erpresst!«

»Erpresst?« Elsa lehnte sich vor. Ihr Stuhl knarzte. Sie erinnerte sich an den Streit zwischen Ivanov und Grimminger, den Schäfer und sie letzte Nacht beobachtet hatten.

»Warum das denn?«, wollte Carmen wissen.

Unruhe und Gemurmel unter den Mitarbeitern veranlasste Gronau, lauter zu sprechen. »Der Russe hat gewusst, dass Grimminger der Wäschemann ist. Boris hat ihn wohl ertappt, wie er im Club in den Spinden der Frauen geschnüffelt hat. Ich betone *geschnüffelt*. Er hat tatsächlich seinen Zinken in die Höschen gesteckt. Boris hat ihn dabei erwischt und zur Rede gestellt.«

»Ausgerechnet der«, murmelte Elsa. »Wahrscheinlich wollte er selbst an die Spinde. Was hatte Boris in den Damen-Umkleiden denn überhaupt verloren?«

»Tja, das hat er nicht gesagt. Ich muss ehrlicherweise zugeben, dass ich danach gar nicht gefragt habe. Spielt jetzt auch keine Rolle mehr. Wie auch immer – seit diesem Vorfall brauchte Boris keinen Eintritt mehr bezahlen, um ins Nofretete zu gelangen, und auch nichts für Trinken und Essen. Aber als der Bärenbruno umgebracht wurde, war ihm das nicht mehr genug. Er wollte mehr, schließlich ging es um Mord. Boris wusste durch die Medien, dass wir den Wäschemann als Mordverdächtigen gesucht haben.«

»Diese Pressemeldung hätte so niemals rausgehen dürfen«, meldete sich Carmen zu Wort.

»Ist sie auch nicht«, erwiderte Ludwig Zott. »Ich weiß nicht, woher die Journalisten diese Information haben. Aber bestimmt nicht aus unserer Abteilung. Für meine Kollegen lege ich die Hand ins Feuer.«

Wenn du dich da nicht mal verbrennst, dachte Elsa.

»Nun gut«, meinte Gronau. »Zumindest wurde durch dieses Leck die Aufklärung des Falles nicht verhindert.« Der Chefermittler räusperte sich. »Jedenfalls hat Boris eins und eins zusammengezählt und Grimminger als Täter für den Mord an Schattenkirchner ausgemacht. Der Russe hat dem Clubbesitzer letzte Nacht diesen Vorwurf vor den Latz geknallt und damit gedroht, zur Polizei zu gehen.«

»Und wie hat Grimminger laut diesem Boris darauf reagiert?«, wollte Häusler wissen.

»Na, wie wohl«, antwortete Elsa an Gronaus Stelle. »Das wissen wir doch, das war der Auslöser für diese Massenschlägerei.« Sie dachte an die Ohrfeige, die Grimminger dem Russen verpasst hatte. Anschließend war er abgehauen. Um später zurückzukehren und mit Boris abzurechnen.

Gronau nickte. »Er ist ausgerastet und auf Boris losgestürmt wie ein Stier, hat ihm ein Bierglas über den Schädel gezogen und versucht, ihm mit einem scharfen Glassplitter in die Augen zu stechen. Bevor es zu Mord und Totschlag gekommen ist, ist unsere Kavallerie vorgeritten. Und jetzt ist Grimminger tot.«

»Also doch Selbstmord«, vermutete Zott.

»Möglich«, sagte Gronau. »Aber das werden wir wohl nicht endgültig klären können. Es sei denn, der Gerichtsmediziner findet dafür Anhaltspunkte. Aber einen Unfall von einem Suizid bei dieser autoerotischen Sache zu unterscheiden, hmm …«, er legte den Kopf schief, »… das dürfte schwierig werden, selbst für den Herrn Professor.«

»Und wenn Grimminger nicht der Mörder war?«, fragte Elsa in die Runde und erntete Schweigen.

»Im Ernst?« Valentin Häusler drehte ihr das Gesicht zu und grinste. »Und wer soll es sonst gewesen sein, Frau Kollegin?«

Elsa griff ihre Mappe und reichte sie Gronau. »Vielleicht einer der Freunde dieser Frauen. Da dürfte es wohl eine nicht ganz kleine Anzahl an Männern geben, die einen Hass auf Bruno Schattenkirchner hatten.«

Häusler lachte auf.

»Nur so ein Gedanke. Denken ist ja wohl noch erlaubt.« Sie biss die Zähne zusammen, dass sie knirschten. Am liebsten hätte sie mehr gesagt, aber ein Eklat war das Letzte, was sie jetzt brauchte.

Ludwig Zott unterbrach den aufkommenden Streit. »Gedanken sollten hier in dieser Runde erlaubt sein.«

»Und der Pressefuzzi hat jetzt auch was zu melden, oder wie?«, brauste Häusler auf.

»Nanana, keinen Streit bitte!« Gronau hob die Stimme. »Wir wollen nichts übereilt ausschließen. Aber, Elsa, es sieht schon sehr danach aus, als wäre Xaver Grimminger schuldig. Alle Indizien sprechen gegen ihn, er hatte die Gelegenheit dazu und war am Ort des Verbrechens. Und sein Verhalten gegenüber diesem Russen trägt nicht gerade zu seiner Entlastung bei. Wir haben das Umfeld von Bruno Schattenkirchner abgeklopft. Klar hatte er Feinde unter den Männern, mit deren Frauen er rummachte. Eifersuchtsmotive gab und gibt es da sicher haufenweise. Aber wir konnten niemanden als potenziellen Verdächtigen einkreisen.«

Elsa zuckte zusammen. Was sollte das bedeuten?

Anscheinend sah Gronau ihr die Überraschung an.

»Ja, wir sind nicht untätig gewesen. Nachdem du bei den Ermittlungen zu diesen Frauen nicht vorangekommen bist, habe ich zusätzlich Valentin damit beauftragt, und …«

»Und ich war nicht ganz erfolglos«, unterbrach dieser den Chef der Mordkommission mit einem breiten Grinsen.

»Schon gut.« Gronau zuckte entschuldigend die Achseln. »Valentin hat einen Großteil der Frauen identifiziert.«

Elsa bohrte ihre Fingernägel in die Handflächen. Sie spürte einen Wahnsinnszorn in sich aufsteigen. Zorn auf Valentin, der sich für den besseren Ermittler hielt. Der ihr womöglich den Platz in der Mordkommission streitig machte. Zorn auf Gronau, der ihr die Recherche nicht zutraute. Und Zorn auf sich selbst, weil sie wirklich geschludert hatte und stattdessen mit Sven Schäfer auf geheime Ermittlungen gegangen war. Sie schluckte schwer und hörte den weiteren Ausführungen Gronaus zu.

»Es wurde niemand am Tatort gesehen oder hat dort Spuren hinterlassen, bis auf Grimminger mit seinem Fingerabdruck und dem gerichtsverwertbaren Schuhabdruck, wie uns das Landeskriminalamt bestätigt hat. Die einzige Person, die wir als dringend tatverdächtig einstufen können, ist und bleibt Xaver Grimminger. Leider kann er zu dem Vorwurf nichts mehr sagen.«

Elsa lehnte sich zurück. »Ja, leider.« Wie praktisch, dachte sie und fasste einen Entschluss.

KAPITEL 22

Nachdem Claudia seine Wohnung ziemlich schnell verlassen hatte, startete Schäfer einen erneuten Versuch, an der Matratze zu horchen. In seinen Träumen zog nicht Hannah bei ihm ein, sondern der arrogante Staatsanwalt Henningsen, der sogar in seinem Bett schlief, während Elsa Dorn Karriere bei der Kripo machte und zur Kommissariatsleiterin aufstieg. Als ihn die toughe Frau Dorn wegen Mordes an Carsten Henningsen in ein mittelalterliches Verlies warf und grinsend zusah, wie der Kerkermeister den Schlüssel wegwarf, wachte er auf.

Das Klingeln des Telefons hatte ihn vor weiteren Albträumen bewahrt. »Himmel, nicht mal im Schlaf hat man seine Ruhe vor dieser Dorn.« Er warf einen Blick auf seine Armbanduhr, die er über den Kopf des Buddhas gestreift hatte. Kurz vor fünf Uhr am Nachmittag.

Scheiße!

Er hatte das Mittagessen verpennt.

Schlaftrunken stand er auf, nahm dem Buddha die Uhr ab, streichelte dreimal über dessen Glatze und schlurfte auf den Gang zum Festnetzanschluss.

»Ich komme schon«, brummte er, als das Schellen nicht aufhören wollte. Da schien es jemand verdammt wichtig zu haben. »Wer stört?«, schnauzte er in den Hörer und rieb mit den Handknöcheln über seine vom Schlaf verquollenen Augen. Er gähnte lautstark.

»Hast du etwa geschlafen?«, kam es zurück. »Du stöhnst in den Hörer wie ein Murmeltier nach dem Winterschlaf. Du weißt schon, dass Schlafen am helllichten Tag nicht gesund ist? Wieso gehst du eigentlich nicht an dein Handy, wenn ich dich anrufe.«

»Danke, Frau Dorn, du hast mir grad noch gefehlt zu meinem Glück.«

»Warte ab, bis du die neuesten Neuigkeiten erfährst.«

»Ich bin ganz Ohr.« Er hielt die Hand vor den Mund, um den nächsten Gähnanfall zu unterdrücken. In den nächsten Minuten war er allerdings hellwach, als Elsa ihm von dem Tatverdacht gegen Xaver Grimminger erzählte. Als Schäfer zusätzlich vom Tod des mutmaßlichen Wäschemanns erfuhr, und wie der seine Reise ins Jenseits angetreten hatte, war an Schlaf endgültig nicht mehr zu denken.

»Heilige Scheiße!«, entfuhr es ihm. Nach einigen Sekunden des Schweigens und Nachdenkens, in denen er den Hörer von der linken in die rechte Hand und wieder zurück beförderte, fragte er: »Und wer, verdammt noch mal, war dann dieser gottverdammte Scheißtyp, der uns beschattet und mit Boris ein Schwätzchen gehalten hat?«

»Tja«, tönte es aus dem Telefon. »Das würde ich auch gerne wissen.«

Er drückte die Muschel fester gegen sein Ohr. »Hannahs Stalker ist noch aktiv. Du weißt, was das heißt.«

»Hat sie das gesagt?«

»Was?«

»Na, das mit dem Stalker.«

»Ich weiß es, sie ist meine Tochter. Sie braucht nichts zu sagen. Vatergefühle und so, das spüre ich. Du weißt, ich und mein Instinkt.«

»Grimminger ist heute Nacht gestorben, eher in den frühen Morgenstunden. Er ist also noch nicht einmal ganz kalt. Woher willst du wissen, dass die Sache jetzt nicht doch ein Ende hat?«

»Hannah hat gesagt, ihr Handy wäre kaputt. Aber ich habe mitgekriegt, wie sie heute früh eine SMS bekommen hat. Danach war sie komisch. Das muss der Stalker gewesen sein. Ich bin nicht blöd. Von wegen kaputtes Handy. Und heute früh weilte Grimminger nicht mehr unter den Lebenden, wie du mir eben mitgeteilt hast. Er war es also nicht, der ihr geschrieben hat. Das kann nur eines heißen.«

»Der Wäschemann Grimminger ist nicht der Stalker deiner Tochter«, folgerte Elsa.

»Oder Grimminger ist nicht der Wäschemann!«

»Nein. Nein, alles spricht für ihn«, entgegnete die Hauptkommissarin. »Ich habe die Dessous gesehen, die er gehortet hat. Ich konnte sie den bisherigen Fällen zuordnen. Sogar die Wäsche deiner Exfrau habe ich bei ihm im Schrank gefunden. Er ist es, der Wäschemann.«

»Hmm. Ich weiß nicht. Hier ist was faul, das rieche ich. Vielleicht mag er wirklich der perverse Sextäter sein, aber ist er auch ein Mörder? Außerdem ist da die Sache mit unserem Verfolger. Wer hätte etwas davon, uns zu observieren?«

Als Elsa nicht antwortete, fuhr er fort: »Vielleicht der Mörder des Bärenbruno?«

»Tja, das Dumme ist nur, dafür ist Grimminger der einzige Tatverdächtige, wie du bereits weißt.«

»Der uns aber nicht beschattet haben kann, außer er ist ein X-Man. Schließlich haben wir mit ihm im Club gesprochen, er ist uns ganz sicher nicht gefolgt.«

»Das müsste ich eigentlich Gronau beichten. Das Gespräch mit Grimminger und den Kontakt mit dem ominösen Unbekannten.«

»Wenn du das machst, kannst du gleich bei mir als Ermittlerin einsteigen und beim Freistaat Bayern kündigen. Das ist genau das, worauf Jansenbrink gewartet hat.«

»Toll! Vielen Dank. Soweit ich mich erinnere, war das deine Idee mit diesem Swingerclub. Eigentlich wollten wir durch unsere Recherche weitere Todesfälle verhindern.«

Er kniff die Lippen zusammen, Unrecht hatte die Kommissarin nicht. Immerhin hatte er sie in diese knifflige Situation manövriert. »Diese Entwicklung ist sicher nicht das, was wir uns gewünscht haben. Aber wird man dir glauben, wenn du jetzt zu Gronau rennst, und ihm von deinem Verdacht erzählst? Ich meine, willst du ihm wirklich erzählen, dass du ausgerechnet mit *mir*«, er zeigte mit dem Daumen auf seine Brust, obwohl Elsa am anderen Ende der Leitung das gar nicht sehen konnte, »in einem Swingerclub warst? Aus ermittlungstechnischen Gründen? Kannst du Gronau überzeugen? Jansenbrink sicher nicht, er wird vermuten, du hast ein neues Hobby und willst dich mit deinen Aussagen bei der Mordkommission wichtig machen. Ein geklärter Fall ist erst einmal geklärt, das ist Jansenbrinks Devise. Alles andere bringt sein Universum ins Ungleichgewicht.«

»Das sagt meine Mutter auch immer.«

Er kratzte sich an der Nase, irritiert. »Was?«

»Na, das mit den Universen, dass die sich verschieben und so ein Zeugs. Das sagt meine Mutter immer.«

»Intelligente Frau, diese Martha Dorn.«

»Bist du auch esoterisch veranlagt?«

»Ich? Nein, wie kommst du da drauf?«

»Ach, nichts«, wehrte die Kommissarin ab.

Er sah sie bildhaft vor sich, wie sie die Augen zur Decke richtete, um wieder auf den Kern ihres Problems zurückzukommen.

»Schäfer, trotzdem ist diese Information mit dem Beschatter wichtig, der obendrein geflüchtet ist. Für Gronau und die ganze Mordkommission ist der Fall sonnenklar. Grimminger hatte sogar ein Motiv, wenn ihn Bruno Schattenkirchner auf frischer Tat beim Einbruch ertappt hat. Das einzige, was in der Gesamtbetrachtung des Falles stört, ist der Mann, der uns verfolgt hat und später Hals über Kopf geflohen ist. Und schlussendlich dir eine übergebraten hat. Nur wenn ich diesen Sachverhalt Gronau erzähle, wird er ins Grübeln geraten, ansonsten wird der Fall als geklärt abgeschlossen.«

»Ja und?«, versuchte Schäfer sie zu beruhigen. »Jemand hat vor uns die Düse gemacht. Jansenbrink wird behaupten, das wäre ein untreuer Ehemann gewesen, der Angst davor hatte, entdeckt zu werden. Wie sollen wir einen Zusammenhang mit dem aktuellen Fall herstellen?« Er ließ seine Worte einen Moment wirken, bevor er fortfuhr: »Gar nicht. Das können wir nicht. Wir können nur eines.«

»Und das wäre?«

»Weiter ermitteln. Außerdem willst du bestimmt keine Gerüchte über dich als Swingerin hören.«

»Welche Gerüchte?«

»Die kommen automatisch, wenn du keinen dienstlichen Grund für deine Anwesenheit dort belegen kannst. Und das kannst du nicht. Oder wusste jemand aus der Mordkommission von deinem Besuch? War er offiziell? Nein! Also gibt es Gerüchte.«

Er hörte sie wütend schnaufen.

»Und wer ist daran wieder schuld? *Du*, mein lieber Schäfer.«

»Das tut mir jetzt auch furchtbar leid, glaub mir. Ist leider nicht mehr zu korrigieren. Du musst den Tatsachen ins Auge blicken. Kapier es endlich. Für die Mordkommission ist der Fall geritzt, die Messe gelesen, das Fell des Bären verteilt, die Statistik im Lot. Sie werden noch ein bisschen drum herum ermitteln. Also, um Grimminger und den Bärenbruno und so, das Umfeld aufhellen, logo. Aber das ändert nichts daran, was im Schlusssatz der Ermittlungsakte stehen wird. Nämlich, dass Xaver Grimminger der gesuchte Täter ist. Das einzige, was ich für dich tun kann, ist weiter zu bohren. Also, kannst du mir ein paar Infos geben, wo ich ansetzen soll?« Schäfer hörte nur Elsas Atmen. Sie überlegte anscheinend. Nach einer gefühlten Ewigkeit meldete sie sich wieder zu Wort.

»Schreibbereit?«

»Und wie«, antwortete er.

Schäfer musste seiner fast tauben Nachbarin versprechen, ihren Keller auszuräumen, um einen weiteren Monat die Erlaubnis zu erhalten, den altersschwachen VW Käfer fahren zu dürfen. Er seufzte. Was er aufgrund seiner angespannten finanziellen Lage nicht alles auf sich nehmen musste. Aber momentan konnte er sich einfach kein eigenes Fahrzeug leisten. Sein letzter Auftrag war zwar gerade rechtzeitig gekommen und hatte sich als ziemlich lukrativ erwiesen. Damit war es ihm gelungen, die lästigen Schulden zu tilgen. Die angesparte Knete wollte er jetzt aber nicht ausgeben, solange er den roten Kleinwagen benutzen konnte. Vor allem, da seine Tochter bei ihm wohnte und er als Vater die eine oder andere Zusatzausgabe einplanen musste.

Während er durch die Gögginger Wohnsiedlung knatterte, suchte er nach seinem Smartphone, um die genaue Adresse seines nächsten Ziels herauszufinden. Er tastete seine Lederjacke ab, danach seine Hosentaschen.

»Ach ja«, sagte er zu sich selbst. »Das hatte ich beinahe vergessen.« Er hatte das Smartphone seiner Tochter geliehen, da ihres kaputtgegangen war und er nicht wollte, dass sie ohne Telefon rumlief. Nicht, wenn die Möglichkeit bestand, dass dieser irre Stalker hinter ihr her war. Wobei er nicht wusste, ob die Sache mit Hannahs Handy wirklich stimmte, wenn er an die SMS dachte, die sie heute früh womöglich erhalten hatte.

Als Ersatz hatte Schäfer sein Nokia aus der Kruschtkiste geholt, wie er die Truhe in seinem Arbeitszimmer nannte. In diese kamen Dinge, die er momentan nicht benötigte, die aber zu schade waren zum Wegschmeißen. Eventuell brauchte er manches davon wieder. Wie jetzt dieses antiquierte Nokia-Teil. Immerhin verfügte es über neun Euro Restguthaben. Ein paar Telefonate ließen sich damit bestimmt führen. Außerdem hielt der Akku mehr als eine Woche, für ein Smartphone ein Ding der Unmöglichkeit.

Wichtiger war allerdings, dass Hannah ihn anrufen konnte, wenn sie es für nötig hielt. Abgesehen davon hatte er ein Programm auf seinem Computer, mit dessen Hilfe er das Smartphone orten konnte. Was er Hannah bewusst verschwiegen hatte, aber dadurch fühlte er sich besser. Außerdem ersparte es ihm die Wanze, die er eigentlich in ihrer Handtasche anbringen wollte. Just in diesen Gedankengang hinein klingelte das Nokia mit einem nostalgischen Rington. Schäfer kurbelte mit einer Hand am Lenkrad und nahm mit der anderen das Gespräch an.

»Paps, Mama hat gerade hier angerufen.«

»Was heißt hier?«

»Na, zu Hause, bei uns.«

Er brauchte einen Augenblick, um zu registrieren, dass Hannah damit seine Wohnung in der alten Stadtvilla in Göggingen meinte. Sie sprach von ihrem Zuhause, was ihm gefiel, er lächelte. »Okay, was wollte sie? Und wieso bist du überhaupt daheim, wolltest du nicht später kommen?«

Wieder dieses kurze Schweigen, das er sehr verdächtig fand.

Dann: »Ich wollte eigentlich mit dir eine bestimmte Sache besprechen. Aber du warst schon weg.«

»Ja, musste früher los, wichtige Ermittlungen.«

»Hat das mit diesem Stalker zu tun?«

»Ehrlich gesagt weiß ich das nicht so genau. Irgendwie ist das gerade kompliziert mit den Ermittlungen. Vielleicht ja, schon möglich.«

»Deshalb wollte ich mit dir reden. Wegen dieses Stalkers.«

»Hannah, das müssen wir auf heute Abend verschieben. Oder auf morgen früh, vielleicht wird es ziemlich spät. Und wenn es gut läuft, weiß ich bis zu unserem Gespräch mehr über diesen verfi…, ähm, also diesen bescheuerten Stalker.«

Er hörte sie ungeduldig mit der Zunge schnalzen.

»Gut, wenn es nicht anders geht. Aber die Sache mit Mama, da will ich jetzt wissen, was deine Meinung ist. Also, was sagst du zu ihrem Vorschlag?«

Schäfer war durch einen älteren Radfahrer abgelenkt, der vor ihm die halbe Straße brauchte und immer wieder wilde Schlenker fabrizierte. Wenn er nicht aufpasste, würde er den Alten plattmachen. »Was meinst du?«

»Dass ich bei dir wohnen darf. Auf Dauer.«

»Scheiße!«, fluchte Schäfer, presste das Handy gegen den Bauch und fuhr an den Straßenrand. Er wartete eine Sekunde, blickte sich um und atmete erleichtert aus. Dann nahm er das Handy wieder ans Ohr und hörte gerade noch: »… soll ich wieder ausziehen?«

»Ausziehen? Wieso ausziehen, wer spricht denn davon?«

»Du klangst gerade nicht sehr begeistert.«

»Was?« Er lachte, wischte sich eine Träne aus dem Auge. »Nein, das war wegen der Bullen. Ich dachte schon, die haben mich beim Telefonieren am Steuer erwischt.«

»Die Bullen?«

»Ja, so ein Streifenwagen hat mich gerade überholt. Ich dachte, das kostet mich gleich sechzig Scheine, aber die haben jetzt einen Radler am Wickel, der ...«

»Dann ... passt das mit dem Wohnen bei dir?«, unterbrach ihn Hannah.

»Was hast du denn gedacht? Dass ich meine eigene Tochter rauswerfe? Niemals! Und wegen der Sache, über die du mit mir reden willst: Mit dem Stalker, das holen wir nach, ganz bestimmt. Mach dir deswegen keine Sorgen, ich bin dran an diesem Typen. Außerdem passe ich auf dich auf.«

KAPITEL 23

Drei Stunden später parkte Schäfer vor dem Botanischen Garten. Er sah auf die Uhr, kurz vor acht, er hatte noch eine Stunde, bis die Anlage geschlossen wurde. Auf dem Parkplatz war nicht viel los. Der Zoo, der sich direkt daneben befand, hatte längst geschlossen.

Dunkle Wolken zogen auf, fernes Donnergrollen kündigte ein Unwetter an. Nicht schon wieder, dachte Schäfer. Die letzten Sonnentage hatten Besserung versprochen, nach dem Dauerregen in den vergangenen Wochen. Die Wetterprognose für morgen und übermorgen verhieß allerdings wieder nur Pisswetter.

Die letzten Stunden hatte Schäfer damit zugebracht, ein halbes Dutzend der ehemaligen Bärenbruno-Gespielinnen aufzusuchen. Er hatte vorgegeben, im Auftrag des Nachlassverwalters unterwegs zu sein, weil es bestimmte Fragen hinsichtlich des Testaments geben würde. Seine Aussagen hatte er absichtlich sehr vage gehalten, um damit der Fantasie der Frauen Raum zu geben. Umso besser, wenn sie jetzt dachten, dass sie eventuell mit Kohle bedacht wurden, ohne etwas dafür tun zu müssen. Vielleicht würde das die ansonsten verschlossenen Lippen geschmeidig machen und öffnen. So zumindest seine Hoffnung.

Leider hatte er bislang kein Glück gehabt. Die Chefarzt-Gattin war auf Geld nicht angewiesen. Allerdings hatte sich herausgestellt, dass sie Brunos Stehvermögen schmerzhaft vermisste und nun nach einem passenden Nachfolger suchte.

Nur mit Mühe war es Schäfer schließlich gelungen, sich den tentakelhaften Armen der prallen Schwarzhaarigen zu entwinden. Allerdings hatte er sich nicht dagegen gewehrt, als sie ihm ihre Handynummer zugesteckt hatte. Wer wusste schon, was die Zukunft verhieß.

Eine Schauspielerin und ein Fotomodell, deren Adressen ihm Elsa ebenfalls zur Überprüfung gegeben hatte, weilten gar nicht in Deutschland, nicht mal in Europa, sie hielten sich in den USA auf. Bei zwei weiteren Anlaufpunkten waren die Ehemänner anwesend gewesen, da hatte sich Schäfer unter einem Vorwand schnell wieder verabschiedet.

Der letzte Name auf Elsas Liste lautete Yvonne Habermann. Sie arbeitete im Botanischen Garten, und laut Elsa hatte es bei ihr in den letzten Monaten mehrmals Einsätze wegen häuslichen Streits gegeben. Mehr hatte Elsa dazu an Infos nicht auftreiben können; die polizeilichen Einsatzberichte waren dürftig, Anzeigen nicht erstattet worden. Schäfer bezahlte an der Kasse die drei Euro Eintritt, dann lief er eine kleine Straße entlang, die mit Alleebäumen bepflanzt war. Links und rechts säumten Lavendelpflanzen den Weg, es roch nach gemähtem Rasen. Auf seinem Weg bewunderte er gewaltige Bananenpflanzen in großen Töpfen und exotische Palmen. Er war noch nie hier gewesen, konnte aber nicht umhin, die Blütenpracht zu bestaunen.

Es duftete nach Gewürzen, Rosen und anderen leckeren Düften. Um diese späte Uhrzeit waren kaum Besucher anwesend, er traf aber zwei Gärtnerinnen, die damit beschäftigt waren, ein Rosenbeet zu wässern. Neben ihnen stand ein Schubkarren, voll mit Schnittgut, auf dem ein Rechen lag. Zwei leere Flaschen Mineralwasser steckten zwischen Grünzeug und Rechen.

»Servus«, begrüßte er die beiden Frauen, die er auf Mitte

dreißig schätzte. »Ich suche eine Frau Habermann, sie soll hier als Botanikerin arbeiten.«

»Die Yvonne, die arbeitet bei den Exoten im Pflanzenhaus«, sagte eine der beiden. »Da hinten gleich rechts, am alten Wassergarten vorbei, der große Glaskasten, da gehen Sie rein. Rechts ist das Tropenhaus und geradeaus, da ist ein Bereich für Mitarbeiter, da finden Sie die Frau Habermann, einfach durch die Glastür. Aber das ist nur für Mitarbeiter.«

»Ich klopfe einfach an«, gab Schäfer zurück, bedankte sich und eilte weiter. Im Pflanzenhaus angekommen, warf er einen kurzen Blick in den tropischen Bereich, die Neugierde trieb ihn. Im nächsten Moment fühlte er sich wie Indiana Jones im Dschungel, bei all den fremdländischen Gewächsen. Es tropfte von der Decke, und in Sekundenschnelle stand dem Privatermittler der Schweiß auf der Stirn. Fehlte nur noch eine Würgeschlange, die von einem der Bäume nach unten glitt. Oder eine Vogelspinne, die ihm über den Weg lief.

Erst nach einer ganzen Weile gelang es Schäfer, sich loszureißen. Er wandte sich nach rechts zu der beschriebenen Glastür, auf der »Anzuchtbetrieb, Zugang nur für Mitarbeiter« stand. Diesen Hinweis ignorierte er geflissentlich und trat ein. Über ihm hing ein grünes Netz von der Decke, dessen Bestimmung er nicht einzuschätzen wusste. Links und rechts tummelten sich die verschiedensten Pflanzen auf den Tischen.

»Stoiber, komm zurück, mach keinen solchen Krach! Stoiber, hierher.«

Etwas Braunes ratterte an seinen Füßen vorbei, Schäfer machte einen Satz nach hinten. Vor ihm rollte beziehungsweise trabte ein sehr seltsames Gebilde. Auf einem Rollschuh lag der Körper eines Dackels, der mit den Vorderpfoten auf den Steinboden tappte und dadurch das kleine Gefährt antrieb. Die hinteren Pfoten des Hundes baumelten über dem Ende des Rollschuhs nach unten.

Eine rothaarige, sehr attraktive Frau, in Shorts und Shirt, bückte sich und streichelte dem Hund über den Kopf.

»Stoiber«, tadelte sie den Dackel. »Du sollst doch nicht durch die Gegend rasen. Mach langsam und bleib in meiner Nähe.«

Stoibers Schwanz wackelte hin und her, er kläffte. Wahrscheinlich erfreut, Schäfer wusste das nicht genau, er kannte sich besser mit Katzen aus.

Die Rothaarige bemerkte ihn, strich eine Strähne hinters Haar und stand auf. »Hier ist kein Zutritt für …«, sie musterte ihn von oben bis unten. Anscheinend gefiel ihr, was sie sah, denn sie korrigierte sich und lächelte. »Aber für Sie kann ich vielleicht eine Ausnahme machen.«

Das musste Yvonne Habermann sein.

»Netter Hund«, bemerkte Schäfer mit einem Nicken in Richtung des Dackels.

»Ja.« Sie blickte den Köter liebevoll an. »Er hat leider ein Handicap, wie man sieht.«

»Was ist mit seinen Beinen passiert?«

Ihr Gesicht verfinsterte sich. »Das war mein Ex. Er hat Stoiber einfach aus dem Fenster geworfen.«

»Wer macht denn so was? Einen Stoiber aus dem Fenster werfen.«

Sie warf ihm einen Blick zu, der nicht mehr ganz so freundlich war. Schnell fügte er hinzu: »Einen Dackel, meine ich. Wer wirft denn einen Dackel aus dem Fenster? Ja, geht's noch!« Er ging in die Knie. »Stoiber, komm her zu Papi, komm schon.«

»Vorsicht«, warnte Yvonne Habermann. »Er mag seit dem Zwischenfall keine Männer mehr. Stoiber beißt manchmal.«

Na ja, dachte Schäfer. Bissig war der Stoiber schon immer. Also der andere natürlich. Aber das behielt er wohl besser für sich. Weitere Witze auf Stoibers Kosten würden bestimmt nicht die Mitteilsamkeit von Frau Habermann fördern. Der Hund drehte auf seinem Rollschuh eine Runde und rollte und lief, also beides zur gleichen Zeit, auf Schäfer zu.

»Die Tierärzte in der Klinik wollten ihm die Hinterpfoten amputieren, aber das habe ich nicht übers Herz gebracht. Die Ärzte meinten, die Pfoten würden ihn behindern, es wäre sowieso schon sehr beschwerlich für ihn. Aber bei dem Gedanken, dass mein süßer Stoiber nur auf den Vorderpfoten durchs Leben robbt, also da ist mir ganz schlecht geworden. Eine Freundin hat mir dann diesen Tipp gegeben. Mit dem Rollschuh. Das ist ein altes Modell, die gibt es heute gar nicht mehr. Stoibers Körper passt wunderbar hinein, ich kann ihn festschnallen, und er kann mit den Vorderpfoten richtig Gas geben. Und dadurch hat er weiterhin mächtig viel Spaß am Leben.«

»Das sehe ich«, meinte Schäfer und zog schnell seine Hand zurück, als Stoiber ihn ankläffte. Beim Näherrollen schnüffelte der Hund, und Schäfer streckte seine Hand wieder aus. Stoiber leckte über Schäfers Finger und wedelte mit dem Schwanz.

»Er mag Sie«, stellte Frau Habermann fest. »Das können Sie als Kompliment auffassen, normal macht Stoiber das nicht. Fremden Männern die Finger lecken.«

»Dieser Ex von Ihnen muss ein richtiges Arschloch sein.«

»Und wie.«

»Und das da?« Schäfer deutete auf eine Art Sack um Stoibers Hinterteil.

»Das ist eine Hundewindel. Stoiber kann nicht mehr normal aufs Klo gehen.«

»Aha.«

»Aber Sie sind nicht wegen Stoiber da, nehme ich an. Und wie ein normaler Besucher sehen Sie auch nicht aus.«

»Soso. Und wie sieht ein normaler Besucher für Sie aus, Frau Habermann?«

»Ich weiß nicht«, sie zwinkerte ihm zu und leckte mit der Zunge über ihre Lippen, »vielleicht nicht so männlich?«

Flirtete sie etwa mit ihm? Das war schon die zweite von Brunos Ex-Gespielinnen, die sich an ihn ranmachte. Aber einen echten Sven Schäfer beeindruckte so etwas natürlich nicht. Er war kein Gockel, und diese rothaarige Venus war zwar üppig und äußerlich sehr apart, aber er war nicht in Sachen Paarung hier, sondern um an Informationen zu gelangen.

»Außerdem kennen Sie meinen Namen und sind auf der Suche nach mir«, stellte sie fest, diesmal eine Spur weniger heißblütig, anscheinend hatte sie sein sexuelles Desinteresse gespürt. »Das hat mir Gabi bereits verraten.« Sie zog ein tragbares Telefon aus der Gesäßtasche ihrer Shorts und wedelte damit herum.

»Gabi?«

»Das Mädchen bei den Rosen.«

Er nickte.

»Gabi ist nett und sehr fürsorglich. Sie befürchtet, mein Ex könnte mit mir etwas Ähnliches anstellen wie mit Stoiber.«

»Sehe ich aus wie Ihr Exfreund?«

»Nein, überhaupt nicht. Er ist nicht so ... so muskulös wie Sie, eher schmächtig. Gabi denkt aber, er könnte mir einen Schläger auf den Hals hetzen, weil ihm selbst der Mut dazu fehlt. Aber das glaube ich nicht; Dieters Mut reichte nur so weit, den armen Stoiber aus dem Fenster zu schmeißen. Ansonsten ist er ein Feigling.«

»Trotzdem, diese Gabi sollten Sie sich warmhalten, das hat sie gut gemacht. Sicher ist sicher.«

Yvonne Habermann legte den Kopf schief. »Meinen Sie?«

»Ganz bestimmt, aber jetzt mal was anderes. Ich bin wegen Bruno Schattenkirchner da. Genauer gesagt, wegen seines Nachlasses.«

»Der arme Bruno. So ein schreckliches Ende. Hat er Stoiber etwas vermacht?«

»Wieso sollte er Stoiber …?«

»Ja, der Bruno war doch schuld an Stoibers Schicksal, sozusagen. Wegen meiner Geschichte mit dem Bärenbruno ist der Dieter völlig ausgeflippt. Obwohl der Bruno und ich nur zweimal … Also öfter war da wirklich nichts.« Sie legte einen Zeigefinger an die Lippen und zog einen Schmollmund. »Wir hatten deshalb ziemlichen Streit, der Dieter und ich. Dieter war stinksauer, als er von Bruno und mir erfahren hat. Dabei war die ganze Geschichte längst vorbei, wirklich. Aber das war ihm wurscht. Dem Dieter, meine ich. An den Bruno hat er sich nicht rangetraut, da hat er meinen armen Stoiber vor Wut gepackt und aus dem zweiten Stock auf die Straße geworfen. Ab da war es aus mit meiner Geduld, ich habe Schluss gemacht.«

»Und Sie haben keine Anzeige erstattet?«

Sie schüttelte den Kopf, ging in die Knie und streichelte dem Dackel den Kopf. »Nein, mir war nur wichtig, dass es meinem Stoiberle wieder gut geht und der Mistkerl auszieht. Alles andere war mir egal.«

Schäfer fasste sich ans Kinn, grübelte. Das war also der Grund für einen dieser ominösen Polizeieinsätze gewesen. »Dieser Dieter, könnte es nicht sein, dass er aus Wut darüber, verlassen zu werden, also, dass er dem Bruno eins auswischen wollte?«

»Wie meinen Sie das?«

»Ihn umbringen halt, das meine ich.«

Sie hob eine Hand gegen den Mund. »Upps! Der Dieter ein Mörder?« Ihre Augen weiteten sich für einen Moment, dann holte sie tief Luft. »Ich habe ihn vor über einem halben Jahr rausgeschmissen. Das ist doch so lange her. Und gewalttätig ist er nie geworden.«

»Bis auf Stoiber.«

»Bis auf Stoiber«, gab sie ihm recht. »Aber was hat das eigentlich alles mit dem Nachlass zu tun?«

Schäfer winkte ab. »Ich will mir nur ein Bild machen. Von der ... der Gesamtsituation. Sie wissen, wie das ist.«

»Nein, weiß ich nicht.«

»Sind ziemlich kompliziert, diese Erbsachen.«

»Aha, und was bedeutet das für mich?«

»Im Moment gar nichts, es sind einfach ein paar Dinge zu klären für den Nachlassverwalter. Für den Fall der Fälle, ich meine, falls das Erbe ausgeschlagen wird. Von den Erben nämlich, denn in diesem Falle könnte es sein, dass jemand anders erbt.«

»Stoiber zum Beispiel.«

»Ähm, ich denke, eher nicht, vielleicht sein Weibchen, ich meine Frauchen.«

Yvonne Habermann strahlte. »Sie meinen ...?«

»Gar nix meine ich, aber falls doch, dann kriegen Sie Bescheid, versprochen.«

»Und was ist mit dem Buch?«

»Was für ein Buch?«

»Na, das von Bruno. Der wollte doch bald eins veröffentlichen. Ich denke, das hätte dem Herrn Korn nicht gefallen.«

»Welcher Herr Korn?«, wollte Schäfer wissen.

KAPITEL 24

»Lieber Herr Jansenbrink, mein Ausflug zur Mordkommission endete früher, als Sie mir prophezeit hatten. Vermutlich sind Sie glücklich darüber. Ich weiß, dass Sie mich nicht im Team haben wollten. Weiß der Himmel, warum. Aber ich habe von Anfang an gespürt, dass ich ihre Gesichtskontrolle nicht bestanden habe.« Elsa lauschte ihren Worten, sie fand nichts Schlimmes daran, es war einfach nur ihre ehrliche Meinung. Außer dem Ticken der Wanduhr war es still im Büro. Vor dem Fenster verdunkelte sich der Himmel, Regen drohte, es war in den letzten Stunden bereits merklich kühler geworden. Sie rieb ihre kalten Unterarme, um die Durchblutung anzuregen. Ihr Blick schweifte zum Kalender, kündigten sich gar die Eisheiligen an?

»Aber eines sage ich Ihnen«, wandte sie sich wieder dem Zielobjekt ihrer kleinen Ansprache zu. »So leicht können Sie mich nicht kleinkriegen. Ich bin zwar äußerlich nicht die Größte, aber innerlich, da bin ich stark, und ich werde es schaffen. Ich komme in die Mordkommission. Da können Sie intrigieren, so viel Sie wollen, Herr Direktor. Es ist nur eine Frage der Zeit. Hören Sie, Herr Jansenbrink? Nur eine Frage der Zeit!« Elsa stand auf und stützte ihre Hände auf den Tisch. Sie beugte sich vor und kniff dabei bedrohlich die Augen zusammen.

Dann packte sie den Warzenkaktus, hielt ihn sich vor die Augen und wiederholte: »Nur eine Frage der Zeit. Herr Kriminaldirektor, das war's, was ich Ihnen sagen wollte.« Sie stellte den Kaktus zurück aufs Fensterbrett und setzte sich wieder.

Dann sah sie auf ihre Armbanduhr. »Upps!«, murmelte sie. »Schon so spät?« Freitag, früher Abend, eigentlich längst Feierabend.

Niklas Gronau hatte die Besprechung vor einer guten Stunde beendet und Elsa inklusive der restlichen Mannschaft ins Wochenende geschickt. Jetzt, nachdem es so aussah, als wäre der Mord an Bruno Schattenkirchner geklärt, war es nicht notwendig, am Samstag oder gar Sonntag zu arbeiten, hatte der Leiter der Augsburger Mordkommission feierlich erklärt. Am Montag würde man sich weiter dem Fall widmen. Aber dringende Ermittlungen stünden nicht an. Sie sollten alle den Erfolg auskosten und am Samstag und Sonntag ausspannen. Jedem einzelnen Beamten der Mordkommission hatte Gronau die Hand geschüttelt und empfohlen, das Wochenende zu genießen.

Ausspannen?

Pah, hatte Elsa gedacht. Als ob sie das könnte.

Punkt fünf Uhr hatte Gronau das Meeting beendet. Danach war sie missmutig zurück in ihr Büro geschlendert, hatte eine Zeit lang vor sich hingegrübelt, bis sie sich schließlich entschlossen hatte, Schäfer auf einige von Brunos Ex-Liebschaften anzusetzen. Inzwischen kam ihr der Sinn dieser Aktion zweifelhaft vor.

War das vielleicht wieder ein Fehler gewesen?

Den bulligen Privatermittler loszuschicken?

Warum konnte sie die Sache nicht einfach auf sich beruhen lassen, wie die anderen Kollegen? Wieder einmal unternahm sie einen Alleingang. Ohne Rücksprache mit Gronau oder einem anderen Kripobeamten.

Ihr schlechtes Gewissen meldete sich prompt, aber sie beruhigte sich mit dem Gedanken, dass niemand davon erfahren würde, wenn Schäfers Nachforschungen ein Schlag ins Wasser waren. Vorausgesetzt, der Privatermittler würde einigermaßen behutsam vorgehen. Und darin lag die Krux. Das Wort »behutsam« existierte in seinem Wortschatz nicht.

Also doch ein Fehler?

Ach, war jetzt sowieso egal. Sie seufzte und schlug mit der Hand nach einer lästigen Fliege, die ihr um den Kopf surrte.

Elsa beschloss, endlich nach Hause zu gehen, als plötzlich ihr Telefon klingelte. Der Beamte von der Wache im Erdgeschoss war dran und kündigte einen David Onold an, der unbedingt mit einem Verantwortlichen im Mordfall Bruno Schattenkirchner sprechen wollte und sich nicht auf Montag vertrösten lassen wollte. Der Wachhabende hatte niemanden mehr von der Mordkommission an die Strippe bekommen. Wie auch, die waren alle im Wochenende.

Beinahe hätte sie dem Kollegen gesagt, er wäre bei der Falschen gelandet, der Mordfall wäre längst gelöst und sie wieder bei der Sitte. Aber am Ende siegte die Neugier, und sie bat den Kollegen, diesen Herrn Onold zu ihr zu bringen.

Wenige Minuten später saß ihr ein schlanker Enddreißiger mit gebräunter Haut und kurz geschnittenem blonden Haar gegenüber. Er trug eine weiße Stoffhose und ein blaues Jackett, unter dem ein weißes T-Shirt hervorblitzte. Seine nackten Füße steckten in Slippern. Unwillkürlich musste Elsa an Don Johnson in *Miami Vice* denken. Die blauen Augen ihres Gegenübers funkelten belustigt, als er ihre Kakteensammlung betrachtete. Bartstoppeln glänzten im Licht der Deckenbeleuchtung, die Elsa eingeschaltet hatte, da sich der Himmel draußen immer weiter verfinsterte. Als sie Luft holte, stieg ihr ein angenehmes Parfüm in die Nase, nicht aufdringlich, wie bei vielen Männern, sondern dezent.

»Entschuldigen Sie bitte mein verspätetes Erscheinen, aber ich war im Ausland. Von Brunos Tod habe ich erst heute Nachmittag erfahren, als ich wieder in Augsburg angekommen bin.«

»Sie kannten ihn?«

»Jeder kannte ihn. Außerdem war ich sein Autor.«

Elsa hob eine Augenbraue. »Autor wofür?«

»Für seine«, er suchte offenbar nach den richtigen Worten und sah zur Decke. »Nun ja, Memoiren trifft es nicht ganz.«

»Aha«, sagte sie nur.

»Ich sollte sein Ghostwriter sein, verstehen Sie? Der Bärenbruno hat mich engagiert, mir bereits einen enormen Vorschuss bezahlt, obwohl ich noch gar nichts geschrieben habe.«

»Jetzt mal langsam«, unterbrach Elsa ihn. »Was wollen Sie überhaupt von mir, Herr Onold?«

»Sie haben doch mit dem Mord zu tun. Also, mit seiner Aufklärung. Das hat der Beamte unten wenigstens gesagt.«

»Mhm.« Sie nickte. »Und weiter?«

»Ich kann vielleicht etwas zu dieser Aufklärung beitragen.«

Sie lehnte sich zurück, musterte David Onold, über dessen Gesicht ein verschmitztes Grinsen huschte. »Unsere Presseabteilung hat gerade die Aufklärung des Falles an die Medien rausgegeben.« Sie blickte auf die Uhr. »Vor ungefähr einer Stunde.«

»Ach was!«

»Ja, genau.«

Onold rieb sich über das Kinn. »Habe ich gar nicht mitbekommen. Und wer war es?«

»Der mutmaßliche Mörder heißt Xaver Grimminger. Ist aber ebenfalls tot.«

»Das ist ja ein Ding«, platzte es aus ihm heraus. Er sprang halb auf. »Dann werden bestimmt jede Menge Leute froh drüber sein. Dass der Mord so schnell aufgeklärt wurde, meine ich. Das hätte eine Menge Ärger geben können, wenn Sie und Ihre Kollegen weitergebohrt hätten.« Er sank wieder zurück auf den Stuhl.

Sie beugte sich vor. »Wie meinen Sie das?«

»Das Buch, das ich in Brunos Namen schreiben sollte, also, das hatte durchaus eine gewisse Sprengkraft, wenn Sie verstehen, was ich meine.«

Elsa verlor so langsam die Geduld. »Ich verstehe gar nichts. Worauf wollen Sie hinaus?«

»Nun, Sadomaso-Bücher sind ja bereits seit einiger Zeit sehr erfolgreich. Sie werden sogar verfilmt. Auf diesen Zug wollte Bruno aufspringen. Keine dumme Idee, wie ich finde. Schließlich hatte er so einiges zu berichten. Sie wissen bestimmt, woher sein Spitzname kommt.«

»Oh ja.«

»Er hat in der Augsburger Schickeria ganz schön gewildert, um es mal so zu formulieren. Was meinen Sie, was er da zu erzählen gehabt hätte? Nicht nur normale Lovestorys, wie sie in der Bravo erscheinen. Nein!« Onold hob beide Hände. »Durchaus abgründigere Dinge. Und seine Partnerinnen gehörten zur Augsburger Society. Die meisten der Damen sind keine Singles, sondern haben Ehemänner.« Er lächelte milde. »Vermögende, einflussreiche und mächtige Ehemänner. Was glauben Sie, was ein Buch, das Brunos Liebesleben detailliert schildert, für Wellen geschlagen hätte in dieser Stadt?« Er zeigte wieder seine blendend weißen Zähne.

»Und so einen Schund will jemand lesen?« Elsa schüttelte verwundert den Kopf.

»Zehntausende, um genau zu sein. Bruno hätte diese amourösen Geschichten zusätzlich mit ein paar pikanten Details gewürzt. Offenbar wollte er den einen oder anderen korrupten Augsburger an den Pranger stellen. Er hat mir gegenüber angedeutet, den Sumpf seiner Heimatstadt trockenlegen zu wollen. Im letzten Kapitel hätte er dann öffentlichkeitswirksam angekündigt, dass er in die Politik einsteigen würde. Er wollte sich engagieren, eine Art Wohltäter für die Stadt Augsburg werden.«

Fassungslos stieß Elsa hervor: »Der Bärenbruno wollte in die Politik? Er hat sich als Wohltäter gesehen?«

Onold lächelte. »Tja. An Selbstbewusstsein hat es Bruno wirklich nicht gemangelt. Manchmal war das fast schon eine Art Größenwahn. Andererseits hatte Bruno tatsächlich schon einen Verlag an der Angel, der ihm ein super Angebot für die Veröffentlichung gemacht hat. Das Problem war nur das Schreiben. Damit hatte Bruno es nicht so. Und da kam ich ins Spiel. Er hat sich erkundigt, ich wurde ihm empfohlen.«

»Sie sollten diesen, diesen Mist für ihn schreiben?«

»Das ist mein Beruf«, erklärte Onold.

»Verzeihung, ich wollte Sie nicht beleidigen.«

»Schon gut«, wehrte er ab.

»Und Herr Schattenkirchner hatte Ihnen bereits schriftliche Aufzeichnungen zukommen lassen?«

»Nein.«

»Sie haben ihn ausführlich befragt?«

»Nein, auch das nicht, wir haben lediglich ein kurzes Telefonat geführt. Ich wurde ihm, wie bereits erwähnt, empfohlen. Leider hatte ich zu diesem Zeitpunkt wenig Zeit für ein ausführliches Gespräch. Ich stand kurz vor meiner Abreise. Er wollte wissen, ob ich grundsätzlich dazu bereit wäre, seine sexuellen Abenteuer niederzuschreiben.«

»Und?«

»Was und?«

»Waren Sie das? Bereit dazu?«

»Natürlich. Ich bin gebürtiger Augsburger, da war mir der Bärenbruno selbstverständlich ein Begriff.«

»Wie so vielen Menschen, außer mir«, sagte Elsa.

»Bruno war ein stadtbekannter Casanova.«

»Wozu dann ein Buch, wenn das sowieso jeder weiß?«

»Gerüchte sind eine Sache. Aber wenn die Fakten schwarz auf weiß nachzulesen sind und die Bücher in sämtlichen Buchhandlungen hier im Umkreis angeboten werden, dann hat das eine ganz andere Relevanz. Außerdem dürfen Sie nicht vergessen, dass Bruno im Zuge seiner Affären anscheinend ein paar Dinge aufgeschnappt hatte, die er mir gegenüber als echten Sprengstoff bezeichnete. Mit überregionalen Auswirkungen. Wer weiß, am Ende wäre Bruno sogar noch in den nationalen Medien gelandet, er selbst war davon sogar ziemlich überzeugt. Das hätte für einige Leute ganz schön unangenehm werden können.«

Onold schwieg einen Moment und schien seinem letzten Satz nachzulauschen. Dann fuhr er fort: »Jedenfalls war Bruno sich seiner Sache sehr sicher. Er hätte zwar die Namen verfremdet, um ein Gerichtsverfahren zu vermeiden, aber trotzdem hätte jeder gewusst, wer gemeint war. Wenn das Buch erschienen wäre, hätten sich die Medien auf die Sache gestürzt und die Hintergründe recherchiert. Auf diese Weise wäre Bruno dann monatelang im Gespräch gewesen. Und darauf ist es ihm in erster Linie angekommen. Das Geld, das er damit verdient hätte, war ihm egal, davon hatte er bereits mehr als genug. Er sprach sogar davon, die Einnahmen komplett für wohltätige Zwecke zu spenden. Wie gesagt, Geld spielte für ihn keine Rolle.«

»Ich weiß«, antwortete Elsa. »Übrigens, ein paar dieser

Damen aus der ehrenwerten Gesellschaft habe ich heute ausfindig gemacht. Ich sage nur Chefarztgattin, Frau eines Kommunalpolitikers und eines Spielers des FC Augsburg. Sind das die Skandale, die Sie angedeutet haben?«

»Unter anderem. Es gab da eine Person, bei der er ganz besonders geheimnisvoll getan hat. Angeblich, weil es im Falle einer Enthüllung zu einem Rieseneklat gekommen wäre.«

»Haben Sie nicht gerade gesagt, das wäre nur ein kurzes Telefonat gewesen, bei dem der Bruno gar nicht viel erzählt hat?«

»Hat er auch nicht, jedenfalls nichts Konkretes. Die Einzelheiten wollte er in der kommenden Woche mit mir besprechen. Jetzt ist er leider tot.«

»So ein Pech«, stellte Elsa fest.

»Sie sagen es.«

»Und sein Mörder ist jetzt ebenfalls tot.« Wieder spürte Elsa Zweifel in sich aufsteigen. »Wie es aussieht, hatte der Mörder allerdings nicht viel mit Brunos skandalösen Liebschaften zu tun. Zumindest hatte er keine Frau, die fremdging. Grimminger war der Besitzer des Swingerclubs Nofretete, außerdem war er der berüchtigte Wäschemann. Schon mal vom Wäschemann gehört?«

»Wer nicht, hat er doch in letzter Zeit ganz Augsburg in Angst und Schrecken versetzt, jedenfalls die weibliche Hälfte davon.« Onold schob nachdenklich die Unterlippe vor. »Dieser Herr Grimminger war also der Wäschemann. Wenn Sie mir jetzt noch den Grund nennen könnten, wieso dieser Mann den Bärenbruno …?«

»Das ist bislang nicht offiziell, tut mir leid. Die Details gibt der Ermittlungsleiter der Öffentlichkeit bekannt. Wahrscheinlich Anfang nächster Woche.«

»Verstehe.« Der Ghostwriter nickte. »Dann hat sich das Nachbohren für die Polizei also erledigt«, vermutete er.

Elsa schürzte die Lippen. »Wie man's nimmt. Ein bisschen Nachfragen hat noch nie geschadet.« Jetzt war sie doch froh, dass sie Schäfer zum Schnüffeln losgeschickt hatte. Sie wandte sich an Onold. »Aber hat Herr Schattenkirchner nicht doch irgendetwas gesagt, irgendeinen Namen fallen lassen, der in seinem Buch auftauchen sollte? Denken Sie bitte ganz genau nach.«

David Onold legte seine Ellenbogen auf den Tisch und stützte das Kinn in die Hände. »Warten Sie, Bruno hat gerattert wie ein Maschinengewehr, natürlich sind Namen gefallen. Einige haben Sie vorhin schon erwähnt, der Chefarzt und dieser Fußballer zum Beispiel. Der Bärenbruno hat ziemlich schnell geredet. Er war geradezu euphorisch, als ich mich bereiterklärt habe, den Auftrag anzunehmen. Ich war mit meinen Gedanken allerdings schon in Madrid, fürchte ich. Da bin ich an diesem Tag hingeflogen, wegen eines Treffens für ein anderes Projekt, das kurz vor dem Abschluss steht. Ein sehr bedeutendes Projekt. Trotz der Brisanz von Herrn Schattenkirchners Auftrag habe ich wahrscheinlich nur die Hälfte von dem mitbekommen, was er ausgeplaudert hat. Ich wusste ja, dass wir uns nächste Woche noch einmal zusammensetzen würden. Erst am Schluss seines Vortrages bin ich hellhöriger geworden, als es um die finanzielle Seite des Auftrages ging, wie ich zugeben muss. Ehrlich gesagt war ich ziemlich verblüfft, als ich gehört habe, wie hoch mein Honorar sein sollte. Hätte Bruno das früher angemerkt, könnte ich jetzt vermutlich jedes seiner Worte wiederholen. Aber so ...« Onold zuckte mit den Schultern. »Ich ...«, sein Blick blieb auf Elsas Namensschild haften, das auf dem Schreibtisch stand.

Ein Überbleibsel ihrer letzten Schulung im bayerischen Fortbildungsinstitut in Ainring. Jeder der Teilnehmer hatte so ein Papierschildchen auf seinem Tisch aufstellen müssen. Sie wusste gar nicht, wieso sie das läppische Ding nicht weggeschmissen hatte.

Onold zeigte mit dem Finger darauf. »Dorn. Ihr Name ist Dorn.«

»Ja«, gab Elsa lapidar zurück. So hatte sie sich ihm vorhin vorgestellt. Wieso er jetzt auf dem Namensschildchen rumritt, war ihr ein Rätsel.

»Moment, jetzt hab ich's. Korn. Karl-Heinz Korn. Fast so wie Ihr Name, Frau Hauptkommissarin. Den Namen von Kalle Korn hat Bruno am Telefon fallen lassen. Ziemlich am Schluss unseres Gesprächs.«

»Kalle Korn?« Irgendetwas regte sich in ihrem Gehirn. Sie war so verdammt lange aus Augsburg weg gewesen, dass sie fast keine der Lokalgrößen mehr kannte.

»Ein umtriebiger Geschäftsmann, der großen Unternehmen und Banken als Finanzberater zur Seite steht. Außerdem besitzt er zahlreiche Immobilien. Korn ist der klassische Selfmademan, der sich vom einfachen Angestellten bis an die Spitze hochgearbeitet hat. Ein Mann, der noch immer die Ärmel hochkrempelt, ein Macher. Er spendet mehr Geld pro Monat an soziale Einrichtungen, als die meisten Augsburger im Jahr verdienen. Trotzdem hat er so seine Schwierigkeiten in der Augsburger High Society, denn diese Leute vergessen seine Herkunft nicht. Soviel ich weiß, ist er wegen seiner Geschäfte bislang nicht mit dem Gesetz in Konflikt geraten. Wegen seiner aufbrausenden Art allerdings schon.«

»Aufbrausende Art?« Elsa wurde hellhörig. »Erzählen Sie mehr.«

»Kalle Korn trinkt gerne einen über den Durst und wird dann hin und wieder … nun ja, übermütig.«

»Übermütig?«, echote Elsa.

»Und eifersüchtig, wenn seine Holde dabei ist. Nadja Korn,

ein ziemlich heißer Feger. Polin oder Ungarin. Könnte auch eine Tschechin sein. Ihretwegen hat er seinen Spitznamen bekommen.«

Fragend sah sie Onold an.

Der Ghostwriter legte die Hände auf den Tisch. »Kalle Korn wird auch der Einäugige genannt. Vor ein paar Jahren hat ihm ein eifersüchtiger Verehrer seiner jetzigen Frau einen Schraubenzieher ins linke Auge gestoßen. Seitdem trägt Korn eine Augenklappe, wie ein Pirat. Nadja hat ihn geheiratet. Vielleicht aus schlechtem Gewissen, vielleicht wegen seines Geldes, wer weiß das schon.«

»Was ist mit diesem Nebenbuhler passiert?«

»Er musste für ein Jahr ins Gefängnis. Zwei Monate nach seiner Entlassung haben ihn drei Albaner zusammengetreten. Angeblich, weil er ihnen Geld schuldete.«

»Hatte Korn mit der Sache zu tun?«

»Wenn Sie mich fragen, ganz bestimmt. Aber die Albaner hielten dicht. Wahrscheinlich wurden sie fürstlich für ihr Schweigen bezahlt. Auf jeden Fall ließ sich dem Einäugigen nichts nachweisen. In die Presse kam die Geschichte sowieso nicht. Was vielleicht daran lag, dass Korn gut vernetzt mit den Bossen aller Zeitungsredaktionen und Radiosender ist.«

»Sie wissen jedenfalls ziemlich viel«, stellte Elsa fest.

»Ich bin Autor und wohne in Augsburg. Da ist es mein Beruf, viel zu wissen. Wenn ich mir das recht überlege, könnte ich mir gut vorstellen, dass Bruno was mit dieser Nadja gehabt hat. Und sollte Korn das rausgefunden haben, wäre er vermutlich rasend vor Wut gewesen. Der Mann hätte einen cholerischen Anfall der schlimmsten Sorte bekommen. Und wenn ihm dann zusätzlich das Gerücht zu Ohren gekommen wäre, dass der Bärenbruno diese Sache veröffentlichen will, dann … Ja, dann …«

»Was *dann?*«, wollte Elsa wissen.

»Dann hätte Kalle Korn vermutlich durchaus ein Interesse an Brunos Tod gehabt.« Onold seufzte.

»Wegen einer Affäre seiner Frau? Finden Sie das nicht übertrieben?«

»Vielleicht wollte Bruno den Einäugigen nicht nur als gehörnten Ehemann darstellen«, erklärte der Ghostwriter.

»Wie meinen Sie das?«

Onold zuckte mit den Schultern. »Keine Ahnung. Bruno hat angedeutet, dass Korn einen kleinen Nebenverdienst hat, der nicht ganz legal ist. Was er damit genau meinte, weiß ich nicht. Aber womöglich war das der große Knall, von dem Bruno gesprochen hat. Vielleicht ging es um kriminelle Machenschaften größeren Stils. Dann hätte der Einäugige Bruno sicher gerne mundtot gemacht.«

Onold legte die Fingerspitzen aneinander und blickte Elsa darüberhinweg an. »Allerdings hat ihm das bereits jemand anders abgenommen, nicht wahr?«

Elsa kaute an ihren Fingernägeln, Onolds letzte Worte stimmten sie nachdenklich. »Sieht so aus«, flüsterte sie abwesend und wiederholte: »Sieht so aus.«

Draußen begann es zu regnen. Die ersten Tropfen rannen an der Fensterscheibe nach unten.

Der Ghostwriter hatte gerade ein ganz neues Licht auf den Fall geworfen. Vor allem gab es zahlreiche Motive, wenn die Sache mit dem Manuskript tatsächlich stimmte. Elsa ging in Gedanken die Liste der sichergestellten Gegenstände aus Brunos Villa durch. So viel sie wusste, war kein Manuskript darunter. Keine Aufzeichnungen, kein Tagebuch, kein USB-Stick. Auch die Auswertungen der Techniker, die Computer, Tablet und Laptop des Ermordeten unter die Lupe genommen hatten, waren in dieser Hinsicht ergebnislos geblieben. Ein

Text, der Brunos erotische Abenteuer und dadurch gewonnene Erkenntnisse schilderte, war nicht gefunden worden. Sonst hätte sie das längst gewusst. Nicht zuletzt, weil sich dann die Suche nach Brunos Liebhaberinnen erheblich leichter gestaltet hätte.

Elsa seufzte.

»Eine letzte Frage habe ich noch, Herr Onold«, sagte sie.

»Ja?«

»Wie hätte denn der Titel des Buchs gelautet?«

»Das Spätzle-Syndikat«, antwortete der Ghostwriter.

KAPITEL 25

Der Regen rasselte gegen das Fenster, Wasserschlieren lieferten sich einen Wettlauf entlang der Scheibe. Elsa saß am Küchentisch im Haus ihrer Mutter. Es war gerade mal halb acht. Den Kragen ihres kuscheligen Fleecebademantels hatte sie hochgeschlagen, ihre Füße steckten in Hausschuhen, die einem Waschbären nachgestaltet waren. Über Nacht war die Temperatur gesunken, die Eisheiligen hatten unerbittlich zugeschlagen und Dauerregen als Geschenk mitgebracht. Vor Elsa stand eine dampfende Tasse Kaffee, die zweite bereits, daneben eine angebissene Scheibe Vollkorntoast, mit einer dicken Lage Nugatcreme, und zwar der teuren Sorte.

Geistesabwesend blickte Elsa hinaus in den Garten. Von den Blättern der beiden Obstbäume, Apfel und Zwetschge, fielen dicke Tropfen. Die Ziergräser in dem gepflegten Kiesbeet entlang des Holzzaunes bogen sich schwer unter dem Gewicht des Wassers.

Elsas Gedanken wanderten zum gestrigen Abend, als sie der Ghostwriter David Onold im Polizeipräsidium aufgesucht hatte. Onold hatte wichtige Hinweise bezüglich des Motivs geliefert, wie es sich für einen anständigen Zeugen gehört. Andererseits war der Mörder offiziell gefasst. Warum nur hatte sie dann dieses blöde Zwacken in der Magengegend? So, als ob irgendetwas faul wäre. Schäfer hätte bestimmt von Intuition gesprochen. Von dem Gefühl im Inneren, dem man vertrauen sollte. Aber was genau besagte denn ihr Gefühl? Dass der Mörder von Bärenbruno noch frei herumlief? Dass womöglich ein angesehener Augsburger Geschäftsmann der Täter war? Und all das nur wegen eines bescheuerten Buchs, das Schattenkirchner von einem Ghostwriter hatte schreiben lassen wollen?

Nein. Elsa schüttelte den Kopf. Jansenbrink würde sie in der Pfanne grillen, wenn sie mit dieser Theorie ankam. Oder gar erwähnte, dass es noch haufenweise andere Verdächtige gab, wenn diese Sache mit dem Skandalbuch stimmen sollte. Der Kriminaldirektor würde gebetsmühlenartig wiederholen, dass es keinen vernünftigen Grund gab, die Ermittlungen weiterzuführen.

Und vielleicht hatte Jansenbrink sogar recht. Ausnahmsweise. Vielleicht war es an der Zeit, sich auf andere Dinge zu konzentrieren. Zum Beispiel auf ihr Privatleben, dachte Elsa und führte den Becher zum Mund, ohne einen Schluck zu trinken. Nachdem sie Onold im Präsidium verabschiedet hatte, war sie gestern noch zu Angelo gefahren. Diese peinliche Szene mit Schäfer hatte ihr einfach keine Ruhe gelassen. Daher hatte sie beschlossen, es wenigstens mit dem Versuch einer Erklärung zu probieren. Und tatsächlich – nach einem langen Essen und einem noch längeren Gespräch hatte Angelo sich schließlich wieder beruhigt. Zumal sie ihm mehrfach versichert hatte, dass es sich bei dem Besuch des Swingerclubs um nichts weiter als eine polizeiliche Ermittlung gehandelt hatte. Versöhnt hatte Angelo eine Flasche seines besten Rotweins hervorgeholt und nach der Hälfte der Flasche prompt das Angebot mit der Mailandreise erneuert. Woraufhin sie sich Bedenkzeit ausgebeten hatte.

Gegen Mitternacht war Elsa dann endlich zurück nach Haunstetten gefahren, hatte ihre Mutter schlafend vor dem Fernseher vorgefunden und sich dazugesetzt. Nach einem alten Western mit John Wayne hatte sie Martha vorsichtig geweckt, und sie waren beide ins Bett gegangen. Jetzt aß Elsa die Toastscheibe auf, machte sich zwei weitere und füllte ihren mittlerweile leeren Becher zum dritten Mal mit Kaffee nach, um den Koffeingehalt in ihren Adern nicht absinken zu lassen. Eigentlich benötigte sie keinen Kaffee, um wach zu werden, das ging auch so. Wahrscheinlich war es inzwischen eine Sucht. Aber irgendein Laster musste der Mensch haben. Klopfklopf, meldete sich ihr Gewissen und Elsa gab zögernd zu, mit ihren heiß geliebten italienischen Pralinen über ein zweites Laster zu verfügen.

»Guten Morgen, liebe Elsa«, flötete ihre Mutter, als sie in die Küche hineinschwebte.

»Ob der gut wird, muss sich noch rausstellen«, erwiderte Elsa. »Schau dir dieses Mistwetter an. Da war es gerade mal eine Hand voll Tage ein bisschen warm, und schon kommt wieder dieser Dauerregen. Dazu diese Kälte. Brrr!« Sie schüttelte sich.

»Kind, du musst positiv denken. Es kommen wieder bessere und wärmere Tage.«

Elsa musterte ihre Mutter, die bereits vollständig angezogen war. Mit Rock und – der kühlen Temperaturen wegen – einem Rollkragenpullover, über dem ihre Brille an der üblichen Kette baumelte. »Und wann sollen diese Tage kommen? Laut Wetterbericht schüttet es mindestens bis Montagmorgen.«

»Wenn du das hundertprozentig sicher wissen willst, dann musst du warten, bis ich zum Mittagessen wieder nach Hause komme. Übrigens gibt es heute Kässpatzen. Also, in einer Stunde treffe ich mich nämlich mit meiner Heilerin. Ich sage ihr, sie soll für dich pendeln. Bestimmt weiß ich dann mehr übers Wetter.«

Elsa seufzte. »Lieber nicht, Mama. Ich verlasse mich besser

auf die Meteorologen und stelle mich erst einmal auf Regen ein.«

»Wie du meinst.« Martha Dorn zuckte die Schultern und stellte einen zweiten Teller und eine Tasse auf den Tisch.

Elsa goss ihrer Mutter ebenfalls Kaffee ein.

»Danke, meine Liebe. Ich hole schnell die Zeitung rein, damit wir schön auf dem neuesten Stand sind. Mal sehen, ob es was Neues zu dem Mörder vom Bärenbruno gibt. Die Radiomeldung gestern war ziemlich dürftig.«

Als Elsa leise seufzte, fuhr ihre Mutter anklagend fort: »Ja mei. Meine Tochter spricht mit mir nicht über ihre Fälle. Da bin ich auf die Medien angewiesen.«

»Ist gut, Mama, hol die Zeitung, dann sage ich dir, was ich dir sagen darf.«

»Das ist hoffentlich mehr, als in der Zeitung steht, oder etwa nicht?« Marthas Augen funkelten hoffnungsvoll.

»Nein, Mama, ich fürchte, mehr erfährst du von mir auch nicht. Dienstgeheimnis«, erwiderte sie zwischen zwei Bissen Toast.

»Pah! Dann kann ich auch die Zeitung lesen«, meckerte Martha Dorn, drehte sich um und verschwand aus der Küche.

Elsa bestrich den nächsten Toast mit Nugatcreme, als sie die Stimme ihrer Mutter aus dem Gang hörte. »Oh, was für eine Überraschung.« Wenige Sekunden später zwitscherte sie: »Schau mal, Liebes, wen ich dir mitgebracht habe.«

»Servus, Elsa. Lass es dir schmecken«, dröhnte eine markante Stimme.

Ihr fiel das Toastbrot auf den Teller. Mit der Schokoladenseite nach unten.

»Schäfer!« Sie beäugte den bulligen Ermittler, der in die Küche stapfte. Seine nackten Füße hinterließen Abdrücke auf dem Boden. Immerhin hatte er den Anstand besessen, die

Schuhe auszuziehen. Aber von seinem kahlen Schädel perlten die Wassertropfen und fielen auf die Küchenfliesen. Schäfer sah aus, als hätte er unter einer Brücke geschlafen.

Er setzte sich ihr gegenüber. »Richtig erkannt, der bin ich.«

»Pfefferminztee, stimmt's?«, fragte Martha, was Schäfer mit einem »Vielen Dank, gnädige Frau« quittierte.

»Ich dachte, du bist ein Langschläfer.« Elsa fuhr sich mit beiden Händen durch die Haare, fummelte an ihrem Pferdeschwanz herum.

»Seit meine Tochter bei mir wohnt, habe ich meinen Tagesablauf umgestellt. Zwangsläufig. Sie schläft heute länger, dafür bin ich früher wach, um Semmeln und Brezen zu holen. Und da ich schon mal auf dem Weg war, sagte ich mir: Heyho! Statte doch der lieben Elsa Dorn mal einen kleinen Morgenbesuch ab. Haunstetten ist von Göggingen ja nicht so weit entfernt. Und teile der coolen Lady von der Kripo deine Neuigkeiten mit. Denn ans Telefon geht sie nicht.«

Sie rutschte unruhig auf dem Holzstuhl hin und her. »Ich war gestern Abend beschäftigt. Dienstlich natürlich.«

»Natürlich«, echote Schäfer.

Sie warf ihm einen warnenden Blick zu, worauf der Schnüffler entschuldigend die Hände hob.

»Kann sein, dass ich vergessen habe, mein Handy zu checken«, entschuldigte sie sich und biss sich in der nächsten Sekunde auf die Zunge. Wieso rechtfertigte sie sich vor diesem Nashorn? »Und sowieso: Ist ja nicht so, als hättest du dein Smartphone immer griffbereit«, ging sie in den Angriffsmodus über. »Ich kann nur hoffen, dass deine Tochter einen positiven Einfluss auf dich hat. Immerhin, das mit dem frühen Aufstehen ist mal ein Anfang, der Rest wird schon.«

Schäfer nahm Elsas Serviette und tupfte seinen Kopf trocken, anschließend wischte er die restliche Nässe aus dem Gesicht. »Geschmackssache. Das mit dem frühen Aufstehen, meine ich. Lange schlafen hat auch seine guten Seiten, weißt du. Aber man will ein Vorbild sein und kein Rabenvater werden.« Er zeigte mit dem Finger auf sie. »Übrigens, netter Bademantel. Dass du auf Lila stehst, weiß ich ja seit unserem letzten Besuch im Swing …«

»Das gehört nicht an diesen Tisch«, unterbrach sie ihn. Sie hoffte, ihr Tonfall war schneidend genug, damit er nichts weiter über ihren unrühmlichen Auftritt im Nofretete sagte. Zumindest nicht, solange ihre Mutter im gleichen Raum war. Elsa warf Martha einen Blick aus dem Augenwinkel zu. Anscheinend kümmerte sie sich ausschließlich um Schäfers Pfefferminztee. Aber Elsa wusste, dass ihre liebe Mutter ganz genau hörte, was hinter ihrem Rücken gesprochen wurde. Neugier war Martha Dorns zweiter Vorname.

Schäfer ließ eine Reihe blitzender Zähne sehen. Der Anblick erinnerte Elsa unwillkürlich an den Weißen Hai.

»Und was meine Aufmachung betrifft.« Sie deutete mit dem Daumen auf ihren Bademantel. »Du hättest anrufen können. Meine Mutter besitzt ein Festnetztelefon. Dann hätte ich mich für dich in Schale geworfen.« Schon seltsam, dachte Elsa. Im Grunde war es ihr nicht mal peinlich, sich Schäfer ungeschminkt und in Morgenbekleidung zu präsentieren. Was womöglich daran lag, dass sie in letzter Zeit ständig mit diesem Mann zusammen war. Selbst im Swingerclub war sie mit ihm gewesen. Was sollte da noch Schlimmeres kommen?

Das ehemals recht angespannte Verhältnis zwischen ihr und dem Schnüffler war nach der gemeinsamen Nahtoderfahrung vor ein paar Monaten einer Art … Freundschaft gewichen. Mittlerweile war Sven Schäfer fast so etwas wie ein großer Bruder für sie. Ein *äußerst nerviger* großer Bruder, korrigierte sie sich hastig.

»Du hast mir gestern einige interessante Adressen zum Überprüfen gegeben«, wurde Schäfer plötzlich ernst und kam auf den eigentlichen Grund für seinen Besuch zu sprechen.

Elsa warf ihm einen warnenden Blick zu und deutete auf ihre Mutter, die soeben das heiße Wasser über Schäfers Teebeutel goss und sich just in diesem Moment umdrehte, um die Tasse auf den Tisch zu platzieren. Dummerweise hatte sie Elsas Geste bemerkt. Entsprechend beleidigt rümpfte sie die Nase, bevor sie die Tasse vor Schäfer abstellte.

Dann richtete Martha sich zu ihrer vollen Größe auf, drückte den Rücken durch und stemmte die Hände in die Hüften. »Meine liebe Tochter, wenn du Geheimnisse vor mir hast, ist das gut und schön. Aber hier, in dieser Küche, habe ich das Sagen. Bisher konnte ich noch nicht mal mein Frühstück zu mir nehmen. Entweder ihr redet jetzt also über das Wetter. Oder ihr tut einfach so, als wenn ich nicht da wäre. Dann könnt ihr euch gerne über diese ach-so-wichtigen Geheimnisse austauschen. Aber eines wird mit Sicherheit nicht geschehen: Ich werde nicht aus meiner eigenen Küche verschwinden. Verstanden?«

Elsa wusste, dass sie ihre Mutter gekränkt hatte. Sie legte die Handflächen ineinander, wie zum Gebet, und schloss für einen Moment die Augen. Sie hatte in letzter Zeit quasi gegen alle Dienstvorschriften verstoßen, die es gab. Wieso sollte sie dann gegenüber ihrer Mutter die Überkorrekte spielen, während sie die Dienstvorschriften sonst auch nicht weiter beachtete? »Okay, gut.« Sie öffnete die Augen und seufzte. »Aber ich warne dich, Mama. Was in diesen vier Wänden gesprochen wird, darf nicht nach außen dringen.«

»Logisch«, erklärte Martha und hob zwei Finger wie zum Schwur.

»Du darfst weder mit den Damen deines Bastelclubs noch mit Heilerin Elisabeth darüber sprechen, ist das klar?«

»Sonnenklar!«, versicherte ihre Mutter freudestrahlend und spielte nervös mit der Kette ihrer Brille. Dann zog sie den Stuhl neben Schäfer unter dem Tisch hervor und setzte sich. Sie blickte von Schäfer zu Elsa und wieder zurück, dann machte sie eine auffordernde Handbewegung und sagte: »Na los, worauf wartet ihr. Schießt los, ich bin ganz Ohr.«

Elsa konnte sich ein Lächeln nicht verkneifen. »Mama, das glaube ich dir aufs Wort.« An Schäfer gewandt, forderte sie ihn auf: »Du zuerst.«

Der Schnüffler nahm seine Teetasse, blies den Wasserdampf weg und nippte genüsslich. »Scheiße, ist das heiß!«, fluchte er gleich darauf und stellte die Tasse zurück auf den Tisch. »Also gut«, begann er. »Ich habe auftragsgemäß«, er zwinkerte Elsa zu, »die Damen aufgesucht, deren Namen du mir gegeben hast. Leider blieben meine ersten Bemühungen fruchtlos. Die liebestolle Chefarztgattin hat mich sogleich angebaggert, aber das macht sie wahrscheinlich bei jedem Mann. Wenn du mich fragst, ist das keine Frau, sondern ein Mixer im Dauerbetrieb, so scharf wie die ist.«

»Mich interessiert mehr ihr Mann«, stellte Elsa fest. »Der Mörder von Bruno Schattenkirchner dürfte wohl eher dem männlichen Geschlecht zuzuordnen sein, wenn man die Kraft bedenkt, die zum Erdrosseln nötig war«, belehrte sie ihn.

»Der Herr Doktor hat ein Alibi«, antwortete Schäfer, ohne auf ihre Spitze einzugehen. »Außerdem ist es ihm anscheinend egal, was seine Frau macht.«

»Und die anderen?«, wollte Elsa wissen.

»Ebenfalls Fehlanzeige. Die Namen auf deiner Liste waren alle uninteressant in Bezug auf das Mordmotiv. Kein Mann oder Freund dieser liebestollen Hühner hatte ein Interesse daran, es dem Bärenbruno heimzuzahlen. Die meisten dieser Typen gehen selbst fremd, da störte ein Nebenbuhler wenig.«

»Ich habe bereits befürchtet, dass uns nur die Frauen aus Brunos Sammlung weiterhelfen, die wir bisher nicht identifizieren konnten. Die anderen Bekanntschaften hat bereits Valentin Häusler überprüft. Da gab es zwar einige eifersüchtige Männer, die einen Mordshass auf den Bruno gehabt haben müssen. Aber alle hatten ein Alibi.«

»Nur blöd, dass niemand von den Schlappschwänzen bei der Mordkommission sich die Mühe machen wird, die Frauen zu identifizieren. Jetzt, wo der vermeintliche Mörder ein Schläfchen einlegt. Und zwar in einem Sarg.«

Elsa räusperte sich. »Deine Ausdrucksweise in Anwesenheit meiner Mutter lässt zu wünschen übrig.«

Schäfer wandte sich an Elsas Mutter. »Entschuldigung, das mit dem Schläfchen war respektlos.«

»Schäfer!« Elsa vergrub den Kopf in den Händen.

»Ach, macht doch nichts, Herr Schäfer.« Martha schenkte dem Privatschnüffler ein strahlendes Lächeln, was Elsa irritierend fand. Schließlich kritisierte ihre Mutter sie ständig, wenn ihr ein Fluch über die Lippen rutschte. »Wie Sie reden, Herr Schäfer«, fuhr ihre Mutter fort, »ist irgendwie erfrischend. Nehmen Sie meinetwegen nur kein Blatt vor den Mund und verstellen sich bloß nicht.«

»Werde mich bemühen«, erwiderte Schäfer grinsend.

»Um auf die unbekannten Frauen aus Schattenkirchners Harem zurückzukommen ...«, drehte Elsa das Gespräch in die ursprüngliche Richtung.

»Der Meisterdetektiv ist fündig geworden«, prahlte der Schnüffler.

»Da schau her.«

»Deswegen bin ich extra zu dir gefahren«, versicherte Schäfer. »Der Bruno wollte ein Buch schreiben.«

»Woher weißt du das schon wieder?«, fragte Elsa verblüfft.

»Du weißt ebenfalls davon?« Schäfers Augenbrauen zogen sich zu einem V zusammen.

»Ich weiß noch viel mehr. Zum Beispiel, dass Bruno Schattenkirchner politische Ambitionen entwickelt hatte, denn er wollte in dem Buch nicht nur mit seinen amourösen Abenteuern prahlen, sondern zudem gegen die Korruption in seiner Heimatstadt vorgehen. Das jedenfalls behauptet der Typ, der das Buch schreiben sollte. Schattenkirchner hatte einen Ghostwriter beauftragt. David Onold heißt er.«

»Von dem Wicht weiß ich nichts. Aber dass Bruno ein paar Leute vor den Kopf stoßen wollte, das hat mir die Yvonne erzählt.«

»Yvonne?«

»Na die Yvonne Habermann, der letzte Name auf deiner Liste. Sie arbeitet im Botanischen Garten und hatte von Brunos Plänen gehört. Das Gerücht hat sich wohl ziemlich schnell verbreitet.«

»Wieso habt ihr nichts davon gewusst, wenn es überall rumerzählt wurde?«, fragte Martha Dorn dazwischen.

»Weil es ein Gerücht war«, erklärte ihr Schäfer. »Und weil diejenigen, die davon wussten, kein Interesse daran hatten, dass es sich verbreitete. Vor allem sollte dieses Gerücht nicht bis zur Polizei dringen.«

»Onold hat etwas Ähnliches vermutet«, unterstützte Elsa diese These.

»Wer?« Schäfer runzelte die Stirn.

»Der Ghostwriter. Habe ich doch eben erzählt. Er wurde von Schattenkirchner beauftragt, dieses verflixte Buch zu schreiben.«

»Kann man eigentlich vom Schreiben leben?«, grübelte Schäfer.

»Und wie ist es als Detektiv, kann man davon leben?« ätzte

Elsa. »Leider ist Bruno ermordet worden, bevor er nähere Einzelheiten verraten konnte«, fuhr sie mit dem ursprünglichen Thema fort.

»Saublöd«, stellte Schäfer fest.

»Richtig. Aber den Namen einer Person, die im Buch eine wichtige Rolle spielen sollte, hat Bruno Herrn Onold am Ende doch noch verraten. Karl-Heinz Korn, ein erfolgreicher Geschäftsmann, der offenbar auch bei verschiedenen Wohltätigkeitsorganisationen die Finger im Spiel hat.«

»Karl-Heinz Korn?« Martha beugte sich vor lauter Neugier so weit vor, dass sich ihr Kopf zwischen Elsa und Schäfer schob.

»Korn, Kalle Korn. Denselben Namen hat Yvonne Habermann genannt. Man nennt ihn auch den Einäugigen, weil ihm ein Auge ausgestochen wurde.«

»Huch!«, japste Elsas Mutter. »Wer macht denn so was Schlimmes?«

»Es ging um eine Frauengeschichte«, erklärte Schäfer.

»Stimmt«, bestätigte Elsa. »Außerdem ist er ...«

»Scheiße, verdammte!«, fluchte Schäfer und hieb mit der Faust auf den Tisch, dass die Tassen hüpften.

Elsa zuckte zusammen. »Hey, was soll das?«

»Korn. Das hat Grimminger gesagt.«

»Wie bitte?«

»Elsa, erinnere dich. Als wir im Swinger ..., ähm, also, als wir an dieser Bar gesessen haben, mit dem Grimminger.«

»Dem Wäschemann und Mordverdächtigen«, erklärte Elsa ihrer Mutter. »Der mittlerweile tot ist.«

»Da hat er uns diesen Namen genannt«, führte Schäfer den Gedanken zu Ende. »Im Zusammenhang mit unseren Nachfragen nach dem Bärenbruno.«

»Und ich dachte, er wollte uns einen Schnaps anbieten.« Elsa stöhnte. »Wie bescheuert von mir.«

»Er wollte mehr sagen, aber leider …«

»… hast du seinen Redefluss ausgebremst«, tadelte Elsa den sichtlich angefressenen Schäfer.

»Hmm, da muss ich dir leider zustimmen.«

»Oho, das ist mal was ganz Neues.«

»Also hat Grimminger was über den Bärenbruno und Kalle Korn gewusst«, vermutete Schäfer.

»Aber was?«, sinnierte Elsa.

»Das gedenke ich herauszufinden.« Ein grimmiges Lächeln schlich sich auf Schäfers Züge. »Gleich nach meinem Frühstück mit Hannah.«

»Ich komme mit«, bot Elsa an.

»Dem einäugigen Kalle Korn fühle ich lieber alleine auf den Zahn. Du solltest mehr über dieses verdammte Buch herausbekommen. Gut möglich, dass eine Figur aus diesem vermaledeiten Manuskript der Verfolger aus dem Swi…«

Elsa sah, wie Schäfer sich auf die Lippen biss.

»Also«, versuchte er es noch einmal, »dass jemand, dem eine tragende Rolle in dem Buch zukommen sollte, uns observiert hat. Vielleicht gar Kalle Korn persönlich.«

»Ihr wurdet observiert?« Marthas Augen weiteten sich. »Gottchen, Kind, das ist aber gefährlich.«

»Hört sich schlimmer an, als es war«, beruhigte Elsa sie hastig. Vielleicht war es doch ein Fehler, ihre Mutter das Gespräch mithören zu lassen.

»Immerhin war der starke Herr Schäfer dabei«, wandte sich Martha dem Schnüffler zu. »Sie müssen mir versprechen, auf meine Kleine aufzupassen.«

»Frau Dorn, glauben Sie mir, wenn jemand auf sich selbst aufpassen kann, dann Ihre Tochter.«

Elsa kniff die Augen zusammen. Warum nur hatte sie das Gefühl, Schäfers Worte waren nicht als Kompliment gemeint?

»Aber zur Sicherheit gehe ich alleine zu Kalle Korn. In der Zwischenzeit kann Elsa sich mit ungefährlicher Recherchearbeit vergnügen und mehr über das Manuskript herausfinden.«

»Der Ghostwriter hat mir bereits alles erzählt, was er über Brunos Pläne weiß. Aber ich kann gerne ein weiteres Mal mit ihm sprechen.«

»An den habe ich nicht gedacht«, sagte Schäfer. »Wenn jemand über Brunos literarische Pläne Bescheid weiß, dann entweder Brunos bester Freund ...«

»Er hatte keinen besten Freund, nur beste Freundinnen«, stellte Elsa trocken fest.

»Lass mich halt ausreden. Oder sein Bruder, wollte ich ergänzen. Die beiden waren wie Pech und Schwefel, hast du mir erzählt. Ewald Schattenkirchner *muss* etwas über dieses Manuskript wissen. Und vielleicht über den Korn.« Schäfer massierte mit geschlossenen Augen seine Nasenwurzel. »Wenn Grimminger nicht der Mörder ist ... oder war ...« Er massierte stärker, bis die Haut rot wurde, öffnete die Augen. »Ach, scheiß auf die korrekte Ausdrucksweise. Du weißt, was ich meine. Wenn der Wäschemann ausscheidet, dann muss der wahre Täter irgendwo in dem verdammten Manuskript auftauchen. Stimmt doch, oder nicht?«, wandte er sich mit fragendem Gesichtsausdruck an Elsa. »Na, was sagst du? Du bist doch von uns beiden das Superhirn, der *brain bug* sozusagen.«

»Oh, findest du?« Ein Kompliment von Schäfer. Das war ja ganz was Neues. Sie war darüber so verdattert, dass sie nur ein Nicken zustande brachte. Obwohl, das mit dem *brain bug*, wie hatte er das eigentlich gemeint? Gab es da nicht so einen Film mit außerirdischen Käfern? Verglich Schäfer sie etwa mit einem Insekt? Sie spürte, wie die Ader an ihrer Stirn pochte. »Gut«, stimmte sie schließlich zu, ohne weiter auf die Sache mit den Käfern einzugehen. »Ich fahre zu Brunos Bruder.« Sie warf ihm einen scharfen Blick zu. »Und *du*, mein lieber Schäfer. *Du* gehst bitte äußerst einfühlsam vor. Korn ist ein angesehener Augsburger Bürger mit guten Kontakten. Das letzte, was wir brauchen, ist ein Nashorn, das im Busch herumtrampelt und alle anderen Tiere aufscheucht. Wenn du verstehst, was ich meine?! Du sollst Informationen beschaffen, idealerweise unauffällig.«

»Schon klar«, brummte der Schnüffler und ließ die Handknöchel knacken. »Ich werde besonders zurückhaltend agieren. Quasi aus dem Hintergrund, wie ein guter Detektiv das eben so macht.«

Elsa musterte ihn. Er wirkte völlig ernst. Aber ob er das auch so meinte? Sie stieß einen Seufzer aus und schickte ein Stoßgebet gen Himmel.

KAPITEL 26

»Blöder Arsch!«, schimpfte Schäfer, als ihn ein hupender Jaguar überholte, dessen Fahrer, ein Yuppie mit blondem Haar, ihm den Stinkefinger zeigte.

Der Privatermittler hatte gerade nach einem Parkplatz gesucht, von wo aus er das Wettbüro gut einsehen konnte. Das war Blondie und seiner fahrenden Penisverlängerung wohl zu langsam gegangen. Hoffentlich hatte Schäfer nicht unnötig Aufmerksamkeit auf sich gezogen. Der rote Käfer war von Natur aus nicht gerade unauffällig, ein Auffliegen der Überwachung gleich zu Beginn wäre mehr als ärgerlich.

Er biss in seine mitgebrachte Butterbreze und betätigte hin und wieder den Schalter für den Wischer, der knarzend über die Frontscheibe scheuerte. Schäfer musterte kauend das heruntergekommene Gebäude, das in unmittelbarer Nachbarschaft des Oberhausener Bahnhofs stand, einem Durchgangsbahnhof, und nach dem Hauptbahnhof der bedeutendste der Stadt. Die Gegend drum herum genoss jedoch keinen guten Ruf.

Noch nicht mal zehn Uhr am Vormittag, und es herrschte bereits reger Betrieb vor dem Wettbüro. Es gaben sich hauptsächlich Männer die Klinke in die Hand, um auf Fußballspiele, Boxkämpfe und Motorradrennen zu wetten. Oder was man sonst für Glücksspiele abschließen konnte. Neben legalen natürlich jede Menge illegale Lotterien.

Eigentlich wollte Schäfer den Vormittag mit seiner Tochter verbringen. Das gemeinsame Frühstück war fest eingeplant.

Vor allem, nachdem er in der Nacht, als er nach Hause gekommen war, einen Zettel von ihr vorgefunden hatte. Den hatte Hannah an die Pinnwand der Kühlschranktür geheftet.

»Müssen morgen unbedingt unser Gespräch führen!!«, hatte sie mit ihrer eleganten Handschrift notiert, den Satz sogar mit einem gelben Leuchtmarker unterstrichen und mit zwei Ausrufezeichen zusätzlich hervorgehoben.

Aber als er nach dem Meeting vorhin bei Elsa in die Stadtvilla zurückgefahren war, hatte Hannah noch geschlafen. Immerhin war Samstag. Er hatte sie nicht wecken wollen und beschlossen, erst den Einäugigen zu überprüfen. Zum Mittagessen wäre Schäfer längst wieder zu Hause. Das hatte er mit seiner krakeligen Kinderschrift unter Hannahs Notiz hinzugefügt. Außerdem ein Herz und ein: »Dein Paps!«

Jetzt saß er in dem VW Käfer und hatte trotzdem ein schlechtes Gewissen. Da war seine Tochter gerade mal einen Tag bei ihm, und er ließ bereits das erste Vater-Tochter-Gespräch platzen.

Bravo!

Vater des Monats würde dieses Mal wohl jemand anders.

Er verdrängte den Gedanken und konzentrierte sich auf Kalle Korn. Einer von Schäfers Informanten hatte ihm versichert, der Einäugige würde am Samstagvormittag höchstpersönlich in seinen Wettbüros in Oberhausen und am Königsplatz vorbeischauen. Schäfers Quelle hatte behauptet, Korn wäre der heimliche Chef dieser Läden und hätte damit eine einträgliche Nebenerwerbsquelle, von der kaum jemand wusste. Nach dieser Inspektion würde Korn dann zurück in die Rolle des unbescholtenen Geschäftsmanns schlüpfen und sich seinen offiziellen Tätigkeiten widmen.

Eine Gruppe Obdachloser tippelte über die Straße, eine Flasche billiger Fusel wanderte von Hand zu Hand. Trinksprüche wurden einander zugerufen. Der Regen schien sie kaum zu stören, der Alkoholpegel hatte offensichtlich gegen jede Art von Wettereinfluss abgestumpft. Einer von ihnen wankte, wäre beinahe gestürzt, hätten ihn nicht zwei Kumpane gestützt. Die Leute torkelten Richtung Bahnhofsvorplatz, einem stadtbekannten Treffpunkt von Pennern und Kiffern. Vor nicht allzu langer Zeit war nicht weit entfernt sogar ein Kinderspielplatz dichtgemacht und der Drogen- und Trinkerszene überlassen worden. Der Kampf gegen Spritzen, Wein- und Bierflaschen, die zwischen Rutsche und Sandplatz verstreut umherlagen, war von der Stadtverwaltung aufgegeben worden.

Schäfers Aufmerksamkeit richtete sich wieder auf das Wettbüro, als ein schwarzer Porsche Cayenne davor abrupt stoppte. Ein Lieferwagen musste deswegen scharf bremsen, dessen Fahrer drückte auf die Hupe, als er aufwendig am Lenkrad kurbeln musste, um den Porsche zu passieren. Aus dem Einhunderttausend-Euro-Wagen schälte sich ein Mann, der aussah wie ein Wasserbüffel und schätzungsweise fünfzig Jahre alt war. Er war groß, fast eins neunzig, also nur ein paar Zentimeter größer als Schäfer. Er hatte kurze braune Haare und einen dichten Vollbart. Das linke Auge war mit einer schwarzen Kappe bedeckt, was ihm einen verwegenen Eindruck verlieh.

Kalle Korn, der Einäugige!

Schäfer spannte automatisch alle Muskeln an, als er den Mann näher betrachtete.

Über Korns massigem Körper spannte sich der Stoff eines teuren Anzugs. Am Handgelenk glitzerte diskret eine Rolex, die schätzungsweise mehr gekostet hatte, als Schäfer im Jahr verdiente. Korns Lackschuhe glänzten und blitzten wie ein Diamantencollier. Sein Erscheinungsbild war in etwa so unauffällig wie der Auftritt des Schmusesängers Seal bei einer Veranstaltung des Ku-Klux-Klans. Umso erstaunlicher fand es Schäfer, dass der Einäugige höchstpersönlich zur Erledigung seiner dubiosen Geschäfte auftauchte. Der Mann besaß entweder zu viel Mut oder grenzenlose Dummheit. Vielleicht beides. Schäfer konnte einen Anflug von Bewunderung gerade noch unterdrücken und fragte sich nicht zum ersten Mal, was einen Menschen wie den Einäugigen dazu bewegte, ins Wettgeschäft einzusteigen. Dem Informanten zufolge wurden durch Wettbetrug gewaltige Summen umgesetzt. Der Mann hatte sogar eine Zahl genannt, die Schäfer Tränen in die Augen getrieben hatte.

Korn zog ein letztes Mal an einer Zigarette und warf sie auf den Asphalt, während er ein paar Worte mit seinem Beifahrer wechselte, der ebenfalls ausgestiegen war und sorgfältig die Umgebung musterte. Korns Leibwächter, ein hochgewachsener Russe in einem schwarzen Anzug und Krawatte, blonde Haare, militärischer Kurzhaarschnitt. Der Mann war Ex-Mitglied einer russischen Spezialeinheit bei der Armee, wie Schäfers Informant gewusst hatte.

Der Bodyguard kümmerte sich um die Sicherheit seines Chefs, ans Steuer des luxuriösen Geländewagens ließ Korn ihn aber nicht, Schäfer schmunzelte.

Der Leibwächter hielt seinem Boss die Tür zum Wettbüro auf und wartete vor dem Eingang, die Hände vor dem Bauch verschränkt. Das leicht vorstehende Dach schützte ihn vor den vom Himmel niederstürzenden Fluten. Aber Schäfer war sicher, der Mann würde dort ganz genauso stehen, wenn das Wasser auf ihn niederprasseln würde, und das ohne mit der Wimper zu zucken oder einen lästigen Regenschirm aufzuspannen, der ihn womöglich behinderte. Schäfer erkannte einen Profi, wenn er einen sah. Und dieser Mann war einer, keine Frage.

Wenige Minuten später kam Korn wieder zurück, schlug

dem Bodyguard auf die Schulter und drückte ihm einen dicken Briefumschlag in die Hände. Der Einäugige stieg in seinen Cayenne und setzte die Fahrt fort.

Schäfer folgte in sicherem Abstand; glücklicherweise blieb Korn in der Innenstadt, sonst hätte Schäfer wahrscheinlich Schwierigkeiten gehabt, mit seiner lahmen Krücke an dem PS-Monster dranzubleiben. Es ging am Plärrergelände vorbei, den Klinkerberg hoch, Richtung Stadttheater, auf die Fuggerstraße. Am Königsplatz stattete Korn seinem zweiten Laden einen Besuch ab.

Schäfer wartete und grübelte, ob das den ganzen Tag so weitergehen würde, und was er eigentlich mit dieser Observation bezweckte. Vermutlich ging Korn irgendwelchen illegalen Geschäften nach. *Ganz sicher* tat er das. Aber das musste man ihm erst mal nachweisen. Und selbst, wenn das gelang, war dadurch längst kein Zusammenhang zu dem Mord an Bärenbruno hergestellt. Oder doch? War Bruno etwa in illegale Wettgeschäfte verstrickt gewesen, hatte er dem Einäugigen Geld geschuldet? Nein, unmöglich. Bruno hatte Kohle ohne Ende besessen. Er hätte seine Schulden locker bezahlen können. Aber hätte er auch zahlen wollen?

»Jetzt aber halblang«, ermahnte sich Schäfer. Auf Kalle Korn hatte ihn Yvonne Habermann gebracht, die hübsche Botanikerin. Laut ihrer Aussage sollte Kalle in Brunos Skandalbuch vorkommen. Und dabei nicht besonders gut abschneiden. Das wiederum wäre für diesen Typen doch viel eher ein Mordmotiv gewesen als irgendwelche lächerlichen Wettschulden. Vor allem, weil ganz Augsburg in Karl-Heinz Korn den Vorzeigebürger sah. Dieses Image zu erhalten, war dem Einäugigen vermutlich einiges wert. Außerdem ging ein Profi wie Korn ganz anders mit Säumigen um. Ein gebrochener Finger da, eine zerschlagene Nase hier, vielleicht gar eine zertrümmerte Kniescheibe oder eine brennende Zigarette auf der Handfläche. Alles möglich, aber erdrosseln? So richtig und komplett umbringen, also ein kaltblütiger Mord? Und das alles wegen ein paar Tausend Euro? Wohl kaum.

Schäfer runzelte die Stirn, während sein Blick einer Straßenbahn folgte, die die Haltestelle am Königsplatz anfuhr. Die Türen öffneten sich, eine Meute Menschen strömte auf die Straße und verteilte sich angesichts des Regens rasch in alle Richtungen.

Aber was würde Korn tun, wenn sein makelloser Ruf in Gefahr geriet? Wie weit würde dieser Mann gehen? War der Einäugige vielleicht sogar der ominöse Pfau aus dem Swingerclub? Von der Größe her vielleicht, aber war Korn nicht viel zu massig? Schäfer legte den Kopf schief, während er die nächtliche Verfolgungsjagd noch einmal Revue passieren ließ. Erneut sah er den Unbekannten vor sich laufen, registrierte, wie der locker das Tempo hielt und sogar schneller wurde, während Schäfer selbst längst Seitenstechen verspürt hatte. Der Flüchtende hatte eine enorme Ausdauer besessen. Jemand, der regelmäßig lief. Nein, dachte Schäfer. Hinter dieser Pfauenmaske hatte nicht Korn gesteckt. Andererseits hatte der Einäugige vielleicht seinen durchtrainierten Leibwächter auf Elsa und ihn angesetzt.

Was aber nicht die Frage klärte, wie Korn davon erfahren haben sollte, dass Elsa und er dem Swingerclub einen Besuch abstatten wollten. Außerdem schien Schäfer der Bodyguard wesentlich schlanker und athletischer gebaut zu sein als der Unbekannte aus dem Club. Verdammt, es waren einfach zu viele Fragen offen. Oder verrannten sie sich in eine abstruse Theorie, und der Mörder des Bärenbruno war tatsächlich Xaver Grimminger? Der vermoderte inzwischen bekanntermaßen in irgendeinem Sarg. Vielleicht hatte die Mordkommission ja doch recht, und der Fall war gelöst. Konnte es nicht sein, dass es eine ganz andere Erklärung gab für die Flucht des Unbekannten aus dem Nofretete, und dass Elsa und er selbst einer abstrusen Idee hinterherhechelten? Immerhin, dachte Schäfer bitter, sprach ja auch alles dafür, dass er sich getäuscht hatte, was die Identität von Hannahs Stalker betraf. Denn Grimminger kam dafür anscheinend nicht infrage.

Er seufzte. Langsam zweifelte er an seiner Intuition, die ihm bislang so oft geholfen hatte. Vielleicht alterte er zu schnell, vor allem sein Hirn.

Schäfer war als Polizist und auch später als Privatermittler jeder Menge Leute auf die Füße getreten. Gleiches galt wahrscheinlich für Elsa. War es da nicht möglich, dass irgendjemand mit ziemlich viel Wut im Bauch zufällig im Nofretete auf sie gestoßen war? Und dann beschlossen hatte, nachzuforschen, was sie beide in diesem Club trieben, um es vielleicht irgendwie gegen sie zu verwenden? Schäfer trommelte nachdenklich auf das Lenkrad. »Himmelarsch!«, fluchte er. Je mehr er darüber nachdachte, desto mehr fühlte es sich an, als wäre sein Hirn mit einem Pürierstab verquirlt worden.

Aber, mal angenommen, die Mordkommission irrte sich doch, und Grimminger traf an Bärenbrunos Tod gar keine Schuld? Natürlich war Grimminger ein perverser Typ gewesen. Aber nicht jeder Perverse war auch gleich ein Mörder. Schäfer kaute auf seiner Unterlippe. In diesem Fall wäre Kalle Korn die einzige Spur, die sie momentan hatten.

Wenn man vom Teufel sprach ... Der Anblick des Einäugigen riss Schäfer aus seinen Gedanken. Mit einem breiten Grinsen trat Korn aus seinem zweiten Wettbüro auf die nasse Straße und übergab dem Bodyguard einen weiteren Umschlag. Dann quetschte er seinen dicken Arsch wieder hinter das Lenkrad des Porsches und fädelte in den Verkehr ein.

Schäfer drehte den Zündschlüssel, und der Motor von Klaus erwachte knatternd zum Leben. Inzwischen hatte der Regen wieder zugenommen. Wasser floss in Sturzbächen die Frontscheibe herunter, die altersschwachen Wischer leisteten ganze Arbeit, aber sie knirschten jedes Mal bedenklicher.

Schäfer überflog in Gedanken das Arsenal seiner Privatermittlerutensilien. Er verfügte über diverse Wanzen, ein Richtmikrofon, ein Nachtsichtgerät und mehrere Minikameras. Und ein paar andere sehr nützliche Dinge. Um beweisen zu können, dass Korn etwas mit Brunos Tod zu tun hatte, waren Maßnahmen nötig, die ... nun ja, nicht ganz legal waren. Aber wie sollte er anders an die benötigten Informationen gelangen?

Elsa Dorn musste davon erst mal nichts erfahren. Ihre Gesetzestreue in allen Ehren, aber manchmal verhielt sie sich viel zu korrekt, wie eine echte Beamtin eben. Ihr Vorschlag wäre jetzt garantiert gewesen, zunächst nur am Einäugigen dranzubleiben, zu schauen, ob er sich verdächtig verhielt.

Schäfer schüttelte den Kopf.

Bullshit!

Was sollte das bringen? Dadurch vergeudete er nur kostbare Zeit. Nein, hier durfte man als Ermittler nicht in engen rechtsstaatlichen Grenzen denken. Hier musste man kreativ vorgehen, da war die Arbeit eines Privatdetektivs gefragt, dessen Methoden zum Erfolg führten. Dass diese Methoden nicht immer dem Gesetz folgten, nun, damit konnte er ganz gut leben. Er würde die Aktion auf seine Kappe nehmen. Und sollte er erfolgreich sein, dann mussten er und die gute Elsa eben ein klitzekleines bisschen nachhelfen, um eine anständige Beweismittelkette präsentieren zu können. Da würde der kleinen Kommissarin bestimmt das Richtige einfallen. Er klatschte in die Hände. »Das wäre also geschwätzt«, stimmte er sich selbst zu, während er Korn ins Herrenbachviertel folgte.

Als Erstes würde er eine Wanze im Wagen des Einäugigen deponieren, beschloss Schäfer und folgte Korn in Richtung Schwabencenter. Das Einkaufszentrum mit den drei 20-stöckigen Hochhäusern zog Schäfers Aufmerksamkeit auf sich. Ganz oben, direkt unter dem Flachdach, strahlte die rote Leuchtreklame einer Bank. Unterhalb des Centers gab es ein Parkhaus, und genau in dieses fuhr der Porsche. Irgendwo in dem weitläufigen Gelände oder in den Hochhäusern mit den anonymen Wohnungen sollte sich Korns illegale Wettbude befinden, die – anders als die eben besuchten Geschäfte – nicht einmal einen Hauch von Seriosität besaß. Das wusste Schäfer von seinem Informanten. Aber diese ganze Wettsache war im Moment scheißegal. Viel wichtiger war, dass Korn gleich seinen Porsche einige Zeit unbeaufsichtigt lassen musste. Das war *die* Gelegenheit, an dem Wagen ein paar Veränderungen vorzunehmen.

Schäfer parkte in sicherem Abstand und beobachtete Korn, der ein Handy am Ohr hatte, als er ausstieg. Der Einäugige sprach einen kurzen Moment, nickte dabei seinem Begleiter zu, dann steckte er das Telefon weg. Daraufhin wechselten Korn und der Bodyguard ein paar Worte miteinander, bevor sie eilig das Parkhaus verließen.

Irgendwie wurde Schäfer das Gefühl nicht los, dass Korn eine unangenehme Nachricht erhalten hatte. Der Wasserbüffel wirkte nicht mehr so gelöst und locker wie zuvor, als er die Umschläge aus seinen Läden geholt und mit dem Leibwächter geschäkert hatte. Schade, dachte Schäfer, dass er nicht früher daran gedacht hatte, eine Wanze zu installieren, dann wäre er jetzt schlauer.

Er wartete noch ein paar Minuten. Für alle Fälle. Nicht, dass Korn etwas vergessen hatte und plötzlich zu seinem Auto zurückkam. Dann entnahm Schäfer seinem Detektivkoffer eine größere und eine kleinere Mappe, stieg aus und schlenderte gemächlich zu dem Porsche. Teile der Deckenbeleuchtung funktionierten nicht. Eine Röhrenlampe hatte einen Wackelkontakt und flackerte knackend, dabei warf sie gespenstische Schatten an die Wand. Schäfer sah sich unauffällig um, entdeckte weder irgendeine Person noch eine Kamera, die sein Tun registrierte. Also atmete er tief durch, holte aus der größeren Mappe sein Aufbruchswerkzeug und aus der kleineren Mappe eine Wanze. Nach wenigen Sekunden hatte er die Beifahrertüre aufbekommen und beugte sich ins Wageninnere, um die Wanze möglichst unauffällig anzubringen. Super, dachte Schäfer. Das lief wie geschmiert!

Erst als er das kalte Metall einer Pistole in seinem Nacken fühlte, wurde ihm klar, dass er einen schrecklichen Fehler begangen hatte.

KAPITEL 27

Elsa stellte den Scheibenwischer auf die höchste Stufe, der Regen schien im Laufe des Tages immer stärker zu werden. Im Radio lief Taylor Swift. Ein unbestimmtes Gefühl schlich in ihr Bewusstsein, ganz langsam und nur schwer zu beschreiben, aber eindeutig etwas Dunkles, das ihre Stimmung verdüsterte. Wie sonst nur im Flugzeug beim Landeanflug verspürte sie einen Druck auf den Ohren, die Geräusche um sie herum wurden leiser, fast als hätte jemand eine riesige gläserne Glocke über sie gestülpt. Elsa hielt sich die Nase zu und schnaubte, blies die Backen auf. Der Druck ließ nach, ohne jedoch völlig zu verschwinden. Die unheimliche Sinnesempfindung blieb allerdings. Ihr Blick glitt nach oben. Kein Wunder, wenn der Himmel aussah wie an Armageddon.

Elsa fuhr durch das Jakobertor, einem der fünf Augsburger Stadttore, sie folgte anschließend der Jakoberstraße. Der Mini-Cooper hoppelte über Kopfsteinpflaster, als sie an der Fuggerei vorbeifuhr, der ältesten Sozialsiedlung der Welt, wie es in den Augsburger Tourismusbroschüren immer so schön hieß. Elsa selbst hatte für die Sehenswürdigkeiten dieser Stadt nur wenig übrig. Im Gegensatz zu Schäfer, der nicht müde wurde, ihr gegenüber von seinem »Augschburg« zu schwärmen. Sie hatte einfach zu lange in München gelebt; die Isarmetropole war so ganz anders, dort pulsierte das Leben, während es bei den Schwaben gemächlich zuging.

Sie dachte an ihre verflossene Liebe in München, ihren Ex-Chef, dem pulsierte das Leben woanders, zwischen den Beinen. Was Elsa schließlich zur Flucht aus München getrieben hatte. Sie seufzte auf, vielleicht war es einfach Schicksal, in ihre gemütliche Heimatstadt zurückzukehren. Ihre Gedanken wanderten zu Angelo. Und vielleicht gab es sogar einen Grund, hier wieder endgültig sesshaft zu werden.

Sie bog in eine Seitengasse und parkte am Straßenrand. Vom Rücksitz schnappte sie einen Regenschirm, nahm ihre Handtasche und stieg aus. Sofort hüllte eine Wasserwolke sie ein, sie blinzelte und wischte das Nass aus ihrem Gesicht, hastig öffnete sie den Schirm. Mit gesenktem Kopf lief sie auf den Gehsteig. »Verfluchter Mist!«, schimpfte sie, als sie in eine übergroße Pfütze trat, die mehr aus Schlamm als aus Wasser zu bestehen schien. Ihre geliebten Leopardenpumps wiesen ein weiteres Muster auf, diesmal allerdings gesprenkelt von graubraunem Dreck. Trotz des Schirms war sie innerhalb von Sekunden durchnässt. Glücklicherweise hatte sie über ihre DKNY-Bluse eine Jacke übergezogen, sonst hätte sie gleich wieder den Rückzug antreten können. Denn mit der Bluse alleine hätte sie höchstens zu einem Wet-T-Shirt-Contest gehen können, aber nicht zur Befragung eines Hinterbliebenen.

Ewald Schattenkirchner lebte in einem Penthouse, ein Lift fuhr direkt in die Wohnung, nachdem Elsa geklingelt und sich angekündigt hatte. Brunos Bruder schien überrascht zu sein, sie zu sehen, winkte sie jedoch ohne Nachfrage herein. Den nassen Schirm nahm er ihr ab und stellte ihn in einen dafür vorgesehenen Korb direkt neben der Fahrstuhltür.

Schattenkirchner führte sie durch einen langen Gang ins Wohnzimmer. Seltsame Gemälde hingen an den Wänden, die aussahen, als hätten Kleinkinder ihre Füße in Farbtöpfe getaucht und anschließend auf den Leinwänden rumgetrampelt. Ohne Struktur und querbeet. Hätte Schattenkirchner Kinder gehabt, wäre es logisch gewesen, diese Dinger aufzuhängen, aber von wem sollten die hässlichen Bilder stammen? Elsa wusste von keinen nahen Verwandten.

»Schön, nicht wahr?« Schattenkirchner hatte ihren Blick offenbar bemerkt, aber eindeutig falsch interpretiert.

»Hmm«, murmelte sie unbestimmt.

»Kosten ein Vermögen, sage ich Ihnen. Das da habe ich für fünfzigtausend Euro letztes Jahr in Amsterdam ersteigert.«

Fünfzig ...? Elsa verschlug es die Sprache. Für diesen Müll?

»Und das da«, er deutete auf ein besonders hässliches Exemplar, »für fast hunderttausend Euro.«

»Phantastisch«, antwortete sie.

»Ihm Wohnbereich hängen aber die wirklich kostbaren Stücke«, sagte Ewald Schattenkirchner stolz.

Noch teurer als das?, dachte Elsa schockiert und folgte ihm.

»Darf ich Ihnen etwas zu trinken anbieten?«

»Nein, vielen Dank«, lehnte sie ab. »Ich will Sie nicht allzu lange stören, schließlich ist Wochenende.« Sie sah sich um, auch hier wieder diese verstörenden Bilder, von denen sie rasch den Blick abwandte. Sie wollte keine Expertise über sich ergehen lassen. Die luxuriösen Teppiche und die edlen Möbel streifte sie nur mit einem Blick.

»Wieso sind Sie alleine hier?«, wollte Schattenkirchner wissen, als er ihr einen Sessel anbot. »Wo ist denn Ihr Kollege, der Herr Gronau?«

»Ach, wissen Sie, ich war gerade in der Nähe«, log Elsa. »Eigentlich bin ich gar nicht im Dienst, irgendwann hat sogar die Kripo Feierabend«, erklärte sie mit einem Lächeln, um etwas Leichtigkeit ins Gespräch zu bringen.

Das schien bei ihrem Gegenüber nicht zu funktionieren, denn Schattenkirchner verzog keine Miene. Seine Schnapsnase glühte ihr rot entgegen, das blonde Haar war zerzaust, als hätte der Mann gerade einen Mittagsschlaf hinter sich.

»Herr Gronau hat mich gestern am Spätnachmittag bereits darüber informiert, dass dieser Xaver Grimminger meinen Bruder ermordet hat. Ihr Kollege meinte, ich als Brunos Bruder sollte es nicht aus der Zeitung erfahren müssen.« Schattenkirchner faltete die Hände ineinander. »Sehr anständig, Ihr Kollege. Sehr anständig.« Plötzlich loderte wieder das Feuer in seinen Augen, das Elsa von ihrer ersten Begegnung noch in Erinnerung hatte. »Grimminger, dieses perverse Dreckschwein!«, rief Ewald aus. Er stockte eine Sekunde. »Er soll der Wäschemann gewesen sein, wie ich gehört habe.«

Sie nickte.

Ewalds Mundwinkel zuckten gehässig. »Was wollen Sie von mir?«, fuhr er sie brüsk an.

»In der Tat sieht es so aus, als wäre Herr Grimminger der Mörder Ihres Bruders, aber …«

»Es sieht so aus?«, brauste Schattenkirchner auf. »Was heißt, es sieht so aus? Laut Herrn Gronau steht es fest, dass Grimminger den Bruno hinterhältig und feige erdrosselt hat.«

»Stimmt schon«, druckste Elsa herum. »Ein paar Fragen stehen aber weiterhin im Raum. Für mich jedenfalls. Und die gilt es zu klären. Das ist alles nur Routine«, setzte sie beschwichtigend hinzu und hob die Hände. Am liebsten hätte sie jetzt doch ein Glas Wasser getrunken. Ihre Kehle fühlte sich rau und trocken an. Was machte sie eigentlich hier? Sie hatte überhaupt keinen dienstlichen Auftrag dazu erhalten. Wenn Schattenkirchner auf die Idee kam, sich über sie zu beschweren, weil er sich belästigt fühlt, hätte Jansenbrink einen Grund mehr, ihr eine reinzuwürgen.

»Wussten Sie von einem Manuskript Ihres Bruders?«, wagte sie sich langsam vor.

»Was für ein Manuskript?«, blaffte Schattenkirchner. »Ich weiß von *gar* nichts.«

»Ihr Bruder soll Interesse daran gehabt haben, seine, ähm, seine Abenteuer einer breiteren Öffentlichkeit in Schriftform zugänglich zu machen. Kurz gesagt, er wollte ein Buch veröffentlichen.«

»Ach was, und wer sagt das?« Schattenkirchner lächelte schmallippig.

»Gerüchte.«

»Soso. Gerüchte.« Er lehnte sich zurück und funkelte Elsa an. »Seit wann stellen Gerüchte eine Ermittlungsgrundlage für die Kripo dar? Interessieren heute keine Fakten mehr, müssen Gerüchte herhalten, interessante Arbeitsauffassung. Wie die Schmierfinken der Boulevardpresse.«

»Wussten Sie von seinem Vorhaben oder nicht?«, hakte sie nach.

»Hätten Sie dieses Manuskript denn nicht in seiner Villa finden müssen?«, wich Ewald aus.

»Wenn es denn eines gegeben hätte, vielleicht. Aber nach meinem bisherigen Kenntnisstand steckte ihr Bruder erst in der Planungsphase. So wie es aussieht, wollte er das Manuskript extern schreiben lassen, also von einer anderen Person.«

»Ein Ghostwriter?« Die Augenbrauen von Schattenkirchner wölbten sich.

»Allem Anschein nach«, bestätigte Elsa.

»Dann müsste der doch das Manuskript haben«, vermutete Schattenkirchner und sah sie fragend an. Er beugte seinen Oberkörper nach vorne, ein Schwall schlechten Atems hüllte sie ein.

Elsa fröstelte, ihr Gegenüber schien eine unangenehme Kälte zu verströmen. Sie ging auf seine Frage nicht ein, keinesfalls würde sie ihm von David Onold erzählen. »Wie bereits erwähnt, gehe ich davon aus, dass Ihr Bruder noch in der Planungsphase steckte. Ich denke, es existieren höchstens Aufzeichnungen beziehungsweise Erinnerungen.« Elsa richtete sich in ihrem Sessel auf. »Hat Ihr Bruder Tagebuch geführt?«

Schattenkirchner seufzte spöttisch. »Bruno und ein Tagebuch? Nie im Leben.«

Etwas huschte über sein Gesicht, was Elsa nicht richtig deuten konnte. Verheimlichte er ihr gerade einen wichtigen Hinweis? »Vielleicht hat Bruno irgendwann mal eine Äußerung fallen lassen«, fuhr sie fort. »Am Rande eine Kleinigkeit erwähnt, Ihnen von seinem Projekt vorgeschwärmt? Oder …«

»Ich weiß von nichts«, unterbrach Ewald sie barsch. Eine Ader auf seiner Stirn pulsierte.

Elsa lehnte sich zurück, schwieg. Schwieg und beobachtete ihren Gesprächspartner. Ewald war Brunos Bruder. Bei ihrem ersten Gespräch in der Eingangshalle von Brunos Villa hatte Ewald von dem engen Verhältnis zu seinem Bruder erzählt. So, als wären sie unzertrennlich gewesen. Aber hätte er in diesem Fall nicht von einem so ungewöhnlichen Vorhaben wie der Veröffentlichung eines Skandalbuchs gewusst? Und wenn Ewald es wusste, aber der Polizei gegenüber nichts davon erwähnt hatte, was war der Grund dafür?

»Und?«, fragte Schattenkirchner in die Stille hinein, die er anscheinend nicht ertrug. »Was wollen Sie eigentlich von mir? Die Ermittlungen sind doch beendet, oder nicht?« Er funkelte sie an und presste die Lippen aufeinander, bevor er fortfuhr: »Sie haben den Mörder von Bruno, also lassen Sie mir meine Ruhe. Ich habe meinen Bruder verloren, ist es da zu viel erwartet, wenn man alleine sein und trauern will? Müssen Sie mich mit Fragen nerven, wo diese doch absolut sinnlos sind? Schreiben Sie Ihren Abschlussbericht und lassen mir meinen Frieden.« Ewald ballte die Hände zu Fäusten.

»Kannten Sie eigentlich Xaver Grimminger?«, fragte Elsa.

»Bitte?«

»Ob Sie Herrn Grimminger persönlich gekannt haben, wollte ich wissen.«

»Natürlich. Er war der Chef des Nofretete. Ich war mit Bruno ein paar Mal in diesem Laden.«

Sie hob ihre Augenbrauen. »Und Ihre Frau?«

»Was soll mit ihr sein?«, gab Ewald genervt zurück.

»Gab es wegen dieser Besuche keine Unstimmigkeiten?«

»Nein, sie hatte nichts dagegen.«

»Hatte?«

»Wie bitte?« Ewald sah sie irritiert an. Dann holte er tief Luft und stieß hervor: »Wir … leben vorübergehend nicht mehr zusammen. Christine hat sich hier in Augsburg nicht mehr sicher gefühlt. Kein Wunder: Erst werden Frauen belästigt und dann stirbt auch noch Bruno. Daher ist meine Frau für ein paar Wochen an den Bodensee gezogen. Dort haben wir ein Ferienhaus und eine kleine Segelyacht.«

»Tatsächlich?«, wunderte sich Elsa. »Und mit dieser ganzen Sache hat das nichts zu tun?«

»Mit welcher Sache?«, fragte Schattenkirchner abwesend.

»Mit Ihrem Lebenswandel, Herr Schattenkirchner. Dass Sie und Bruno in gewissen Etablissements verkehrt haben.«

»Nein, hat es nicht. Stellen Sie sich mal vor«, spöttelte Schattenkirchner. »Worüber sollte Christine sich auch beschweren? Über die Farbe meiner Kreditkarte, die sie sehr intensiv beansprucht? Über den Porsche vielleicht, den ich ihr zum Geburtstag geschenkt habe? Halt, warten Sie.« Er hob die Hand. »Vielleicht war ihr der Klunker zu klein, den sie an Weihnachten unter dem Bäumchen vorgefunden hat?« Sein Gesicht lief rot an. »Um es kurz zu machen: Meine Frau ist die Letzte, die sich hier über irgendetwas beschweren könnte. Oder sehen Sie das anders?«

Dieser Logik hatte Elsa nichts entgegenzusetzen, daher blieb sie Ewald die Antwort schuldig. Wenn sie den Mann noch weiter reizte, würde er vermutlich demnächst einen Schlaganfall erleiden und tot umfallen. Und wie sie das Jansenbrink erklären sollte, war ihr schleierhaft. Deshalb beließ sie es dabei. Mit diesem kurzen Statement hatte Schattenkirchner sowohl seine Frau Christine als auch sich selbst bestens charakterisiert. Meine Güte, was war dieser Schattenkirchner nur für ein ekelhafter Kerl.

»Zur Beerdigung Ihres Bruders wird Ihre Frau aber vermutlich zurückkehren?«, wagte sie doch noch eine Frage.

»Jaja, bestimmt. Sonst noch was, Frau Dorn?«

Enttäuscht stand Elsa auf, sie hatte mehr von diesem Besuch erwartet. Entweder wusste Ewald Schattenkirchner tatsächlich nichts über die Absichten seines Bruders, ein Buch zu veröffentlichen. Oder aber, er verschwieg etwas.

»Ich entschuldige mich für die Unannehmlichkeiten, die ich Ihnen bereitet habe. Auf Wiedersehen und einen schönen Tag.«

Schattenkirchner hob seinen übergewichtigen Körper erstaunlich leicht aus der Couch. Das hätte sie dem Typen gar nicht zugetraut, schoss es Elsa durch den Kopf. Plötzlich fiel ihr wieder ein, was Schäfer über ihn erzählt hatte: Ewald war früher ein erfolgreicher Marathonläufer gewesen. Wer einmal so durchtrainiert gewesen war, besaß wahrscheinlich selbst mit ein paar Kilo mehr am Leib noch eine nicht zu verachtende Fitness.

»Keine Ursache«, sagte Ewald versöhnlich. »Ich hoffe, ich konnte Ihnen weiterhelfen.«

Nicht wirklich, dachte sie, deutete aber ein kleines Nicken an.

Schattenkirchner begleitete sie zum Fahrstuhl, wo Elsa ihren Regenschirm aus dem Korb nahm.

Ewald trat neben sie und drückte auf einen Knopf, beinahe sofort glitten die Fahrstuhltüren auf.

»Bitte«, sagte er und machte eine übertrieben höfliche Handbewegung.

Der Mann stank nach Schweiß, außerdem war er schlecht rasiert. Irgendwie hatte Elsa das Gefühl, dass sein Zustand sich in den letzten Minuten stark verschlechtert hatte. Der Tod seines Bruders nahm ihn wohl mehr mit, als sein brüskes Auftreten anfangs hatte vermuten lassen. Sie trat in den Aufzug. Als sie sich umdrehte, schlossen sich die Türen gerade, und sie erhaschte einen letzten Blick auf Schattenkirchner. Die Wut war aus seinen Augen verschwunden und etwas Beunruhigenderem gewichen. Einer Art Lauern oder vielleicht ... Eine Idee begann, sich in Elsas Gehirn zu formen. Bevor sie den Gedanken allerdings greifen konnte, setzte sich der Fahrstuhl in Bewegung. Der Anblick von Schattenkirchners Gesicht wurde nun durch ihr eigenes ersetzt, das ihr aus der verspiegelten Fahrstuhltür entgegenblickte. Der Hauch von Geistesblitz war spurlos verschwunden.

Vor dem Haus spannte Elsa den Schirm auf. Ihr kam es vor, als hätte der Regen ein wenig nachgelassen. Das Wasser prasselte auf den Schirm und tropfte sofort an den Seiten herab. Aber wirklich nur ganz wenig, wenn man positiv dachte.

Sie hastete zum Wagen zurück und stieß einen Fluch aus, als sie in dieselbe Pfütze trat wie vorhin. Diesmal spritzte es sogar bis zu ihren Strumpfhosen; die Nässe an ihren Beinen ließ sie aufschrecken. Aus dem Augenwinkel glaubte sie, eine Bewegung über sich wahrzunehmen. Doch als sie nach oben blickte, war da nichts. Nur ein Fenster im dritten Stock, wo sie Schattenkirchners Wohnzimmer in der Penthousewohnung vermutete. Oder zeichnete sich hinter der Gardine eine Silhouette ab? Egal, der Regen trieb sie in ihren Mini-Cooper.

Sie hatte den Schirm unter dem Fahrersitz verstaut, sich unauffällig aus der nassen Strumpfhose geschält und war gerade dabei, ihr Ersatzpaar Schuhe anzuziehen, als sie durch ein Hupen aufgeschreckt wurde. Sie hob den Kopf und sah einen dunklen Mercedes aus der Tiefgarage gegenüber auf die Straße einbiegen. Er hatte einem VW Polo die Vorfahrt genommen, dessen Besitzer hupte und wild gestikulierte. Der Mercedesfahrer achtete nicht darauf, sondern fuhr einfach weiter.

»Hoppla!«, sagte Elsa, als sie den Fahrer erkannte, während der Wagen an ihr vorbeidonnerte. »Das war doch der Schattenkirchner«, murmelte sie. »Hat der es aber eilig.« Sofort startete sie ihren eigenen Wagen. »Okay, Freundchen. Mal sehen, wo du hinwillst.« Der Polofahrer musste ein zweites Mal scharf abbremsen, als ihn Elsa schnitt. Im Rückspiegel sah sie einen Mittelfinger und eine geballte Faust. Sie zuckte die Achseln und gab Gas.

KAPITEL 28

Der Einäugige musterte ihn, und während er dies tat, spielte er mit dem Revolver, der Schäfer abgenommen worden war. Mal steckte Korn den Lauf zwischen die Zähne und kaute darauf herum, mal fuhr er sich damit die Nase entlang oder klopfte mit dem Metall gegen die schwarze Augenklappe. Er schien nachzudenken, anscheinend gelang ihm das besser, wenn er eine Knarre dazu benutzte. Als Korn anfing, den Lauf in Richtung Ohren zu bewegen, protestierte Schäfer: »Falls du vorhast, dir meine Waffe gleich noch in den Arsch zu schieben und deine Hämorriden zu massieren, dann lass das. Ich rühr das Ding sonst nicht mehr an.«

Einmal Proll, immer Proll, dachte Schäfer. Da nützte auch der schönste Edelzwirn nichts. Hier, verborgen vor den Augen der Öffentlichkeit, zeigte sich der wahre Charakter des Einäugigen.

Korn hielt inne und senkte langsam die Smith & Wesson.

Der Holzstuhl, auf dem Schäfer saß, knarrte unter seinem Gewicht. Nachdem Schäfer an Korns Wagen erwischt worden war, hatte man ihn mittels vorgehaltener Pistole in diese Bruchbude hier dirigiert. Zuerst hatte er angenommen, Korns Leibwächter hätte ihn ertappt und wäre überraschenderweise doch zurückgekommen. Da hatte er jedoch falsch gelegen. Leibwächter stimmte zwar, aber es war nicht der Typ, der in Korns Porsche den Beifahrer spielte. Woher der andere Kerl plötzlich gekommen war, war ihm erst später klar geworden, als ihn der Typ durch einen Hintereingang in eines der drei

Hochhäuser geführt hatte. Sie waren eine Treppe nach unten gestiegen, vorbei an Kellerverschlägen, die mit Holzwänden voneinander getrennt waren. In dem Labyrinth hatte Schäfer bald die Orientierung verloren, irgendwann fand er sich in einem Raum wieder, der mit einer massiven Tür gesichert war.

Schäfer vermutete darin die illegale Wettbude des Einäugigen, der nun vor ihm an einem billigen Holztisch lehnte, hinter dem ein noch billigerer Drehstuhl stand. Auf dem Tisch lag ein aufgeschlagenes Kassenbuch, das mit Zahlen vollgeschrieben war. An der Decke baumelte eine nackte Glühbirne, in der Wand war ein moderner Tresor eingelassen, dessen Türe halb offen stand. Schäfer bemerkte mehrere Bündel mit Zwanzig- und Fünfzig-Euro-Scheinen.

»Du hast dich für besonders schlau gehalten«, hatte Korn lachend gesagt. »Für den Fall, dass man mir nachspioniert, ist immer ein Vertrauter in meiner Nähe, der überwacht, ob mich jemand überwacht. Alles klar?«

Logo, das hatte er trotz der verklausulierten Ausdrucksweise seines Gegenübers gerafft. Schäfer stöhnte innerlich auf; er hatte einen elementaren Fehler begangen. Immer checken, ob man selbst observiert wurde. Das stand im Einmaleins der Ermittlerfibel bestimmt an erster Stelle. Hätte er die nur mal gelesen. Dann wäre ihm womöglich nicht ein solcher Mist passiert! Jetzt saß er in der Tinte, vor Korn, den seine beiden Leibwächter wie Statuen flankierten. Beide hielten eine Pistole in der Hand und rührten sich nicht, nur ihre Augen, die bewegten sich und registrierten jede seiner Bewegungen.

»Ich frage mich«, murmelte Korn, »wieso jemand wie du mir hinterher schnüffelt. Bist du Russe?«

»Sehe ich aus wie einer?«

Korn legte den Kopf schief. »Bis auf deinen Kahlkopf eher nicht. Du redest auch nicht wie einer dieser Russkis.« Er wandte sich zu dem Leibwächter auf seiner rechten Seite. »Entschuldige Gregor, das geht nicht gegen dich.« Dann schenkte er seine Aufmerksamkeit wieder Schäfer. »Ich weiß nicht, ob mich das beruhigen soll. Wenn du nicht von den Russen kommst, scheint deren Mafia nicht ins Augsburger Wettgeschäft einsteigen zu wollen. Hmm, das ist immerhin etwas. Aber was willst du sonst von mir? Vor allem«, er steckte den Zeigefinger in den Abzugsbügel und ließ den Revolver kreiseln, »mit einer schönen Waffe wie dieser. Exzellent und, wie ich sehe, Kaliber Magnum, die einem Elefanten das Licht ausblasen. Interessant!«

»Ich habe einen Waffenschein.«

»Bestimmt hast du den.«

»Natürlich. Vorschriftsmäßig. Sind *diese* beiden legal?« Er deutete mit dem Kopf auf die Waffen der Leibwächter.

»Natürlich!«, antwortete Korn mit einem Augenzwinkern. »Ich bin ein ehrlicher Geschäftsmann. Bei mir ist alles ganz legal und sauber.«

»Bestimmt«, spottete Schäfer.

»Vorsicht, mein Freund«, warnte Korn. »Noch bist du nicht gefesselt. Aber das kann sich bald ändern, wenn ich einen Anlass dazu sehe.«

Der Privatermittler zögerte, einerseits wollte er Korn provozieren. Erstens, weil Schäfer einen gehörigen Zorn auf sich selbst verspürte, da er wie ein blutiger Anfänger erwischt worden war. Diesen Zorn musste er an jemandem auslassen, bevor er platzte. Zweitens, weil er die arrogante Fresse des Einäugigen zum Kotzen fand. Aber sobald die Typen ihn fesselten, würden seine Chancen, hier unbeschadet zu entkommen, gegen Null tendieren. Wenn er sich dagegen still verhielt, blieb ihm immerhin die Möglichkeit zur Flucht. Auch wenn die diesbezüglichen Chancen angesichts der beiden Gorillas mit ihren griffbereiten Knarren auch nicht gerade berauschend schienen.

»Ich bin Privatdetektiv«, erklärte er.

»Ein verdammter Schnüffler!« Korn wieherte wie ein Pferd. Seine Aufpasser verzogen keine Miene und ließen Schäfer nicht aus den Augen.

Zefix!, dachte er. Mit diesen Waldhütern werde ich bestimmt jede Menge Spaß haben.

»Und was will ein Schnüffler von mir? Die Polizei wird dich kaum auf meine Fersen gesetzt haben. Meine Weste ist so rein wie frisch gefallener Schnee. Oder arbeitest du vielleicht als Informant für die Kripo?« Korn überlegte einen Moment, dann schüttelte er entschieden den Kopf. »Nein, undenkbar. Ein bewaffneter Informant verstößt gegen das Gesetz. Das darf sich die Polizei nicht erlauben. Denn dann wären die erhaltenen Informationen wertlos.« Er schnaubte. »Also, Schnüffler, wie heißt du? Außer deiner Knarre hattest du leider nichts dabei, keinen Ausweis, keinen Geldbeutel. Sehr unhöflich. Da weiß ich gar nicht, wie ich dich anreden soll.«

»Schäfer«, antwortete Schäfer. »Sven Schäfer.«

Korn ließ die Smith & Wesson wieder kreisen. »Kenne ich nicht.« Er wandte sich an seine Mitarbeiter. »Und ihr?«

Die beiden Komiker schüttelten den Kopf, aber nur ein wenig. Als befürchteten sie, eine heftigere Reaktion würde ihre Aufmerksamkeit sinken lassen.

Schäfer überlegte. Was sollte er preisgeben? Wenn er Korn von seinem Verdacht gegen ihn erzählte, brächte der es glatt fertig, ihn auf der Stelle abknallen zu lassen. Eine Plastikplane wäre schnell ausgelegt, um keine Blutspuren zu hinterlassen. Im Anschluss die Leiche rasch in einen Teppich gerollt und ab in den Porsche. Sven Schäfer wäre von der Bildfläche verschwunden, bevor ihn auch nur jemand vermissen konnte. Geschweige denn nach ihm suchen.

Er beschloss daher, eine Geschichte zu ersinnen, die möglichst weit bei der Wahrheit blieb, ohne dem Einäugigen jedoch das Gefühl zu geben, dass er ihn verdächtigte. »Ich ermittle in einer Erbschaftsangelegenheit«, erklärte er nebulös. Das funktionierte immer.

Korn hielt mit dem Kreisen inne. »Erbschaft?«, fragte er verblüfft. »Wer ist denn gestorben? Krieg ich was ab?«

Schäfer hatte den richtigen Riecher gehabt. Seine Story von der vermeintlichen Erbschaft, die er nicht nur bei seinen gestrigen Ermittlungen vorgebracht hatte, sondern immer mal wieder bei seinen Aufträgen auspackte, schien erneut auf fruchtbaren Boden zu fallen. Sobald die Leute was von einem Erbe hörten, klingelte es in den Ohren, das Hirn wurde ausgeschaltet. Und da Korn ein ausgesprochen geldgeiler Sack war, funktionierte die Masche bei ihm besonders effizient. Kaum roch er Kohle, brannten bei dem Einäugigen alle Sicherungen durch.

»Tja, das ist eine diffizile Angelegenheit«, tastete Schäfer sich vor. Nur nicht zu schnell antworten, das würde Verdacht erregen.

»Was ist da schwierig, krieg ich Geld oder nicht?«

Den Einäugigen schien es gar nicht zu interessieren, wer ins Gras gebissen hatte. Einzig und allein das Verlangen nach einem Erbe loderte in seinen gierigen Augen.

Schäfer räusperte sich. »Du wohl eher nicht.« Eigentlich störte ihn die fehlende Distanz durch das Duzen. Aber Korn hatte damit angefangen, und wenn Schäfer jetzt beschloss, dieses Arschloch zu siezen, würde das bescheuert wirken.

»Verstehe ich nicht. Du überwachst mich, bist ein Schnüffler, redest von Erbsachen. Und dann soll ich nichts bekommen?«

»Es geht um deine Kleine.«

»Nadja?«

»Genau die.«

»Ist ihre Großmutter aus Polen gestorben, oder was?«

»Nein, der Bärenbruno.«

Es war, als würde der Vesuv ausbrechen. Der Einäugige packte den Revolver mit beiden Händen, umfasste den Lauf, als wolle er ihn erwürgen.

Schäfer befürchtete, Korn würde aus Versehen den Abzug betätigen, und kniff die Augen zusammen. Er krümmte sich zusammen, um möglichst wenig Angriffsfläche zu bieten, aber sein massiger Körper bot ein klasse Ziel, sowohl für gezielte Schüsse als auch für Abpraller.

Kalle Korn stampfte mit dem Fuß auf, die Farbe seines Gesichts wechselte von Kirschrot zu Lavendellila. »Was hat Nadja schon wieder mit dem Bärenbruno zu schaffen?«, brüllte er. »Das ist vorbei, endgültig! Nadja hat dafür gebüßt. Bruno sowieso.« Er trat auf Schäfer zu und bohrte ihm den Lauf des Revolvers in den Mund. Schäfer würgte, als ihm das Metall tief in die Kehle glitt.

»Na, gefällt dir der Deep Throat?« Korn lachte bissig. »Oder soll ich dir ein Auge ausstechen? Wie man es bei mir gemacht hat.« Er zog den Revolver aus Schäfers Mund, ein Speichelfaden hing daran, und drückte den Lauf gegen das rechte Jochbein des Ermittlers. Langsam fuhr Korn mit dem Revolver nach oben, bis er sich nur Millimeter unterhalb des Augenlids befand.

Schäfer blinzelte und versuchte seine Atmung zu kontrollieren. Jetzt bloß nicht nervös werden und eine Dummheit machen. »Ruhig bleiben«, bat er den Tobenden.

»Ruhig bleiben?«, spie der aus. »Ich soll ruhig bleiben.« Er drehte den Kopf. »Habt ihr das gehört? Ich soll ruhig bleiben, sagt dieser dreckige, verwichste Scheißkerl von einem Schnüffler zu mir.« Sein Vollbart tanzte bei jedem Wort einen Tango.

»Hat jemand *deine* Frau gefickt und versucht, daraus Kapital zu schlagen?« Korn verstummte, trat einen Schritt zurück, starrte auf den Revolver in seinen Händen.

Schäfer atmete auf, seine Augen waren heil, alle beide. Was hatte Korn damit gemeint, Bruno wollte aus der Affäre mit Nadja Kapital schlagen? Natürlich, das Manuskript! Beinahe hätte er die Hand vor die Stirn geschlagen, aber er beherrschte sich.

»Bruno Schattenkirchner ist tot. Du hattest recht, er hat tatsächlich gebüßt.« Er biss sich auf die Unterlippe.

Scheiße!

Er wollte doch keine Dummheit begehen. War er zu herausfordernd?

Der Einäugige musterte ihn, seine Stirn runzelte sich immer mehr. »So, wie du das gesagt hast, glaube ich fast, du bist aus einem anderen Grund hier. Weißt du, was ich denke?« Er fuhr mit dem Lauf langsam durch seinen dichten Vollbart. »Ich glaube, du hältst mich für den Mörder von Bruno.«

Schäfer versteifte sich. »Nein, das siehst du falsch.«

»Warum wirst du dann so starr? Deine Körpersprache verrät dich, du Anfänger.« Korn lachte höhnisch.

Verdammt!, dachte Schäfer. Aufgeflogen!

»Es geht gar nicht um eine Erbschaft, stimmt's? Du hast mich verarscht, wolltest etwas aus mir herauskitzeln. Darin warst du gut, Schnüffler, das muss ich zugeben. Verflixt gut! Du hast mich provoziert, und ich Idiot bin drauf reingefallen.« Er kniff den Mund zusammen, seine Augen schossen Giftpfeile auf Schäfer ab.

Na toll, hatte echt super funktioniert, sein Plan, Kalle Korn auf harmlose Art und Weise auszufragen. Diplomatie ging offenbar anders. Schäfer dachte daran, bei Elsa Dorn Lehrstunden zu nehmen, sollte er den heutigen Tag lebend überstehen. Von wegen, er wollte den Einäugigen reizen. So lebensmüde war er nicht, im Angesicht zweier todbringender Pistolen, in den Händen eiskalter Profis. Das war ihm eher unabsichtlich passiert. Kollateralschaden sozusagen.

»Hmhmhm«, brummte Korn. »Was mache ich mit dir? Du hast mich in eine komplizierte Situation gebracht.« Er rieb über seine Schläfen.

»Ich schlage vor, ich gehe meiner Wege, und wir vergessen den netten Plausch.«

»Halt's Maul, ich muss nachdenken.«

»Wir können bestimmt darüber reden«, sprach Schäfer weiter. »Ich meine, bei Bruno war es vielleicht Totschlag. Er hat dich bestimmt aufgestachelt. Ich meine, er hat immerhin deine Frau gevögelt.«

»Halt's Maul, habe ich gesagt.«

»Dein Ton passt mir nicht.« Schäfers innerer Vulkan begann zu brodeln, da bestand eine gewisse Ähnlichkeit zu Korn, wie er erschrocken feststellte. »Kein Wunder, dass du in der Augsburger Schickeria ein Außenseiter bist«, fügte er dennoch hinzu. Eine Rolex und ein 2000-Euro-Anzug machen aus einem Affen eben keinen Menschen. Das dachte er aber nur, schließlich wollte er nicht übertreiben.

»HALT. DEIN. VERDAMMTES. MAUL!«

»Soll ich es ihm stopfen?«, fragte einer der beiden Gorillas.

»Hey Leute, Gewalt ist keine Lösung«, predigte Schäfer. »Wenn ihr mich umbringt, dann ist das ein glasklarer Mord, ihr geht für immer in den Knast. Bei Bruno hingegen ...«, er zuckte die Achseln.

»Was faselst du immerzu von Bruno? Du glaubst ernsthaft, ich hätte ihn auf dem Gewissen, diesen wandelnden Penis?«

»Das hast du doch?«

»Nein, zum Teufel, wie kommst du auf diesen ausgemachten Blödsinn?«

»Du hast doch selbst gesagt, er hätte gebüßt für ... was auch immer er mit Nadja angestellt hat.«

»Lass Nadja aus dem Spiel, sie hat damit nichts zu tun.«

»Also doch.«

»Was, also doch?«, herrschte ihn Korn an.

»Ich sollte Nadja aus dem Spiel lassen. Aus deinem Mord an Bruno, das meinte ich.«

»Blödmann! Ich habe ihm einen Besuch abgestattet, das stimmt. Zusammen mit meinen Jungs. Bruno wollte so ein idiotisches Buch schreiben. Wie dieses Shades of Scheiße. Ein Kapitel wollte er meiner Nadja widmen.« Korn grunzte etwas Unverständliches, dann wurde er wieder deutlicher. »Und ein zweites mir, beziehungsweise meinen Geschäften. Den illegalen natürlich. Bei der Geschichte mit Nadja hätte ich wie der letzte Vollhonk dagestanden. Und bei der anderen«, er seufzte, »nun, die andere Geschichte hätte mich mein Ansehen gekostet. Leider hat Nadja nicht nur mit dem Bärenbruno gevögelt, sondern auch über meine Wettgeschäfte geplaudert, dieses dumme Miststück. Weiber eben.« Korn schüttelte abfällig den Kopf. »Weißt du, wie lange ich gebraucht habe, um mich hochzuarbeiten? Was mich mein Ansehen alles gekostet hat? Das wäre mit einem Federstrich dieses Schmierfinken vorbei gewesen.«

»Und diese andere Geschichte, die dein kostbares Ansehen ruiniert hätte, was genau war das?«

»Als wenn du das nicht wüsstest«, erwiderte Korn mit einer Handbewegung in Richtung der Geldbündel.

»Wetten?«

»Und Wettbetrug.«

»Ist das dein Ernst? Hast du das nötig?«

»Du weißt wohl nicht, wie viel Geld da drinsteckt.« Korn lachte. »Außerdem habe ich das schon immer gemacht. In bin ein Zocker. Und wieso sollte ich mit einem erfolgreichen Geschäftsmodell aufhören?«

»Woher wusstest du das mit dem Buch?«, warf Schäfer ein.

»Das hat er Nadja erzählt, als er ...«

»Was?«

»... sie beim Bäcker getroffen hat.«

»Beim Bäcker?«

»Ja, beim Bäcker. Und ich weiß, was du denkst. Dass das eine Ausrede war und sie wieder ein Techtelmechtel angefangen haben. Aber das hätte Nadja sich niemals getraut, nachdem, was ich ihr dafür ...«, er hielt inne und schaute versonnen zur Decke. »Ach, egal, das geht dich einen Scheißdreck an. Jedenfalls war es ein zufälliges Treffen, und er hat ihr von seinen Plänen vorgeschwärmt. Sie würde gleich im ersten Kapitel seines Buchs vorkommen. Wahrscheinlich wollte er sich wichtig machen, um sie wieder in sein Bett zu zerren. Nadja ist naiv, wahrscheinlich hat sie geglaubt, sie wird mit dem Scheiß berühmt. Sie hat mir sofort davon erzählt, immerhin hat sie dazugelernt. Da bin ich natürlich zu Bruno hingefahren, um ihn zur Rede zu stellen. Und dabei habe ich ihm sehr deutlich gemacht, was ich davon halte.«

»Du hast ihn erdrosselt!«

»Quatsch! Meine Jungs haben ihm nur ein bisschen die Luft abgedrückt, als Warnung sozusagen. Also höchstens ein bisschen *an*gedrosselt, mehr nicht, aber er hat es kapiert, glaub mir. Dieses Arschloch hat es begriffen. Eigentlich wollte ich nur mit ihm reden, von Mann zu Mann sozusagen. Verstehst du sicher.«

Na klar, dachte Schäfer. Deshalb hatte Korn auch Fix und Foxi dabei.

»Da habe ich in seinem verschissenen Nebenzimmer das Foto von Nadja entdeckt. Nackt! Kannst du dir das vorstellen? Dieser Scheißkerl hatte ein Nacktfoto von ihr in seinem Haus an die Wand genagelt. Und daneben ihren Lieblings-BH mitsamt schwarzem Höschen.«

»Also hatten sie doch wieder was laufen, die beiden Turteltäubchen«, vermutete Schäfer und goss damit Öl ins Feuer.

Korn explodierte. »Nein!«, schrie er, trat vor den Schnüffler und schlug ihm den Lauf des Revolvers ins Gesicht.

Schäfers Lippe platzte auf, er schmeckte Blut.

»Sie hatten nichts mehr miteinander. Meine Mitarbeiter hatten ein Auge auf sie.«

»Du hast sie überwachen lassen?«

»Klaro, was denkst du denn, wer ich bin? Ein Volltrottel? Nadja hat mich nur einmal mit Bruno hintergangen. Kein zweites Mal. Was da an der Wand hing, das ist von ... von diesem Ausrutscher. Bruno hat ihre Reizwäsche als Andenken behalten, dieser Wichser. Sie hat mir weißgemacht, sie hätte BH und Höschen weggeworfen. Haha, weggeworfen! Der Bärenbruno hat es als Trophäe aufbewahrt. Wie ein Jäger, der seine verfickten Hirschköpfe an die Wand hängt, so hat er es mit den BHs seiner Liebschaften gemacht. Und mit Nadjas Wäsche. Da bin ich wild geworden.«

»Und hast Bruno erdrosselt«, wandte Schäfer ein.

»Nein!«

»Dann eben erdrosseln lassen.«

»Nein, ich habe ihn dort gelassen, wo er war. Am Boden vor seinem Bett, den BH um seinen verdammten Hals. Und zur Abschreckung habe ich ihm das Höschen über seine hässliche Visage gestülpt. Aber er war am Leben. Er hat geröchelt und gestöhnt. Und war *nicht* tot. Ich kann zwischen tot, halbtot und ganz tot schon noch unterscheiden.«

»Vielleicht ist er später gestorben.«

»Bestimmt ist er das, er ist ja tot. Aber damit hatte ich nichts zu tun und meine Jungs auch nicht. Das kannst du dir abschminken.«

»Das Foto hast du mitgenommen?«

»Natürlich.«

»Den BH nicht? Und das Höschen?«

»Nein, wozu? Das Bild ist was Persönliches. Die Dessous wollte ich nicht mehr sehen. Wieso hätte ich sie mitnehmen sollen? Ich habe Bruno nicht umgebracht. Also brauchte ich keine Spuren zu beseitigen.«

Auch wieder wahr, dachte Schäfer, war aber trotzdem noch nicht vollständig überzeugt. Er hatte vor ein paar Minuten selbst erlebt, wie schnell die Emotionen des Einäugigen hochkochten. Wäre es da nicht wahrscheinlich, dass Korn im Zuge einer derartigen Überreaktion seinen Nebenbuhler einfach umbrachte? Seine Aufpasser würden genau das behaupten, was ihnen ihr Chef auftrug, diese Trottel waren keine glaubhaften Zeugen. Obendrein bewiesen sie seit einer halben Stunde, dass sie verdammt gut schweigen konnten.

»Ich denke, das wird die Polizei anders sehen, wenn sie die DNA an dem BH und dem Höschen deiner Nadja zuordnen. Dann sieht die Sachlage im Mordfall Bärenbruno ratzfatz anders aus, die Kripo wird schnell merken, dass Xaver Grimminger nicht mehr ihr Verdächtiger Nummer eins ist. In diesem Fall rutschst du ganz schnell auf den Spitzenplatz der Top-Tatverdächtigen.«

»Und wer sollte, deiner Meinung nach, der Polizei diese Information mitteilen?« Ein fieses Grinsen umspielte die Lippen des Einäugigen.

Plötzlich spürte Schäfer eine Armee Ameisen seinen Rücken entlanglaufen.

KAPITEL 29

Elsa folgte Ewald Schattenkirchners Mercedes durch das Jakobertor. Sie überquerten den Lech und fuhren weiter Richtung Osten. Warum hatte der Kerl es so eilig? Was in ihrem Gespräch hatte ihn dazu gebracht, so übereilt aufzubrechen? Oder lag es gar nicht an ihrem Gespräch? Womöglich hatte er einen wichtigen Anruf bekommen, etwas, das gar nichts mit dem Fall zu tun hatte. Energisch schüttelte Elsa den Kopf. Nein, ihr Gefühl sagte ihr etwas anderes.

Das Wasser ergoss sich aus dem wolkenschweren Himmel wie aus Kübeln, trotzdem gelang es ihr, an der PS-starken Limousine dranzubleiben. Der Weg, den Schattenkirchner einschlug, kam ihr vage bekannt vor, dann dämmerte es ihr. Er fuhr zur Villa seines Bruders. Was wollte er dort? War das Anwesen bereits freigegeben worden? Wahrscheinlich ja, da Xaver Grimminger mittlerweile als Mörder feststand und der Tatort von der Kriminaltechnik gründlich untersucht worden war. Als engster Angehöriger durfte Ewald das Haus betreten. Aber wozu diese Eile?

Elsa parkte den Mini in Sichtweite des Hauses. Links von ihr rauschte der Lech auf das Wolfzahnauwehr zu, es schäumte, und weißer Gischt stieg empor. Sie beobachtete, wie Schattenkirchner aus seinem Mercedes stieg, sich umsah, und dann die Treppe zum Anwesen in zwei Sätzen bewältigte. »Der hat es aber verdammt eilig«, murmelte sie und kramte ihr Smartphone aus der Handtasche, die auf dem Beifahrersitz lag. Unterdessen schloss Ewald Schattenkirchner die Haustüre auf. Elsa erinnerte sich, dass er ihr gegenüber erwähnt hatte, einen Schlüssel zu besitzen.

Sie tippte Schäfers Handynummer ins Display. Nach dem dritten Läuten schaltete sich die Mailbox ein. Also wählte Elsa seine Festnetznummer, aber auch da ging der Anrufbeantworter ran. »Mensch, Schäfer, wo steckst du, wenn man dich braucht?« Sie wollte ihm mitteilen, dass sie das Verhalten Schattenkirchners seltsam fand, außerdem wollte sie wissen, was Schäfer über Korn rausgefunden hatte. Der Privatermittler hätte sich eigentlich längst bei ihr melden sollen, er war schon einige Stunden hinter Korn her. Sie rief wieder sein Handy an und sprach kurz auf die Mailbox, dass sie Ewald aufgesucht, allerdings nicht viel über das sagenumwobene Manuskript herausgefunden hätte. Gerade wollte sie noch erwähnen, dass sie Schattenkirchner zu Brunos Villa gefolgt war, aber da flog die Haustür auf und Ewald kam herausgestürmt, in der Hand einen DIN-A4-Umschlag. Rasch legte Elsa auf. Hier ging etwas vor, das ganz und gar nicht koscher war.

»Was ist in diesem Umschlag?«, sprach sie die Frage halblaut aus, die ihr auf den Nägeln brannte. Konnte es sein, dass Ewald zwar nichts über Brunos Manuskript gewusst hatte, aber durch ihre Fragen mit der Nase darauf gestoßen worden war? Und er nur deshalb in Brunos Villa gefahren war, um dort nach Aufzeichnungen zu suchen? Aufzeichnungen, die die Spurensicherung nicht gefunden hatte, weil sie …

»… weil sie sich in einem Geheimversteck befanden«, sprach sie den Gedanken laut aus, als würde der Klang ihrer Stimme sie von der Richtigkeit der Annahme überzeugen können. Aber wieso hatte Ewald Schattenkirchner ihr nicht davon erzählt? Befürchtete er, dass in den Aufzeichnungen etwas stand, das ihn auf irgendeine Art und Weise belastete? Er war Immobilienmakler, hatte er krumme Dinge gedreht? Vielleicht wollte sein Bruder darüber in seinem Buch berichten. Quasi als Dreingabe zu den skandalösen Sexgeschichten über die Augsburger Schickimicki-Welt? In diesem Fall war die Verbindung zwischen den beiden Brüdern wohl doch nicht so herzlich gewesen, wie Ewald ihr damals am Tatort hatte weismachen wollen. Die Zahl der Fragen, die sich ihr aufdrängten, wurde immer mehr, von Sekunde zu Sekunde. Elsa wandte den Kopf zur Seite, als der Mercedes an ihr vorbeifuhr.

Sie startete den Motor und setzte die Verfolgung von Ewald Schattenkirchner fort. Das Ganze begann verdammt spannend zu werden. Brunos Bruder fuhr nicht zurück in sein Penthouse, sondern steuerte die Raumfahrtfirma an, die auf der gegenüberliegenden Seite des Lechs am Rande der Wolfzahnau stand. Dort, wo früher einmal die Keksfabrik der Schattenkirchner-Eltern ihren Sitz hatte, bevor sie von dem Weltkonzern aufgekauft, teilweise abgerissen und die wenigen Überreste in den neuen Gebäudekomplex eingegliedert worden waren. Der Regen donnerte auf das Fahrzeugdach des Minis. Zu den Wassermassen gesellten sich Blitz und Donner.

»Mist!«, schimpfte Elsa, als sie den Mercedes aus den Augen verlor. Sie drückte aufs Gaspedal, die Straße vor ihr wurde enger und endete an einem Parkplatz. Hier ging es nicht mehr weiter, eine Sackgasse, vor ihr führte nur noch ein schmaler Weg in die Wolfzahnau hinein, dem Landschaftsschutzgebiet, das zwischen den Flüssen Wertach und Lech lag. Die Bäume wogten im Wind hin und her und wirkten auf unbestimmte Weise bedrohlich. Elsa versuchte sich zu orientieren. Links leuchteten Straßenlaternen, das Areal des Weltkonzerns erhob sich dort. Da Samstag war, herrschte hier kaum Betrieb. Auf dem Parkplatz befanden sich nur wenige verloren wirkende Fahrzeuge, wahrscheinlich Schichtdienstleistende, die am Wochenende arbeiten mussten. Elsa lenkte den Mini-Cooper auf den gekiesten Platz, von dem Mercedes keine Spur. Sie fuhr die Reihen ab, bis ganz nach hinten, hier führte ein Trampelpfad zum Lech, der an der Wolfzahnau vorbeifloss. Dort, ganz am Ende, entdeckte sie den Mercedes.

Was machte Schattenkirchner hier?

Sie stoppte ihren Wagen, die Scheibenwischer quietschten bei jeder Bewegung. Elsa legte den Rückwärtsgang ein, wollte nicht bemerkt werden, lenkte den Wagen zwei Reihen zurück und schaltete Zündung und Lichter aus. Sie schaute auf die Uhr, fast fünf. Obwohl die Tage Anfang Mai schon recht lange waren, war es draußen stockdunkel. Sie kniff die Augen zusammen, versuchte, irgendetwas in der Düsternis auszumachen. Saß Schattenkirchner in seinem Fahrzeug, oder war er ausgestiegen?

Was suchte er hier?

Keinesfalls wollte er spazieren gehen, das konnte man ausschließen. Während sie noch vor sich hin grübelte, wurde plötzlich die Beifahrertür aufgerissen. Elsa schreckte auf und sah in die Mündung einer Pistole.

»Keinen Ton!«, zischte eine Stimme.

Sie erstarrte, dieser Drohung hätte es nicht bedurft. Und selbst, wenn sie geschrien hätte. Hier an diesem einsamen Ort, mitten in einem Gewitter, hätte sowieso niemand ihre Hilferufe gehört.

»Ihre Waffe, holen Sie sie aus dem Holster. Schön langsam, wenn ich bitten darf.« Ewald Schattenkirchner beugte sich zu ihr ins Auto, er hatte eine Baseballkappe auf, von der das Wasser auf den Beifahrersitz tropfte.

»Ich habe keine Waffe«, log Elsa. »Ich bin nicht offiziell im Dienst.«

»Keine Spielchen, Frau Dorn«, drohte er. »Ich habe Ihre Pistole vorhin gesehen, als Sie bei mir auf der Couch saßen.

Das Gürtelholster auf der rechten Seite, verarschen Sie mich nicht!«

»Schon gut«, erklärte sie resigniert und gab ihm die Heckler & Koch.

»So, und jetzt aussteigen. Ich würde Ihnen raten, nicht wegzulaufen. Das hätte sowieso keinen Zweck. Lassen Sie sich nicht von meinem Äußeren täuschen. Ich bin immer noch ein ausdauernder Läufer.« Während er sprach, griff er gleichzeitig nach ihrer Handtasche.

Elsa stieg aus. Innerhalb von Sekunden war sie tropfnass, ihre Haare klebten am Hals und im Gesicht. Schattenkirchner war ebenfalls durchnässt, doch schien ihm das nicht viel auszumachen. Er trieb sie vorwärts, in die Wolfzahnau, auf den Trampelpfad zu, der zum Lech führte. Angeschwollen, wie er war, flutete der Fluss teilweise in die Wolfzahnau hinein. An einem normalen Samstag, mit einigermaßen angenehmem Wetter hätte es vor Spaziergängern gewimmelt, vor allem Hundebesitzer gingen hier gerne mit ihren Tieren hin. Doch heute, an diesem hässlichen Regentag, waren Elsa und Schattenkirchner alleine. Sie blickte ruckartig nach rechts, als sie aus dem Augenwinkel etwas durch die Luft fliegen sah. Erst als der Gegenstand im kniehohen Gras landete, erkannte sie ihre Handtasche, die Schattenkirchner im hohen Bogen dorthin geschleudert hatte. Was hatte er vor?

Elsa hörte hinter sich seine Stiefel durch den Schlamm stapfen. »Was wollen Sie von mir?« Sie spürte, wie ihre Stimme zitterte.

»Sie wissen es, habe ich recht?«

»Dass Sie der Mörder sind? Ja, das weiß ich.« Es hatte eine Weile gedauert, bis Elsa die tödliche Wahrheit erkannt hatte. Als sie Ewalds kalte Augen gesehen hatte, vorhin im Fahrstuhl, hatte sie es bereits geahnt. Aber sie hatte es sich nicht eingestehen wollen. Denn dann hätte sie ihren Fehler zugeben müssen. Ein Fehler, der sie das Leben kostete, wenn sie nicht bald einen Ausweg fand. »Sie haben einen wehrlosen Menschen kaltblütig ermordet. Einen Menschen, der Ihnen nahestand. Der Ihnen vertraute.«

»Das wussten Sie doch!«

»Nein.«

»Aber Sie haben es geahnt. Sonst hätten Sie mich nicht zu Hause aufgesucht, um dumme Fragen zu stellen.«

»Ich habe es nicht einmal *geahnt*.«

»Aber in meiner Wohnung, da haben Sie es gespürt. Sonst wären Sie mir nicht zu Brunos Villa gefolgt.«

»Sie haben mich gesehen?«

»Natürlich. Ich weiß, welches Auto Sie fahren, ich habe Sie von meinem Fenster aus beobachtet, als Sie eingestiegen sind.«

Also doch, sie hatte es gefühlt, dass sie beobachtet worden war. Wieso hatte sie ihrer Intuition nicht vertraut?

»Besonders geschickt haben Sie sich nicht angestellt«, fuhr Schattenkirchner fort. »Schon in meiner Wohnung haben Sie mich so merkwürdig angesehen. Da war mir klar, Sie würden bald dahinterkommen. Ich erkannte es in Ihren grünen Augen, dass Sie nicht aufgeben werden, bevor Sie die Wahrheit kennen. Sie sind hartnäckig und ehrgeizig, ich sehe das einem Menschen an. Ich kenne mich damit aus, ich habe viel mit Menschen zu tun. Sie sind eine begabte Ermittlerin.«

»Ach ja?« Von diesem Lob konnte sie sich nicht allzu viel kaufen.

»Als Sie mir hinterhergefahren sind, wurde mir klar, dass Sie niemals aufstecken. Natürlich war mir schon vorher bewusst, dass Sie Zweifel haben.«

»Zweifel?« Elsa blieb stehen. Die abgetrennte Spitze einer Fichte lag skelettartig mitten auf dem Weg. Wie knorrige Finger ragten die dürren Äste in die Luft und reckten sich ihr entgegen.

»Dass da noch mehr ist, dass nicht die ganze Wahrheit ans Licht gekommen ist.«

Er stieß den Lauf der Pistole in ihren Rücken. Elsa machte einen großen Schritt über die Fichte.

»Es hätte so einfach sein können, wenn Sie Ruhe gegeben hätten, einfach nur Ruhe. Aber nein, das konnten Sie nicht. Sie hätten immer weitergebohrt, hätten wahrscheinlich sogar Beweise gefunden. Beweise, die mich belasten.« Schattenkirchner gab ihr einen Stoß. »Schneller!« Elsa stolperte vorwärts, rutschte im Schlamm aus und schlitterte ein kurzes Stück. Dann verlor sie endgültig das Gleichgewicht und stürzte auf die Knie. Wasser und Matsch spritzten in ihr Gesicht, sie prustete.

Ewald Schattenkirchner lachte höhnisch, packte ihren Arm und schleifte sie weiter, ihre Füße hinterließen eine Schleifspur in der aufgewühlten Erde.

Sie zog die Beine an, kam wieder hoch. Keinesfalls wollte sie sich wie ein Stück Fleisch durch die Wolfzahnau zerren lassen. Mit letzter Anstrengung entriss sie sich dem Griff ihres Peinigers. »Ich kann alleine gehen«, fauchte sie.

Schattenkirchner schlug ihr mit der flachen Hand in den Nacken. »Hoffentlich, ich habe keine Lust, dich ständig vom Boden aufzusammeln, also bleib lieber auf deinen Füßen. Und jetzt los, vorwärts!«

»Wo wollen Sie hin?« Sie blieb distanziert, wollte ihn keinesfalls duzen.

»Das werden Sie schon bald sehen.« Er wechselte wieder zum Sie, sah sich gehetzt um. Dann verstummte er völlig und stapfte ohne ein weiteres Wort tiefer in die Wolfzahnau.

Unbarmherzig prasselte der Regen auf sie nieder. Elsa rieb mit den Handflächen ihr Gesicht, um besser sehen zu können.

Regentropfen klatschen wie Maschinengewehrsalven in die Pfützen. Der Lech rauschte neben ihnen vorbei. Überall lagen Tannen- und Fichtenzapfen auf dem Boden.

Schattenkirchner dirigierte sie nach links, mitten ins Gebüsch, weg vom Lech. Zwei Buchen wuchsen schräg, und ihre Stämme lehnten sich mit den Spitzen aneinander, sodass sie ein großes Tor bildeten. Dahinter wurde das Gestrüpp dichter. Elsa versuchte sich mit den Armen zu schützen, doch die Sträucher schlugen ihr ins Gesicht, kratzten ihre Wangen auf, die Stirn, die Nase. Wieder schlug ihr Schattenkirchner brutal in den Rücken. Vor ihr tauchte ein verfallenes Gebäude auf, das im Halbdunkeln wie eine Filmkulisse wirkte.

»Was ist das?«, fragte sie.

»Ein ehemaliger Bunker. Im Zweiten Weltkrieg haben die Arbeiter aus dem Werk dort Schutz vor Fliegerangriffen gesucht. Offiziell gibt es diesen Bunker gar nicht mehr. Die Eingänge wurden zubetoniert. Aber Bruno und ich, wir sind hier aufgewachsen. Da drüben stand die Fabrik unserer Eltern.« Er deutete in eine ungewisse Richtung, irgendwo jenseits der Bäume. Bei diesem Unwetter war außer dem Regen, der vom Himmel fiel, kaum etwas zu erkennen. »Vom Keller der Fabrik aus gab es einen unterirdischen Zugang zu dem Bunker«, dozierte ihr Entführer. »Direkt unter dem Fluss durch. Nachdem auf dieser Seite die Zugänge vor Jahren geschlossen wurden, haben Bruno und ich den Tunnel benutzt, um in den Bunker zu gelangen. Als die Keksfabrik vor dem Verkauf stand, haben wir uns einen neuen Eingang nach draußen gegraben, sodass wir auch von der Wolfzahnau aus in den Bunker gelangen konnten. Es war abzusehen, dass wir irgendwann keinen Zutritt mehr zur Firma unserer Eltern erhalten würden. Aber diesen Bunker hier, den wollten wir beide nicht verlieren. Er war unser Geheimnis.« Er lachte leise und schob das dichte

Gestrüpp zur Seite. Darunter kam ein Eisengitter zum Vorschein, das mit einem schweren Vorhängeschloss gesichert war.

Elsa lauschte. Täuschte sie sich, oder hörte sie von unten ein Rauschen? Aber vielleicht war das der Lech, der keinen Steinwurf entfernt vorbeiströmte. Durfte sie ihrem Gehör in solch einer Umgebung überhaupt trauen? Überall um sie herum wogten die Baumstämme im Wind, das Holz knarrte und knackte, knarzte und knirschte.

Schattenkirchner bückte sich und öffnete das Schloss mit einem Schlüssel, den er aus seiner Hosentasche gefingert hatte. Leider ließ er Elsa dabei keine Sekunde aus den Augen. Der Lauf der Pistole blieb ständig auf sie gerichtet.

Verdammt! Einen Moment lang hatte sie gehofft, dass sie jetzt fliehen konnte. Oder dem Mistkerl wenigstens ihre Schuhspitze in die Rippen rammen. Doch sie hatte zu lange gezögert und ihre Chance verpasst. Ihr Entführer erhob sich bereits wieder und forderte sie auf, in die Tiefe zu steigen.

»Da hinunter? Auf keinen Fall«, weigerte sie sich.

Ewald Schattenkirchner schoss ohne Vorwarnung vor ihr in den Boden. Dreckklumpen spritzten auf.

Elsa schrak zusammen.

»Das nächste Mal schieße ich dir in den Fuß«, warnte er sie. »Hier hört es sowieso niemand«, setzte er in einem gleichgültigen Tonfall hinzu, der Elsa alarmierte.

Sie ging in die Knie, erkannte, dass an der Betonmauer eine eiserne Stiege ins Dunkle führte. Es roch nach Rost. Fuß vor Fuß setzend, kletterte sie nach unten. Ihre Befürchtung war, dass Schattenkirchner sie nun einsperren und das Gitter verschließen würde, aber zu ihrer Überraschung folgte er ihr. Er knipste eine Taschenlampe an und warf das Gitter wieder zu. »Los, weiterklettern!«, befahl er.

Elsa wusste nicht, wie weit es nach unten gegangen war. Sie hatte die Orientierung verloren. Irgendwann bemerkte sie überrascht, dass sie wieder festen Boden unter den Füßen hatte.

Schattenkirchner sprang neben ihr auf die Erde, stieß sie zur Seite. Der Strahl der Taschenlampe zuckte umher. Die Wände waren nass, überall liefen Rinnsale nach unten, an den Seiten des Ganges sammelte sich bereits das Wasser auf dem Boden. Sie ertappte sich bei dem unsinnigen Gedanken, wie gut es war, dass sie vorhin ihre Schuhe hatte tauschen müssen – wenigstens ihre Leopardenpumps waren sicher.

»Vorwärts«, forderte Ewald sie auf.

»Sie können immer noch zurück«, versicherte Elsa. »Es ist nie zu spät.«

»Es ist zu spät. Für mich und für Sie.«

»Gronau weiß, dass ich Sie im Verdacht habe. Er weiß, dass ich Sie aufsuchen wollte.«

Ihr Entführer lachte auf. »Gronau weiß gar nichts, sonst hätte er mich nicht gestern angerufen. Sie wollen mir doch nicht ernsthaft weismachen, dass Sie alleine zu mir gekommen wären, wenn ich unter Mordverdacht stehen würde.«

Er hatte ihr Täuschungsmanöver enttarnt.

»Es gibt wirklich jemanden, dem ich von Ihnen erzählt habe«, startete sie einen neuen Versuch.

»Dieser Schnüffler Schäfer? Und wenn schon.«

»Sie wissen von ihm?«

»Ich weiß mehr, als Sie glauben.«

Das Licht der Taschenlampe fingerte über nasse Wände, das Rauschen nahm zu.

»Es stimmt, Gronau weiß nichts von meinem Alleingang. Aber Schäfer, er weiß von meinem Besuch bei Ihnen.«

»Und?«

Sie spürte in der Dunkelheit förmlich, wie Ewald seine Achseln zuckte.

»Er wird mich suchen«, fuhr sie fort.

»Und niemals finden«, erwiderte Schattenkirchner, als der Gang um eine Ecke bog und in einen größeren Raum mündete. »Irgendwann werden Sie vielleicht vermisst. Möglich, dass dieser Schäfer bei mir aufkreuzt. Oder Gronau, oder wer auch immer. Ich werde wahrheitsgemäß antworten, dass Sie bei mir waren. Und dann werde ich hinzufügen, dass Sie mich wieder verlassen haben. Sie müssen wissen, ich habe eine Kamera in meinem Aufzug installiert. Mit diesem sind Sie nach Ihrem Besuch wieder hinuntergefahren, Sie werden sich bestimmt erinnern. Die Aufnahmen werden meine Aussage belegen. Nach ein paar Tagen stößt eine aufmerksame Person vielleicht auf Ihren Wagen auf dem Parkplatz hier. Wenn Ihre Kollegen genauer suchen, finden sie Ihre Handtasche, die ich vorhin ins Gebüsch geworfen habe. Man wird vermuten, Sie wären in die reißende Strömung des Lech gefallen. Wie leichtsinnig von Ihnen. Aber Ihre Leiche, die wird niemals angespült.«

»Meine Kollegen werden sich fragen, was ich hier gesucht habe.«

»Und nie die Antwort auf diese Frage finden«, erwiderte Schattenkirchner ungerührt.

Entsetzen packte sie, ein Gefühl, als würde eine eisige Hand nach ihrem Herzen greifen und es langsam zusammenpressen.

Das Licht der Taschenlampe zuckte über etwas Helles. Einen Moment lang gab sich Elsa der tröstlichen Vorstellung hin, sie wären nicht alleine.

»Darf ich vorstellen«, wisperte Schattenkirchner ganz nah an ihrem Ohr. »Meine Frau.« Dann leuchtete er einer Leiche direkt ins Gesicht.

KAPITEL 30

»Du willst mich also doch umbringen? Das ist der Beweis, dass du den Bärenbruno auf dem Gewissen hast.« Schäfer ballte die Fäuste, seine Fingerknöchel knackten, er beugte sich nach vorne.

Die Gorillas traten vor ihren Chef, rissen die Pistolen hoch und richteten die Läufe auf Schäfers Brust.

»Ich bin kein Mörder, das habe ich vorhin bereits gesagt, war ich etwa nicht deutlich genug?« Der Einäugige hob die Hand, worauf die Männer zur Seite traten, wenn auch sichtlich widerwillig.

Schäfer vermutete, dass sie ihm liebend gerne eine Kugel zwischen die Augen jagen würden. Oder ihm zumindest die Fresse polieren. Eine Spannung lag in der Luft, die sich jeden Moment in Gewalt entladen würde. Die Männer waren aus ihrer Lethargie erwacht und zeigten nun die Emotionen, die sie bisher gekonnt versteckt hatten.

»Sagen kannst du viel«, gab Schäfer zurück. »Aber glauben muss ich es deswegen nicht.«

Korn schüttelte den Kopf, machte ein betrübtes Gesicht und gähnte theatralisch. »Tja, das ist genau mein Problem. Was die Leute denken, ist nicht immer die Wahrheit.« Er sah hilfesuchend zur Glühbirne an der Decke, dann wieder Schäfer in die Augen.

»Und wenn so ein Schnüffler zur Polizei geht und wilde Dinge behauptet«, fuhr Korn ungerührt fort, »dann könnte das, nein, dann *wird* es Probleme geben. Die Kripo muss dummerweise neue Ermittlungen aufnehmen, das ist ihre Pflicht. Neue Zeugen werden befragt. Und wer weiß, was alles ausgegraben wird und was für Dinge ans Licht kommen, die besser in der Dunkelheit geblieben wären. Am Ende halten sie mich wirklich für den Mörder und klagen mich an. Das ist alles nicht nötig, jetzt wo die Kripo diesen perversen Xaver Grimminger als den Täter präsentiert hat.«

Korn hielt einen Moment inne und betrachtete Schäfer aus zusammengekniffenen Augen. »Man sollte den Deckel wirklich auf dem Topf lassen. Sonst gibt es Schwulitäten. Für *mich* wohlgemerkt. Das kann ich mir nicht leisten, das kann sich mein Geschäft nicht leisten.« Er deutete auf die beiden Bodyguards. »Ich habe Angestellte, für die ich sorgen muss, ich habe eine Verantwortung, verstehst du, Schäfer? Du kannst nicht zur Polizei gehen und ein Liedchen trällern. Ein Liedchen von einem BH, mit dem Bruno erdrosselt worden ist, und der obendrein der Frau eines ganz bestimmten Geschäftsmanns gehört. Das geht einfach nicht, das musst du verstehen. Da könnten Leute auf falsche Gedanken kommen, das wäre nicht gut. Gar nicht gut.«

»Wenn du mich überzeugst, nicht Brunos Totengräber gewesen zu sein, besteht kein Anlass zur Sorge. Dann lass ich dich in Ruhe und ziehe Leine.«

»Ach, *tatsächlich!* Und das soll ich dir glauben?«

»Überzeuge mich«, wiederholte Schäfer.

»Gregor und Erwin können meine Worte beeiden.«

Die Bodyguards nickten.

Schäfer schob die Unterlippe vor. »Ich meinte, *wirklich* überzeugen. Was deine Hampelmänner plappern, hat doch keine Bedeutung, weder für mich noch für irgendjemanden sonst. Das weißt du besser als ich.«

»Wie soll ich dich denn zur Einsicht bringen?« Korns

Stimme wurde lauter. »Gut, ich *war* an dem gottverdammten Tatort. Ich selbst habe dem Schwein sogar den BH meiner Nadja um den Hals gelegt und zugezogen. Aber nur ein bisschen.« Er hob die Hand und streckte Daumen und Zeigefinger wenige Zentimeter auseinander. »Dann haben Gregor und Erwin übernommen.«

»Du wolltest dir deine Finger wohl nicht schmutzig machen«, höhnte Schäfer.

»Blödsinn!«, gab Korn zurück. »Ich wollte sehen, wie der Bärenbruno blau anläuft und nach Luft schnappt. Als das geschehen ist, habe ich meine Mitarbeiter angewiesen, aufzuhören.« Er deutete auf die Leibwächter. »Was sie schließlich auch getan haben. Dann sind wir alle drei hinausspaziert. Nicht, ohne Bruno zu drohen, ihn das nächste Mal endgültig ins Jenseits zu schicken. Ich hatte guten Grund dafür. Aber Bruno war einsichtig, glaub mir. Und vor allem: Er war *am Leben!* Er hatte die Hosen voll, hat geheult wie ein kleines Kind und mir versprochen, das Manuskript nicht zu veröffentlichen. Aber so weit wollte ich gar nicht gehen. Nein, er sollte nur mich und Nadja rauslassen aus diesem Dreck. Welche Leute sonst in dem Buch vorkommen, war mir scheißegal! ›Schreib dein Scheißbuch‹, habe ich ihm gesagt, ›schreib es, aber schreib es ohne mich und Nadja.‹ Das habe ich ihm eingebläut, dann sind wir abgehauen. Und aus der Zeitung erfahre ich, dass er mit einem BH erdrosselt worden ist. Wer macht denn so etwas?«

»Keine Ahnung, wer zu solch einer Tat fähig ist.«

»Das meinte ich nicht«, korrigierte ihn Korn. »Ich meine, dass die Kripo diese Details an die Presse gibt. Ist das nicht Täterwissen, oder wie man bei den Bullen sagt?«

»Mhm«, brummte Schäfer. Der Maulwurf kam ihm wieder in den Sinn, allerdings nur kurz, denn mit seiner nächsten Äußerung zog Korn sogleich die Aufmerksamkeit wieder auf sich.

»Dieser Typ, der Wäschemann, Brunos Mörder.«

»Grimminger«, ergänzte Schäfer.

»Genau, dieser Grimminger. Der muss in Brunos Villa eingestiegen sein, als wir gerade gegangen sind. Oder vielleicht war er sogar schon währenddessen drin. Er hat Bruno auf den Knien vorgefunden und beendet, was ich angefangen habe.«

»Wieso sollte er das gemacht haben?«, fragte Schäfer.

»Keine Ahnung.«

»Die Mordkommission geht davon aus, Grimminger wäre bei Bruno Schattenkirchner eingebrochen.«

»Habe ich doch eben gesagt«, unterbrach ihn Korn.

»Moment! Die Kripo vermutet, Bruno hätte den Wäschemann ertappt, als er gerade seine Trophäensammlung ausräumen wollte. Er hat, wie du weißt, außer Nadjas Dessous, diverse andere in seiner Sammlung gehabt.«

»Habe ich gesehen«, gab der Einäugige zerknirscht zu.

»Dann hätte, so vermutet die Kripo, Grimminger Angst davor bekommen, als der Wäschemann enttarnt zu werden, hat Panik gekriegt, und daher hat er den Bruno erdrosselt. Sie gehen quasi von einem Mord zur Verdeckung einer Straftat aus.«

»Was es aber nicht war, weil ...«

»... du bereits Hand an den Bruno gelegt hast«, ergänzte Schäfer. »Nach deiner Version konnte Bruno den Grimminger gar nicht ertappt haben. Grimminger hatte also keinen Grund und kein Motiv, den Bärenbruno zu töten. Wieso auch? Er wurde nicht bei seinem Diebstahl ertappt, wie die Mordkommission glaubt. Nein, du hast wahrscheinlich recht, bestimmt ist er später dazugestoßen. Er hätte wieder gehen können, ohne Probleme. Vielleicht hat er das auch getan.«

»Oder aber, er hat den wahren Mörder gesehen und ist deshalb geflüchtet«, brachte der Einäugige eine weitere Theorie ins Spiel.

»Mag sein, dann war Grimmingers Tod vielleicht gar kein Unfall.«

»Mhm, bloß haben diese ganzen Theorien einen Haken.«

»Und der wäre?«

»Ich hänge immer noch irgendwie mit drin.«

»Stimmt«, bestätigte Schäfer. »Ich habe zwar mittlerweile meine Zweifel, ob du an Bärenbrunos Ableben schuldig bist, aber ausschließen kann ich es nicht.«

»Und die Kripo schon zweimal nicht«, folgerte Korn.

»Du musst mit offenen Karten spielen«, forderte Schäfer. »Wenn du zur Mordkommission gehst und ihnen beichtest, was vorgefallen ist, kommen sie vielleicht dem wahren Mörder auf die Schliche.«

»Hahaha! Was du nicht sagst. Ausgerechnet ich soll zu den Bullen spazieren? Damit die mich gleich dabehalten, oder was? Nie im Leben! Dann kann ich morgen gleich eine ganzseitige Annonce in der Tageszeitung schalten, dass ich illegale Wettgeschäfte durchziehe. Die haben ihren Täter, und das muss genügen, alles andere ist mir piepsegal. Ich kann es drehen und wenden, wie ich will. Es gibt nur eine Lösung, was ich tun kann, um sauber aus dieser Sache rauszukommen.«

»Mich umbringen«, mutmaßte Schäfer.

»Nein, herrjeh, wie oft soll ich mich wiederholen.« Korn breitete die Arme aus wie ein Priester, am Zeigefinger der linken Hand baumelte Schäfers Revolver. »Ich bin kein gottverdammter Meuchelmörder. Aber es gibt andere Dinge, um dich endgültig zum Schweigen zu bringen. Oder dauerhaft zum Vergessen.« Er lächelte, legte den Revolver auf den Tisch und holte ein Handy aus seiner Hosentasche. Dann tippte er eine Nummer in das Display, hielt das Gerät an sein Ohr und fragte nach ein paar Sekunden, ohne den Teilnehmer am anderen Ende der Leitung zu begrüßen: »Wann kommt der Arzt?« Er schenkte Schäfer ein bösartiges Lächeln. »Ah, verstehe, gut. Zehn Minuten.« Er beendete das Gespräch und legte das Telefon neben den Revolver.

»Arzt?«, fragte Schäfer beunruhigt. »Was für ein Arzt, hat jemand hier eine Krankheit? Außer deiner Psychose, meine ich?«

Korn schnalzte mit der Zunge. »Ich stecke in einem Dilemma, mein lieber Schäfer. Einerseits kann ich dich nicht töten. Das geht gegen meinen Geschäftskodex, das bin nicht ich. Ich kenne meine Grenzen. Andererseits darf ich dich nicht mit der Polizei plaudern lassen. Du weißt zu viel über mich und den Bärenbruno.« Er zuckte die Achseln. »Zugegeben, *meine* Schuld. Hätte ich mich nicht provozieren lassen, hätte ich nicht so viel ausgeplaudert. Jetzt stecken wir beide mächtig in der Scheiße.« Er hob die linke Hand, die zur Faust geballt war. »Erstens«, zählte er und streckte den Daumen aus. »Ich wiederhole: Dein Tod, sei es durch Unfall oder Mord, scheidet als Lösung des Problems aus.« Er streckte den Zeigefinger aus. »Zweitens: Drohen geht ebenfalls nicht. Wer garantiert mir, dass du nicht dennoch dein Wissen preisgibst. Abgesehen davon siehst du mir nicht aus wie ein Mann, dem man drohen könnte.«

»Danke fürs Kompliment«, zischte Schäfer.

»Gern geschehen. Weiter im Text.« Korn streckte den Mittelfinger aus. »Drittens: Folter ist ebenso sinnlos. Was bringt es, dir die Zunge rauszuschneiden. Du siehst mir nicht nach einem Analphabeten aus, du kannst schreiben. Mich also quasi schriftlich verpfeifen.« Kalle Korn begann zu strahlen, streckte den Ringfinger aus und erklärte. »Bleibt nur die vierte Lösung: Wir müssen dein Gedächtnis durcheinanderbringen.« Er nickte zu seinem Telefon. »Deshalb der Arzt. Es gibt Mittelchen, die unterstützend wirken.« Korn fletschte die Zähne wie ein Bär. »Aber leider, leider haben die klitzekleine Nebenwirkungen. Nur kann ich in dieser Situation darauf keine Rücksicht nehmen.«

»Was für Nebenwirkungen?« Schäfer rutschte unruhig auf seinem Stuhl hin und her, er beobachtete Gregor und Erwin, die in ihrer Aufmerksamkeit weiterhin keinen Deut nachließen. Verdammte Scheiße, wann sollte dieser Drecksarzt eintreffen? Zehn Minuten. Wie viele waren schon vergangen, fünf? Acht?

»Es kann sein, dass dir von der Injektion was zurückbleibt.«

»Wie zurückbleibt? Drück dich gefälligst besser aus«, knurrte Schäfer.

»Oh, Verzeihung«, entschuldigte sich Korn und deutete eine kleine Verbeugung an.

»Verarschen kann ich mich selbst«, motzte Schäfer.

»Zurückbleiben ist vielleicht nicht der richtige Ausdruck, eher fehlt dir nachher was.«

»Ja, meine Erinnerung, soviel habe ich kapiert.«

»Nicht nur das, wahrscheinlich ein gutes Stück von deinem Gehirn. Vielmehr von deiner Intelligenz oder Bewusstsein. Ach, ich weiß nicht, wie ich es ausdrücken soll.«

»Er bleibt ein Idiot!«, sagte einer der Gorillas und lachte heiser.

»Stimmt, Gregor«, sagte Korn mit einem Nicken und warf dem Aufpasser einen dankenden Blick zu. Dann sah er wieder zu Schäfer. »Du bleibst wahrscheinlich ein Idiot. Aber sei unbesorgt. Wie ich das sehe, ändert das an deinem jetzigen Status relativ wenig.« Korn begann zu lachen, erst leise, dann immer lauter.

Seine Bodyguards stimmten ein, bis die spöttische Kakophonie von den Wänden widerzuhallen schien.

Schäfer starrte die drei einen Moment an. Zum allerersten Mal ließen Gregor und Erwin in ihrer Konzentration nach. Seine Chance war gekommen, und er reagierte pfeilschnell. Mit aller Macht stieß er sich ab, flog nach vorne und stach Gregor seinen ausgestreckten Daumen in den Kehlkopf. Der kräftige Russe ging sofort zu Boden, die Pistole fiel ihm aus der Hand. Gleichzeitig trat Schäfer mit dem Fuß seitlich gegen das Knie von Erwin, dem anderen Leibwächter. Der knickte ein, richtete aber dennoch die Waffe auf Schäfer, der eine halbe Pirouette vollführte, nach der Hand des Mannes griff und sie mit einem gewaltigen Ruck nach rechts verdrehte. Er hörte Knochen brechen, Erwin schrie auf, die Pistole flog unter den Tisch. Schäfer wich einen halben Schritt zurück und zischte: »Hier, du Arsch, nimm das. Mit freundlichen Grüßen.« Dann rammte er seinem knienden Gegner das Knie gegen die Nase. Blut spritzte an die Wand, auf den Betonboden, Erwin kippte stöhnend nach hinten.

Aus dem Augenwinkel sah Schäfer, wie Korn nach dem Revolver auf dem Tisch griff. Es blieb keine Zeit mehr, den Einäugigen zu entwaffnen. Der Privatermittler setzte über den röchelnden Gregor hinweg, der mit beiden Händen immer noch seinen Hals umklammerte und nach Luft rang. Im Sprung trat Schäfer nach hinten aus und donnerte seine Schuhsohle in Gregors Eier. Der Körper des Russen wölbte sich und hob einen halben Zentimeter vom Boden ab, als hätte er einen Elektroschock erhalten.

Diese kurze Ablenkung genügte Schäfer, um die Stahltüre aufzureißen und aus dem Raum zu hasten. Zwei Kugeln pfiffen an ihm vorbei und stanzten Löcher in die gegenüberliegende Wand, Putz wirbelte auf. Eine dritte Kugel schlug krachend in den Türrahmen. Dann war Schäfer draußen und rannte den dunklen Gang entlang nach links. Von rechts hörte er Schreie und aufgeregte Rufe. Vermutlich hatte der Einäugige noch weitere Bewacher, die ihm nun zu Hilfe eilten. Und diese Typen waren garantiert bewaffnet, darauf hätte Schäfer seinen Arsch verwettet. Er musste schnellstmöglich weg von hier. Nur, wo war *hier* genau? Irgendwo in den Kellerräumen unter dem Schwabencenter, soviel war ihm klar. Aber dieser Gang mit den vielen Abzweigungen glich eher einem Labyrinth.

Wie aus dem Nichts tauchte vor ihm ein Aufzug auf. Schäfer hämmerte auf den Sensor, die Türen öffneten sich zischend. Er schlitterte hinein und drückte hastig irgendwelche Knöpfe. Auf dem Gang sah er Korn, der mit wutverzerrtem Gesicht heranrollte wie ein Güterzug. Der Lift schloss in dem Moment, als der Einäugige die Waffe hob und feuerte. Im engen Fahrstuhl dröhnte es, Schäfer hielt schützend die Hände vor den Kopf, da ging es bereits nach oben. Ihm wurde auf einmal schwindelig, an der glatten Wand entlang glitt er langsam zu Boden.

Sein linker Arm fühlte sich seltsam feucht an. Schäfers Blick fiel auf den Jackenärmel. Ein Loch klaffte darin, Blut sickerte daraus. Auf dem Boden kauernd untersuchte er die Wunde und atmete erleichtert auf, es schien nur ein Streifschuss zu sein. Das erklärte auch den Höllenlärm. Das Projektil hatte seinen Arm gestreift, eine tiefe Fleischwunde hinterlassen und war anschließend als Querschläger durch die Kabine gesaust.

Schäfer kämpfte gegen den Schock, der mit der Verletzung einherging. Auch Streifschüsse waren alles andere als eine Kleinigkeit. Mühsam stemmte er seinen Körper hoch, sein Blick trübte sich leicht, er blinzelte. Ein Klingelton ertönte, er sah zur Anzeige über seinem Kopf und erschrak.

Scheiße! Er war schon im zwanzigsten Stock angelangt. Die Türen öffneten sich, er wankte nach draußen.

Wo sollte er hin?

Wieder mit dem Fahrstuhl nach unten oder gar die Treppe benutzen?

Er konnte nicht klar denken und taumelte auf eine Feuertür zu, stieß sie auf und fand sich auf dem Dach wieder. Der Wind ließ ihn einige Meter seitwärts torkeln, bis er das Gleichgewicht wiedererlangte. Seine Jacke blähte sich auf wie ein Fallschirm, er schloss den Reißverschluss und zog ihn bis unters Kinn.

Aus dem Augenwinkel nahm er eine Bewegung wahr und sackte resigniert auf die Knie. Die Flucht war zu Ende, sie hatten ihn eingekreist. Korn und drei seiner Leute umringten ihn auf dem Dach des Schwabencenters. Sie hatten ihn gefunden. Alle vier hatten Pistolen in den Händen. Gregor und Erwin waren nicht dabei. Das war das einzig Positive.

Hinter ihm, drei endlose Schritte entfernt, befand sich das brusthohe Gitter am Rande des Daches. Dahinter ging es jäh in die Tiefe. Zwanzig Stockwerke. Vor ihm seine Gegner, die sich ihm erbittert in den Weg stellten. Hier oben spürte Schäfer das Unwetter viel stärker. Der Wind pfiff über das Dach und brachte ihn zum Wanken, Regen peitschte ihm ins Gesicht. Er wischte mit dem Handrücken über Stirn und Augen.

»Schäfer, das Spiel ist aus«, schrie Korn gegen das Tosen des Naturschauspiels an. »Du hast nur zwei Möglichkeiten. Entweder springen oder mitkommen zum Onkel Doktor. Wie entscheidest du dich?«

Schäfer warf einen Blick über die Schulter. Unten auf der Straße blinkten die Lichter vorbeifahrender Fahrzeuge, die so klein aussahen wie Spielzeugautos. In seiner Hose vibrierte es, er zog das alte Nokia-Handy aus der Tasche und ging dran. Sofort wurde der Kreis um ihn enger, die Gesichter seiner Gegner waren wutverzerrt.

»Nur meine Tochter«, sagte er beruhigend.

»Kein Wort«, drohte der Einäugige. »Sonst nimmt sich mein Arzt deiner Süßen an.«

Schäfer nickte. »Hallo, Hannah, was gibt es denn?« Er hörte einen Moment zu. »Weißt du, das ist ein verdammt ungünstiger Moment, aber ich kümmere mich darum.« Er steckte das Handy zurück, schluckte. Trotz der gefährlichen Situation musste er an das denken, was ihm Hannah gerade mitgeteilt hatte. Das alles ergab doch keinen Sinn, wenn Korn tatsächlich Bärenbrunos ...

»Ich warte, wie lautet deine Entscheidung?«, unterbrach die donnernde Stimme Korns seinen Gedankengang.

»Weißt du was? Jetzt bin ich mir sicher, dass du tatsächlich nichts mit dem Mord am Bärenbruno zu schaffen hast.«

»Auf einmal?« Korn schrie gegen das Unwetter an. »Schön zu hören, aber in einer halben Stunde weißt du nicht einmal mehr, wer der Bärenbruno gewesen ist. Entweder, weil du als Matsch unten auf dem Asphalt klebst, oder weil du eine kleine Injektion bekommen hast.« Der Einäugige streckte die Hand aus, als wolle er Schäfer auffordern, einzuschlagen und das Angebot anzunehmen.

»Ich glaube, ich kann darauf nicht eingehen.«

»Du kannst was nicht? Glaubst du, du hättest eine Wahl?«

»Es gibt immer eine Wahl. Außerdem, wenn ich jetzt nicht gehe, dann wird jemand sterben, den ich eigentlich ganz gut leiden kann.«

»Gehen? Wohin willst du denn gehen?« Der Einäugige drehte sich im Kreis. »Wohin? Du hast nur zwei Möglichkeiten.«

Schäfer stemmte beide Füße auf den Boden, fixierte Korn und seine Leute. »Ich nehme die dritte Möglichkeit!« rief er, wirbelte herum und hechtete über das Gitter.

KAPITEL 31

Elsa starrte auf die Frauenleiche, die mit dem Rücken an der Wand lehnte. Der Kopf war zur Seite gesackt, die blonden Haare, zu Lebzeiten eine modische Kurzhaarfrisur, stumpf und schmutzig. Die Arme hingen seitlich herab, die Tote wirkte wie eine weggeworfene Puppe. Eine ziemlich ramponierte Puppe, denn T-Shirt und Jeans waren zerrissen, ein Schuh fehlte, der Socken war halb heruntergezogen und löchrig.

Der Körper der Toten war furchtbar verstümmelt. Die quiekenden Ratten, die beim Auftauchen von zwei menschlichen Wesen das Weite gesucht hatten und mit den kleinen Füßen durch das Wasser getippelt waren, hatten dem Körper deutlich zugesetzt.

Ein Augapfel hing aus der Höhle, der andere fehlte komplett. Die Stirn war mit zahlreichen Kratzern überzogen, die von den Krallen der Ratten stammten, als diese sich über die Augen hergemacht hatten. Das Fleisch der linken Gesichtshälfte war bis auf die Knochen abgenagt, die Nasenspitze fehlte, Kinn und beide Handrücken wiesen eindeutige Bissspuren auf. Die Tiere hatten sich durch die Kleidung genagt und unter dem Stoff ins Innere des Leichnams gefressen. Eine nackte Ferse glänzte, angeknabberte Sehnen und Bänder lagen offen da. Elsa fühlte sich an einen Zombiefilm erinnert, fehlte nur noch, dass die Leiche mit ausgestreckten Armen aufstand und auf sie zu torkelte.

Sie erschrak und zuckte zusammen, als eine Ratte aus einem Loch im T-Shirt der Toten kroch und sich mit wild funkelnden

Augen umblickte. Das graue Fell schimmerte ölig. Das Tier öffnete das Maul, quietschte, anscheinend verärgert über die plötzliche Unterbrechung beim Fressen, und sprang mit einem Satz ins Wasser. Elsa schüttelte sich angewidert. Sie wollte sich gar nicht ausmalen, in welcher Körperöffnung das Nagetier gerade sein opulentes Mahl genossen hatte.

Der Gestank des Todes überdeckte den muffigen Geruch des Bunkers. Wie lange mochte die Frau hier unten gelegen haben? War sie an diesem trostlosen Ort zu Tode gekommen, oder hatte Schattenkirchner sie woanders kaltgemacht? »Was haben Sie getan?«, wandte sie sich an ihn. Ewald hatte nicht nur den eigenen Bruder umgebracht, sondern auch seine Frau. Er musste völlig die Kontrolle verloren haben.

»Was ich tun musste, um mein Ansehen zu wahren. Was ich außerdem tun muss, damit Sie nicht reden, Frau Dorn.«

»Sie wollen mich ebenfalls töten?« Elsa hörte, wie erstickt ihre Stimme klang. Die Luft war hier unten schon stickig genug. Zusammen mit den Fäulnisgasen wurde jeder Atemzug zur Qual. Sie versuchte, durch den Mund zu atmen.

Die Taschenlampe ging aus, der Schein eines Feuerzeugs leuchtete auf. Der Feuerschein schien zu tanzen und zu schweben, als Schattenkirchner an die Wand trat. Sekunden später flammte eine Kerze auf, danach eine zweite und schließlich eine dritte. Das Feuerzeug verlosch, Schattenkirchner kam auf Elsa zu. »Mir bleibt keine andere Wahl. Sie sind mir auf die Spur gekommen, das hätte niemals passieren sollen. So war das nicht abgemacht.«

Elsa versuchte aus den wirren Worten ihres Peinigers sinnvolle Sätze zu bilden, die sie verstand, aber es gelang ihr nicht. Der Anblick der entstellten Leiche, die eigene hoffnungslose Situation und die Aussicht auf einen baldigen Tod ließen sie kaum einen klaren Gedanken fassen. Wieso war eigentlich das

Verschwinden von Christine Schattenkirchner bislang niemandem aufgefallen?, dachte Elsa und beugte sich näher zur Toten.

Schattenkirchner kicherte. »Schauen Sie nur genau hin, liebe Frau Dorn. Ich habe Recht gesprochen über meine Christine. Und dann das Urteil ausgeführt. Kurz und schmerzlos.«

Elsa trat einen Schritt zur Seite, ihr Arm streifte die feuchte Wand. Sie musterte Schattenkirchner, in seinen Augen flimmerte der Wahnsinn.

»Eigentlich hätte sie das nicht verdient gehabt.«

»Niemand hat einen solchen Tod verdient«, antwortete Elsa.

»Weibisches Geschwätz«, schnaubte er. »Dieser schnelle Tod war viel zu gut für sie, sie hätte es *verdient* gehabt, langsam und qualvoll zu verenden. Nach diesem Schmerz, den sie mir zugefügt hat. Ich habe Christine geliebt.«

»Ach ja? Indem Sie sie betrogen haben? Mit Ihrem Bruder in den Swingerclub gegangen sind? So haben Sie diese Liebe also gezeigt, interessant.« Elsa hob verächtlich einen Mundwinkel. »Was hat *Ihre* Christine denn Schlimmes verbrochen?«, wollte sie wissen und reckte das Kinn kampflustig vor.

Schattenkirchners Kopf ruckte zu ihr herum.

»Sie hat mich mit meinem Bruder betrogen. Sie hat mit Bruno rumgefickt!«, keuchte er. »*Das* hat sie verbrochen. Dabei habe ich sie geliebt. Wirklich *geliebt*. Diese ganzen Frauengeschichten waren nichts, nur Spielerei, das habe ich ihr auch gesagt. Mehr als einmal habe ich ihr das versichert. Sie hat mich hintergangen.« Die letzten Worte spuckte Ewald geradezu aus. Er gab Elsa einen Stoß, sie stürzte, fing sich mit den Handflächen ab, die ins Wasser platschten. Erst jetzt wurde ihr klar, dass der Boden schon zu weiten Teilen von Wasser bedeckt war. Mühsam gelang es ihr, sich aufzurappeln, sodass sie jetzt im Wasser kniete.

Panik stieg in ihr auf. Das ständige Rauschen, das sie umgab, stammte also nicht von dem vorbeifließenden Lech, wie sie zuerst vermutet hatte. Zumindest nicht ausschließlich. Das Wasser strömte von irgendwoher in den Bunker. Und es wurde von Minute zu Minute mehr, leckte bereits an ihren Knöcheln. Als sie den Kopf hob, bemerkte sie, dass Ewald in der Zwischenzeit ein Paar Handschellen hervorgezogen hatte. Bevor sie sich dagegen wehren konnte, hatte er ihre linke Hand an einen Haken in der Wand gekettet. Elsa rüttelte daran, schimpfte, fluchte. Sie versuchte aufzustehen, aber der Haken, an dem sie festhing, war zu weit unten angebracht.

»Es hat keinen Sinn, Widerstand zu leisten.« Schattenkirchner quittierte ihre Bemühungen mit einem spöttischen Lächeln. »Die Haken sind äußerst stabil, und diese Fessel ist das neueste Modell.«

»Machen Sie mich los, sofort!«, befahl sie.

»Warum sollte ich? Sie werden in diesem Bunker sterben, Frau Dorn. Und niemand eilt Ihnen zu Hilfe, denn keiner kennt diesen Ort. Keine Menschenseele hat eine Ahnung, dass Sie hier sind. Das Wasser steigt unaufhörlich. Bei diesem Regen draußen«, er hob einen Zeigefinger und tat, als würde er angestrengt lauschen, »dauert es maximal eine Stunde, höchstens zwei, dann ist der Bunker überflutet. Das ist er jedes Mal bei Hochwasser. Und wir *haben* Hochwasser. Die letzten Tage ist es zwar abgeflaut, aber der Regen lässt den Lech seit gestern ungeheuer schnell anschwellen.« Er sah sie mit seinen kalten Augen an. »Sie hätten dem Rat Ihres Chefs Gronau folgen und das Wochenende genießen sollen. Leider werden Sie stattdessen ertrinken!«

Der Albtraum war zurück! Ihre größte Angst! Elsa blickte durch Schattenkirchner hindurch in die Vergangenheit. Sie erinnerte sich daran, wie sie als zehnjähriges Mädchen um ein

Haar im Lech ertrunken wäre. Der damals ebenfalls Hochwasser geführt hatte. Nur durch einen glücklichen Umstand hatte sie überlebt, ein Polizist hatte sie aus dem Fluss gezogen. Seitdem quälte sie eine Wasserphobie, die beinahe ihre Aufnahme in die bayerische Polizei verhindert hätte. Nur durch eiserne Disziplin war es ihr gelungen, die erforderliche Schwimmprüfung erfolgreich abzulegen. Und noch immer kostete es sie jedes Mal Überwindung, wenn sie in die Nähe eines fließenden Gewässers kam oder auf ein Boot oder Schiff musste.

Schattenkirchners fleischiges Gesicht schob sich wieder in ihr Sichtfeld, die Vergangenheit verblasste, und die Realität nahm ihren Platz ein. Elsa zitterte am ganzen Körper. Sie würde sterben, und zwar den schlimmsten Tod, den sie sich vorstellen konnte. In ihren Albträumen schlugen tobende Wasserfluten über ihr zusammen und verschlangen sie. Jetzt sollte ein stetig steigender Wasserspiegel ihr Tod sein. Sie schloss die Augen, woher sollte Hilfe kommen? Ihr Peiniger hatte recht, niemand ahnte, wo sie sich befand. Als sie Schäfer auf die Mailbox gesprochen hatte, war das vor Brunos Villa gewesen. Auf der anderen Seite des Lechs. Sie war auf sich allein gestellt.

Geistesabwesend drehte sich Elsa um und zuckte zurück, als sie gegen das Bein der toten Christine stieß. »Wie ist sie gestorben?«, wollte sie wissen. Den Tod vor Augen verspürte sie plötzlich eine seltsame Ruhe.

»Das interessiert Sie wirklich? So kurz vor dem Ende Ihrer irdischen Existenz?«

»Sie lassen mich sowieso nicht laufen. Alles Flehen hilft nichts. Ich bin keine Idiotin, Schattenkirchner. Und kein kleines hysterisches Mädchen. Dazu bin ich zu lange bei der Kripo. Ich will wenigstens wissen, warum ich sterben muss.«

Ewald sah auf seine Armbanduhr, ließ den Blick schweifen. Anscheinend schätzte er ab, wie lange er hier unten bleiben konnte, ohne selbst zu ertrinken. Sein Körper warf einen Schatten an die Wand, der an den Glöckner von Notre-Dame erinnerte. »Ich sollte eigentlich auf einer Tagung sein und erst am nächsten Abend zurückkommen«, erklärte er. »Aber ich bin früher zurückgereist, da einige Vorträge wegen Erkrankung der Redner ausgefallen sind.« Er lachte. »Wie im Film. Der betrogene Ehemann, der allzu früh nach Hause kommt. Ein Klischee. Nur dass es sich in meinem Fall leider um die bittere Wahrheit handelte.«

»Sie haben Bruno und Christine in Ihrem eigenen Zuhause angetroffen?«

»Nein, so weit erfüllte ich das Klischee dann doch wieder nicht. Aber ich ertappte Christine dabei, wie sie vor dem Schlafzimmerspiegel posierte, in Dessous, die sie für mich schon lange nicht mehr angezogen hatte. Dabei telefonierte sie mit Bruno, säuselte eindeutige Sachen. Schweinische Sachen, verdorbene Sachen.« Schattenkirchner stampfte mit dem Fuß auf, Wasser spritzte nach allen Seiten, lief ihm über das Gesicht. Er blinzelte die Tropfen aus seinen Augen. »Sie haben sich zum Sex verabredet. In einer Stunde wollte sie bei ihm sein, diese Schlampe! Meine Frau hat mich mit meinem eigenen Bruder hintergangen, ich konnte es nicht fassen. Nachdem Christine das Gespräch beendet hatte, habe ich sie zur Rede gestellt. Sie hat gelacht, mich verspottet, mir gesagt, ich hätte sie vernachlässigt und betrogen. Und jetzt würde ich sehen, wie es ist, wenn man hintergangen wird. Ich hätte doch das Gleiche getan, und das seit Jahren.« Er ballte die Hände zu Fäusten.

»Ihre Frau hatte völlig recht, Sie haben sie ebenfalls betrogen.«

»Das war etwas anderes«, verteidigte Ewald sich.

Aha, dachte Elsa. So ein bescheuertes Frauenbild passte zu ihm. Bei dem Besuch in seiner Wohnung hatte Ewald sich ganz ähnlich geäußert. »Und dann sind Ihnen die Nerven durchgegangen?«, mutmaßte sie.

»Sie hat mich beschissen.« Ein Nerv in seiner Wange zuckte. Ewalds Atem ging keuchend bei dem Geständnis, das nun folgte. »Ja, ich habe sie getötet. Ich bin in die Küche gelaufen, sie hat weiter gelästert, unglaubliche Dinge über mich gesagt. Den ganzen Weg habe ich ihre keifende Stimme gehört. Ich habe das Messer aus der Schublade genommen, das lange mit dem schwarzen Griff, habe es fest gepackt und bin wieder zu ihr. Sie hat mir den Rücken zugedreht, hatte sich zwischenzeitlich angezogen. Als ich sie so stehen sah, da wollte ich wieder umkehren, das Messer zurücklegen. Aber dann sagte sie diese Sätze, diese verfluchten Sätze.«

»Was?«, fragte Elsa, als Schattenkirchner schwieg.

Nach einer gefühlten Ewigkeit fuhr er fort: »Sie hat behauptet, Bruno würde ein Buch über seine Affären schreiben. Und *sie* würde ganze zwei Kapitel einnehmen. *Zwei Kapitel!* Darauf schien sie auch noch mächtig stolz zu sein. Weil endlich mal jemand sie als Frau wahrnehmen würde, wie sie mir erklärt hat. Und dass das alles ja kein Problem für mich sein könnte, wo sie mir doch am Arsch vorbeigehen würde. Und die Figuren in Brunos Buch würden ja sowieso andere Namen bekommen.« Ewald rang keuchend nach Luft und kreischte dann: »Als ob das etwas geändert hätte. Als ob nicht jeder gewusst hätte, dass ich das bin. Aber Christine sah das anders. Sie hatte noch nicht mal eine Spur von schlechtem Gewissen. Also habe ich meine Meinung geändert. Ich habe meinen Arm um ihren Hals gelegt und gleichzeitig das Messer von hinten in sie gestoßen, direkt durchs Herz. Anschließend habe ich sie auf die Matratze geworfen, mit der Bettwäsche umwickelt und in die Garage getragen, dort in den Kofferraum meines Wagens gelegt.«

Während er seinen Monolog hielt, tappte Schattenkirchner im Kreis, das Wasser reichte ihm zwischenzeitlich bis fast zu den Knien. Er redete sich immer weiter in einen Rausch, wollte offensichtlich alles loswerden. »Dann bin ich zu Bruno gefahren und wollte ihn zur Rede stellen. Wollte ihm Christine zeigen, wie sie tot in meinem Kofferraum lag, wollte ihm sagen, was Christine und er aus mir gemacht hatten. Einen Mörder.«

»Ihre Frau lag im Wagen? Vor der Villa, als ... als ich Sie drinnen in der Eingangshalle befragt habe?«

»Genau, und Sie hatten nicht die geringste Ahnung.« Ewalds Stimmlage veränderte sich, wurde zunehmend schriller. »Ein Streifenwagen hat direkt neben mir geparkt.« Er lachte, ein Speichelfaden lief ihm übers Kinn. »Meine Christine. Tot. Direkt vor den Augen der Polizei. Was es nicht alles gibt.«

Was für eine Skrupellosigkeit, dachte Elsa, der endlich das Motiv für den Brudermord klar geworden war. Rache! »Aber da war noch Bruno. Er hatte Sie ebenfalls betrogen, er sollte das nächste Opfer werden«, folgerte sie.

»Ja. Ja, ich wollte ihn töten. Wie konnte er nur mit Christine eine Affäre anfangen? Nein, das hätte er niemals tun dürfen. Aber er, er ...«

Elsa zog die Knie an und rutschte weiter in Richtung Wand, ohne Schattenkirchner aus den Augen zu lassen.

Ewald riss den Kopf herum, als hätte er etwas gehört, und horchte in die Finsternis.

»Wie hat es sich angefühlt, Ihren Bruder eigenhändig zu erdrosseln?«

»Was?« Halb abwesend drehte er sich wieder zu ihr, starrte sie mit blutunterlaufenen Augen an. »Sie verstehen es einfach nicht, Sie wollen es nicht verstehen. Es geht einfach nicht in Ihr bescheuertes Frauenhirn rein.« Ewalds Blick flackerte. »Wieso sind Sie hinter mir her?«, schrie er und schlug mit der Faust gegen die Wand. »Hinter wem sind Sie her? Hinter mir? Hinter Brunos Aufzeichnungen für das Manuskript? Sie glauben es wirklich, nicht wahr? Sie denken tatsächlich ...?«

Schattenkirchner schien völlig den Verstand verloren zu haben, redete wirres Zeug, wurde von Minute zu Minute aggressiver. Sein Geständnis schien ihn emotional völlig aus der Bahn geworfen zu haben. Er trat auf sie zu, fletschte die Zähne.

Als er gerade den Mund öffnete, flog ein Schatten aus der Dunkelheit heran. Wasser spritzte auf und in Elsas Gesicht, nahm ihr fast jede Sicht. Sie sah nur schemenhafte Umrisse, einen Kampf zwischen zwei Männern, die erbittert miteinander rangen und aufeinander einschlugen.

»Schattenkirchner, es ist vorbei«, hörte sie eine entfernt bekannte Stimme schreien.

Schäfer?

Anschließend einen Aufschrei, der mehr überrascht als zornig klang. War das Schattenkirchner? Dann wieder die andere Stimme: »Waffe weg!«

Kurz darauf ertönte ein Schuss, dem ein gedämpfter Schrei folgte, schließlich ein Wimmern und Stöhnen. Einer der beiden Kämpfenden glitt langsam zu Boden, der Körper verschwand fast unter der Wasseroberfläche.

Elsa hörte nur noch das Rauschen des in den Bunker strömenden Flusswassers. Der andere Mann atmete schwer und wandte sich ihr zu. Mit der freien Hand wischte Elsa über ihre Augen und erkannte die dürre Gestalt von Ludwig Zott, der sie forschend anblickte.

»Alles in Ordnung?«, fragte er, nahm seine Nickelbrille ab und versuchte die Gläser mit der Hand trocken zu polieren, was aber fehlschlug. Missmutig starrte er auf die Brille und setzte sie wieder auf.

Elsa nickte, zu mehr war sie nicht imstande, das musste der Schock sein. »Ewald?« Ihre Stimme hörte sich heiser an.

Zott deutete mit dem Daumen hinter sich. »Tot. Er hat nach seiner Waffe gegriffen. Ich habe versucht, sie ihm aus der Hand zu schlagen. Dabei hat sich ein Schuss gelöst und ihn mitten in die Brust getroffen. Aber ich musste Ewald entwaffnen. Mir blieb keine andere Wahl«, rechtfertigte sich Zott. »Das war Notwehr.«

»Keine Angst, Ludwig, das kann ich bezeugen. Ohne dich wäre ich hier unten gestorben. Ewald hatte eine Pistole. Sogar zwei, wenn ich meine mitrechne. Und wir wissen mittlerweile, wozu er fähig ist. Die Tote hier ist seine Frau. Er hat sie mit einem Küchenmesser erstochen, weil sie fremdgegangen ist.«

»Mhm«, brummte Zott nachdenklich und nestelte an seiner Jacke.

Offensichtlich ging es ihm nahe, Schattenkirchner erschossen zu haben. Verständlich, auch wenn es Notwehr gewesen war. Ludwig Zott war kein kaltblütiger Killer. Das *musste* ihn mitnehmen. Elsa versuchte ihn zu trösten, was ihr angesichts der eigenen hilflosen Lage ein bisschen absurd vorkam. »Ich werde dir beistehen«, versicherte sie ihm. Sie wusste, die Staatsanwaltschaft musste gegen Zott ermitteln, ein Ermittlungsverfahren einleiten, da er einen Menschen getötet hatte. Aber sie würde zu seinen Gunsten aussagen, es würde nichts Belastendes hängenbleiben.

Er deutete mit der Hand auf den Haken hinter ihr in der Wand. »Wir müssen dich von dem Ding da losmachen.«

»Schattenkirchner hat den Schlüssel«, sagte Elsa.

Zott drehte sich um, ging zu dem Toten, sank neben ihm in die Knie und durchsuchte ihn. Das Wasser hatte die Leiche nur wenige Meter weit weggetrieben. Zotts Suche dauerte lange, für Elsas Empfinden eine halbe Ewigkeit. Sie wollte schnellstmöglich raus aus dem Bunker.

Während Zott den Schlüssel suchte, murmelte er: »Mit Ewalds Tod sind Brunos Aufzeichnungen wohl endgültig verloren.« Dann fand er offensichtlich, was er suchte, denn er stand mit einem Lächeln auf und schwenkte triumphierend den Handschellenschlüssel.

»Das war Rettung in letzter Sekunde«, stellte Elsa fest, während sie wenig später den Gang entlang wateten, zum rettenden Ausstieg. In ihren Ohren hörte sie ein Pfeifen. Kam das von dem Schock oder war es ein Knalltrauma, ausgelöst durch den Schuss, der direkt neben ihr abgefeuert worden war? Sie stolperte, stützte sich mit der Hand an der nasskalten Wand ab. »Woher wusstest du eigentlich, dass …?«

»Purer Zufall«, unterbrach sie Zott, der eine Taschenlampe in der Hand hielt. »Ich habe dich in deinem schwarzen Flitzer gesehen, wie du mir auf der Berliner Allee entgegengekommen bist. Es war offensichtlich, dass du jemanden verfolgt hast. Ich war neugierig und bin dir nachgefahren. Was keine schlechte Idee war.«

»In der Tat«, stimmte sie zu. Irgendetwas klopfte in ihrem Gehirn an eine Tür, doch sie war nicht in der Lage zu öffnen. Vermutlich verhinderte das ausgeschüttete Adrenalin jeden klaren Gedanken.

»Los, weiter«, drängte Zott. »Das Hochwasser flutet den Bunker!«

Elsa spürte die Nässe bereits an den Knien und watete hastig weiter.

Sie kamen um eine Biegung. Der Strahl von Zotts Taschenlampe glitt über die Stiegen, die nach oben führten. Zott gab Elsa mit einer Handbewegung zu verstehen, dass sie zuerst nach oben klettern sollte. Bereits nach dem zweiten Schritt rutschte sie aus. Durch das Wasser waren ihre Schuhe aufgeweicht. Sie hielt sich einen Augenblick mit verkrampften Fingern an den Stiegen fest, bevor sie den Weg fortsetzte. Zott war direkt hinter ihr und beleuchtete den Weg. Das Tosen und Rauschen wurde lauter, je näher sie dem Ausgang kam. Sie drückte das Eisengitter zur Seite und quetschte sich durch die schmale Öffnung. Peitschender Regen empfing sie. Zwei Meter neben dem Bunkereingang lehnte Elsa sich erschöpft an den Stamm einer Buche und wartete auf Zott, der nach ihr an die Oberfläche kletterte.

Zott warf das Eisengitter zu, das Schloss lag daneben im Gras. Er gab Elsa mit der Lampe das Zeichen, von hier zu verduften.

Sie wollte gerade loslaufen, als sie erstarrte. Vor ihr tauchte wie aus einem schlechten Horrorfilm eine Gestalt auf, keine fünf Meter entfernt, und hob den ausgestreckten Arm. Eine Hundertstelsekunde später begriff Elsa und begann zu schreien.

KAPITEL 32

»Schäfer, nein!«

Die Gestalt senkte den Arm und trat näher. In der Hand hielt sie gar keine Pistole, sondern einen kurzen Ast.

Jetzt war auch Schäfers Gesicht zu sehen; vorhin hatte Elsa nur seinen Umriss sehen können, ihn aber dennoch erkannt.

»Das ist Zott«, erklärte Elsa.

»Sehe ich auch«, knurrte Schäfer und warf den Ast ins Gebüsch. »Was hat der denn hier zu suchen?«

»Er hat mir das Leben gerettet. Ewald Schattenkirchner hat mich in den Bunker hier verschleppt und wollte mich jämmerlich ertrinken lassen. Wäre Ludwig nicht rechtzeitig erschienen ...« Den Rest des Satzes sprach sie nicht aus.

»Aha. Und wo ist Ewald jetzt?«, wollte Schäfer wissen.

»Tot. Ludwig hat ihn erschossen.«

»Ludwig? Soso.«

Was war mit Schäfer los? Er schien nicht gerade erfreut zu sein, dass er sie lebend wiedersah. Oder war das etwa Eifersucht, weil der Privatermittler zu spät gekommen war und ein anderer Retter ihm zuvorgekommen war?

»Ja. Es war Notwehr«, bekräftigte sie. »Ewald hat eine Pistole gezogen, es kam zum Kampf. Was machst *du* eigentlich hier?«

Anscheinend hatte sie vorwurfsvoll geklungen, denn Schäfers Gesicht verfinsterte sich. »Na, was wohl? Ich dachte, du steckst in der Scheiße. Du hast auf meine Mailbox gesprochen, aber das Smartphone hatte Hannah. Deshalb habe ich deine

Nachricht verspätet erhalten. Genau genommen auf dem Dach eines Hochhauses, aber das ist eine andere Geschichte. Jedenfalls hatte ich gerade mächtig zu tun, der Gesellschaft des guten Herrn Korn zu entkommen. *Ich* hatte leider keine Hilfe von der Polizei.« Er nickte in Richtung Zott und rümpfte die Nase. »Du hast was von Ewald gefaselt, dem du hinterherfährst, und von einer Villa. Die einzige Villa, die mir in den Sinn kam, war die von Bruno. Dort war ich, aber von dir keine Spur. An dein Handy bist du nicht drangegangen. Da ...«, er stockte einen Augenblick. »Da ... machte ich mir Sorgen.«

War da ein Zittern in Schäfers Stimme oder spielten die Umgebungsgeräusche ihr einen Streich?

»Aber weißt du«, fuhr der Privatermittler fort, »von Brunos Villa aus hat man eine klare Sicht über den Lech in die Wolfzahnau. Mir war, als würde ich hin und wieder ein Licht dort aufflackern sehen. Da kam mir diese ehemalige Keksfabrik der Schattenkirchners in den Sinn, die früher in der Nähe gestanden haben muss. Also beschloss ich ...«, er zuckte kurz zusammen, als ob er Schmerzen hätte, »... hier nach dir zu suchen. Auf dem Parkplatz habe ich deinen Mini entdeckt, nicht weit davon entfernt einen Mercedes mit einem ES im Kennzeichen, für Ewald Schattenkirchner. Und einen VW Caddy.«

»Der gehört mir«, meldete sich Zott zum ersten Mal zu Wort.

»Ach nein«, bemerkte Schäfer mit einem höhnischen Lächeln. »Hätte ich gar nicht gedacht. Und mit so hübschen Aufklebern dran. Gegen Atomkraft.«

Die letzten Worte Schäfers ließen Elsa einen Moment aufhorchen, da zuckte ein gewaltiger Blitz über den Himmel, und sie zog hastig den Kopf ein.

»Stört dich was an meinen Aufklebern?« In Zotts Stimme lag eine Spur Provokation.

»Wenn die Aufkleber keine Heuchelei sind, dann nicht«, parierte Schäfer.

Aus irgendeinem Grund lag eine Stimmung in der Luft, die so geladen war, dass sie die Gewitteratmosphäre noch um Längen übertraf. Elsa sah von Zott zu Schäfer und von Schäfer zu Zott. »Ich bin am Leben«, fuhr sie Schäfer an.

»Das sehe ich«, entgegnete er kalt, die Augen zu Schlitzen zusammengezogen.

»Und das ist nicht dein Verdienst«, keifte sie zurück. »Ewald hat da unten in dem Bunker seine Frau versteckt. Als Leiche. Er hat sie umgebracht. Wie Bruno. Und ich wette, dass Xaver Grimminger sich keineswegs selbst umgebracht hat. Da hatte Ewald ebenfalls seine Hände mit im Spiel, um den Verdacht auf einen anderen zu lenken.«

»Sagt wer?« Schäfers Stimme klang misstrauisch.

»Ewald höchstpersönlich. Zu mir. Er hat ein Geständnis abgelegt. Wie er seine Frau Christine aus Eifersucht erstochen hat.«

»Nun gut.« Schäfer grinste spöttisch. »Wenn das so ist, und ihr beiden Topermittler hier alles im Griff habt, kann ich wohl abzischen. Servus zusammen, und leckt mich doch am Arsch. Und zwar kreuzweise!« Mit einem Ruck drehte er sich um und stapfte davon, Richtung Parkplatz.

Elsa sah ihm verdutzt nach. Was war denn auf einmal in den Schnüffler gefahren? Er war schon immer ein Raubein gewesen. Aber unter der harten Schale verbarg sich ein weicher Kern. Und normalerweise verhielt sich Schäfer nicht wie ein pubertierender Jüngling. Sie schüttelte den Kopf und sah Zott an, der die Achseln zuckte.

Ihr Kollege trat näher, berührte sie an der Schulter. »Komm, lass uns gehen. Dir ist bestimmt kalt.«

Wenige Augenblicke später saßen sie in Elsas Mini, sie hatte den Motor eingeschaltet und die Heizung voll aufgedreht. Langsam kam sie zur Ruhe. Sie atmete langsam ein und aus und lehnte den Kopf an die Lehne. Neben ihr massierte sich Zott den Nacken.

»Niemand wird den Bunker betreten können bei diesem Hochwasser«, sagte Elsa. »Die Leichen können noch Tage dort unten liegen. Vielleicht werden sie sogar durch irgendeinen unterirdischen Kanal ins Freie gespült.«

»Mag sein«, kommentierte Zott. »Aber das Wichtigste ist, dass du nicht ein weiteres Opfer dieses Mörders geworden bist.«

Sie nickte gedankenverloren. Jetzt, wo das Adrenalin nicht mehr durch ihre Adern rauschte, übernahm der Verstand wieder die Führung. Und plötzlich war sich Elsa sicher, dass etwas hier nicht stimmte. Sie hatte ein Detail des Falls übersehen. Irgendeine Kleinigkeit. Nur welche? Wäre Schäfer da, würde er ihr jetzt garantiert mal wieder raten, auf ihre Intuition zu hören. Der Mistkerl war jedoch urplötzlich abgehauen, jetzt war Ludwig Zott an ihrer Seite. Elsa nagte an ihren Fingernägeln, manchmal half das dem Gedächtnis auf die Sprünge. »Weißt du, was komisch ist?«

»Was denn?«, fragte Zott.

»Als mich Schattenkirchner vom Parkplatz bis zum Bunker dirigiert hat, war er sauer auf mich, weil ich ihm auf die Schliche gekommen bin.«

»Nachvollziehbar, oder?«

»Ja, schon. Aber ich glaube, er hat gedacht, ich wäre ihm wegen des Mords an seiner Frau gefolgt. Von deren Ermordung wusste ich bis dato allerdings rein gar nichts.«

»Elsa, das spielt doch keine Rolle mehr. Er hat beide Morde begangen. Wann, wie und aufgrund welchen Verbrechens du ihn schließlich ins Visier genommen hast, ist dabei wirklich schnuppe.«

Sie tippte sich mit dem Zeigefinger gegen die Lippe. »Vielleicht, vielleicht auch nicht, Ludwig. Ich frage mich, wieso Ewald glaubte, ich hätte von Christines Tod gewusst?« Elsa merkte, wie die Mosaiksteinchen in ihrem Gehirn in Bewegung gerieten und nach und nach begannen, sich zu einem Bild zusammenzufügen.

»Möglicherweise hat er geraten?«

»Nein, er kam mir nicht vor wie jemand, der geraten hat. Eher wie jemand, der sich seiner Sache völlig sicher ist. Dass es *ausschließlich* um Christine ging. Dabei hätte er doch eigentlich viel mehr Angst haben müssen, wegen des Mords an seinem Bruder in den Fokus zu geraten. Außer er ...« Elsa hielt inne. Da war es! Das Detail, das sie gestört hatte. Wieso erst jetzt? So spät?

»Ja?« Zotts Stimme klang neugierig, er hatte mit dem Massieren aufgehört. Seine ganze Konzentration schien auf sie gerichtet.

»Mir ist gerade noch etwas anderes eingefallen. Eine Kleinigkeit nur. Aber trotzdem irgendwie interessant: Weißt du, im Bunker hat Ewald von Gronau gesprochen.«

»*Unserem* Gronau, dem Leiter der Mordkommission? Ich verstehe nicht, worauf du hinauswillst.«

»Ewald hat gewusst, wie Gronau mir empfohlen hat, das Wochenende zu genießen. Übrigens hat das Gronau jedem in der Mordkommission empfohlen.«

»Ja, und?«

»Woher konnte Ewald das wissen?«

»Keine Ahnung. Weil jeder zweite Chef das sagt?«

»Nein, ich denke nicht. Meiner Meinung nach lässt sich das nur so erklären, dass Ewald heute mit einem Mitglied der Mordkommission gesprochen hat. Und dabei wurde das dann auch erwähnt.«

»Jemand von der Mordkommission? Wer sollte das denn sein, Elsa? Du warst die einzige von uns, die sich heute mit ihm getroffen hat.«

Elsa hob einen Zeigefinger. »Nicht ganz. Ich, und der Maulwurf unserer Mordkommission.«

Zott lachte auf. »Pass bloß auf, dass du nicht langsam so paranoid wirst wie dieser Schnüffler.«

»Keine Sorge. Ich werde nicht paranoid, sondern immer klarer im Kopf. Es war kein Zufall, dass du mich bei der Verfolgung von Ewald auf der Berliner Allee entdeckt hast. Weil dein Wagen nämlich die ganze Zeit über in der Jakoberstraße stand, direkt vor dem Penthouse von Ewald Schattenkirchner. Sollte die hässliche Karre nicht in der Werkstatt sein?«

»Es gibt jede Menge weiße Caddys in Augsburg.«

»Aber keinen mit zwei ›Atomkraft – nein danke!‹-Aufklebern auf der Beifahrerseite. Ich habe das Auto nur kurz gesehen und es wieder verdrängt. Doch jetzt erinnere ich mich ganz genau. Dank Schäfer, der vorhin diese Aufkleber erwähnt hat. Was wolltest du dort, Ludwig?«

Er sah sie lange an, bevor er seufzte. »Du bist sehr schlau, Elsa, weißt du das?«

Elsa schwieg. Dann sagte sie leise: »Und vorhin hast du einen weiteren Fehler begangen.«

»Ach ja? Und was soll dieser angebliche Fehler sein?«, fragte Zott gelangweilt, doch an der pochenden Ader auf seiner Stirn erkannte Elsa, dass seine Gelassenheit nur gespielt war.

»Du hast behauptet, ich wäre die einzige Person von der Mordkommission gewesen, die Ewald heute aufgesucht hat. Woher wusstest du von meinem Besuch bei ihm? Ich habe das mit keiner Silbe erwähnt.«

»Ich … ähm … Schäfer war das. Vorhin, als er von deinem Anruf auf der Mailbox gesprochen hat.«

»Nein!«, korrigierte sie ihn scharf. »Dass ich Ewald verfolgt habe, hat Schäfer gesagt. Von einem Besuch war nicht die Rede.« Sie tippte sich an die Stirn, auf einmal fiel ihr eine Situation im Bunker wieder ein. »Kannst du dich daran erinnern, wie du den toten Ewald nach dem Handschellenschlüssel durchsucht hast?« Als Zott nicht antwortete, fuhr sie fort: »Du hast beiläufig erwähnt, dass Brunos Aufzeichnungen mit dem Tode Ewalds endgültig verloren gegangen seien. Ich selbst habe erst kürzlich von den Buchplänen Brunos erfahren und dass es Aufzeichnungen darüber geben müsste. Allerdings habe ich keinem Kollegen aus der Mordkommission darüber berichtet. Deshalb dürftest du es nicht wissen.«

Elsa spürte, wie ihr Herzschlag sich rasant erhöhte. Das Sausen in ihren Ohren war zurück. Oder war es das Blut, das plötzlich schneller durch ihren Körper rauschte? Das Blut, das vielleicht gleich … Aus dem Augenwinkel sah sie, wie Zotts Hand sich bewegte. Wie in einem Fernsehfilm, bei dem man schon wusste, was jetzt kommen würde. Und es trotzdem nicht verhindern konnte.

Zott zog seine Waffe und richtete sie auf ihren Oberkörper. »Ich schätze, Elsa, weitere Ausreden haben keinen Wert. Du bist wie ein Bluthund. Einmal auf eine Fährte angesetzt, gibst du erst auf, wenn du das Opfer gepackt hast. Nur dumm, dass ich es bin, den du jagst. Und jetzt wird der Gejagte zum Jäger. Und du zum Wild.«

»Ludwig, was soll das? Leg die Waffe weg, oder willst du mich wirklich umbringen?« Sie lachte auf.

Seine Gesichtszüge verhärteten sich. »Von Wollen kann keine Rede sein, liebe Elsa. Hier und heute hätte alles enden können. Ich hätte mir und dir sehr gerne erspart, was jetzt folgt. Aber dein verdammter Ehrgeiz lässt das ja nicht zu. Hättest du nicht die Männer in der Mordkommission einfach mal ihre Arbeit machen lassen können? Aber nein, du musstest wieder mal auf eigene Faust ermitteln, konntest keine Ruhe geben.«

Zott schwieg kurz und fuhr dann fort: »Ehrlich, ich schätze dich.« Er nickte heftig, wie um seine letzten Worte zu bekräftigen. »Wirklich, sonst hätte ich dich bereits im Bunker erledigt und es Ewald in die Schuhe geschoben. Oder warum, glaubst du, habe ich dir vorhin das Leben gerettet?«

Sie überlegte einen Augenblick, musterte Ludwig, sah sein linkes Augenlid zucken und antwortete: »Aus Berechnung! Du hast eine Falle gestellt. Aber nicht *mir*, sondern Ewald Schattenkirchner, stimmt's? Ich sollte die Zeugin sein, die bestätigt, dass du in Notwehr gehandelt hast. Dann wärst du sogar als Held dagestanden.«

Zott schüttelte den Kopf, lachte. »Scheiße, Elsa, dir kann man aber auch nichts vormachen.«

»Ludwig, ich kann einfach nicht glauben, was du getan hast. Das an Ewald, das war ein eiskalt geplanter Mord! Und Bruno, ihn hast du ebenfalls auf dem Gewissen?«

Zott nickte.

»Aber wieso, verdammt noch mal? Du bist Polizist. Ich dachte sogar, ein guter.« Konnte sie sich wirklich so getäuscht haben? Plötzlich spürte Elsa das Brennen von Tränen in den Augen.

Zott musterte sie und erwiderte dann sachlich: »Stimmt, ich bin Polizist. Aber einer mit Geldsorgen. Und Bruno Schattenkirchner, dieser Mistkerl, wollte mich mit seinem Buch in den Dreck ziehen. Mich als korruptesten Bullen von ganz Augsburg outen. Jeder hätte gewusst, über wen er da schreibt, in seinem Scheißbuch. Selbst, wenn er die Namen verändert hätte. Dem Arsch war sogar zuzutrauen, echte Namen zu verwenden. Ihm wäre es egal gewesen, die erste Auflage längst verkauft, bevor irgendein Gericht die Verbreitung des Buchs gestoppt hätte. Und ich wäre am Ende gewesen. Wieso wollte er das machen? Geld hatte dieser Sack doch gar nicht nötig. Nein, ihm ging es nur darum, Aufsehen zu erregen. Das war es, was der liebe Bärenbruno wollte.«

»Damit ich das richtig verstehe: Du hast Informationen gegen Geld weitergegeben, und Bruno Schattenkirchner ist dahintergekommen?«

»Ja, durch eine seiner Bettgeschichten. Dummer Zufall. Sie ist die Geliebte eines Mannes, der ein paar illegale Wettbuden besitzt. Ich hatte eine Menge Schulden bei dem Typen. Also habe ich ihm Infos gesteckt über anstehende Razzien. Das hatte er bitter nötig, denn eigentlich ist er ein angesehener Geschäftsmann. Den Swingerclub habe ich ebenfalls vor unangenehmen Besuchern gewarnt, das hat der Bärenbruno auch irgendwie erfahren.«

»Und weiter?«, fragte Elsa. Einerseits interessierte sie Zotts Antwort. Andererseits wollte sie ihn ablenken, damit sie den Gang einlegen und einen Blitzstart hinlegen konnte. Wenn sie dann eine Vollbremsung machte, würde Ludwig Zott mit etwas Glück nach vorne knallen und dabei die verdammte Waffe verlieren. Versuchen musste sie es jedenfalls. Das war ihre einzige Chance. Langsam wanderte ihre Hand zum Schalthebel.

»Ich habe noch ein paar andere krumme Geschäfte gedreht. Welche, tut hier nichts zur Sache. Durch seine scheiß Beziehungen hat Bruno das eine oder andere erfahren. Wenn das rausgekommen wäre«, er schnappte nach Luft, »dann wäre ich nicht nur aus dem Polizeidienst entlassen worden. Ich wäre im Knast gelandet. Elsa, weißt du eigentlich, was die Typen im Kittchen mit einem wie mir machen? Mit einem Bullen?« Zott schüttelte sich und verzog das Gesicht. »Ich musste unter allen

Umständen verhindern, dass Bruno mich denunzierte. Aber er ließ nicht mit sich reden, wollte mich unbedingt bloßstellen, kanzelte mich am Telefon ab wie einen Idioten. Laberte irgendeinen Scheiß, dass korrupte Bullen bei der Polizei nichts verloren hätten. Als ob er selbst ein Waisenknabe gewesen wäre. Er faselte irgendwas von seiner Zukunft in der Politik und dass er mit dem Aufräumen bei mir anfangen würde. Der Idiot war überhaupt nicht mehr zugänglich. Ich wollte also persönlich mit ihm sprechen und bin daher zu ihm gefahren ...«

»Hat dich niemand gesehen?«

»Ich war vorsichtig, habe in einer Seitenstraße neben der Villa geparkt. Als ich geklingelt habe, hat kein Schwein aufgemacht, aber die Haustür war offen, also bin ich rein. Und worauf stoße ich? Auf Bruno, der im Schlafzimmer kniet und röchelt – um den Hals einen BH und auf dem Kopf ein Tangahöschen als Büßerkappe. Was für ein Anblick! Der Bärenbruno halbtot, mit Reizwäsche drapiert. Ich musste spontan lachen.«

»Und du hast deine Chance gesehen, das Problem zu lösen.«

»Klar, das war *die* Gelegenheit. Ich wusste, Bruno hatte sich durch die Weibergeschichten viele Feinde gemacht. Es gab Dutzende von Männern, die ihm an die Gurgel wollten. Wer sollte auf mich als Tatverdächtigen kommen? Bruno war halbtot. Also war vor mir schon jemand dagewesen, der es auf ihn abgesehen und ihm eine Abreibung verpasst hatte. Ich bin also zu ihm hin, habe meine Plastikhandschuhe übergezogen, die jeder umsichtige Kriminalbeamte mit sich führt, und habe mich hinter ihn gestellt. Dann den BH gepackt und mit aller Kraft zugezogen. Ich war überrascht, wie stabil so ein Teil ist. Unglaublich, was alles als Mordwaffe taugt. Da kommt man erst drauf, wenn man es selbst ausprobiert.« Zott grinste.

»Jedenfalls habe ich Bruno dann so lange die Luft abgeschnürt, bis er sich nicht mehr gerührt hat.«

Deshalb die zweite Strangfurche, dachte Elsa. Weil Bruno Schattenkirchner von zwei verschiedenen Personen gewürgt worden war. Sie bewegte ihre Hand weitere fünf Zentimeter zum Schalthebel. »Ich bin erstaunt, Ludwig, was alles in dir steckt. Solch eine Brutalität hätte ich dir nicht zugetraut.«

»Tja, liebe Elsa. Vielleicht bist du als Mordermittlerin doch nicht so fähig, wie du gedacht hast. Du musst jedem Menschen alles zutrauen.«

»Was ist mit Ewald Schattenkirchner?«, fauchte sie Zott an. »Seine Rolle ist mir bisher nicht klar geworden.«

»Später im Präsidium habe ich erfahren, dass in Brunos Villa ein Fingerabdruck gefunden wurde, der zum Wäschemann passte. Was für ein Glück! Da wurde mir der Verdächtige doch glatt auf dem Silbertablett serviert. Kurz dachte ich, das wäre möglicherweise der Typ gewesen, der Bruno vor mir überfallen hatte. Wirklich glauben konnte ich das aber nicht, warum sonst der Fingerabdruck an der Balkontüre, wie von einem gewöhnlichen Einbrecher? Und dann wurde mir schnell klar, dass ein weiterer Spieler auf dem Feld aufgetaucht sein musste. Nur wer? Hatte mich dieser Unbekannte vielleicht bei der Tat beobachtet, wusste er etwas? Das hätte gefährlich für mich werden können.«

Elsa kam dem Schalthebel weitere Zentimeter näher.

»Ich bot mich also der Mordkommission als Unterstützung an. Erstens, um immer schnellstens Bescheid zu wissen über den aktuellen Stand der Ermittlungen. Zweitens, um notfalls Beweise verschwinden zu lassen. Und drittens wollte ich sichergehen, dass keine Aufzeichnungen über Brunos Buch auftauchten, die mich womöglich enttarnt hätten. Deshalb habe ich ganz offiziell im Rahmen der Ermittlungen Kontakt mit Ewald Schattenkirchner aufgenommen. Und bin relativ schnell auf sein Geheimnis gestoßen.«

»Das Verschwinden seiner Frau Christine.«

»Richtig. Du bist … Stopp!«, schrie Zott, seine Augen verengten sich. »Keine Bewegung. Ich weiß, was du vorhast. Ganz langsam, liebe Elsa. Zieh deine Hand vom Schalthebel zurück, keine Mätzchen. Mach den Motor aus.«

Verdammt! Zott hatte ihren Plan durchschaut. Sie hätte schneller handeln sollen, aber sein Geständnis hatte sie abgelenkt.

»Brav. Und jetzt: Schlüssel abziehen und zu mir werfen.«

Als Elsa der Aufforderung gefolgt war, fuhr Zott fort: »Ich war bei der lieben Christine stehengeblieben. Ewald gestand mir den Mord. Aber was tat ich? Ich bot ihm einen Deal an. Gegen eine bestimmte Summe würde ich ihm helfen. Als Gegenleistung forderte ich Bargeld und die Aufzeichnungen über das geplante Buch seines Bruders.« Zott fuchtelte mit der Waffe herum. »Ich kann dir gar nicht sagen, wie froh Ewald über den Vorschlag war. Das Geld bekam ich schnell, die Aufzeichnungen allerdings nicht. Entweder hatte Ewald sie nicht oder wollte sie nicht rausrücken. Außerdem musste ich wissen, wer der Wäschemann war. Mir drohte also von zwei Seiten Gefahr. Bei der Mordkommission wurde mir schnell klar, dass am ehesten *du* dem Wäschemann auf die Spur kommen würdest. Also habe ich dir Ewald auf den Hals gehetzt.«

Elsa schluckte. Wie niederträchtig, das hätte sie Zott niemals zugetraut. Immerhin haben sie beide nicht nur bei diesem Fall zusammengearbeitet. Als sie ein paar Monate zuvor zur Augsburger Kripo versetzt worden war, war es Zott gewesen, der ihr die Eingewöhnung an der neuen Dienststelle erleichtert hatte. Mehr als jeder andere Kollege. »Wie hast du das angestellt?«, fragte sie ihn.

»Ganz einfach, indem ich ihm Angst gemacht habe.«

»Angst?«

»Ja, vor dir. Ich habe Ewald weisgemacht, du wärst ihm dicht auf den Fersen und würdest bald hinter den Mord an seiner Frau kommen. Und dann würde man ihm natürlich auch den Mord an Bruno anhängen, obwohl er den nicht begangen hatte. Ich habe ihm gesagt, wir müssten dich im Auge behalten, und er solle mir berichten, was du bei deinen heimlichen Schnüffeltouren erfahren würdest. Denn das war mir natürlich klar. Du würdest auf eigene Faust ermitteln. Ich kenne dich einfach zu gut, Elsa. Allerdings muss ich dir hoch anrechnen, dass du mir so viel Arbeit abgenommen hast, durch deine Undercover-Recherche im Nofretete.«

»Ewald hat uns beschattet«, platzte es aus Elsa heraus, die an den Pfau dachte, der sie und Schäfer observiert hatte.

»Wie recht du hast. Ewald hat mir davon erzählt. Wusstest du, dass er früher Marathon gelaufen ist? Ihr hattet keine Chance, als er euch davongetrabt ist. Und zuvor hat er enorm Wichtiges erfahren, nämlich die wahre Identität des Wäschemannes. Xaver Grimminger, der stolze Besitzer des Clubs. Ewald hat diese Info gegen Zahlung eines anständigen Geldbetrages einem zornigen Russen namens Boris abgeluchst. Damit wusste ich noch vor der Mordkommission von diesem Perversen. Danke dir dafür, liebe Elsa.« Zott deutete eine Verneigung an. »Damit musste ich dann nur noch Grimminger beseitigen und es wie Selbstmord aussehen lassen. Ich wusste ja, dass er mittlerweile als Hauptverdächtiger galt. Dieses Schwein hatte die Güte, mir entgegenzukommen. Hatte nichts Besseres zu tun, als nach dem Polizeiarrest in sein selbstgebautes Liebesgestell zu klettern und sich zu stimulieren. Ekelhaft!« Zott verzog angewidert das Gesicht. »Ich habe bereits in seiner Wohnung auf ihn gewartet. Eigentlich hatte ich anderes mit ihm vor, aber so«, er zuckte die Achseln, »war es natürlich leichter für mich. Ich habe einfach den Gummiball aufgepumpt, der am Ende dieses Schlauchs angebracht war, der aus der Maske ragte, dann ist der Idiot jämmerlich erstickt. Nun war ich sicher, endgültig ungeschoren davonzukommen.«

»Dachtest du.«

»Dachte ich, stimmt. Zumindest bis eben.«

»Aber du hast die Rechnung ohne mich gemacht.«

Er schnalzte mit der Zunge. »Kann man so oder so sehen. Als du Ewald in seinem Penthouse deinen jämmerlichen Besuch abgestattet hast, habe ich alles mitgehört.«

»Du warst in seiner Wohnung?«

»Genau. Gleich nebenan. Du hast meinen Caddy ja leider unten stehen sehen, wie du vorhin zugegeben hast. Als du gegangen bist, war Ewald richtig aufgebracht. Ich habe ihn beruhigt und ihn aufgefordert, in die Wolfzahnau zu fahren. Ich wusste, dort hatte er Christines Leiche versteckt. Mein Plan, dich dorthin zu locken und ertrinken zu lassen, gefiel ihm.«

»Das hattest du aber nicht vor.«

»Sehr richtig. Ich wollte dich am Leben lassen. Ehrlich, das wollte ich. Du bist eine Kollegin, eine Polizistin. Wir haben zusammengearbeitet. Lieber sollte Ewald sterben als du. Die ganze Sache war eigentlich sehr gut geplant. Ich wollte dich in letzter Minute retten, damit du bezeugen kannst, dass Ewalds Tod Notwehr war. Und dann wäre die Geschichte endgültig zu Ende gewesen. Wenn du dich denn zufriedengegeben hättest, nicht zu ertrinken. Aber nein, nein, und noch mal nein.« Während er sie mit der Pistole weiterhin bedrohte, klopfte Zott mit der anderen Hand aufs Handschuhfach. »Die Dorn gibt einfach nicht auf. Es hätte so schön sein können. Doch jetzt bleibt mir keine andere Wahl. Los, aussteigen!«, befahl er.

Auf dem Parkplatz tobte weiter der Sturm. Zott dirigierte

Elsa zurück in die Wolfzahnau, auf den Trampelpfad, der gefährlich nahe an den wütenden Lech verlief. Was hatte er vor?

»Du wirst gleich ein Bad nehmen, es wird wie ein Unfall aussehen«, beantwortete er ihre unausgesprochene Frage.

»Das glaubt dir niemand.«

»Wer will mir das Gegenteil beweisen?«

»Schäfer hat dich mit mir zusammen gesehen.«

»Und? Dein Superschnüffler ist beleidigt abgehauen. Er kann dir jetzt nicht mehr helfen. Und er wird später auch nicht bezeugen können, was hier vorgefallen ist. Nur ich bin da. Und ich kann und werde bezeugen, dass du einen bedauerlichen Unfall hattest. Du bist am Hang ausgerutscht und in den Lech gestürzt. Leider war es mir nicht möglich, dich zu retten, da du sofort untergegangen bist.«

»Ludwig, das ist doch Wahnsinn. Erst Ewald und jetzt ich. So viele unglückliche Zufälle nimmt dir doch keiner ab. Du musst das nicht machen, wirklich nicht. Du kannst immer noch zurück. Bitte«, flehte sie ihn an.

»Nein, ich kann nicht mehr zurück. Dafür ist es zu spät.«

Elsa wollte weiter protestieren, als sie einen kräftigen Stoß im Rücken verspürte. Sie verlor das Gleichgewicht und taumelte den kurzen Hang hinab in das tobende Wasser, das sie sofort mit sich riss. Als sie wieder auftauchte, sah sie Ludwig Zott, der die Hand hob und ihr mit einem Lächeln zuwinkte. Dann wurde sie von der Strömung um ihre eigene Achse gedreht. Panisch versuchte sie sich an einen Ast zu klammern, der vom Ufer aus ins Wasser ragte. Auf einmal dachte sie an ihre Mutter. Martha. Die von jetzt ab ganz allein in dem großen Haus wohnen würde. Keine Tochter, kein Enkelkind. Plötzlich spürte Elsa ein Brennen in ihrem Inneren. Mutter und Kind. Das war eine Frage, die sie sich jetzt wohl nicht mehr stellen musste. Sie hatte sich Zeit nehmen wollen für diese Entscheidung. Aber die Zeit war abgelaufen. Der Ast riss ab, Elsa wurde weitergetrieben. Sie ging erneut unter, schaffte es wieder nach oben, prustete, schlug mit den Armen wild um sich. Ihre Kräfte begannen nachzulassen. Verdammt, sie hatte es immer gewusst. Das Wasser war stärker als sie! Und nachdem es beim letzten Mal um seine Beute betrogen worden war, holte es sich jetzt, was ihm gehörte. Ein letzter tiefer Atemzug, dann schloss Elsa resigniert die Augen, während sie endgültig hinab in die Tiefe gezogen wurde.

Plötzlich stürzte neben ihr etwas ins Wasser, sie wurde mit eisernem Griff gepackt und an die Oberfläche gezerrt. Gierig schnappte sie nach Luft.

»Dich aus der Scheiße zu holen, wird langsam zu meiner Hauptaufgabe!«, knurrte Schäfer.

KAPITEL 33

Schäfer drehte sich auf den Rücken und hielt Elsa mit dem linken Arm umklammert. Mit dem anderen Arm paddelte er und versuchte ans rettende Ufer zu gelangen, doch die reißende Strömung zog sie beide unbarmherzig in Richtung Flussmitte. Dazu kam der stechende Schmerz in seiner linken Schulter – die Verletzung von der Schießerei im Schwabencenter. Mit jeder Bewegung fiel es ihm schwerer, Elsa vorwärtszuziehen, die völlig reglos in seinem Arm hing. Ab und zu schnappte sie nach Luft. Immerhin. Als er ins Wasser gesprungen war, hatte Schäfer schon das Schlimmste befürchtet.

Aus dem Augenwinkel sah er einen langen Baumstamm vorbeitreiben, keine zwei Meter entfernt. Mit ein paar kräftigen Beinstößen erreichte er den Stamm und hielt sich mit der rechten Hand daran fest. Dann versetzte er dem langen Teil einen kräftigen Ruck, und – tatsächlich – der Stamm drehte sich und verhakte sich im Unterholz. Mit letzter Kraft gelang es Schäfer, Elsa und sich ans Ufer zu ziehen. Dort angelangt, hievte er die Kommissarin an Land, um sich dann selbst aus dem Wasser zu wuchten.

Erschöpft lag Schäfer im nassen Gras und schnappte nach Luft. Er wusste, dass ihnen nicht viel Zeit blieb. Jede weitere Sekunde konnte ihr Todesurteil besiegeln. Zott war immer noch in der Nähe. Und aus irgendeinem Grund schien der Typ völlig durchgedreht zu sein.

Als er Elsa und Zott vorhin verlassen hatte, war Schäfer nicht allzu weit gefahren. Obwohl er es vorgehabt hatte, denn

Zotts Geschwätz und Elsas begeisterte Reaktion waren ihm ziemlich auf den Senkel gegangen. Um die Sache mal vorsichtig auszudrücken. Außerdem hatte die Kommissarin keinen schutzbedürftigen Eindruck gemacht. Immerhin war sie in Begleitung eines Kripo-Kollegen gewesen. Trotzdem hatte Schäfer, nachdem er in sein Auto gesprungen war und erst mal ordentlich Gas gegeben hatte, nach ein paar Hundert Metern angehalten und war umgekehrt. Aus irgendeinem Bauchgefühl heraus hatte er Klaus, den Käfer, allerdings nicht auf dem Parkplatz abgestellt, sondern ein gutes Stück früher. Den restlichen Weg war Schäfer gelaufen. Nur um in der Ferne irgendwann Elsa und Zott zu erblicken, die gerade in der Wolfzahnau verschwanden.

Irgendetwas stimmte da nicht, Schäfer spürte, wie die Warnlampe in seinem Kopf zu blinken begann. Er rannte los, und als er auf den Trampelpfad gelangte, und die beiden Polizisten wieder im Blick hatte, stieß Zott die kleine Kommissarin gerade in den Lech. Ohne lange nachzudenken entledigte sich Schäfer im Laufen seiner Jacke und sprang in den tosenden Fluss.

Zott war ihm in diesem Moment völlig egal gewesen. Doch jetzt sah sich Schäfer suchend um. Der Typ musste hier noch irgendwo sein. Und vermutlich würde er …

Elsa gab ein kleines Stöhnen von sich. Dann schlug sie die Augen auf und starrte ihn mit einem fassungslosen Gesichtsausdruck an. »Schäfer, bist du das?«

»Elvis Presley jedenfalls nicht.«

Sie prustete und spuckte Wasser aus. »Tatsache, du *bist* es.« Mühsam richtete sie sich auf, bis sie schließlich im Gras kniete. Das nasse Haar klebte ihr an der Stirn. »Ich da-dachte, nach dem Streit vorhin, du würdest nicht wi-wiederkommen.« Das Sprechen fiel ihr sichtlich schwer, sie atmete stoßweise.

»Hast du das allen Ernstes geglaubt? Nach allem, was wir zusammen durchgemacht haben, konnte ich dich doch nicht mit diesem Bio-Zott alleine lassen.«

»Hast du denn gewusst, dass er ...«

»Einen Scheiß habe ich! Aber ich habe gespürt, dass etwas faul ist. In solchen Fällen kriege ich immer so ein Zwicken in der Leistengegend. Das nennt man Intuition, und die ist wichtig. Habe ich dir schon hundertmal erklärt. Jetzt ist nur keine Zeit für lange Reden, wir müssen raus aus der Wolfzahnau.« Er half ihr auf die kurzen Beine und zuckte zusammen, als von der Wunde in seiner Schulter tausend Nadelstiche in Richtung Nervenbahnen geschickt wurden. Die Sache mit der Kugel war wohl doch nicht so glimpflich abgelaufen, wie er gedacht hatte.

»Du bist ja verletzt, was ist das?« Elsa streckte die Hand nach seiner Schulter aus.

Er drehte sich weg. »Ich komme klar. Für ausführliche Erklärungen und Bemutterungsversuche stehe ich später zur Verfügung. Los, weiter«, drängte er und sah, wie Elsa ihre Augen aufriss, dann schrie sie »Vorsicht!« und stieß ihn zur Seite. Ein Schuss peitschte, an seinem rechten Ohr pfiff etwas vorbei und schlug irgendwo hinter ihm in einen Baumstamm. Er hörte Holz splittern.

Im nächsten Augenblick setzten Schäfers Reflexe ein, er zerrte Elsa ins Dickicht. Dort zog er sie mehrere Meter hinter sich her. Zwei weitere Schüsse fielen, dann schnell hintereinander vier.

Jemand fluchte. Zott!

Alle Schüsse verfehlten ihr Ziel, zumindest hoffte das Schäfer, der Elsa packte und an einen Birkenstamm drückte. »Alles in Ordnung, bist du getroffen?«

»Was, wie?«, stammelte sie.

»Ob du verletzt bist?«

Sie tastete ihren Oberkörper ab, fuhr mit den Händen an den Beinen entlang.

Schäfer folgte ihr aufmerksam mit seinen Blicken, entdeckte aber keinerlei Blut.

»I… ich glaube nicht«, stotterte sie.

»Gut. Das war dein lieber Ludwig.« Hin und wieder hörte Schäfer einen Schuss, allerdings ein Stück weit entfernt. Zott feuerte also auf Verdacht, Schäfer entspannte sich leicht. »Was ist denn in diesen Trottel gefahren, wieso hat er es auf dich abgesehen? Gib mir die Kurzfassung.«

»Er ist korrupt und hat sowohl Bruno als auch Grimminger umgebracht. Und das mit Ewald war keine Notwehr, sondern Mord. Ich bin ihm auf die Schliche gekommen. Kurz genug?«

Schäfer nickte. »Mehr wollte ich nicht wissen.« Er beugte sich zu Elsa und flüsterte ihr ins Ohr: »Du musst da lang.« Er zeigte mit dem Arm die Richtung an. »Dort hinten ist das Wasserkraftwerk der Wolfzahnau. Wenn du es bis dorthin schaffst, bist du in Sicherheit, das Kraftwerk ist Tag und Nacht besetzt.«

»Und dich soll ich hier alleine lassen? Kommt nicht infrage.«

»Wir haben keine Zeit für sinnlose Diskussionen. Mach, was ich gesagt habe«, befahl er.

»Mir hast du gar nichts zu sagen. Du glaubst wohl, ich renne weg wie ein Mädchen, nachdem du mir vorhin das Leben gerettet hast.«

»Verdammt, Elsa, du *bist* ein Mädchen.«

»Aber eines, das sich zu wehren weiß. Also, folgender Plan: Wir trennen uns. Zott kann nur einen von uns verfolgen. Dann kann ihn der andere aus dem Hinterhalt überraschen und mit einem Ast oder so niederschlagen. Hier liegen ja genügend von den Dingern rum.«

»Was ist das denn für ein blöder Plan?«

»Wenigstens habe ich einen. Im Gegensatz zu dir«, gab sie zurück.

Schäfer kratzte sich am Kopf und überlegte. Ganz unrecht hatte die Hauptkommissarin nicht. Immerhin waren sie zu zweit und zudem ausgebildete Polizisten, auch wenn er selbst nicht mehr im aktiven Dienst war. Elsa konnte man bei solch einer Aktion gebrauchen, keine Frage. Aber Ludwig Zott war ebenfalls Polizist, ein gefährlicher Gegner. Er hatte die gleiche Ausbildung durchlaufen und verfügte über dasselbe Wissen, was polizeiliche Zugriffstechniken und Einsatztaktik betraf. Außerdem wurde er nicht durch eine Schussverletzung beeinträchtigt. Trotzdem ... Elsa Dorn war vielleicht ein wenig klein geraten, aber dennoch ein nicht zu unterschätzender Gegner. Außerdem hatte sie – wie dieser reizende Kommandoton bewies – inzwischen zu ihrer alten Topform zurückgefunden. »Also gut«, willigte er ein. »Du lenkst ihn ab, und ich schnappe mir den Mistkerl.« Er hob die Faust, Elsa ebenfalls, und sie besiegelten wortlos ihr Bündnis. Jetzt konnte der Kampf beginnen.

Schäfer schlich geduckt von Baum zu Baum, in den Händen hielt er einen Holzknüppel, den er vom Boden aufgelesen hatte. Elsa befand sich einige Meter vor ihm. Zwischen den lauten Donnerschlägen zuckte hin und wieder ein Blitz über den Himmel und erhellte die Umgebung. Auf brechende Zweige und knackende Äste brauchte er keine Rücksicht nehmen bei diesem Unwetter. Einerseits ein Vorteil, andererseits konnte er dadurch Zott nicht hören und war ausschließlich auf sein Sehvermögen angewiesen. Elsa und er hatten vereinbart, dass sie den Weg zum Wasserkraftwerk am Ende der Wolfzahnau einschlagen sollte. Schäfer vermutete, dass der Bulle irgendwo im Unterholz lauerte und auf ihren nächsten Zug wartete. Wie eine Spinne im Netz.

Aufmerksam sah sich Schäfer um, konnte aber keine verdächtige Bewegung ausmachen, während Elsa vor ihm weiterging. Die Kommissarin machte mehr Lärm als nötig, damit Zott auf sie aufmerksam wurde, achtete aber darauf, nicht zu übertrieben zu wirken. Schlaues Mädchen, dachte Schäfer und lächelte.

Worauf wartete Zott, witterte er die Falle? Hatte er Elsa bereits entdeckt und rätselte jetzt, wo sein zweiter Gegner steckte? Schäfer kniff die Augen zusammen, sah Elsa, wie sie vor ihm aus dem Wald auf eine Lichtung trat. Er wusste, dass sich dort eine Koppel mit schottischen Hochlandrindern befand. Zottelige Geschöpfe, die vor Jahren in der Wolfzahnau als ökologische Rasenmäher angesiedelt worden waren. Über diese Lichtung musste die Kommissarin, wenn sie zum Kraftwerk gelangen wollte. War das die Gelegenheit, die Zott für einen Zugriff nutzen würde? Sehr gut möglich. Auf der Lichtung gab Elsa ein ungeschütztes Ziel ab.

Schäfers Nerven waren bis zum Zerreißen angespannt. Jeden Augenblick könnte der käufliche Kripobeamte zuschlagen. Was tat Zott, wenn er außer Elsa niemanden sah? Bevor Schäfer diesen Gedanken zu Ende spinnen konnte, war er am Waldrand angelangt und beobachtete die Kommissarin. Sie blickte sich unschlüssig um, bevor sie zwischen den beiden elektrisch aufgeladenen Bändern des Zaunes durchschlüpfte. Dann lief sie zwischen die Rinder, die ihr wunderbar Deckung gaben. Plötzlich krachte es neben Schäfer im Gebüsch, als würde ein Wildschwein hervorbrechen.

Es handelte sich jedoch um eine andere Art von Schwein – Ludwig Zott, der hinausstürmte, den Zaun übersprang wie ein Hürdenläufer, wild gestikulierend schrie und zweimal in die Luft schoss, um die Tiere auseinanderzutreiben. Die rot-braun gefärbten Rinder preschten zur Seite. Zott richtete seine Waffe auf Elsa, die geduckt neben einem Rind herlief. Schäfer sah, wie Zott fluchte, hören konnte er ihn nicht.

»Jetzt oder nie«, feuerte der Privatschnüffler sich selbst an und rannte los. Er hechtete über den Zaun und rollte sich auf der anderen Seite ab, den Knüppel immer noch fest umklammert. Dann sprintete er mit erhobenem Arm weiter und schwang wild seine Waffe. Von Zott, dessen Aufmerksamkeit weiterhin auf Elsa gerichtet war, trennten ihn jetzt nur noch wenige Meter. Und ein Kalb, das sich nicht vom Fleck rührte. Gerade als Schäfer das Kalb umrunden wollte, tauchte seitlich von ihm ein Rind auf. Es schnaubte wütend, senkte den Kopf und nahm ihn auf die Hörner. Schäfer wurde durch die Luft gewirbelt und landete mit ausgebreiteten Armen im matschigen Gras. Der Knüppel war ihm aus der Hand geflogen.

Zott schnellte herum. Sein Blick flog zwischen Elsa und Schäfer hin und her. Bestimmt überlegte er, wer die leichtere Beute war.

Schäfer schüttelte den Kopf, er fühlte sich benommen, blinzelte mehrmals und blickte nach rechts. Zu seinem Schrecken befand er sich Auge in Auge mit dem Mutterrind, das vor wenigen Sekunden seinen Nachwuchs so vehement verteidigt hatte. Es hielt seinen mächtigen Kopf gesenkt, die ausladenden Hörner zeigten direkt auf Schäfers Brust. Die Kuh schnaubte, die Augen funkelten angriffslustig unter dem regennassen Fell. Schäfer hatte in einem Bericht über die Rinderbesiedelung der Wolfzahnau gelesen, dass diese Tiere äußerst gutmütig und gelassen sein sollten. Aber waren sie das auch, wenn sie ihr eigen Fleisch und Blut in Gefahr sahen? Sehr gelassen wirkte das Vieh jedenfalls nicht.

»Verdammte Scheiße!«, fluchte Schäfer. Das fehlte noch. Auf der Jagd nach einem Mörder von einem Schottenrind aufgespießt zu werden.

Während seines stummen Duells mit dem Rind war Zott offenbar zu einer Entscheidung gekommen, wen er zuerst eliminieren wollte. Er kam auf Schäfer zu, grinste und schoss direkt vor ihm ins Gras. Eine Drohgebärde, die sich prompt als schwerer Fehler erwies. Das Mutterrind wirbelte mit einer Geschmeidigkeit herum, die Schäfer dem Tier niemals zugetraut hätte, und trabte los. Direkt auf Zott zu, dem der Schreck ins Gesicht geschrieben stand. Er wich dem Rind im Torero-Stil aus und wollte dem wütenden Tier eine Kugel verpassen.

Doch nun sah Schäfer seine Chance gekommen. Er sprang auf und fegte Zott die Pistole mit einem Fußtritt aus der Hand. Dabei löste sich ein Schuss, der den Schwanz der Mutterkuh streifte, worauf diese davonstürmte. Schäfer donnerte seine Rechte schwungvoll gegen Zotts linke Kopfseite. Doch sein Gegner reagierte mit einer schnellen Drehung, Schäfers Attacke hatte nicht die gewünschte Wirkung, sondern brachte Zott nur leicht ins Wanken. Dafür meldete sich Schäfers Schusswunde in der Schulter erneut.

Der verräterische Bulle grinste ihn wissend an. Offenbar war dem Dreckskerl gerade klar geworden, wo der Schwachpunkt seines Gegners war. Noch bevor Schäfer reagieren konnte, machte Zott einen Ausfallschritt nach rechts, täuschte eine Attacke gegen Schäfers Solarplexus an und donnerte ihm stattdessen die Faust gegen die Schulter. Genau auf die Wunde.

Schäfer schnappte nach Luft, Sterne tanzten vor seinen Augen. Er taumelte, fiel auf die Knie, was sein Glück war, denn der nächste Hieb von Zott ging dadurch über seinen Kopf hinweg.

Von der Seite hörte Schäfer wütende Schreie und das Patschen von Schritten auf dem matschigen Boden. Elsa Dorn stürmte hinter einem Hochlandrind herbei und auf Zott zu, um ihre Fäuste auf ihn niederdonnern zu lassen.

Zott war allerdings nur kurz überrascht, er konterte sofort, indem er Elsa das Knie in den Magen rammte. Dann packte er sie am Kragen und rammte ihr den Handballen gegen den Kiefer. Elsa sackte regungslos zu Boden.

Wut packte Schäfer. Er hörte, wie ein Knurren aus seiner Kehle drang. Elsas beherzter Einsatz hatte ihm die nötigen Sekunden beschert, um Kraft für eine neue Attacke zu schöpfen. Er ballte die Fäuste, dass die Knöchel knackten, und schnellte auf Zott zu, wobei er den Kopf gesenkt hielt wie die Kuh eben und brüllte wie ein Stier. Als Zott sich ihm wieder zuwandte, rammte er ihm den Kopf in den Bauch. Gleichzeitig packte er die Fußgelenke des fiesen Bullenschweins und zog sie nach vorne. Zott riss erschrocken die Arme hoch und flog nach hinten, landete mit dem Rücken im Morast.

Schäfer setzte nach, rutschte aber auf dem glitschigen Boden aus und stolperte. Dies nutzte Zott, um ihm die Beine wegzutreten. Schäfer fiel neben Zott in den Dreck, sein Gesicht landete im Matsch. Sein Gegner schlug ihm auf den Hinterkopf, Schäfer sank mit der Stirn tiefer in die Erde, schmeckte Schmutz und Wasser. Er rollte sich herum, um aus der Reichweite seines Gegners zu gelangen. Der nächste Schlag ging fehl, Zotts Faust grub sich in den Boden. Schäfer sprang auf die Beine und trat nach Zotts Kopf. Der duckte sich, packte den von Schäfer verlorenen Knüppel und schmetterte ihn mit einer derartigen Wucht auf den Kopf seines Opfers, dass das Holz zerbarst. Schäfer taumelte rückwärts und konnte nicht verhindern, dass Zott ihn mit zahlreichen Faustschlägen eindeckte. Instinktiv hob Schäfer beide Arme und versuchte, aus der Deckung ebenfalls ein paar Schläge auszuteilen. Zott war ihm zwar körperlich unterlegen, machte dies aber durch seine Wendigkeit wett. Außerdem tat sich Schäfer mit seiner Verletzung schwer, harte Treffer zu landen, während Zott immer wieder auf seine Schulterwunde einhämmerte und ihn mehr und mehr in die Defensive zwang. Aus dem Augenwinkel sah Schäfer etwas aufblinken. Für einen Moment ließ seine Konzentration nach, Zott durchbrach seine Deckung und landete einen Treffer, direkt gegen den Kehlkopf. Schäfer sackte in sich zusammen, bekam kaum Luft. Wie in Zeitlupe sah er Zott einen spitzen Teil des zertrümmerten Knüppels aufheben.

»So, Schäfer.« Zott schnaufte, sein Gesicht war gerötet, in seinen Augen funkelte Hass. »Jetzt ist es endgültig aus mit dir.« Er hob seinen improvisierten Dolch und trat einen Schritt auf Schäfer zu. »Zuerst steche ich dich ab, dann die gute Elsa.«

Schäfer griff nach dem blinkenden Gegenstand, der neben ihm auf dem Boden lag, und betete. Betete, dass Zotts Waffe nicht leergeschossen war. Dann richtete er die Pistole auf den Polizisten, sah dessen Todesangst und feuerte.

KAPITEL 34

Elsa lief unruhig in der Notaufnahme des Augsburger Zentralklinikums auf und ab, als Schäfer aus dem Behandlungszimmer trat. Auf seinem Kopf ein dicker Verband, den Arm in der Schlinge, humpelte er auf sie zu.

»Und?«

»Die wollten mich glatt da behalten, diese Wahnsinnigen. Wegen der paar Kratzer, die haben sie nicht alle, diese Ärzte. Wollen nur Kohle scheffeln.«

»Vielleicht wäre es besser, wenn du im Krankenhaus bleibst«, formulierte sie vorsichtig. »Wer weiß, was mit dir ist. Innere Verletzungen etwa. Das kann niemand ausschließen. Zur Beobachtung, was meinst du? Wenigstens eine Nacht. Du wirst bestens versorgt.«

»Du klingst schon wie meine Mutter, jetzt reicht es aber. Die Wunden sind kein großes Ding. Auch wenn die Typen in den weißen Kitteln so tun, als hätten sie mir gerade ein neues Herz eingepflanzt. Ist doch alles Schwachsinn, ich bin kerngesund. Außerdem hasse ich Krankenhäuser, diesen furchtbaren Geruch auf den Gängen und die Beleuchtung, von der man grauen Star bekommt. Ich frage mich, wie man überhaupt gesunden soll in solch einer Einrichtung. Nicht umsonst heißen diese Dinger *Kranken*haus. Denn rein logisch betrachtet müsste man sie *Gesunden*haus nennen, oder?«

Elsa nickte nur. Schäfers Redeschwall war das erste Anzeichen von Besserung. Also war wirklich alles halb so wild mit ihm.

Der Privatermittler setzte sich auf einen Besucherstuhl und gab Elsa ein Zeichen, sich neben ihn zu setzen.

Sie sah ihn fragend an.

»Jetzt ist es langsam an der Zeit, mich über ein paar Dinge aufzuklären.«

Elsa berichtete von Zotts Intrigen, seinen Morden an Bruno und Grimminger, Ewalds Verstrickungen in die Sache und dem Messer, das er seiner Ehefrau in den Rücken gerammt hatte. Dann erklärte sie, wie Ewald von Boris erfahren hatte, wer der Wäschemann war, und wie Ewald diese Information an Zott weitergegeben hatte – in der Hoffnung, im Gegenzug nicht für den Mord an seiner Frau belangt zu werden.

»Dieser Körnerfresser war also nicht nur der verdammte Maulwurf, sondern auch ein eiskalter Mörder. Das hätte nicht mal *ich* für möglich gehalten. Dabei kann ich mir, weiß Gott, so ziemlich jeden Scheiß vorstellen.« Schäfer sah zur Decke empor, er grübelte offenbar über seine eigene Vergangenheit nach, die Entlassung aus dem Polizeidienst, bei der Zott womöglich eine größere Rolle gespielt hatte. Schließlich richtete er den Blick wieder auf Elsa und erzählte ihr von Kalle Korn, dem Einäugigen.

»Davon weiß ich bereits.«

»Was? Wieso das denn?« Schäfers empörter Gesichtsausdruck amüsierte sie.

»Als man dich mit dem Krankenwagen hierher gefahren hat, hast du im Delirium vor dich hin gebrabbelt. Zwar nicht allzu viel. Aber das, was du gesagt hast, hatte es in sich. Also habe ich sofort Gronau über diesen Typen informiert.«

»Du warst bei mir im Krankenwagen?« Schäfers Stimme klang überrascht.

»Die ganze Zeit.« Sie nickte und redete dann schnell weiter, als sie spürte, wie ihre Wangen heiß wurden. »Gronau hat ihn sofort mit einem Streifenwagen abholen lassen.«

»Da schau her. Manchmal erstaunst du mich.«

»Du wirst gleich noch erstaunter sein. Ich habe gerade mit Gronau telefoniert, du warst ja ewig bei den Ärzten. Korn muss mächtig Angst bekommen haben, jedenfalls hat er gezwitschert wie ein Vögelchen im Morgengrauen. Dabei habe ich übrigens erfahren, wie du diesen Typen entkommen konntest. Hast du eigentlich schon mal darüber nachgedacht, dass du nicht mehr alle Tassen im Schrank hast, Schäfer? Ernsthaft. Wie konntest du nur so ein Risiko eingehen und auf die Leuchtfassade unter dem Dach des Schwabencenters springen?«

»Das war die einzige Möglichkeit, Korn und seinen Männern zu entwischen. Die hätten mir sonst eine Gehirnwäsche vom Feinsten verpasst, schlimmer als jeder Geheimdienst dieser Erde. Ich hätte nicht mal meine Tochter wiedererkannt, wenn diese Typen mit mir fertig gewesen wären. Dieser Weg vom Dach war riskant, aber letztendlich hat es funktioniert. Ich bin die Reklame entlang gerutscht und habe mich auf den darunter liegenden Balkon gleiten lassen. Du kannst dir nicht vorstellen, wie blöd Korn geguckt hat, als er mich lebend keine drei Meter unter sich entdeckt hat. Der Arsch dachte bestimmt, ich läge zwanzig Stockwerke tiefer zertrümmert auf dem Gehweg. Aber nix da! Ich habe Korn den Mittelfinger gezeigt, dann war ich endgültig weg.«

Trotz aller Empörung über Schäfers Stunt gelang es Elsa nicht, ihr Grinsen zu unterdrücken. »Gronau lässt dir von dem Einäugigen ausrichten, er würde gerne auf ein Bier mit dir gehen. Als Versöhnung sozusagen.«

»Korn kann mich mal. Danke, aber mir reicht's mit diesem Idioten. Wenn wir uns wiedersehen, dann gibt es eine aufs Maul. Und zwar auf seines, groß genug ist es ja.«

»Jedenfalls«, kam Elsa wieder auf das ursprüngliche Thema zurück, »deckt sich seine Aussage mit Zotts Geständnis, das er mir gegenüber im Auto gemacht hat.«

»Und Grimminger war wirklich unschuldig?« Schäfer hob fragend die Augenbrauen.

»Er war zur falschen Zeit am falschen Ort. Gronau geht davon aus, dass der Wäschemann tatsächlich an Bärenbrunos Trophäensammlung wollte. Ich denke, das dürfte stimmen. Er war in Brunos Villa, aber was er dort vorgefunden hat oder mitgehen ließ, werden wir wohl nie erfahren. Wen oder was hat er beobachtet? Zott, wie er Bruno erdrosselt hat? Oder den Einäugigen und seine Testosteron-Jünger? Alle zusammen? Dieses Wissen hat Grimminger mit ins Grab genommen.«

»Er hätte zur Polizei gehen können.«

Elsa lachte auf. »Das sagst ausgerechnet du? Grimminger ist in ein Haus eingebrochen! Was er gesehen hat, wissen wir nicht. Möglich, dass er aus Furcht vor den Konsequenzen geschwiegen hat.«

»Und hat dafür mit dem Tod bezahlt, dieser Vollidiot.« Schäfer schüttelte den Kopf, zuckte vor Schmerz zusammen und gab ein gequältes Stöhnen von sich.

Durch eine Glastür auf der gegenüberliegenden Seite des Warteareals traten in diesem Augenblick zwei uniformierte Polizeibeamte. Einer von ihnen fragte die diensthabende Schwester am Schalter der Notfallannahme: »Entschuldigen Sie, wir sollen zwei Kollegen ablösen, die jemanden bewachen, der gerade operiert wurde.«

»Wie lautet der Name?«, fragte die Krankenschwester.

»Zott. Ludwig Zott«, sagte der Beamte.

»Ah, ja«, erwiderte die Krankenschwester. »Der Patient mit der Schusswunde im Knie. Ich bringe Sie hin.«

Elsa sah Schäfer an, der zuckte nur mit den Schultern.

Wieder ging die Tür auf, diesmal stürmte Hannah herein und umarmte ihren Vater. Elsa trat ein Stück zur Seite und beobachtete die Szene.

»Paps, verdammt, was ist dir nur wieder passiert?«

»Nicht der Rede wert«, wehrte der Ermittler ab.

Elsa sah, wie seine Augenwinkel feucht wurden und das Raubein ein paar Mal zwinkerte.

»Paps, ich muss dir jetzt sofort etwas gestehen.«

»Gestehen? Hat das nicht Zeit?«

»Nein, nicht wieder verschieben. Bitte!«, flehte Schäfers hübsche Tochter. »Ich halte es nicht mehr aus, dir nicht die Wahrheit gesagt zu haben.«

»Um was geht es denn?«, wollte Schäfer wissen, jetzt ganz Ohr.

»Ich habe dir was vorgeflunkert.«

»Häh?«

»Was diesen Stalker betrifft«, präzisierte Hannah. »Den gibt es gar nicht.«

Schäfer schien baff zu sein. Das kam bei ihm sicher selten vor, dachte Elsa.

»Keinen Stalker?«, fragte Schäfer

»Kein bisschen. Das war eine Notlüge.«

»Verdammt, warum?«

»Ich wollte zu dir ziehen. Ich wusste, du würdest mich sofort zu dir holen, wenn du von einem Stalker erfährst. Das war ganz schön mies von mir, ich weiß. Und bestimmt wirst du jetzt gleich schimpfen. Aber sonst hätte es ewig gedauert, bis Mama und du euch endlich mal einigt. Und so lange wollte ich nicht warten. Das Leben ist kurz, weißt du?« Hannah nickte weise.

Elsa verkniff sich ein Lächeln und sah zu, wie Schäfer seine

Tochter in den Arm nahm und ihr über den Kopf strich. »Schimpfen? Du hast mich höchstens um den Spaß gebracht, dem Stalker in den Arsch zu treten.« Er lachte. »Andererseits habe ich dafür jemand ganz anderen gehörig ins Hinterteil getreten. Und wenn ich es recht bedenke, dann hat der es verdient. Trotzdem ist dir hoffentlich klar, Hannah, dass du auch ohne Stalker so lange bei mir wohnen kannst, wie du willst.«

Seine Tochter strahlte, Elsa wurde warm ums Herz, sie gönnte Schäfer dieses Glück von Herzen.

Die Glastür flog auf und knallte an die Wand, die Scheibe vibrierte. Kriminaldirektor Jansenbrink stürmte mit wedelnden Armen ins Wartezimmer. Verdammt, dachte Elsa, der Alte hatte ihr gerade noch gefehlt.

Doch anscheinend war über Nacht ein Wunder geschehen, denn der Kripo-Chef strahlte sie an und zeigte ihr den nach oben gereckten Daumen seiner rechten Hand. »Gute Arbeit. Wirklich, Frau Dorn, das war Polizeiarbeit, wie ich sie mir vorstelle.«

Elsa schluckte; hatte sie sich gerade verhört oder war das tatsächlich ein Lob aus Jansenbrinks Mund gewesen?

»Der Leiter der Mordkommission, Herr Gronau, hat mich bereits über alle Einzelheiten des heutigen Tages in Kenntnis gesetzt. Frau Dorn, Sie haben Mut und Courage bewiesen, das wird mir, ähm, also uns, der Kripo Augsburg in der Öffentlichkeit bestimmt hoch angerechnet. Dass wir, also, dass *Sie* den Mörder von Bruno Schattenkirchner geschnappt haben. Und das sogar lebend.«

Jansenbrink grinste. »Verzeihung, kleiner Scherz. Seien Sie mir nicht böse, Frau Dorn. Und dazu haben Sie einen Maulwurf überführt, der unserer Abteilung enormen Schaden zugefügt hat. Aber wir gehen jetzt in die Offensive. Ich werde der Presse noch heute Abend mitteilen, dass wir aufräumen bei uns. Wir dulden keine korrupten Polizisten. Ja, wo kämen wir denn da hin. Das wird denen gefallen, diesen Medienleuten, dass ich nichts vertusche. Nein, und daher gebührt Ihnen, liebe Frau Dorn, mein größter Respekt, dass Sie Ludwig Zott überführt haben.«

Er wandte sich an Schäfer, der Jansenbrink mit offenem Mund anstarrte. »Und Ihnen selbstverständlich auch, verehrter Herr Schäfer. Ich habe schon gehört, dass Sie Ihr Leben aufs Spiel gesetzt haben. Wie geht es Ihnen überhaupt?«

Ohne eine Antwort abzuwarten, drehte sich der Alte wieder zu ihr und fuhr mit seinem Rede-Tsunami fort: »Wissen Sie, Frau Dorn, ich habe diesem Zott eigentlich nie vertraut.« Er machte eine abfällige Handbewegung. »Ein Mann, der kein Fleisch isst, nur auf dieses Biozeugs setzt, das kann doch nicht normal sein, nicht wahr?« Der Kriminaldirektor tätschelte bei den letzten Worten liebevoll seinen Bauch. »Was für eine ungeheuerliche Entdeckung, ein Maulwurf bei der Augsburger Kripo! Wer hätte das für möglich gehalten.«

»Ich.«

Elsa sah zu Schäfer und bemerkte, wie Jansenbrink erstarrte.

»Ähm, wie meinen Sie das?«

»*Ich* habe das für möglich gehalten. Vor ungefähr zwei Jahren, als man mich bei der Polizei rausgeschmissen hat, wie Sie sich vielleicht erinnern. Aber meine Hinweise auf einen Maulwurf landeten in der Mülltonne. Stattdessen wurde mir ein Verfahren aufgebrummt, das sich gewaschen hatte.«

»Jaja, diese alte Geschichte.«

»Alte Geschichte?«

Elsa sah, wie Schäfers Stirnader pochte. Er war offenbar kurz davor, etwas sehr Unüberlegtes zu sagen, doch ausgerechnet Jansenbrink glättete die Wogen.

»Ich kann Ihre Wut durchaus verstehen, Herr Schäfer.

Wirklich, ich kann das. Und ich wäre nicht Karl-Heinz Jansenbrink, wenn ich einen Fehler nicht eingestehen könnte. Doch, das kann ich, glauben Sie mir. Und ich muss Ihnen sagen: Sie wurden damals ungerecht behandelt. Nicht nur das, Sie wurden Opfer eines Justizirrtums.«

»Ach, was Sie nicht sagen.« Schäfer sah Jansenbrink an, als würde er einer außerirdischen Lebensform gegenüberstehen.

»Ich habe mir diesen Zott bereits vorgeknöpft, das können Sie mir glauben. Bevor ich Ihnen beiden zu Ihrem Erfolg gratuliert habe, war ich zuerst bei diesem widerlichen Subjekt in seinem Krankenzimmer. Die Ärzte wollten mich zwar erst nicht zu ihm lassen. Aber, Herr Schäfer, Sie haben dem Mann bloß ins Knie geschossen. Und nicht ins Gesicht. Also habe ich darauf bestanden, mit ihm zu reden. Und Zott war außergewöhnlich gesprächig. Anscheinend wollte er mir gegenüber gut dastehen. Nun gut, seine Aussage muss er zwar schriftlich wiederholen, wenn er wieder einigermaßen fit ist. Aber das, was er preisgegeben hat, das entlastet Sie, mein lieber Herr Schäfer. Zott hat eingesehen, dass ihn nur ein volles Geständnis retten kann.« Jansenbrink wischte mit der Hand über seine Glatze. »Wobei ›retten‹ der falsche Ausdruck ist. Lebenslänglich kriegt er so oder so. Aber in welche JVA man ihn verlegt, da könnte man ihm schon entgegenkommen. Für einen Ex-Bullen gibt es fürchterliche Gefängnisse, das kann ich Ihnen sagen, aber das wissen Sie bestimmt. Und mir gegenüber hat Zott bereits angefangen, seine Tätigkeit als Maulwurf im Detail zu beschreiben. Für seine Morde kriegen wir ihn sowieso dran. Aber mich interessiert brennend, was er sonst noch alles verbrochen hat. Und diese Details verblüffen mich. Das war das reinste ...«, er hob in einer hilflosen Geste die Hände zur Decke. »Das reinste ...«

»Spätzle-Syndikat«, unterbrach ihn Elsa genervt.

»Was?«

»Ach, vergessen Sie's.«

Jansenbrink runzelte die Stirn, dann widmete er sich wieder dem Privatdetektiv.

»Das werde ich alles nachprüfen lassen, das verspreche ich Ihnen, Herr Schäfer. Selbstverständlich müssen wir Zotts Angaben noch hieb- und stichfest machen bei einer Vernehmung, das versteht sich von selbst.«

Elsa wurde das Gefühl nicht los, dass Jansenbrink die Sorge quälte, wegen Zott in die öffentliche Kritik zu geraten, und dass er daher jetzt die Reißleine zog. Die Aussagen des korrupten Polizisten konnten ihn womöglich in die Bredouille bringen.

»Immerhin«, fuhr der Kriminaldirektor fort, »hat Zott zugegeben, maßgeblich zu Ihrer Entlassung beigetragen zu haben, Herr Schäfer.«

»Das ist ja ein Ding«, platzte es aus Elsa heraus.

»Sieh mal einer an, es geschehen doch noch Wunder«, kommentierte Schäfer.

»Ein Wunder ist es wohl kaum, aber Zott hat angedeutet, dass man Ihnen damals eine Schlägertruppe auf den Hals gehetzt hat, um Ihre Ermittlungen gegen einen Zuhälter zu stoppen. Womit Sie quasi in Notwehr gehandelt haben, als sie die drei, ähm, sagen wir mal, vorübergehend ausgeschaltet haben. Von Polizeigewalt kann dann nicht mehr die Rede sein.«

Schäfer atmete laut aus, seine Tochter begann vor Freude zu japsen. Auch Elsa freute sich über die unvorhergesehene Wendung.

»Was halten Sie eigentlich davon, wieder bei der Polizei zu arbeiten?«, wollte Jansenbrink wissen.

Wow, dachte Elsa. Wie sollte das denn gehen, wo Schäfer doch nach einem offiziellen Verfahren entlassen worden war?

»Ich weiß, was Sie denken«, fuhr Jansenbrink fort, der offensichtlich Schäfers gerunzelte Stirn bemerkt hatte. »Ihre Entlassung rückgängig zu machen, ist kein Pappenstiel. Man müsste ein Wiederaufnahmeverfahren beantragen. Zott müsste Sie vollkommen entlasten und zugeben, dass Sie aufgrund seiner Intrigen vor Jahren falsch verdächtigt wurden. Das kann einige Monate oder sogar Jahre dauern. Aber es besteht die Möglichkeit, dass wir Erfolg haben. Sie haben meine vollste Unterstützung, Herr Schäfer. Einen Mann wie Sie könnten wir durchaus gebrauchen. Was meinen Sie? Vielleicht sogar bei der Mordkommission.«

Elsa spürte, wie ihre Freude sich in Zorn verwandelte. Nicht, weil sie Schäfer die Rehabilitierung nicht gönnte, sondern weil Jansenbrink dem Ermittler die Einberufung zur Mordkommission ganz nebenbei in Aussicht stellte. Sie hingegen erwähnte der Alte mit keinem Wort, obwohl er doch wusste, wie sehr sie sich um eine Versetzung in diese Einheit bemüht hatte. Und Schäfer war nicht mal mehr Polizist.

Wie konnte man nur so schnell seine Meinung wechseln? Jahrelang war Schäfer in Jansenbrinks Augen der letzte Dreck gewesen. Und genau so hatte er ihn auch behandelt. Doch urplötzlich schien Schäfer zu seinem Liebling mutiert zu sein. Das stank förmlich nach taktischen Gründen. Bestimmt hatte der Kriminaldirektor Schiss, Schäfer würde gegen ihn in den Krieg ziehen, jetzt, wo Zott als Maulwurf aufgeflogen war. Um das zu vermeiden, versuchte der gewiefte Jansenbrink, Schäfer schnell in sein Team zu integrieren.

Gleichzeitig nagte ihr schlechtes Gewissen an Elsa, weil Schäfer für das Verhalten des Alten nichts konnte. Sie sollte sich eigentlich für ihn freuen. Trotzdem verspürte sie Eifersucht. Triumphierte wieder einmal die Männerriege, oder war sie einfach eine blöde Zicke, die sich für was Besseres hielt und

Schäfer seinen späten Sieg missgönnte? Aber waren ihre Gefühle nicht nachvollziehbar? Sie hatte gar nicht gemerkt, dass sie einige Schritte zurückgetreten war, als Hannah ihr plötzlich eine Hand auf die Schulter legte.

»Sie sehen irgendwie blass aus, geht es Ihnen nicht gut?«

»Bitte? Ähm, nein, ich meine, doch. Es war nur ein bisschen viel, was heute vorgefallen ist.«

»Das glaube ich Ihnen gern. Aber sehen Sie, wie mein Vater sich freut, dass er wieder die Chance hat, bei der Kripo zu arbeiten. Und das, obwohl er diesen Jansenbrink«, sie senkte ihre Stimme, was bei dem Lärm in der Notaufnahme eigentlich nicht nötig war, »überhaupt nicht leiden kann.«

Hannah nahm Elsas Arm. »Das heißt, dass Paps und Sie noch enger zusammenarbeiten würden, oder? Also, ich fände das echt klasse. War doch bisher auch sehr erfolgreich.« Sie zwinkerte Elsa zu.

Hatte dieses Zwinkern eine Bedeutung? Elsa dachte nach. Wenn es Jansenbrink gelingen sollte, die Rehabilitation durchzuboxen, dann würde sie in Zukunft wohl tatsächlich enger mit Schäfer zusammenarbeiten. Sie wären dann Kollegen. Das war einerseits gut, aber andererseits …

Auf einmal musste sie an Angelo denken, den italienischen Restaurantbesitzer. Vielleicht sollte sie die Einladung zu einer Mailand-Reise einfach annehmen, um mal auf andere Gedanken zu kommen. Außerdem war da immer noch die Ausschreibung von Europol. Die lag in ihrem Papierkorb, der schätzungsweise noch nicht geleert war. Vielleicht wäre so ein Ortswechsel gar nicht so falsch. Wobei … Elsa unterdrückte ein Stöhnen. Die Gedanken in ihrem Gehirn veranstalteten einen Indianertanz.

»Wollen wir das nicht feiern?«, holte Hannahs Frage sie wieder zurück auf den Boden der Tatsachen.

»Feiern?«

»Ja, das Happy End. Ich finde, das gehört gefeiert. Vielleicht bei uns zu Hause, ich könnte für uns alle kochen. Natürlich ohne ihn.« Sie deutete auf den Kriminaldirektor. »Nur wir drei. Das wäre doch super.«

»Mhm.« Elsa fühlte, wie ihre Anspannung noch einmal einen gehörigen Sprung nach oben machte. Ein gemeinsames Essen, später tägliche Treffen im Polizeipräsidium …

Und was kam dann?

Sie fühlte sich überrumpelt und brauchte dringend Zeit, um sich einen Plan B zu überlegen.

»Ich will euch beide nicht stören. Außerdem«, Elsa stockte.

»Ja?« Hannah sah sie mit ihren rehbraunen Augen an.

»Außerdem habe ich noch ein Date.«

Auf einmal stoppte das Gespräch zwischen Jansenbrink und Schäfer.

»Date?«, fragten die zwei wie aus einem Mund.

Jansenbrink wirkte irritiert, während aus Schäfers Augen die Neugierde sprach.

»Ja!«, bekräftigte Elsa nach einem kurzen Augenblick. »Ja, so kann man es nennen. Ein Date mit einem Italiener! Das war schon lange fällig.«

Mit einem Lächeln verließ sie das Wartezimmer und ließ die beiden Männer hinter sich zurück.

Ende

UND WAS AUCH NOCH ZU SAGEN IST

Die Handlung und die Figuren dieses Romans sind fiktiv, Ähnlichkeiten mit lebenden oder verstorbenen Personen wären rein zufällig und nicht beabsichtigt.

Stopp! Das stimmt nicht ganz. Crockett und Tubbs, die beiden Kater von Sven Schäfer, haben reale Vorbilder, die jedoch unter anderen Namen ihr Katzendasein genießen.

Die beschriebenen Schauplätze gibt es allerdings schon, wenn ich auch manches an meinen Roman angepasst habe. So existiert in Gablingen zwar das neue Gefängnis, auch das Militärgelände entspricht der Realität, nicht aber der Swingerclub, den ich frei erfunden habe. Die Gablinger Bürger mögen mir verzeihen. Die Wolfzahnau im Norden Augsburgs, ein wunderschönes Landschaftsschutzgebiet, ist genauso real wie die schottischen Hochlandrinder, die dort grasen. Auch Bunker aus dem 2. Weltkrieg soll es dort geben, allerdings sind die Eingänge zubetoniert. Eine Keksfabrik auf der gegenüberliegenden Seite des Lechs stand dort jedoch nie.

Als erstes gilt mein Dank meiner Frau Katrin, die mir beim Schreiben den Rücken freihielt. Vom Katzen füttern, Telefonanrufe entgegennehmen, Gartenarbeit usw. war ich in der heißen Phase des Schreibens befreit. Außerdem hat sie das finale Manuskript auf letzte Fehler durchforstet.

Ein weiteres Dankeschön richte ich an meinen Agenten Dr. Michael Wenzel, der mein Manuskript an Bastei Lübbe vermittelt hat.

Ich danke ganz besonders meiner Verlagslektorin Bettina Steinhage für die perfekte Zusammenarbeit. Ihre Fashion Tipps waren Gold wert, Elsa Dorn hat stark davon profitiert.

Meine Außenlektorin Stefanie Kruschandl war erneut an Bord und hat dem Manuskript den Feinschliff verpasst, der nötig war. Manchmal beschlich mich das Gefühl, sie kennt Elsa Dorn und Sven Schäfer mittlerweile besser als ich. Die Textarbeit mit Frau Kruschandl hat wahnsinnig viel Spaß gemacht. Vielen Dank!

Professor Dr. med. Matthias Graw, Leiter des Instituts für Rechtsmedizin in München, war so freundlich, mir einige Fragen zu beantworten. Herzlichen Dank dafür.

Sollten dennoch Fehler im Buch zu finden sein, gehen diese ausschließlich auf meine Kappe.

Den vielen Helfern im Hintergrund, die sich bei Bastei Lübbe für den zweiten Fall von Dorn und Schäfer eingesetzt haben, danke ich ebenfalls. Insbesondere Stefan Bauer und Marco Schneiders, außerdem Anna Fohs von der Presseabteilung. Es ist unglaublich beruhigend, ein derart professionelles Team im Rücken zu wissen.

Ein herzliches Dankeschön zum Schluss noch an Patrizia Di Stefano für das tolle Cover.